선우휘 단편선
불꽃

책임 편집 · 이익성

서울대학교 국어국문학과와 같은 과 대학원 졸업. 현재 충북대학교 국문과 교수.
저서로『한국현대서정소설론』『한국현대소설비평론』등이 있고, 주요 논문으로
「상허단편소설연구」「1930년대 서정적 단편소설 연구」「전후서정소설론」등이 있음.

한국문학전집 25

불꽃

선우휘 단편선

초판 1쇄 발행 2006년 3월 31일
초판 11쇄 발행 2022년 10월 5일

지 은 이   선우휘
책임 편집   이익성
펴 낸 이   이광호
펴 낸 곳   ㈜문학과지성사
등록번호   제1993-000098호

주   소   04034 서울 마포구 잔다리로7길 18(서교동 377-20)
전   화   02)338-7224
팩   스   02)323-4180(편집) 02)338-7221(영업)
전자우편   moonji@moonji.com
홈페이지   www.moonji.com

ⓒ ㈜문학과지성사, 2006. Printed in Seoul, Korea

ISBN 89-320-1687-9
ISBN 89-320-1552-X(세트)

선우휘 단편선

불꽃

이익성 책임 편집

문학과지성사 한국문학전집 25

| 차례 |

| 일 러 두 기 |

1. 이 책에 실린 작품은 1986년 조선일보사에서 편한 『선우휘 문학 선집』 초판본을 주 판본으로 삼되 발표 당시의 잡지를 참고하였다. 각 작품의 정확한 출처는 작품 목록에 명기되어 있다.

2. 이 책의 맞춤법은 1988년 1월 19일 문교부 교시 '한글 맞춤법'에 따를 것을 원칙으로 하였다. 단 작품의 분위기에 영향을 준다고 판단되는 방언이나 구어체 표현, 의성어, 의태어 등은 그대로 두었다.

      예) 걔가 그래두 사람이 괜티않티.
      간 참 도은 아댔디.
      데따우 따라 댕기구.

3. 대화를 표시하는 「 」혹은 『 』는 모두 " "로 바꾸었고, 대화가 아닌 강조의 경우에는 ' '로 바꾸었다. 책제목은 『 』로, 노래 제목은 「 」로 표시하였다. 말줄임표 '··' '···' '······' 등은 모두 '······'로 통일하였다. 단 원문에서 등장인물의 머릿속 생각을 표시하는 괄호는 작은 따옴표(' ')로 바꾸었고, 작가가 편집자적 논평을 붙인 부분은 괄호 (( )) 안에 표시해 두었다.

4. 외래어 표기는 1986년 1월 7일 문교부 고시 '외래어 표기법'에 따라 바꾸었다. 단 작품의 분위기에 영향을 준다고 판단되는 경우에는 원본을 그대로 살렸다(리쿠궁 다이사(陸軍 大佐), 삐라〔'전단'의 잘못된 표현〕). 그리고 일본어의 경우에는 원문대로 표기하고 그 뜻을 ( )에 넣어 붙였다.

5. 책임 편집자가 부가적으로 설명이나 단어 풀이가 필요하다고 판단되는 경우에는 미주로 설명을 붙여놓았다.

테러리스트

1

담배 연기가 좀처럼 빠지지 않고 안개처럼 자욱해진 방 안에 소리를 내며 연방 「오리엔탈」 곡만 틀어내고 있다. 이 다방에는 선거를 앞두고 부쩍 손님이 늘었다.

한구석에 자리잡은 걸(傑)은 호주머니에서 담배꽁초를 끄집어내어 불을 붙이고 연신 입구를 내다보았다. 레지가 찻것을 가져다 저편 손님에게 주고 돌아가는 길에 걸을 힐끔 보고는 그대로 지나가버렸다.

걸은 이런 시선쯤에 무감각해진 지 오래다. 그는 시선을 천정에 달린 먼지 앉은 전등에 보내고는 주먹으로 턱을 괴었다. 눈을 감았다. 퍽 시장했다. 연기를 뿜어올리며 무엇을 망연히 생각했다. 별다른 신통한 궁리를 하는 것이 아니라 조각조각 떠오르는 기억의 토막을 이으려고 애쓰는 것이다. 그러나 금방 머리가 어지러워지며 멍하니 허탈한 것처럼 되는 것이다. 눈을 떴다.

어느새 들어온 길주(吉周)와 학구(學求)의 허름한 차림이 걸의 눈동자에 비쳤다.

"담배 한 대."

의자에 앉기도 바쁘게 내민 길주의 손에 담배를 끼내 쥐어준 학구는 카운터를 향해 손짓을 했다. 마담은 무표정한 얼굴로 성냥갑을 들어 레지에게 주었다.

치익 하고 성냥을 그어 담배에 불을 붙인 학구는 그대로 돌아가는 레지의 등 뒤에 한마디 붙였다.

"야 야 체네 아이, 오늘은 돈 있다야. 차 석 잔."

샐쭉해진 레지가 고개만 돌리고 물었다.

"뭐 드세요?"

"아무거나 가조람."

"커피요?"

"그래."

길주가 걸을 보고 손으로 잔을 들어 마시는 시늉을 했다.

"쭉! 걸아, 오늘은 한잔 있다. 이 새끼가 좀 생겼대."

흐뭇한 표정을 숨기지 못하고 엄지손가락으로 학구를 가리켰다. 학구는 턱 의자에 묻혀 자신만만한 얼굴을 하고 주먹으로 가슴을 툭툭 쳤다. 걸은 학구보고 물었다.

"너 취직된?"

"비슷하디."

"뭐인데?"

길주가 그 대답을 가로막았다.

"이래두 야가 이젠 ××공장 감독이랜다."

"뭘 하능 긴데?"

"뻘게 아니디, 시시한 새끼덜 까부시문 된대나."

학구가 힐끔 길주를 보고 탓했다.

"야 야 이 새끼, 말조심하라우, 내가 어낀 줄 알아."

걸이 낯색을 달리하며 담배를 비벼 껐다.

"야 학구, 그따우문 집어티우라우, 주먹을 내두르능 걸 조심해, 틸 놈을 티야디 알디두 못하구 티랜다구 티문 어드캐."

"아니야 걸아, 길주 새끼가 괜히 하는 소리디, 이 새끼 넌 말조심하라우."

학구는 팔굽을 들어 길주를 겨누었다.

"야야야, 아니다 아니야. 근데 이 새끼가 돈닢이 생겠다구 크게 나오누나, 별수 있나 술 한잔 먹을라문 취소하야디, 취소."

"새애끼."

날아온 찻잔을 입에 가져가던 걸이 잔을 놓으면서 시선을 입구에 보냈다.

"야, 성기 형님 오신다."

길주와 학구는 잠깐 고개를 돌리더니 서로 쳐다보고 입을 비쭉했다.

"매일 와서 사누만."

"그래두 야, 마담은 외상 차 잘 주더라."

"큰일 나서, 누구 선거운동이나 하구 댕기디, 그것두 안 하구 와 데리구 댕게."

"뭐, 한자리 안 된다던?"

"한자리? 말 말아. 데래가주구 뭐이 한자리야. 글쎄 될 게 뭐이가. 이 다방에 나터렁 한군데 붙어 있었대문 또 모르디. 자 봐."

하면서 학구는 손을 꼽았다.

"첨에 ×박사한테 붙었다가 그 댐엔 ××장군한테 붙었디, 또 그 댐엔 ×××씨 또 그 댐엔 ××넝감, 그르니 될 게 뭐이가."

"그건 그래, 그래두 봉수 형님은 ×박사 따라댕기다가 국장 한자리 얻어 하지 않안. 또 죽은 병두 형님은 그래두 님시 도지사나 한 번 했디."

"거기다가 밤낮 뭐 낭심[1]이 어드르쿠 결백이 뭐이구 하구그래. 뭐이가 데리케 출출해가지구 그래두 정티[2] 한다구 해? 말은 도티."

"정티 뿌로카구나."

"그거나 된대던. 정티 걸식병 환자디."

"하하하……."

셋은 평북 시골서 공산당 본부를 습격하고 그 길로 이남으로 뛰어나와 줄곧 성기 형님을 따라다니며 수십 차나 경향 각지에서 공산당과 싸웠다.

걸의 바른손등에는 당시, 칼로 찔린 자국이 아직도 징그럽게 남아 있었다. 그것은 일생 그렇게 남아 있을 것이다.

그러나 걸은 길주나 학구처럼 성기 형님을 탓할 수 없었다. 물론 그를 믿고 따라다니던 친구들은 현재 보잘것없이 되고 말았다. 그러나 그것이 성기 형님 탓이라고 생각되지는 않았다. 분명히 알지는 못해도 성기 형님이 하는 일이 옳다는 생각이 들어 여태까지 따라다닌 것은 사실이다. 물론 잘됐다는 놈들이 번드르르하게 지내는 것을 보면 무엇인지 석연치 못한 것을 느끼기는 했다.

그러나 걸은 아직까지 이처럼 덜떨어진 자기의 꼴을 두고 누구를 원망해본 일이 없었다. 가끔 창피를 느낄 때는 있었으나 그럴 때도 걸은 그것이 오직 공산당놈들의 탓이라고 생각했다. 그 자신의 문제뿐만 아니라 모든 좋지 못한 일의 근원은 빨갱이 공산당놈들에게 있는 것이라고 굳게 믿고 있는 것이다. 그 위에 걸은 그의 머리로서 그 밤의 일을 어떻게 해석해야 하는지를 몰랐다. 다만 한 가지 분명한 것은 공산당이 없어진 지금에 와서 누구를 보고 주먹을 내둘러야 할는지 그 주먹질의 대상을 잃어버린 일이었다.

다방을 나오면서 성기 형님에게 인사를 드렸다. 길주와 학구는 굽신 허리를 굽히고 지나갔으나, 걸은,

"형님 나오셨습네까?"

하고 공손히 인사를 하여 그 악수를 받았다. 쥐어진 손이 픽 메마르고 찬 것을 느꼈다.

2

'평북집'이란 판잣집에서 빈자떡을 뜯고 약주가 몇 잔 뱃속에 부어지자 셋의 마음은 똑같이 부풀어올랐다. 길주가 주인 아주머니에게 큰소리를 쳤다.

"아즈마니, 오늘은 외상 아니우다. 넉넉히 가주구 왔수다. 걱정 마우."

"이 새낀, 네가 내능 거 같구나."

학구가 잔을 비워 길주에게 건넸다. 길주는 쭉 들이켜고 잔을 탁 놓으며,

"야, 그른데 너덜 덕구 알디? 덕구 말이야. 적위대장 하던 새끼, 그 새끼 지금 남대문 시장에서 포목당사하구 있더라. 그 새끼가."

"그래애? 그 새끼 언제 왔대?"

"그 무식한 새끼가 공산당한테 니용만 당하구는 쬐께나서 안주 탄광에 들어갔다가 눅이오(6·25) 딕전에 도망테 나왔대."

"흐응, 내가 그 새끼 쬐께난 니유 알디. 그치가 적위대장 할 때 무슨 대회에서 연설을 하다가 실패했거덩. 뭐이라구 했나 하문, 여기 붉은 꽃, 푸른 꽃, 흰 꽃, 꽃이 많이 있수다. 이 꽃으루 꽃다발을 만들어서, 즉 공산당, 청우당, 민주당이라구 하는 여러 가지 꽃으루 만등 거 올시다.

이 꽃다발을 우리덜이 바틸 사람은 누군가 하문 그것은 이승만 박사올시다, 했거덩. 하하하……"

"말이야 옳게 했디?"

걸도 같이 따라 웃었다.

"그치 그래두 반갑다구 술 한잔 사더라."

"살긴 괜티않태?"

"응, 네편네꺼지 얻구 꽤 얌전해졌던데."

"흐응, 사람새끼 달라딘 모양이디."

학구가 혼잣말처럼 중얼거렸다.

"근데 용식이 요전에 명동에서 봤더니, 지금 대학교수 노릇 한대더라."

"갸는 본래 똑똑했디 않안."

"문석인 뭘 하디?"

"걘 지금 중령이다. 너 모르네. 공병대장이래. 요전에 한탁 잘 내더라."

"그래, 갸가 그래두 사람이 괜티않티."

"남현이는 시곗방 채리구 돈푼이나 모았대문서."

"갸 새낀 술 한잔 벤벤히 안 살 거다."

"구두쇠 아니가 야."

"그른데 그 너네 넢엣집 살던 그 쪼꼬망이 현실이 말이다. 고고 경감한테 시집가서 괜티않게 디낸대더라."

"고고 뺀뺀한 게 괜티않았디."

걸은 현실의 얘기를 들으면서 문득 현실의 사촌 동생인 성희의 생각을 했다. 그리고 성희의 가족과 함께 여현에서부터 38선을 넘어오던 생각이 났다.

그때 열여섯 살 난 성희는 룩색을 메고 그 아버지와 어머니, 그리고 동생과 함께 걸의 앞장으로 38선을 넘었다. 어슬어슬해진 저녁에 숨을 죽이면서 38선을 넘는 고개에 다다랐을 때 일행은 따발총을 든 소련병에게 발견되고 말았다. 성희 아버지와 어머니는 사색이 되고 성희는 동생을 부여안고 오들오들 떨고 있었다.

걸은 무표정한 얼굴로 따발총을 든 소련병이 가까이 오자 슬금슬금 다가서며 얘기를 붙이는 체하다 그대로 머리로 떠받아버렸다. 그리고 재빠르게 발로 따발총의 탄알판을 걷어차 떼어 던지고는 쓰러진 소련병의 얼굴을 몇 번 밟아놓고 그길로 단김에 38선을 넘어 청단으로 내달았던 것이다.

논두렁에 걸려 쓰러진 성희를 일으키던 때의 그 잔가락으로 뛰던 숨결이 지금도 그대로 귀에 남아 있고 공포가 가득히 서려 있던 그 눈. 이마와 콧등에 내돋았던 그 땀방울이 아직도 그대로 눈에 선했다.

그 후 성희의 부친이 사업에 성공하고 여학교를 나온 성희가 여대를 거쳐 미국으로 유학갔다는 얘기를 들은 일이 있었다. 그것은 머나먼 옛날 얘기다. 술에 흐려진 걸의 머릿속에 잠시 성희의 모습이 떠오르곤 금방 사라지고 말았다.

약주 두 병을 나눈 세 사람의 화제는 가장 보람있게 생각되는, 공산당과 싸우던 때의 얘기에 꽃이 피었다. 학구가 전평(全評)[3]을 습격하고 전화통으로 간부의 대갈통을 후려갈기던 얘기를 했다.

"한참 티구 받구 부시구 하는데, MP[4]가 들어왔네. 그걸 모르고 돌아서면서 디리받았다가 끌려가서 혼났디 혼났어."

길주가 소매를 걷으며 말을 받았다.

"현대일보 디리틴 생각나? 박 뭐이란 주필인가 하는 치보구 따 쟀디, 너 이 새끼 글줄이나 쓴다구 가주뿌리[5]만 하구, 이북에 가봤어, 이북엘? 하구 따지문서 귀쌈(뺨)을 한 대 텟더니 말 한마디 못 하두만."

길주는 빈 접시를 높이 들어 보이며 아주머니에게 안주를 찾았다.

"뭣덜 그르케 재미덜 났소?"

"뭐 딴게 아니우다. 우린 지금 빨갱이 티던 얘기합무다."

아주머니가 두툼한 빈자떡을 가져왔다.

"고 빨갱이덜은 거저 티야디요, 테 깔리야디요."

걸도 같이 얼려서 해주 습격을 가다 인민군을 만나 싸우던 이야기, 용산 기관구를 들이치고 영등포 공장 적색노조를 습격하던 이야기를 했다.

화제는 흘러서 5·10 선거 전에 지방에 파견되어 공산당과 싸운 얘기가 나왔다. 십여 명 친구가 육칠십 명을 상대로 앞문으로 들어가고 뒷문으로 나왔다가 앞문으로 나왔다가 뒷문으로 들어갔다 하면서 많은 인원을 가장하고 싸우던 얘기 끝에, 그때 포위당해서 혼자 싸우다가 욕을 보게 되자 전신주에 머리를 떠받고 자결한 용수(龍壽)의 얘기가 나왔다.

"걘 참 도은 아댔디."

학구가 음성을 낮추며 말했다. 길주는 고개만 끄덕였다.

걸은 이북에서 용수의 집 이웃에 살았다. 같이 학교에 다니며 노닐고 싸우던 생각을 했다. 그리고 지금 낯선 뒷산에 외로이 묻힌 그를 생각했다. 걸은 혼자 중얼거렸다.

"머이(묘)에 한번 가봐줘야 갔는데."

길주가 잔을 들며 내뱉듯이 뇌까렸다.

"돈이나 생기문 술이나 한 병 사가주구 한번 가보자꾸나."

학구는 그것을 곁눈으로 슬쩍 훑어보고 걸에게 말을 건넸다.

"야 걸아, 근데 그때 그 새끼가 지금 어디 있는지 너 아네?"

"누구 말이야?"

"그 있디 않니. 밤둥에 바닷바람으루 우리 있는 데 뛔와서 살레 달라구 하던 치 말이야. 말두 잘 못하구 빨갱이가 왔다구 싹싹 빌던 치 말이야. 국회의원잉가 뭐잉가 됐디 와."

걸은 잔을 어루만졌다. 가슴 깊이 숨어 있던 분노의 작은 불티가 조금씩 피어오르면서 굵다란 불길로 화하는 것을 억제하려고 했다.

밤중에 공산당원들의 습격을 받은 그 지방의 유지 김가(金哥)는 개구멍으로 빠져나와 그들의 합숙소에 뛰어들어 이빨을 다각거리며 살려달라고 애원했던 것이다.

걸의 일행은 담박 뛰어가서 삼십여 분의 대난투 끝에 그 가족을 구출했다. 그때 용수가 죽은 것이다. 장례는 크게 치를 수 있었다.

걸은 상한 손을 걸머지고 친구들을 대표해서 고투로 씌어진 조사를 읽었다. 그는 반도 못 읽고 흐느끼며, "이 새끼 용수야, 와 만제 죽어언" 하고 통곡을 했다.

용수가 죽은 육 개월 후 김가는 선거에 나가 감투를 썼다.

험악하던 치안도 대체로 확보되어 평온해진 가운데 일행은 서울로 올라갈 보따리를 쌌다. 그들은 마지막으로 한번 용수의 무덤을 찾아가자고 했다. 돈이 필요했다. 걸의 일행은 김가를 찾아가서 약간의 돈을 부탁했다.

  안채에서 벌어진 주석이 잠시 조용해지더니 계씨라는 인물이 나와 김가는 어디 가고 없는데 용건이 무어냐고 물었다.

  용건을 듣고 난 그자는 잠시 들어갔다 나오며 두 손을 모아 비벼댔다. 그리고 백씨가 없는 것을 사과 겸 역설하면서 안되긴 했지만 이것이라도 받아달라고 하며 약주 한 병을 내미는 것이었다. 걸의 얼굴에서 핏기가 걷혔다.

  "여보 선생."

  그 목소리가 떨렸다.

  "데 마루 밑에 있는 깜당 구두는 누구 꺼디요?"

  "아아 저것은……."

  그자의 손에 든 술병이 잔가락으로 흔들렸다. 걸은 그자의 손에서 됫병을 나꿔채자 그대로 안방 마루를 향해 동댕이쳐 버렸다.

  "가자!"

  그것이 벌써 칠 년의 세월이 흐른 옛날 일이다. 길주가 한 잔 쭉 들이키고 안주를 뜯었다.

  "도은 술 먹구 그따우 니야기 고만두자우."

  그것을 보고 학구가 냉소하는 조로 한마디 던졌다.

  "너 뭐 그 새끼 니애기하문 싫네?"

  "싫긴 뭐이 싫어?"

"모르는 줄 아니 이 새끼야. 너 요즘에 그 새끼 아들하고 만난 다문서."

"야야 그따우 소리 하디 말라우."

그러한 길주의 태도가 어딘지 어색해 보였다.

또 술잔이 몇 바퀴 돌아갔다. 그리고 누가 선창을 했는지 지난 날 그들의 입으로 불리어진 일이 있는, 지금은 좀처럼 들을 수 없 는 노래가 합창되었다.

동지는 기다린다 어서 가자 이북에

등잔 밑에 우는 형제가 있다

모두 도탄에서 헤매고 있다

방 안이 갑자기 조용해진 가운데 셋의 부르는 힘찬 노랫소리는 기실 어딘지 애처로웠다. 주인 아주머니가 빈자떡 부치던 손을 쉬고 귀를 기울였다.

또 잔이 얼마간 돌았다.

갑자기 밖이 소란해지며 주인 아주머니의 거센 사투리가 터져 나왔다.

"이거 뭘 이따우가 이서. 지짐 당수 한다구 사람을 어드케 보는 거야. 야 이놈아, 이래두 이북에선 갖출 거 다 갖추구 살았다아 이놈."

길주가 말새끼처럼 벌떡 일어나 뛰어나갔다.

"쌍놈우 새끼 고릉 거 다아……."

주먹에 간장을 쓱 바르고 둘을 건너다보며 싱긋 웃었다.

"와 그래?"

"그 새끼가 돈두 안 내구 따따부따하문서 아주머니보구 반말질을 했대."

셋은 함뿍 취해 일어섰다. 문 앞 길섶에 젊은이가 꾸부리고 앉아 신음하고 있는데, 그 옆에서 그의 친구 같은 청년이 등을 문질러주다가 나서는 것을 보고 흠칫 놀라며 일어섰다. 그것을 보고 길주는 한쪽 어깨를 쓱 올려 보이며 입을 비쭉했다. 걸은 몇 걸음 발을 옮기다가 되돌아가서 길주의 소매를 끌었다.

"거 함부루 사람 티디 말라우."

길주는 학구의 어깨에 기대 걸으면서 거의 혀가 굳어진 입으로 중얼거렸다.

"걸아! 네 말이 옳다 옳아. 그런데 내가 안 틸 걸 텐. 틸 놈 뒜디."

"틸 놈이 무슨 틸 놈이야. 빨갱이두 아닌데 그르케까디 틸 건 뭐이야."

"그래 그래, 네 말이 옳아아. 빨갱일 티야디, 티야디. 빨갱이 이 놈우 빨갱이 나오나라아."

그러고는 혼자 흥에 겨워 노래를 부르는 것이었다.

최후에 야단났다 망치 들고 나가자
생사람을 때랬더니 야단났구나
나가나 들어가나 마찬가지다
이리 티고 데리 티고 모주리 티자아

소련 혁명 당시 동궁(冬宮) 습격 때 불리었다는 노래를 해방 직후 이북에서 흔히 공산당을 두고 야유하는 뜻으로 부른 것이다.

걸은 학구에게 길주를 맡기고 그 길로 예의 다방에 들렀다.

취기를 좀 날리고야 삼촌 집에 기어들어갈 수가 있었기 때문이다.

열 시가 넘었는지 다방에는 손님이 없고 나무통에 꽂힌 향나무 그늘 밑에 성기 형님이 외로이 앉아 있었다.

걸이 굽실하고 인사를 하자 성기 형님은 나지막한 소리로 가까이 와서 앉으라고 했다.

성기 형님과 마주 앉으니 별안간 머리가 핑 돌았다. 그리고 무엇인지 성기 형님에게 얘기하고 싶은 충동이 일어났다.

"형님 안됐수다. 이르케 술을 테먹구, 학구가 취직해서 돈이 생겼다구 먹자구 해서 한잔 먹었수다. 어드카갔소? 그르케 됐수다레."

"……근데 형님, 우린 형님을 믿습무다. 우리덜이야 뭘 모르디 않소. 우린 거저 형님만을 믿구 있수다. 하래기만 하문 무엇이구 다 하디요."

"그른데 형님, 우린 뭘 하문 돟겠소? 뭘 하야 될디 모르갔수다, 모르가시요."

"……빨리 고향에 가구 싶수다. 빨갱이덜 테부시야 되디 않소. 티두룩만 해주시구레."

걸은 이미 성기 형님을 의식하지 않고 술의 힘을 얻어 지껄이고 있는 것이었다.

"학구두 취직했다구 합두다만 나는 시원하게 네기디 않습무다. 길주 니야기는 공당에서 시시한 놈덜 까부신다구 합두다. 근데 주먹을 내두를 데야 따루 있디 않갔소. 빨갱이 아닌 사람 티능 건 난 찬성 안 합무다.

······빨갱이 아니구두 나쁜 놈덜이 있긴 합두다. 틸 놈두 있긴 합두다. 그른데 형님."

걸의 취한 눈동자가 멀거니 성기 형님을 쳐다보았으나 그 시선 은 초점을 잃고 있었다.

성기 형님은 그저 말없이 앉아서 걸을 건너다볼 뿐이었다.

"빨갱이부텀 테없애야 하디 않소? 국제 정세니 UN이니 난 모르갔수다. 거저 빨리 그 새끼덜 까구만 싶수다레.

······형님, 난 원수를 가푸야 하디 않소? 나 이남으루 온 댐에 우리 아바지 잡아다 가두와서 죽게 한 놈덜 난 그대루 둘 수 없수다. 형님, 이리케 오래 가문 이북에 두구 온 동생 새끼, 빨갱이 다되디 않갔소."

걸의 얼굴에 괴로운 표정이 흐르며 보기 흉하게 일그러졌다.

"형님, 성기 형님, 빨갱이 티두룩 해주우. 그때터럼 해봅수다.

······니 박사한테 형님이 가서 니야기하문 되디 않소? 우린 아직두 주먹이 든든하우."

걸은 주먹을 들어 탕 탁자를 두들겼다. 레지가 이맛살을 찌푸렸다. 그러나 성기 형님은 돌부처 모양 앉아 있었다.

"요전에 돈수 형님이 자기 있는 농당에 오라구 합두다. 이젠 가긴 가야겠수다. 삼춘 밥 얻어먹기두 이젠 안 되가시요. 이젠 땅을 파갔수다. 땅을 파가시요. 내가 먹을 거만 내가 만들가시요. 근데 콩이 될디 팍(팥)이 될디 모르갔수다.

……그른데 난 아덜터렁 쪼꼼두 형님 원망하딘 않습무다."

탁자에 놓인 성기 형님의 두 손이 잠시 파르르 떨렸다.

눈에도 이상한 광채가 돌았다.

"형님……."

성기 형님이 불쑥 일어섰다. 걸도 반사적으로 일어섰다. 어느새 걸의 눈동자가 제대로 자리잡혔다. 와락 성기 형님의 손을 붙들었다.

"형님, 와 그루? 화났소?"

성기 형님이 가만히 그것을 뿌리쳤다.

"몹시 취했구만. 이전 집으로 가디."

그러고는 그대로 몸을 돌렸다. 걸은 잠시 멀거니 서서, 걸어나가는 성기 형님의 축 늘어진 두 어깨에 시선을 보내다가 문밖으로 사라지자 언뜻 정신이 들어서 허둥지둥 그 뒤를 따랐다.

"형님, 용서하시우. 난 그릉 게 아니우다. 술 테먹구 안됐수다, 형니임."

문을 열고 어두운 한길에 나섰을 때 성기 형님은 벌써 오가는 사람들 틈에 끼여 저만큼 걸어가고 있었다.

3

이튿날 걸은 아침 일찍이 시장으로 나갔다. 삼촌이 차려놓은 라디오 수선 가게의 문을 열고 차분차분 물건을 늘어놓았다. 전부 꾸리면 혼자서도 쉽사리 메고 성큼성큼 걸을 수 있는 정도의 물건이지만 그것이 삼촌네 네 식구와 걸을 먹여살리는 밑천이었다.

조금 더 있으면 열네 살 난 조카 옥순이가 그 앞에 양담배 같은 물건을 늘어놓게 된다. 그것도 적잖은 수입이었다. 가게를 벌인 사람들이 차츰 모여오고 평북 사투리가 터져나오면서 이 시장 한 구석에는 늠름한 활기가 떠돌기 시작했다.

걸은 손재간이 없어서 라디오 수선을 거들 엄두도 못 냈다. 그러나 가끔 이 구석에 어깨들이 수작을 걸어올 때면 걸은 그들 앞에 턱 나서서 벌어진 가슴을 내밀었다.

그러면 그만이었다. 걸의 날파람[6]은 대단한 것이었고 특히 그 대갈받침(헤딩)은 정평이 있었다.

그런데 걸은 이즈음에 와서 기가 죽은 사람처럼 생기를 잃어갔다. 냅뜰성[7]이 없어지고 꿍꿍 안으로 감아들기만 했다. 삼촌이 걱정하여 어디 몸이 편찮으냐 하였으나 걸 자신도 그렇게 맥이 풀리는 연유를 알아낼 수 없었다. 옆에 약방을 내고 있는 삼촌 친구가 그것은 비타민 부족일 것이라고 약을 주었으나 한 병을 다 먹어도 전연 효과가 없었다.

오정 가까이 걸은 이리저리 시장터를 헤매었다. 물감 장사를 하는 삼봉이도 만나고 양복 장사를 하는 택일이도 만났다. 경기는 괜찮은 모양이었다. 모두 땀을 빡빡 흘리면서 일하고 있는 것이 기특했다. 삼봉이는 제법 색시도 얻고 딸자식까지 보고는 성격마저 아주 달라진 것 같았다. 우는 어린것을 안고 달래는 것을 보면 아무리 해도 이 친구가 전에 기관구 파업 선동자들 소굴을 선두에서 들이치던 친구같이 생각되질 않았다.

가게에 돌아온 걸을 보고 삼촌이 눈짓을 했다. 옥순이가 양담배를 몽땅 떼이고 순경을 따라가면서 울고불고 야단이라는 것이다. 걸은 사람들을 헤치며 순경 일행을 따랐다. 가까이 다가서며 걸은 비스듬히 순경 얼굴을 들여다보았다. 그리고 빙긋이 웃었다. 정복에 정모를 눌러 쓴 순경은 바로 한때 같이 쏘다니며 주먹을 휘두르던 다름아닌 덕배였다. 걸은 덕배의 옆구리를 쿡 찔렀다. 휙 돌아보는 사나이 얼굴이 금방 흩어지면서 옛 친구 그대로의 얼굴로 변했다.

저녁에 학구와 걸은 덕배를 털었다. 길주는 어디 갔는지 찾을 수가 없었다. 순댓국을 놓고 소주를 부어 넣으면 순경도 다를 것이 없었다.

"덕배야, 너 뭐 그렁 거 하구 댕기네? 양담배 당수 거 얼마나 된다구 떼구 야단이가."

"할 수 있네? 하라문 하야디, 근데 그를 땐 좀 행펜 살피구 감추두룩 하람."

"요댐엔 좀 알레달라우. 거 어디, 옥순이넨 보간, 고고 고래두 이북에선 없능 거 없이 크디 않안? 근데 지금은 녀학교두 못 가디

24

않네."

학구가 한마디했다.

"덕배야, 저 잡을래문 좀 큰 거나 잡으람. 겨우 먹구살라구 피난민 당수하는 거나 떼구 엎덴."

"나두 모르디. 경제덕으루 그르카야 된대디 않니."

"경제구 뭐이구 먹구살아야 되디 않네."

"……"

"너 수지맞디?"

"무슨 수지야?"

"거 뭐 그르디 마. 다 알구 있능걸."

"이 새끼, 아직두 넌 아가리가 티껍구나(더럽구나)."

덕배는 일이 있다고 하면서 먼저 일어나 계산을 끝내고는 오백 환을 더 놓고 나갔다.

"야, 너 멋있게 해서 출세해라. 어디 덕 좀 보자아."

덕배가 나간 후 걸은 어제저녁 다방에서의 얘기를 했다.

"내가 아무래두 취해서 실수항 게 틀림없어. 괜히 들으갔다 그르케 됐구만."

"야, 그까지 꺼 뭘 걱정하네. 그거 사실 아니가야? 너나 나나 성기 형님 따라댕겨서 된 게 뭐이가?"

"뭐 되구 안 되구 성기 형님두 그 네배당에 댕기문서 예수 믿는 게 탈이디 뭐이가. 네배당 댕기는 사람은 약해디거덩. 하누님두 도티만 사람 새끼가 그래 하누님 하는 일 할래니 될 게 뭐이던."

"그것두 그르티."

"네배당 댕기멘서두 먹는 놈은 잘 먹는다야. 그른데 이건 어드케 된 건디 말이 안 되거던. 너 그 김가놈 봐라."

"김가놈?"

"어저께 니야기하디 않던. 그 용수 머이 보레 갈랠 때 나오디두 않구 술만 한 병 내보내던 새끼 말이야."

"……"

"그 새끼 내가 들었는데 국회의원 하면서 돈 가지구 지금은 무슨 회사 사장인가 하문서 대단하대네. 그리구 거기다 배때기가 불러서 무슨 정티운동 한대나. 글쎄 그따우 새끼가 잘되는 판이래두그래."

걸은 소주를 쭉 들이키고 한참 만에야 입을 열었다.

"거 참 그르케 될까?"

걸은 멍하니 밖을 내다보면서 무슨 생각을 했다. 그것은 모를 것이 하도 많다는 생각이었다.

"어지께 밤두 내가 좀 말하다가 고만뒀디만 길주 새끼가 요좀에 그 김가 아들 새끼하구 때때루 만나는 모양이야. 술이나 생기는 모양이거덩. 아새끼 그르케 되문 동내치(거지)나 다를 거 뭐이가."

어두운 밤길을 집으로 돌아가는 걸과 학구의 발걸음이 약간 비틀거렸다.

"야 걸아, 이젠 조꼼만 먹어두 비틀거리게 됐으니 다 틀렸다 틀레서."

학구가 혼자 한탄을 했다.

을지로 3가까지 걸어 나와 버스를 기다리는데 껄껄 트림을 하고 섰던 학구가 갑자기 툭 하고 걸의 허리를 쳤다.

"야 데거 봐, 데거 데거 요르케 들어맞누마 요르케."

저편에서 신사차림을 한 인물을 싸고 사오 명이 걸어오는 것이 보였다. 자동차 라이트가 그 인물의 얼굴을 비췄다. 어디서 본 것 같은 얼굴이었다.

"데끼 알디? 김가 아니가야, 김가. 그 새끼야 바루. 그루구 그 옆이 아들 새끼구 또 그 뒤에 길주 새끼가 오디 않네. 새애끼. 내 말이 맞았다."

일행이 가까이 밀려오자 학구가 쓱 그 앞으로 나서며 퉁명스럽게 인사를 걸었다.

"아, 김선생님 아니십네까? 오래간만입네다."

김가가 언뜻 서서 힐끗 쳐다보고 잠시 멍하니 섰더니 흠칫하고는 그대로 지나가려고 했다. 길주는 비실비실 길 저편으로 몸을 피했다. 그와 반대로 어깨 비슷한 청년이 쓱 앞으로 나서며 김가와의 사이를 가로막았다. 그것을 보자 걸은 확 가슴에 치솟는 뜨거운 덩어리를 느꼈다.

"뭐야 이거 다. 김가야, 인사 받으람. 되디 못하게. 길주야, 넌 어케 된 거가? 데따우[8] 따라댕기구."

두 청년이 힐끔 고개를 돌려 길주를 보았다.

길주는 하는 수 없이 엉금엉금 걸의 앞에 와서 애원하듯이 변명을 했다.

"야 걸아, 오해하디 말라우. 거 뭘 그르네, 말하문 다 알디 앙

칸."

길주는 손짓으로 두 청년을 보내고는 걸과 학구를 번갈아 쳐다보았다. 생침을 꿀꺽 삼키는 소리가 들렸다.

"내일 말하가서. 그르케 알아달라우."

하고는 연신 김가가 간 쪽을 돌아보았다.

학구가 주먹을 어깨 위에서 흔들었다.

"이 새끼야 가아."

길주는 언뜻 방어태세를 취하려다가 그대로 슬렁슬렁 김가가 간 쪽으로 뒷걸음을 쳐서 어둠 속에 사라지고 말았다.

학구가 거기다 대고 한바탕 욕설을 퍼부었다. 걸은 얼굴을 찡그리며 중얼거렸다.

"다레 와 데리케 된?"

4

이튿날 걸은 예의 다방에서 오랜만에 상경한 돈수 형님을 만났다.

반가왔다. 그제와 어제 일로 더욱 산란해진 마음에 포근히 감싸주는 것을 느끼는 때문이었다.

"형님, 나 메칠 있다 농당으루 가갔수다. 뭐 여기 이시야 눈꼴사나운 거밖에 보이야디요."

돈수 형님은 빙긋이 웃었다.

"뭐이 그렇게 눈꼴사나운가?"

"뭐 다 씨원티 않수다. 성기 형님은 이젠 틀링 거 같습두다. 뭐 하능 게 이시야디요."

걸은 이틀 동안에 일어난 학구니 길주니 김가의 얘기를 했다.

"대한민국이야 이젠 빨갱이 없디 않소? 공당에 무슨 시시한 새끼가 있갔소? 형님은 내가 그때 괜한 사람 빨갱이라구 해서 그런 줄 알구 됐다가 벵신 만등 거 잘 알디 않소."

"학구가 뭐 덮어놓구 사람을 티구 대니지야 않갔디, 학구는 어딘지 마음이 착하고 바른 데가 있으니까."

"그런데 길주 새끼는 와 그를까요?"

"글쎄 무슨 사정이 있는 게로구만."

"사정이구 뭐이구 그 김가하구 같이 댕길 사정이 있을 거 뭐이애요? 형님, 나는 와 그른디 길주 새끼가 그 옆에 붙어가능 걸 봤더니 갑자기 김가놈이 미워딥두다. 참 미워죽갔습두다. 글쎄 김가 같응 거 따라 댕길 거 뭐이애요?"

"김가건 누구건 무작정하구 따라다녀서는 안 되지. 길주야 그렇지 않겠지만 남의 앞잽이가 돼서 용돈이나 얻어 쓰면서 공연한 사람들 치구 다녀서야 안 되지. 절대 안 되는 일이지."

돈수 형님의 말끝이 떨려 나왔다. 걸은 미처 그 말뜻을 새기지 못해 잠깐 괴로운 표정을 했다.

"요좀엔 암만 생각해두 모를 일이 많아시요. 학구가 그룹두다. 한데 피난민덜은 담배 팔아먹었다가두 떼이구 녹아가는데, 글쎄 김가 같응 건 돈 벌구 잘되시야 됩네까 어디."

"글쎄 돈은 벌겠지만 그것이 잘되는 일인지 못되는 것인진 두고봐야 알 일이지."

걸의 표정이 또 난처해졌다.

"어지께 밤은 김가를 테갈기구 싶은 생각이 듭두다. 한데 꾹 참고 고만뒀디요."

차가 오자 이야기는 중단되었다. 쓴 커피를 마시면서 돈수 형님은 걸과 또 걸 또래 젊은이들을 생각하는 것이었다.

이런 직정(直情)은 다른 데서는 절대로 찾아볼 수 없는 것이라고 생각했다. 그리고 지난날 표범처럼 뛰던 그들 모습을 생각했다. 주먹만 내어두르면 모든 것이 잘될 것이라고 믿었던 어리석은 꿈이 깨어지고 지금 이처럼 산란해진 마음을 여기 보는 것이다. 시대의 상황이 불가피하게 요구됐던 필요악의 에너지가 지금 타성을 벗어나려고 꿈틀거리는 몸부림을 느끼는 것이다.

"걸인 육이오 때 특수부대에 참가했었지?"

"예."

"그때 어떻던가? 치고 받고 때리는 것처럼 되지는 않지?"

걸은 얼굴을 붉히며 히뭇이" 웃었다.

"안 되갔습두다. 주먹보다는 총알이 더 빠르디 않소."

돈수 형님의 걸에 대한 제일과가 시작된 셈이었다.

비정하기 짝이 없는 일이지만 어느 때나 한 번은 부딪쳐야 할 일이다. 그것은 빠르면 빠를수록 좋은 것이라고 생각되었다.

돈수 형님은 얘기의 뜻을 새기지 못해 간간이 괴로운 표정을 짓는 걸의 멍이 든 이마를 보았다. 몹시 벽에 부딪친 일이 있어 그

기능의 일부를 상실한 걸의 머리가 바로 눈앞에 있는 것이다.

돈수 형님은 일종의 전율을 느꼈다. 멀리서 깨끗한 한 표를 떠들어대는 스피커 소리가 들려왔다.

돈수 형님과 헤어진 걸은 망연히 거리를 거닐기 시작했다. 널따란 공지 한구석에 사람들이 모여 있었다. 자동차 위에 사십 세가량 되는 신사가 목청을 돋우어 육성으로 떠들어대고 있었다. 걸은 자기도 모르게 걸음을 멈추고 그 틈에 끼어들어 갔다.

"……여러분의 깨끗한 한 표가 새로운 생활을 보장하는 관건이 될 것이고…….

진정한 우리의 지도자가 과연 누군가를 식별하는 여러분의 명철한 판단력이……."

연사의 얼굴은 차차 홍조를 띠기 시작했다.

"……일부 권력층이 아니고 전 국민이 모두 잘살 수 있는 진정한 균등 사회가…….

……우리는 이대로 방관하고 있을 것인가…… 아니다."

청중 가운데서 박수가 터져나왔다.

"……새로운 평화적 통일 방안을 수립함으로써 이 숨막히는 현실을 타개하고……."

걸은 예의 괴로운 표정을 지었다.

'평화적? 싸우지 않고 가만히 하자는 뜻일 게다. 그러면 빨갱이들하구 싸우지 않고 될 수 있다는 뜻이 아닌가? 그럴 수가 있나.'

"잠깐만."

걸은 불쑥 손을 들고 한 걸음 나서며 연사의 얘기를 가로챘다.

"물어볼 말이 있수다. 평화적 통일이랑 게 뭐입네까?"

모든 청중의 시선이 일제히 걸에게 쏠렸다. 연사는 약간 당황한 빛을 보였다.

"네, 그것은 무력통일이 봉착한 정세를 타개키 위한…… UN의 감시하에…… 지금 국제 정세는……."

걸은 또 얘기를 가로막았다.

"국제 정세는 모르갔수다. 근데 빨갱이들하구 싸우디 않구 어드케 조용히 통일이 되갔소오?"

그러자 걸의 옆에 섰던 청년들이 웅성거리기 시작했다. 그중 한 명이 연사를 손가락질하며 소리를 질렀다.

"저 새낀 빨갱이다."

뒤따라 일제히 집어치우라고 고함을 질렀다. 연사보다 도리어 걸이 당황했다.

"아니 이거 와덜 떠들우? 니야길 들어야디."

이번엔 걸의 얘기에 힘을 얻은 청중들이 청년들에게 항의했다.

"떠들지 맙시다아."

"얘기 듣구 봅시다아."

청년들 손에서 돌멩이가 몇 개 날았다. 그리구 우욱 하고 걸의 옆을 지나 연사 있는 쪽으로 몰려가려고 했다.

순간 걸은 자기도 모르게 앞장을 선 청년의 다리를 걷어찼다. 청년은 보기 좋게 앞으로 거꾸러졌다.

"말로 하디 와 그래?"

청년이 벌떡 일어서며 대뜸 주먹을 들어 걸을 후려갈겼다. 보다

빨리 걸이 허리를 낮추자 청년은 또 한 번 제 바람에 몸을 던져 모난 돌멩이에 머리를 쥐어박았다.

"뭐야 뭐야?"

"빨갱이야."

"쳐라, 쳐라."

청중은 멀찍이 피하고 자동차는 어느새 연사를 싣고 자취를 감추고 말았다.

"빨갱이? 야 이 새끼덜 봐라, 내가 빨갱이야? 어림두 없다야. 이 새끼덜, 도대체 와들 덮어놓구 덤베드능 거야? 돌멩이는 와 팽게티능 기야?"

걸의 눈에 이상한 빛깔이 번득였다. 그것은 몇 년 만에 비친 표범의 눈빛이었다.

두 명의 청년은 그 기세에 눌려 눈치만 보며 뱅뱅 걸의 두리[10]를 돌다가 거꾸러진 청년을 일으켜 끌고 군중들 가운데 뛰어들어 갔다.

그중 한 명은 어제저녁 김가와 함께 가던 청년 같았다. 걸은 그들이 사라지는 저편 가게 옆에 얼씬 길주의 그림자를 본 듯했다.

"길주야."

걸은 날쌔게 군중을 헤치고 달려갔다.

5

길주를 못 찾고 발길을 돌린 걸은 그대로 거리를 걷고 있었다.

'새애끼덜, 유티한 수작을 하누만, 내가 빨갱이라구. 누군 줄 알아, 홍 어느 땐 줄 알아. 그런 덩도루 누굴 티갔다구.'

우선 우스운 생각이 들었다. 그리고 잠시나마 피어린 투지를 생각했다. 아직도 꺼지지 않은 힘의 불티를 확인한 기쁨이 있었다. 불덩어리가 되어 돌아다니던 지난날이 그립고 정다왔다.

제멋에 젖어 있던 걸은 갑자기 경사지는 마음을 느꼈다.

'확실히 그것이 길주였을까? 그리고 연사를 힐난하던 청년들의 욕설, 뛰어놀던 그 자세, 그것은 나와 학구와 길주와 또 그리고 친구들의 그 옛날의 모습과는.'

몸이 화끈 불같이 달아올랐다.

'그럴 리가 없디— 그따우덜 하능 것과야 달랐디— 무엇이, 그때야 어디 지금터렁 펜안했나, 결사덕이댔디— 그루구 또 빨갱이하구는 말이 안 되거덩. 그러니까 티야디, 거주뿌리만 하거덩— 그루구— 그치는 빨갱이 아니거덩, 말로 하야디 그루구.'

더 중요한 무엇이 있을 것 같은데 걸의 머리에는 좀처럼 떠오르지가 않았다.

'나는 몰라서 물어볼라구 항 건데, 그 새끼덜은 와 갑재기 덤벼들어 그 사람을 틸라구 했을까.'

그는 걸으면서 손바닥으로 자꾸 머리를 쳤다. 악기점 레코드가 숨찬 가락으로 마구 맘보 곡을 두드려대고 있었다.

어디를 어떻게 헤매었는지 걸은 어느덧 명동 으슥한 폐허 밑에 우두커니 서 있었다. 해는 기운 지 오래고 저편 개수 중인 건물이 우뚝 도깨비처럼 서 있었다.

'그 새끼덜과는 다르디, 절대로 다르니, 같애서야 안 되디.'

그러나 그것은 어디까지나 직감에 그치는 것이었다. 아무리 해도 뚜렷이 따르는 논리를 찾아낼 수는 없었다.

'나는 바보가 되고 말았구나.'

돈수 형님이 그리워졌다.

'내일 당장 보따리를 싸가지구 돈수 형님한텔 가야디.'

걸은 꼼짝도 않고 오래도록 그 자리에 서 있었다. 빛은 말끔히 자취를 감추고 가게가 보이는 저편에 전등불이 켜졌다. 멀리 지나가는 전차와 자동차 소리가 이 어두운 폐허를 더욱 잠잠하게 했다.

오랜 시간이 흘렀다.

뜨르르. 모아놓은 벽돌과 흙무더기가 미끄러져 내리는 소리가 났다. 걸은 번쩍 정신을 거두었다. 본능적으로 어떤 위협을 느끼고 날카로운 눈초리를 주위에 부었다.

네댓 명의 그림자가 버티고 서 있었다. 그것이 조금씩조금씩 발을 옮기며, 말없이 가까이 다가왔다. 걸은 두어 걸음 물러서며 앞선 그림자의 손에 쥐어진 번득이는 것을 보았다. 싸고드는 그림자들을 쭉 훑어보았다. 그 뒷놈이 혁대를 들고 또 다른 한 놈은 곤봉을 들었다. 그 외는 빈손 같았다. 먼저 치워야 할 놈은 선두와 혁대 든 놈이라고 걸은 작정했다.

"너덜 뭐이가? 와 이르나 말을 해라."

"……"

"나는 빨갱이 아니면 안 싸우는 주의다."

"……"

"……"

"너덜 빨갱이가?"

"……"

"빨갱이야?"

"이 자식!"

고함과 함께 휙 하고 소리를 내며 단도날이 걸의 옆구리를 스쳐
갔다. 걸의 걷어찬 구둣발이 그 얼굴에서 터졌다. 피익 하고 혁대
가 독사 모양 꼬리를 들어 걸의 바른 어깨를 쳤다. 걸의 몸뚱아리
가 막대기처럼 서서 날자 그는 자빠지면서 손으로 얼굴을 움켜쥐
었다. 그와 동시에 걸의 뒷덜미에 곤봉이 떨어졌다. 걸은 탁 무릎
을 꿇었다. 그대로 발길과 곤봉이 쏟아져내렸다.

"하아악."

짐승 같은 소리가 걸의 입에서 터지자 곤봉을 든 놈이 한 바퀴
공중에서 돌고 철썩 땅에 떨어졌다. 걸이 다시 벽을 등지고 어깨
를 들먹거리며 거칠게 숨을 내뿜으면서 말없이 대치하고 틈을 엿
보는 시간이 흘렀다. 씨걱씨걱 숨소리만 들렸다.

벽돌장이 날아왔다. 걸의 눈에 맞보이는 그림자가 자꾸 겹쳐 보
이기 시작했다. 가슴을 타고 몸에서는 걷잡을 수 없이 스르르 힘

이 빠져나가는 것 같았다.

우욱 하고 그림자가 무더기로 몰려들었다. 한 놈을 받아 넘기면서 그대로 옆으로 쓰러졌다. 일어서려는 걸의 가슴과 어깨와 머리에 사정없이 주먹과 구두가 날아왔다. 머리에서 앵 하는 사이렌 같은 소리가 나면서 정신이 흐려졌다.

'마지막이다' 하는 절망과 함께 번개처럼 머리를 스쳐가는 것이 있었다.

용수처럼! 분노와 원한과 설움이 한꺼번에 머리를 뒤흔들어 놓았다.

"용수야아."

걸의 날카로운 비명이 어둠 속을 비껴갔다. 그때였다.

아까부터 폐허 뒤에서 꿍꿍 신음 소리를 지르고 있던 한 그림자가 표범처럼 달려들었다. 배후로부터의 불의의 습격에 폭행자들은 비명을 올렸다. 순식간에 두 명이 거꾸러졌다. 그림자는 한 놈의 멱살을 비틀어잡고 벽에다가 쥐어박았다. 걸은 혼미한 속에서 벽돌장을 걷어차는 구두 소리와 뼈와 뼈가 맞부딪치는 소리를 들었다.

"이 자식, 배반했구나."

이런 소리가 들렸다. 또 쿵 하고 무거운 몸뚱아리가 땅에 떨어지는 소리가 났다. 쳐다보는 눈에 어렴풋이 우뚝 선 그림자가 보였다.

"배반? 이른 배반이래문 백 번이래도 하디."

거치른 숨결과 함께 이런 소리가 들렸다. 귀익은 목소리였다. 우르르 벽돌장과 흙덩이가 무너지는 소리와 함께 당황한 구두 소리가 멀어졌다. 우뚝 솟은 그림자만이 걸의 앞으로 다가왔다. 걸은 전신의 힘을 모아 반신을 일으키려고 했다.

"걸아."

"누구야?"

"나야, 길주야."

"길주? 네 새끼가, 이 새끼 잘 만났다."

걸은 와락 달려들며 머리로 가슴을 떠받았다. 길주는 뒤로 쓰러졌다. 길주의 머리 위에 주먹이 쏟아졌다. 길주는 그것을 피하며 걸을 걷어찼다. 동시에 일어선 둘은 붙자마자 또 쓰러졌다. 엎치락뒤치락 서로 얼싸안고 땅 위를 굴러갔다.

무엇 때문에 걷어차는 것인지, 무엇 때문에 얼싸안고 돌아가는 것인지, 그저 이렇게 하지 않고는 견딜 수 없는 안타까움이 똑같이 두 사람의 마음을 뒤끓게 했다. 걸이 밑에 깔렸다.

"이 새끼, 너 김가 꺼 테먹어서 아직도 꽤 쓰누나."

걸이 응 하고 힘을 주자 길주가 옆으로 쓰러졌다. 서로 멱살을 부여잡았다. 그리고 그대로 말없이 꼼짝 안했다. 걸이 먼저 손을 놓았다. 길주가 따라 손을 거두었다. 그리고 어둠 속에 누운 채 한참 서로 건너다보았다. 같이 일어섰다. 걸이 비틀 하고 몸이 기우는 것을 길주가 붙들었다.

"아프네?"

"괜티않아."

걸은 다시 무릎을 굽히고 주저앉아서 떨어진 옷소매로 피와 땀과 흙이 엉긴 얼굴을 묻혀냈다. 길주가 그 옆에 주저앉으며 손으

38

로 얼굴의 땀을 문질러냈다. 한참동안 서로 말이 없었다. 걸은 머리를 무릎 사이에 처박았다.

한참 그대로 쪼그리고 앉았던 걸은 차츰 머리와 가슴과 허리와 다리에 맹렬히 쑤셔대는 아픔을 느끼기 시작했다.

이 으스러질 것 같은 고깃덩이가 지금 이 폐허 밑에 웅크리고 앉아 있다는 것— 분명히 느낄 수 있는 것은 단지 이 한 가지뿐이었다.

길주가 일어서며 걸의 팔을 잡아당겼다.

"야, 팽북집에나 가서 한잔 하자."

걸이 고개를 들었다.

"무슨 돈으루."

"내게 좀 있다."

"뭐? 김가 새끼한테 받은 거?"

"그르믄 멜해. 도죽질한 돈 테멍능 건 일 없어."

"야아 빨갱이 같은 소리 관둬."

"있는 돈 팽개티간? 말 말구 가자."

"이 꼴 하구 어딜 가?"

"괜티않아. 그 아즈마니한테 가서 입성(옷)이나 대래달래잠."

목이 타고 다리가 휘청거렸다. 둘은 서로 얼싸안다시피 부축하고 마치 상한 짐승처럼 어슬렁어슬렁 어두운 길을 걸어나갔다.

저편에 사람들이 오가는 화려한 거리가 보이고, 악기점의 노랫소리에 뒤섞여 악을 쓰고 있는 선거운동의 스피커 소리가 들려왔다.

불꽃

제 1 부

산과 산, 또 산. 이어간 산줄기와 굽이치는 골짜기. 영겁의 정적.

멀리서 보면 북에서 남으로 흐르는 이 골짜기가 마치 푸른 모포를 드리운 것같이 부드러운 빛깔로 보였다.

그러나 골짜기를 뒤덮고 있는 관목의 가시와 잎사귀에 가리어 험한 바위가 짐승처럼 엎드리고, 담그면 손목이 끊길 것 같은 차디찬 냇물이 그 밑을 흐르고 있었다. 이 골짜기가 내려다보이는 서녘, 부엉산 산마루. 거기 동굴이 있었고 그 동굴을 등지고 고현(高賢)은 앉아 있었다. 기대고 있는 바위가 퍽 차가왔다. 해가 산마루 뒤로 기울기 시작하면서 골짜기의 이편에 지어졌던 그늘이 차차 저편 산허리로 물들어갔다. 그곳 검푸르게 우거진 솔밭 가운데 현의 증조부의 산소가 보였고, 거기서 눈길을 북으로 돌리면 보이지 않는 오욕(汚辱)의 날[刀]이 영겁의 산줄기를 끊어놓고 있었다. 아니 지금은 그 흔적뿐, 포성과 함께 피를 뿜고 남쪽으로 옮겨간 오욕의 날. 오욕, 인간이 땅과 인간에게 가한 오욕.

현은 손바닥으로 턱을 쓰다듬었다. 짐승처럼 사람의 눈을 피해 쫓겨다닌 기나긴 시간이 턱과 뒷덜미에 흐르고 있었다. 가마솥같이 거친 턱수염. 덜미를 뒤덮은 머리카락, 그리고 가슴에는 무수한 가시가 돋혀 있었다.

이 동굴에 기어오른 지 두 시간. 방금 소총의 손질을 끝냈다. 두 달 남짓, 누더기로 감싸 동굴 안 바위 위에 올려둔 소총은 싸리를 박아놓았던 총열 안 탄도를 남기고 거의 붉은 색깔로 변해 있었다.

에스 에스 에스 에르(CCCP)[1] 소련제 아식 보총(A式步銃). 그와 흡사히 녹슨 세 발의 탄환. 손바닥에 스며드는 싸늘한 그 감촉.

현은 가만히 무릎에 놓은 소총 멜빵을 어루만져 보았다. 따각하고 고리가 총신 목판을 치는 소리를 냈다. 견디기 어려운 죽음 같은 고요가 그의 전신을 엄습했다.

사르르 바람이 일기 시작했다. 바위에 돋은 풀 잎사귀가 하늘거렸다. 그리고 뒤이어 풀숲에서 벌레소리가 들려왔다. 갑자기 외로움이 현의 가슴에 흘러들었다. 현은 외로움을 누르려는 듯이 두 팔을 가슴 위에 얹었다. 뚝 하고 동굴 천장에서 떨어지는 물방울 소리가 났다. 그는 가만히 고개를 돌려 어두운 동굴 안을 들여다보았다.

31년 전 바로 이 동굴 안에서 그의 부친이 스물네 살의 짧은 생애를 끝마쳤던 것이다.

1

1919년 3월 상순. 일요일도 아닌 어느 날 하오. 서울에서 북으로 백여 리 떨어진 P고을. 이곳 조그만 교회 안에는 남녀 교인 삼십여 명의 조용한 모임이 열려 있었다.

한 늙은 교인이 일어서서 손을 움켜쥐면서 고개를 숙이자 여러 교인들도 자리에 앉은 채 눈을 감았다. 노인의 기도 소리가 천장에 튀어 울렸다. 간간이 교인들 입에서 '아아멘' 소리가 흘러나왔다.

기도가 끝나자, 노인은 옆에 놓인 보따리를 풀어 차곡차곡 접어놓은 헝겊을 들어 한 장씩 나눠 주었다. 교인들은 말없이 그것을 펴보았다. 그것은 삼색으로 물들여진 태극의 기폭이었다. 한 젊은이가 싸리로 깎은 한 묶음의 댓가지를 가져왔다. 모두 말없이 그 댓가지에 기폭을 달았다. 어떤 교인은 그것을 좌우로 가만히 흔들어보고 어느 젊은 여인은 기폭을 손으로 꼭 쥐어보았다.

일행은 조용히 밖으로 나갔다. 교인들의 경건한 얼굴에 갑자기 긴장의 빛이 떠올랐다. 교회를 나와 거리에 나서자 깃대를 나누어주던 키 큰 젊은이가 선두에 섰다. 결의에 얼굴이 핀 젊은이는 번쩍 두 팔을 들며 만세를 절규했다. 삼십여 명이 그 뒤를 따랐다.

대한 독립 만세! 일행의 걸음은 갈수록 빨라지고, 목이 터질 것 같은 만세 소리는 더욱 높아갔다. 몇 차례의 만세 소리가 그치면 흥분된 가락의 찬송가가 뒤를 이었다.

"믿는 사람들아 군병 같으니 앞에 가신 주를 따라갑시다……."

이 때아닌 만세 소리에 문을 열고 내다보는 군중들의 눈은 휘둥그레졌다. 어떤 사람은 놀란 표정을 하고 황급히 문을 닫았다. 어떤 사람은 저도 모르게 밖으로 뛰어나와 뒤를 따라가며 마구 미친 듯이 만세를 불렀다. 창백한 얼굴, 찢어진 입부리, 휘청이는 다리와 다리. 감동과 공포에 찬 눈, 눈, 눈.

경찰서 가까운 싸전 가게 앞에 군중들이 밀려갔을 때 목에서 찢어진 만세 소리는 마치 울음처럼 들렸다. 경찰서의 담장 위에는 밀물 같은 이 군중들을 기다리는 싸늘한 총구가 햇빛에 번득이고 있었다.

싸전 가게에서 이 군중의 선두에 선 키 큰 젊은이를 발견한 혹부리 주인은 "악" 하고 경악의 비명을 질렀다. 목에 달린 혹이 부르르 경련을 일으켰다. 손발이 떨리고 눈앞에 확 검은 장막이 내리는 듯했다.

"저 녀석이, 저 녀석이."

하고, 외쳤으나 그 소리는 목구멍 안에서 구르고 있었다. 무거운 덩어리가 머리 위를 꽉 짓누르는 것 같았다. 어이쿠! 주인은 그 자리에 털썩 주저앉았다.

"집안이 망했구나!"

주인은 가슴을 쥐어뜯었다. 뿌륵 하면서 뜯겨진 옷고름이 떨리는 손아귀에 남았다.

또 콩을 볶는 듯한 총소리가 들려왔다. 만세 소리는 멎고 날카로운 비명과 함께 우르르 흩어져 달아나는 어지러운 신발 소리가 들려왔다.

주인의 눈에, 총을 맞고 피를 흘리며 저편 가게와 골목으로 뛰어드는 군중들이 보였다. 총알이 그 뒤를 쫓았다. 주인은 버쩍 정신을 차렸다. 벌떡 일어나 버선발로 뛰어나가자 가게 문에 덥석 손을 대었다. 그리고 미친 듯이 문짝을 뜯어 밖으로 내동댕이치기 시작했다. 마지막 한 장을 밀어 던지고 몸을 날려서 방 안으로 통하는 문짝에 손을 대었을 때 덩그런 가게 안에 총에 몰린 몇 사람이 뛰어들었다.

경악에 눈초리가 찢긴 주인은 쌀 되는 굴대²를 들고 개액 하고 짐승 같은 소리를 지르며 덤벼들었다.

"나가아. 썩 나가아."

고함이 목젖에 걸려 비껴 나갔다. 이 주인의 기세에 그들은 다시 밖으로 뛰어나갔다. 그중 한 명이 가게 문턱을 나서자 총에 맞아 시궁창에 몸을 처박았다.

주인은 펄쩍 가게 한가운데 다리를 걷고, 황급히 도사리더니 떨리는 손으로 담뱃대를 끌어당겨 불을 그어댔다. 그러고는 눈을 꾹 감고 빽빽 담배를 빨았다. 군중을 쫓아 총질하며 가게 앞까지 이른 경찰들은 사납게 일그러진 얼굴로 힐끗 안을 들여다보고는 그대로 달려가버렸다. 그럴 때마다 한편 눈을 지그시 뜬 주인은 '허우' 하고 한숨을 내쉬었다.

한 시간 후 피투성이의 시체가 늘어진 도로를 줄줄이 묶인 군중들이 개새끼처럼 끌려가기 시작했다. 경찰은 절름거리는 상한 다리를 총대로 후려갈겼다.

공포와 죽음의 그림자가 며칠 이 고을 위에 무겁게 뒤덮고 있었다. 여덟 명이 죽고 이십여 명이 상했다. 팔십여 명은 경찰서 유치장과 복도에, 그러고도 모자라 마구간에까지 꾸역꾸역 수용되었다. 그 안에서 밤새 무딘 신음 소리가 들려 나왔다.

일행의 선두에서 만세를 절규하던 젊은이는 총에 맞은 다리를 간신히 끌며 친구 두 명의 부축으로 그곳서 사십 리 떨어진 부엉산 산마루 동굴 속에 몸을 감췄다. 출혈이 심했다. 사십 리 길에 염증이 생겼다. 몽롱한 정신 속에 고통을 견디는 젊은이의 얼굴에는 차차 죽음의 빛이 짙어졌다. 한밤을 신음으로 지낸 젊은이는 날이 밝자 친구가 떠다 준 골짜기의 얼음같이 찬 냇물을 마시고는 죽었다.

다음날은 비가 내렸다. 살아남은 두 명은 이 동굴까지 뻗친 경찰의 손에 잡혀가고 젊은이의 시체는 그의 부친에게 인도되었다. 싸전 주인인 젊은이의 부친은 눈물 한 방울 없이 아들의 시체를 공동묘지에 묻었다. 그는 죽은 아들을 가엾다기보다 증오했다.

"이것은 내 아들이 아니오."

하고, 냉정히 딱 자른 그의 한마디는 일본 경찰이 입회한 탓만은 아니었다. 아비를 두고 죽은 자식은 자식이 아니라 요물이라는 것이었다.

본가에 갔던 며느리는 소식을 듣고 몇 번 기절한 끝에 간신히 몸을 가누어 달려와 남편의 무덤 앞에서 한밤을 새웠다. 아침에 사람들이 묘를 찾아갔을 때 흙투성이가 된 며느리는 거의 실신한 병자같이 되어 있었다. 스무 살에 과부가 된 며느리는 본가에 돌아가 아홉 달 만에 아들을 낳았다. 이름을 현이라고 불렀다.

한 달 후 어린 것을 안고 시집을 찾아간 며느리는 시아버지가 석 달 전에 맞았다는 젊은 여인에게 머리를 숙여 공손히 인사를 드려야 했다.

며느리를 데리고 공동묘지를 찾아갔다 돌아오는 길, 주인은 말 없이 헙, 헙 하고 느끼기만 했다. 며느리는 자기보다 몸을 가누지 못하고 비틀거리는 시아버지가 대문을 들어서자, 왈칵 목에서 피를 토하고 거꾸러지는 것을 부축해야 했다.

사흘 만에 정신을 가다듬은 주인은 며느리더러 손자를 두고 본가로 돌아가 때를 보아 재가를 하라고 일렀다. 그러나 며느리에게는 이미 남편과 같이 지냈고 또 남편이 죽은 이곳에 머무를 결심이 되어 있었다. 며느리는 조용하고도 분명한 어조로 시아버지의 분부를 거절했다. 그때부터 현의 모친의 눈물과 피와 땀에 엉긴 30여 년의 인종의 삶이 시작되었다.

2

싸전 주인은 이 일 년간 갑자기 얼굴에 깊은 주름이 파이고 머리와 수염이 회색으로 변했다. 고노인(高老人)이라고 불리기 시작했다.

고노인은 자라나는 현을 냉랭히 대하는 듯하면서 남모르게 귀해했다. 현이 계집애가 아니고 사내라는 데 있었다. 그러나 자기의 핏줄을 보는 고노인은 어린 현에게서 때때로 어두운 그늘을 보는 듯했다. 그렇게도 맹랑하게 죽은 자식, 그 자식의 생명을 이어 그렇게도 야릇이 태어난 손자.

고노인은 아들이 죽은 다음해 가을, P고을에서 이백여 리 떨어진 곳에 모셨던 선친의 무덤을 파서 뼈를 옮겨다가 부엉산에서 건너다보이는 저편 산허리 양지바른 곳에 이장했다. 선친의 묏자리 탓에 아들에게 화가 미친 것이라는 늙은 풍수쟁이의 얘기를 들으며 고노인은 이제는 마음 든든하다는 듯이 굳게 어금니를 물었다.

다음해 겨울 고노인은 아들 영선을 보았고 또다시 겨울이 찾아오기 직전 아들의 뼈를 옮겨다 선산 발치에 묻었다.

그것은 현이란 핏줄을 남긴 탓이며, 자라는 현에게 바랄 만한 싹이 보인다는 때문이라고 했다.

그러나 며느리에게는 엄격했다. 첫째, 아들이 죽은 책임의 절반은 며느리의 타고난 팔자에 있었다는 것, 둘째, 젊은 과부가 어느 때 어떻게 될 것인지 믿을 수가 없다는 것이었다. 고노인은 본시 여자란 것에 한 푼의 가치도 두지 않고 있었다. 그러한 고노인이 현에게 떼어준 강 건너 논밭 몇 마지기가 현의 모친의 손을 갈퀴같이 만들어놓았다.

현 모는 거의 남의 손을 빌지 않고 땅을 다루었다. 어린 현은 노끈에 매어져서 밭머리 나무 밑에서 놀았다. 해가 떨어져 어두운 길을 더듬어 두 칸 방인 초가로 돌아오는 때면 스며드는 외로움이 시달린 팔다리를 더욱 쑤시게 했다. 저녁을 먹고 누우면 과로한 탓으로 앓는 소리를 했다. 때로는 울음소리로 변했다.

고노인은 여전히 싸전을 보며 때때로 생각난 듯이 강을 건너와 현을 보고 갔다. 어느덧 현은 할아버지가 말없이 옷고름에 매어주고 가는 동전(銅錢) 냄새를 그리워하도록 자랐다.

가혹한 현 모의 삶에 마음의 의탁은 현이 자라가는 것을 보는 기쁨이며 고노인의 눈을 꺼리며 일요일마다 찾아가는 교회의 복음이었다.

교회에 들어서면 현 모는 거기서 어느 때나 남편의 체취를 느낄 수 있었다. 드높은 천장에 울리는 그윽한 오르간의 선율. 하나님을 찬송하는 노래와 경건한 기도 소리. 예상하는 피안의 안식처에서가 아니라 바로 그곳에서 남편을 대할 수 있었다.

찬송가의 가락에서 남편의 음성을 느끼고, 기도 속에서 남편의 모습을 그릴 수 있었다. 환상이면서 그것은 더욱 가까이 있는 것, 상한 마음과 시달린 팔다리의 아픔을 잊게 하는 것, 현 모는 이처럼 일주일에 한 번 교회 안에서 남편과 상면하고 있었다.

'꽉 괴로워요.'

'얼마나 고생이 되겠소?'

'보세요, 현은 이처럼 자라고 있어요.'

'당신이 그처럼 애쓰는 탓이오.'

'언제나 당신 옆에 갈 수 있을까요?'

'현이 곧 나요. 나는 항상 당신의 옆에 있는 것이오.'

'저를 도와주세요. 견디기 어려운 때가 많아요.'

'주께서 도와주실 것이오. 주께서는 모든 것을 살피고 계시니까.'

현에 대한 사랑. 남편에 대한 흠모. 거기 하나님의 깊은 은혜가 있었다. 현이 네 살 되던 해 가을.

고노인은 현 모보고 현을 계속 교회에 데리고 가려거든 그대로 맡겨둘 수가 없다고 일렀다. 그때부터 현은 일요일이면 할아버지 싸전에서 놀았다. 어린 현에게는 아버지라는 개념이 극히 희미한 것으로 인식되어 있었다. 아버지는 저 높은 하늘나라에 계신다는 어머니의 얘기. 푸른 하늘과 흐르는 구름과 은하수.

그러므로 아비 없는 자식이라는 걷잡을 수 없는 모멸보다 오히려 현에게는 할아버지 목에 달린 혹을 조롱당했을 때의 충격이 더욱 강렬했다.

현은 어느 일요일, 할아버지의 혹을 두고 조롱하는 싸전 근처의 애들에게 맹렬히 대들어 얼굴에서 피를 내고 갈갈이 옷이 찢긴 일이 있었다.

할아버지의 명예를 위해 싸운 자랑에서 현은 의젓이 할아버지에게 사연을 얘기하고 은근히 공명과 찬사를 기다렸다. 그러나 할아버지의 입에서 떨어진 것은 뜻밖에도 질책이었다.

"뭐? 혹 얘기? 그래…… 그렇다고…… 이런 꼬락서닐 하고, 누구하고? 뭐? 김주사 아들 녀석을? 이런! 야 이 녀석아, 웬 말썽이냐, 제발, 네 애비처럼……."

허둥지둥 가게를 달려 나가는 할아버지의 뒷모습을 바라보는 현의 가슴에 예기치 않았던 불안이 밀려들었다. 할아버지에게 가해진 모멸. 분연히 일어선 행동의 동기. 용감했던 대결. 까닭 모를 할아버지의 심뇌와 분노. 그것은 마치 주인에게 대드는 사람에게 덤벼들다 되레 주인의 몽둥이를 맞고 꼬리를 거두는 개에게 비길 수 있는 의혹과 환멸의 감정이었다. 그 후 현은 그러한 경우 말없이 발길을 돌렸다. 처음에는 견디기 어려운 고통이었으나, 나중에는 도리어 일종의 쾌감까지 느끼게 되었다. 현이 열 살을 넘으면서부터 가끔 죽은 아버지 얘기를 물을 때가 있었다. 그럴 때면 현 모는 초점 없는 시선을 저편에 부으며 흠모와 자랑에 떠는 목소리로 일렀다.

　"참 훌륭한 분이었어. 남을 위하는 마음이 두터웠고 바른 일을 위해서는 무엇이고 두려워하시지를 않으셨지. 야학을 짓고 애들을 가르치기도 하시고 지나가는 가엾은 행인을 그대로 보내시는 일이 없었지. 그리고 이 고을에서 너의 아버지처럼 의젓한 이는 또 없었단다."

　그러고는 현의 얼굴을 유심히 들여다보고는 그 눈매와 입 언저리에 죽은 남편의 모습을 엿보고,

　"아버지 얼굴을 보려거든 거울을 들여다보렴."
하며, 손가락으로 현의 머리를 똑똑 두드리곤 했다. 가엾고 귀여운 내 아들. 단 하나의 내 생명.

　그러한 현 모에게 있어서 돌아간 남편에게 내리는 고노인의 가혹한 평가는 가슴을 에는 아픔을 주었다. 그것은 현이 열일곱 살

나던 해 여름. 발 같은 햇빛이 내리쏟던 어느 날. 고노인은 자기는 아들의 묘에서 멀찍이 떨어져서 현더러 절하게 하곤 자리에 제물을 펴놓고 먼저 한 잔을 마시고 나서 또 한 잔을 따라 현보고 마시라고 일렀다. 현 모는 그것을 보고 고개를 돌렸다. 현이 놀라며 머뭇거리는 것을 보자 고노인은,

"너두 이전 마실 나이가 되었느니라."

하며, 손을 흔들며 재촉을 했다. 현은 그래도 잔을 들고 주저하다가 간신히 한 잔을 삼키고는 느껴서 기침을 했다.

"술은 어른 앞에서 배워야 하느니. 그래야 술버릇이 점잖아지지."

"……"

"……요즘 젊은 녀석들은 버릇이 없어. 신학문 했다는 녀석들이 버릇이 없어 탈이란 말이야."

"……"

"신학문이니 뭐니 하지만 글은 제 이름자만 쓰면 족한 것이고 예의범절은 『명심보감』 한 권이면 알아본단 말이야."

"그런데 할아버지…… 돌아가신 아버지 얘기 좀 들려주세요."

"음, 네 아비가 사람은 똑똑했지. 유달리 영특하였기에 나는 내 앞장감³이 생겼다고 적지않이 바란 것이었다만, 이르는 말을 안 듣고 야소교⁴를 믿기 시작해서부터 잘못되어갔지."

고노인은 저편 언덕에 햇살을 받고 눈부시게 솟아 있는 예배당을 내려다보고 이맛살을 찌푸렸다. 현 모는 고개를 숙였다.

"그때부터 네 애비는 산소에 가서 간신히 절을 했다만 죽어도

음복은 안 했거든. 절조차 어디를 보고 했는지 모르고, 조상을 위하는 미풍을 저버리구 생고집만을 부리다가 그 몰골이 되고 만 것이지. 어디서 흘러왔는지 그 야소란 귀신이 탈이란 말이야."

현은 말없이 풀을 뜯고 있는 어머니를 훔쳐보고는 취기를 느끼며 다시 물었다.

"그러나 아버지는 훌륭한 일을 하시고 돌아가신 것이라고 저번에 선생님도 말씀하시던데요……."

고노인은 버럭 화를 내고 소리를 질렀다. 성성한 흰 수염이 떨렸다.

"어떤 놈이 그런 소릴 하던. 훌륭한 일을 했다구? 애비 두고 죽은 불효가 훌륭하다던, 네 어미를 청상과부 만든 것이 훌륭하다던?"

"그러나 나라를 찾으려구 한 일이 아닙니까?"

현 모가 현의 소매를 잡아당기며 눈짓을 했다.

"나라라구, 그래 그놈의 나라가 뭘 하는 나라랬다던? 벼슬하는 놈들만 버티고 앉아서 백성들 것을 모주리 훑어가기질이나 하구, 안 내면 잡아다 볼기나 치구. 그런 놈들의 나라가 뭣이 아쉬워서 도루 찾느니 뭐이니 야단이냐 말이다. 나라를 판 놈들도 바로 그놈들인걸. 그래 그렇지 않다 치고 나라를 찾는다니 뭐라고 제가 나서서 야단을 했다는 거냐."

"그러나 할아버지."

"글쎄, 그때보다야 지금이 살기가 낫고 사람들도 많이 깼지. 네 애비 죽은 생각을 하면 나도 가슴이 아프다만, 그래 어리석은 짓을 했지 뭐이냐. 그 총칼 가진 놈들 앞에 무슨 수가 있겠다구 맨손으로 덤벼들었단 말이냐. 죽으려고 환장을 한 것이지."

"……"

"네 애비가 살아 있었으면 네 어민들 무슨 고생을 그리하겠느냐. 나는 네 어미 볼 때마다 죽은 네 애비가 고얀 생각이 들더구나."

고노인의 음성이 차차 젖어들었다.

"네 애비가 살아 있었으면 이 늙은 것두 오죽이나 편하겠니. 요즘은 도무지 습증 때문에 요동을 할 수가 없으니 말이다."

잠시 입을 다물었던 고노인은 이마의 땀을 훔치고 다시 노기 띤 소리를 질렀다.

"그래, 네 애비 훌륭한 일 했다니, 그놈들은 어째서 번번이 살아서 너한테 쓸데없는 귀띔을 한단 말이냐. 고을 놈들도 봐라. 네 애비가 죽은 뒤에 무어 거들어주는 놈 하나 있더냐. 이런 놈의 세상이니라. 네 애비를 쏜 놈두 일본놈이 아닌 같은 조선 종자 보조원 녀석이었느니라. 네가 공립 중학엘 못 가고 사립을 가게 된 것두 그 때문이 아니냐."

현의 등 뒤에서 현 모의 참고 견디려고 애써도 새어나오는 오열이 들려왔다.

"사람은 순리대로 해야 하느니라. 나라 빼앗긴 것이 좋을 리야 있으랴만 종자가 원래 제구실을 못하는 말종이니 말이다. 그리구 언제는 나라가 사람 살렸다던? 그저 세상 형편에 따라 제 주먹으로 제 일 처리를 해야지 믿을 것은 자기밖에 없느니라. 딴 녀석을 위해 손가락 하나 까딱거릴 것도 없고 손톱만큼이라두 남의 도움을 바랄 것도 없어. 제 몫으로 제 살림을 해야지."

고노인은 얘기를 그치고 현 모를 건너다보았다. 잠시 침묵이 흘렀다.

"얘기가 좀 과했나보다만 말인즉 그렇다는 게지."

고노인은 담배를 한 대 담아 물고 으흠으흠 헛기침을 몇 번 하더니,

"이전 집으로 돌아가자."

하고는, 먼저 일어서서 뒤도 안 보고 성큼성큼 산을 내려갔다.

집으로 돌아온 현 모는 눈이 붓도록 울었다. 그리고 현더러 다시는 할아버지 앞에서 아버지 얘기를 꺼내지 말라고 애원했다.

그러나 현은 할아버지의 얘기가 그처럼 가혹한 것이기만 하다고는 생각지 않았다. 물론, 그렇다고 부친의 죽음을 할아버지처럼 생각할 수는 없었다.

오직 그때 부친이 그렇게 하지 않고는 견디지 못한 어쩔 수 없었던 마음 가운데의 그 무엇, 빈손으로 의젓이 죽음과 대결하고 생명을 태웠던 그 무엇에 대한 모색과 두려움이 현의 첫 술에 타는 가슴속에서 사납게 회오리치고 있었다.

3

현은 중학에서 수영 선수를 지낸 일이 있었다. 그것은 현이 운

동에 특별한 관심을 둔 때문은 아니었다. 알몸으로 혼자 물속에 몸을 담그고 마음대로 헤엄칠 수 있는 것이 번잡한 어느 운동보다도 현의 성격에 들어맞았던 것이다.

어느 날 현이 늦게 혼자서 헤엄치고 있을 때 그것을 엿본 수영 코치는 즉석에서 그를 선수단 속에 집어넣었다. 선수 생활에 필요한 얼마간의 금전 지출에 고노인은 비위를 상했다.

"학교엘 보내면 공부나 할 게지 돈을 들여가며 헤엄이란 무슨 짓이야. 헤엄 잘 치는 놈 물에 빠져 죽는 영문도 모르는군."

그러한 할아버지의 비위 때문이 아니라 현은 곧 수영에 염증을 느끼기 시작했다. 규정에 얽매인 조직 생활, 1초를 다투는 경쟁의식.

그것은 거침없이 뛰놀 수 있는 수영을 견디기 어려운 한 가지 체형으로 만들었다.

일 년도 못 가서 현은 애원하다시피 간청한 끝에 선수 생활에 종지표를 찍고 말았다.

그 후 현은 식물 채취에 취미를 붙이기 시작했다. 산과 들을 헤매다니며 가지각색의 화초를 채취하는 데는 특별한 즐거움이 있었다. 허리가 굽은 식물학 선생과 함께 들을 헤매는 한나절, 한마디 대화도 교환 않는 것이 예사였다. 지쳐서 누우면 높고 푸른 하늘에 흐르는 구름이 눈을 시울케 했고, 말없는 꽃과 풀줄기에서 흐르는 생명의 소리를 들을 수 있었다.

오학년 되던 해 초여름.

시간을 마친 M선생이 교실을 나서자, 그 자리에서 일경 고등계에 끌려가고, 이튿날 같은 반 학생 두 명이 붙들려간 뒤, 현과 같은 P고을 출신인 R을 포함한 다섯 명이 행방을 감춘 사건이 일어났다.

젊고 팔팔한 M선생은 시간이면 가끔 암시적인 얘기를 하는 적이 있었다. 그 어조에는 항상 냉소하는 가락이 섞여 있었다.

들려오는 사건의 내용은 M선생이 주최하여 몇 명의 학생이 불온한 독서회를 열었고, 모종 과격한 행동까지 꾀했다는 것이었다. 현은 어느 땐가 R한테서 그런 권유를 받은 일이 있었으나 당장 해야 할 숙제나 시험만 해도 자기에겐 과중하다고 거절했던 일을 생각했다.

끌려간 M선생은 학생들의 은근한 여론 속에서 하나의 우상이 되고 말았다. 더욱 옥중에서 쪽지를 보내 학생들을 격려했다는 소문은 어쩔 수 없는 흥분의 도가니를 이루게 했다.

며칠 후 현은 R의 부친이 외아들의 행방불명과 경찰의 추궁에 기겁해 뇌일혈로 돌아갔다는 얘기를 전해 들었다. 그는 어쩐지 그 도가니 속에 혼연이 몸을 담글 수 없는 주저를 느꼈다.

'무엇을 하려고 한 것일까. M선생 혼자서는 단행할 수 없었던 그런 거대한 일이었을까. 연행해 가던 형사의 굵직한 팔다리. 창백한 얼굴에 안경만이 빛나던 M선생의 메마른 얼굴. 옥중에서 연락된 종이 쪽지. 우상화. 흥분의 도가니. 소년 잡지에 나오는 모험담. 팔인조 소년 모험단 단장. R의 행방. 그 부친의 죽음. 전과 다름없이 이어져가는 생활. 눈앞에 닥친 시험.'

이듬해 봄, 현은 학교를 졸업했다. 친구들이 고등학교니 전문

대학이니 서두는 데도 현은 오직 집으로 돌아갈 생각만 하고 있었다.

현의 성격을 잘 알고 있는 담임 선생도 너무나 무관심한 그 태도에 놀랐다.

"이만하면 저는 족합니다. 무리를 할 생각은 없습니다. 저는 집에 돌아가 어머니를 모시고 편히 살아갔으면 합니다."

"그러면 인생에 대한 아무런 목적도? 청년다운 아무런 야망도?"

"네, 남을 괴롭히지 않고 그저 저는 저대로 살아간다는 것, 저는 그것뿐입니다."

현은 돌아가는 차 안에서 눈앞을 스치는 낯익은 시골 풍경을 내다보며 생각에 잠겼다.

'그저 나대로 살아가겠다는 것은 할아버지 같은 그런 생각일까. 아니 할아버지와는 다르다고 생각되지만 설혹 같은 것이라면 그것이 또 어떻다는 것이냐. 인생의 목적? 야망? 포부?'

모두 그에게는 걷잡을 수 없이 희미한 술어에 지나지 않았다.

'남이야 어떡하든 내야 얼려들' 것이 무엇이냐.'

검푸른 부엉산 밑에 질펀한 들이 눈앞에 전개되고, 창문으로부터 흙냄새 섞인 바람이 날아들었을 때, 상쾌한 아픔이 찌르르 가슴을 스쳐갔고 전류 같은 흥분이 전신의 혈관을 굽이쳐 흘렀다.

그리운 땅. 그에게 있어서 오직 이것만이 분명한 것이었다.

현은 어머니의 힘을 덜어주는 일이 즐거웠다. 모자가 같이 아침을 치르고 들로 나가서 밭을 갈고 씨를 뿌렸다. 현이 삽으로 도랑을 칠 때면 어머니는 삽에 맨 줄을 당겼다. 저녁이면 어머니는 먼저 돌아가 밥을 지어놓고, 민요처럼 찬송가를 부르며 아들을 기다렸다. 푸성귀 찬이나마 그것은 철에 맞아 신선한 맛이 있었다.

그러한 가운데도 어머니는 일요일의 예배를 빠지는 일이 없었다.

흰 무명옷으로 차린 어머니가 성경책을 들고 싸리문을 나설 때마다 현은 그 뒷모습에서 젊었을 시절의 어머니를 그려보곤 했다. 어머니의 그 얼굴에서 슬픔과 신고의 그늘을 거두면, 아직도 꺼지지 않은 아름다움의 자국이 피어져서 현의 안막에 젊은 어머니의 얼굴이 되살아오는 것이다. 그리고 그 오랜 세월 오직 자기에게 바쳐진 희생된 어머니의 젊음에 생각이 가면 현의 마음은 스스로 암연해지는 것을 어찌할 수 없었다.

무병한 어머니는 때때로 허벅다리를 어루만지며 신음하는 때가 있었다. 현이 걱정을 하면 어머니는 까닭없이 얼굴을 붉혔다. 한번은 몹시 열을 내고 몽롱한 상태에 빠져 거리의 의사를 부른 일이 있었다. 무슨 까닭인지 어머니는 흐릿한 정신 가운데서도 두 손으로 한편 허벅다리를 꼭 누르며 의사의 진단을 거부했다. 현은 그 손을 물리치고 어머니가 손으로 누르던 곳을 들여다보았다. 무릎 가까이가 몹시 곪고 붉은 줄이 기어오르고 있었다. 그리고 현은 그 붉은 줄의 좌우에 생생히 남아 있는 무수한 상흔을 보았다.

그것은 끝이 뾰족한 것으로 찔러서 낸 상처였던 것이다. 그 상처가 무엇을 의미하는 것인지, 현이 그것을 깨닫기에는 그로부터 오 년이 지나야 했다.

일 년이 흘렀다. 그해 추석. 묘지에서 돌아온 현은 마당 꽃밭을 가꾸고 있었다. 현의 집 꽃밭은 이 마을뿐 아니라 강 건너 P고을의 어느 가정에서도 볼 수 없는 화려한 것이었다. 이른 봄부터 늦은 가을에 이르는 동안 십여 종의 꽃이 뒤이어 마당을 장식했다.

마루에 걸터앉아 현의 넓적한 어깨에 시선을 붓고 있던 어머니가 혼잣말처럼 얘기했다.

"영선이는 내년에 대학을 간다지?"

"뭐 그런답디다."

현에게는 아무 흥미도 없는 화제였다.

"너는 그대로 집에서 농사나 지을 테냐?"

"네."

현이 휙 고개를 돌려 쳐다보자, 어머니는 시선을 땅에 떨구었다. 현은 손을 털고 일어서서 어머니 옆에 와서 앉았다.

"저는 어머니 모시고 이렇게 지내면 됩니다."

부엉산 쪽을 바라다보던 어머니는 한참 있다 입을 열었다.

"나는 조금만 일삯을 사면 농사를 지을 수 있으니 할아버지보고 얘기해 너두 대학에 가도록 하렴."

현은 벙어리처럼 한참 말을 못 했다. 이 일 년이 넘는 기간 어머니의 힘을 덜게 했다는 자위가 하나의 착각이었다는 것을 현은 이 일순에 느낄 수 있었던 것이다. 현은 바람에 흔들리는 흰 코스모스와 붉은 달리아를 보며 한참 시름에 잠겨 있었다.

'결국 무위에 그친 일 년간. 어머니의 착한 가슴에 솟는 불퇴전의 의지. 그것은 사랑.'

그러나 어머니의 운명에 어떻게 할 수 없는 숙명적인 고독과 신고의 그림자가 뒤따르고 있는 것 같은 불안이 현의 마음을 어둡게 했다.

고노인은 아들 영선에게, 글은 이름자만 쓰면 족하다는 원래의 처세 철학을 적용시키지 않았다. 연소(年小) 때부터의 적수 김주사의 아들이 연전 군수로 나간 때부터 마음에 기약하는 것이 있었던 때문이다. 현이 중학을 나올 수 있은 것도 고노인의 영선에 대한 교육열의 부산물이었을지도 몰랐다.

현은 차라리 할아버지가 완강히 거부했으면 했다. 그러나 고노인의 도리(道理)는 현의 청을 최소한도의 출혈로 받아들였던 것이다.

다음해 봄에 현은 낡은 트렁크를 들고 일본으로 건너갔다. 아름다운 나라라고 생각했다. 사람들도 생각한 것보다 인정이 있고 살뜰했다. 그러나 어딘지 빈틈없이 빡빡한 것이 싫었다.

엄지발가락을 겹쳐놓는 앉음앉음에서 정신을 가다듬는다는 자학. 칼질하는 것조차 도(道)로서 불리워지고 부정을 탄다는 지붕 밑에 무리하게 기를 쓰는 육체의 힘. 일본은 그때 이미 전 중국을 석권하고 있었으나 현은 놀라움보다 어딘지 요기(妖氣)가 감도는 인상을 받았다. 일본도의 푸른 날 번득이는 찰나에 떨어지는 사람의 모가지, 정예의 천황의 군대와 빈약한 미훈련의 중국군. 어렸을 때 P고을에서 본 호떡집 주인의 모습.

삼 년의 예비단계가 끝나고 학부에 들어가는 날 백발의 총장은 점잖은 어조로 대학 생활의 커다란 하나의 소득은 좋은 벗을 얻는 데 있다고 했다. 그러나 현은 친구라면 친구라고 할 수 있는 그런 정도의 아오야기라는 한 명의 일인 학생과 가까워졌을 뿐이었다. 나가사키(長崎) 출신인 아오야기는 소위 만주사변에 부친을 여의고 잡화상을 경영하는 어머니 밑에 자라난 독자였다. 핏기없는 얼굴을 하고 이가 높은 게다를 신어야 키가 겨우 현의 귀밑에 닿았다. 그렇게 흡사한 외로운 경우에서 자라난 두 성격이 서로를 당겨서 가까이했는지도 몰랐다. 아오야기는 즐겨 다쿠보쿠[6]의 노래를 읊었다.

　동해의 작은 섬 바닷가 흰 모래터에
　나 홀로 눈물 젖어 게와 노닐다

　그는 항상 가락을 붙여 이 노래를 불렀다.
　현이 대학 생활에서 얻은 지식은 강의에서보다 오히려 독서에 있었다. 당시 일반 학생들의 교양에 다대한 영향을 준 영국 옥스퍼드 학파의 이상주의 철학에 관한 서적이 그를 매료했다. 거기에는 개인 존재에 대한 깊은 배려와 이상에 대한 겸허하고 불타는 정열이 있었다.
　일부 학생들은, 그런 것은 자본주의의 마지막 몸부림에 지나지 않는다고 비웃으며, 그때 아직도 꺼지지 않고 보이지 않는 한구석에서 타고 있던 마르크시즘에 대한 이상한 관심을 기울이고 있었다. 물론 거기에는 종전의 사상과는 판이한 새롭고 직선적인 논리의 명확한 전개가 있기는 했다. 그러나 도식화한 관념으로 역사를 판가름하고 집단의 위력으로 인간을 죄어 틀에 박으려는 살벌한 냉혹과 숨막히는 병적 흥분이 있는 듯하였다. 그것은 차차 일인 학생들 간에 젖어들기 시작한 전체주의 경향과 흡사한 체취를 풍기고 있어서 현은 본능적인 혐오를 느꼈다.

현에게는 현실의 국가적 요구에 응해야 하는 긴박한 조건도 눈앞에 매달린 긴급한 과제도 없었던 까닭에 별다른 제약 없이 그 성품에 맞는 의론을 선택할 수 있었다. 그러나 그러한 것은 현에게 있어서 결국 종이 위에 씌어진 인간의 하나의 꿈으로서 직접 그의 행동에 변동을 일으키는 힘은 가지고 있지 못했다.

오직 현의 마음을 움켜잡고 있었던 것, 그것은 한 달에도 몇 번 꿈에 보는 P고을. 봄철에 피는 부엉산의 진달래꽃. 내려다보이는 푸른 골짜기. 여름이면 그 숲 속에 열리는 산딸기. 목마르면 떠마신 차디찬 냇물. 선산의 잔디. 마을 사람들. 싸전을 보고 계실 할아버지. 외로이 계실 어머님.

4

"해치웠어, 기어이 해치웠단 말이야."

으슥히 추운 겨울에 들어선 어느 날 아오야기는 한 장의 호외를 움켜쥐고 현의 하숙집으로 뛰어들었다. 진주만 공격. 이어서 싱가폴 함락. 비율빈 상륙. 자바 점령. 축하 행진. 광적인 흥분과 도취가 떠돌고 거리에는 국방색이 범람해갈 때, 현은 어딘지 각본에 어긋나는 연극이 연기자도 관중도 예기할 수 없는 엄청난 종막을 향해 줄달음치고 있다는 인상을 받았다.

동양 윤리를 강의하는 다카다 교수는 갑자기 엄숙한 표정을 짓게 되었고, 서양 문명의 몰락과 절망, 동양의 정신문화의 세계사적 의의를 강조하기 시작했다.

그날도 다카다 교수는 마치 십억 아시아 민족 전체를 눈앞에 놓은 듯이 신이 나서 떠들어대고 있었다.

"'오노오노 소노 도꼬로오 에시무……(각기 그 응당한 자리에 서게 함……)'란 만고불변의 진리다. 개인을 절대적 단위로 하고 무원칙적인 평등과 무제한한 자유를 목적으로 한 서구의 사회 질서는 극도의 혼란을 조장케 되었고, 그 문명은 바야흐로 몰락의 과정에 돌입하게 되었다. ……으흠.

그러므로 일찍이 니체나 슈펭글러는 솔직히 그들 자체의 몰락을 예언했고…….

……서구 사상 자체의 모순의 필연적 기형아로서 출생한 유물 변증법은 계급 투쟁을 도발하여…… 서구의 기계문명은 총 와해에 직면해 있고…… 이때야말로 빛은 동방으로부터…… 천손(天孫) 민족이 궐기할 때는 당도한 것이다…….

'오노오노……' 그것은 존재의 조화 원리를 투시한 것이며 겸허한 인간 정신의 가치는 '고에 다까라까니 우다우 모노(소리 드높이 노래하는 것)'이다……."

이까지는 또 몰랐다.

"역사적 대사명…… 팔굉일우(八紘一宇), 얼마나 장엄한 선언이냐…… 대동아 공영권 건설의 정신이 바로 이것이다……. 미영의 굴레에서 억압된 황색 민족을 해방하고…… 새로운 아시아의 질서를 회복한다…… 일본은 그 맹주(盟主)가 되는 사명을 지니고 있는 것이다. 얼마나 비장하고 장엄한 사명이냐."

그래서?

"따라서 국민 각자는 높은 긍지를 파지하고 전 아시아 창생의 구출과 나아가 거룩한 정신을 펴기 위해…… 자아를 멸하여 이 대목적에 헌납해야 한다. 그것이 하나의 섭리인 것이다. 그것은 또한 얼마나 빛나는 영광이겠느냐…….

보라, 들에 노니는 축생일지라도 그들 자신을 멸함으로써 그 가치를 발휘하고 있지 아니하냐……. 그들은 그들의 한 가닥 뼈마저 달게 인간을 위해 바치고 있는 것이 아니냐. 창생의 절(絶), 섭리의 묘(妙)."

달게?

"축생조차 그러하거늘 하물며 인간에 있어서랴. 아시아 민족이 각기 그 응당한 자리에 서게 하기 위해서 자아를 멸하여 대의에 살아야 한다. 슬프고도 아름다운 인간 존재의 대원칙이다."

불쾌!

거기에는 현의 부친도 그 희생자의 한 사람인, 평화적 시위의 군중에 총탄을 퍼부은 일경의 행동을 정당화하고 할아버지와 같은 무원칙적 순종의 인생을 요구하는 강요가 있었다. 천손 일본 민족과 아시아의 여러 민족. 인간과 축생. 고양이와 쥐와의 우애와 단합.

더욱 현의 비위가 상한 것은 교수의 고고한 것 같은 표정과 강의답지 않은 웅변에서 누구도 원치 않는데 스스로 나서서 결과적으로 남을 괴롭히는 선민의식과 값싼 영웅주의적 감정 그리고 자기기만을 발견한 것이다. 현은 어느덧 자기 손이 들려진 것을 깨달았다. 교수는 유창한 자기 강의에 취하고 있다가 얘기를 멈추고 불쾌한 얼굴을 했다.

  "한 가지 질문이 있습니다. 자아멸각과 대의에 순해야 한다는 뜻은 잘 알았습니다. 그런데 선생님께서는 소나 돼지가 인간을 위해 달게 그 생명을 바친다고 하셨는데…… 물론 인간은 그들 고기를 부득이 먹어야겠지요…… 그런데 저는 어렸을 때 도살장에 가본 일이 있습니다. 소는 도살장에 끌려 들어갈 때 발을 버티고 들어가기를 주저했습니다. 특히 돼지 같은 것은 굉장한 소리를 지르며 야단을 하다가 도살당하는 것을 보았는데…… 그들은 결코 달게 그 생명을 바치는 것같이는 안 보였습니다. 이 점에 대해서 약간의 설명을……."

  교수는 쓴웃음을 짓고, 학생들은 소리를 내어 웃었다. 그러나 저도 모르게 웃고 난 학생들도 웃음이 사라지자 석연치 못한 것을 느끼는 것같이 보였다.

  현은 자리에 앉으며 벌써 자기의 행동을 후회하고 있었다. 교수가 불쾌히 생각한다는 것은 문제가 아니었다. 공연히 충동을 받고 발끈하고 일어선 자기의 멋이 싫어졌던 것이다. 십억 아시아 민족의 청탁이나 받은 듯이 스스로 일어서서 항의한 것이 싫어졌다. 그래서 어쩌자는 것이었던가?

"비유라는 것은 때로 오류를…… 그러나 이 경우는…… 동양인의 직관력은……."

중얼거리는 교수의 얘기가 귀에 들리지 않았고 그는 다만 자기혐오 속에 깊숙이 잠겨들어 가고 있었다. 그것은 마치 드러냈던자기의 알몸이 부끄러워 다시 껍질 속에 몸을 처박는 소라와도같았다.

철학사를 가르치는 젊은 히다까 조교수는 다카다 교수와는 좋은 대조를 이루고 있었다. 명철한 두뇌와 섬세한 정서를 가진 그는 소집을 받고 떠나면서 찾아간 현에게 이런 얘기를 했다.

"틀렸어. 모두 돌아 있어. 느즈막이 세계 역사의 조류에 뛰어든일본은 한다는 모든 일이 빗나가고 있단 말이야. 칠십 년의 달음박질에 무리가 생긴 탓이겠지. 빅토리아 왕조의 꿈과 전체주의의결합, 완전한 시대착오지. 중원(中原)의 사슴을 쫓는다? 이미 그런 시대가 아닌데. 중국 민중에 대한 선무[7] 하나 제대로 안 되는모양이야. 그래서 전진훈(戰陣訓)도 나와야 하는 게지. 중국인은되레 대범한데 이편에서 공연히 독이 들어 까불어대거든. 구할수 없는 도국(島國) 근성의 비극이지. 전투엔 이겨도 승리를 거두기는 힘들어. 강력한 문화의 뒷받침이 없거든. 아시아 민족의 해방. 좋은 말이야. 그렇다면 선결 문제는 조선의 자치나 독립에 있었지. 기껏 한다는 것이 창씨 개명, 성명을 고쳐놓는다고 무엇이되겠나? 웃지 못할 넌센스지. 나가긴 하네만 나는 이 나라의 국민된 죄로 국가가 뿌린 씨를 거두러 나가는 셈이야."

그리고 중부 중국으로 떠난 조교수는 일 년도 못 가서 전사하고 말았다.

다시 일 년.

전세는 반전(反轉)되기 시작했다.

병력 증강에 따르는 하급 간부의 부족을 느끼게 된 일군 당국은 젊은 학생들에게 단기간의 훈련을 베푼 후 전열에 배치하는 안을 세웠다.

학도 출진의 일대 시위에서 돌아온 아오야기는 현을 찾아와 흥분에 익은 얼굴로 죽는 얘기만 했다.

"전쟁터에 나간다구 모두가 죽는 것은 아니겠지. 아니 죽는다는 결의가 되레 마음을 거울같이 맑은 심경으로 이끌어가거든."

산란하는 마음을 모으기 위해 아오야기는 기를 쓰고 있는 것이라고 현은 생각했다.

"이전 마음을 남길 아무것도 없어."

그러고는 약간 어두운 표정을 짓더니,

"다만 어머니 일이 걱정되기는 하지만 그도 전열의 뒤에 있는 사람들이 어떻게 돌봐주겠지."

현은 말없이 듣고만 있었다.

"토마스 그린 것과 학생 총서는 자네한테 주지. 나는 『하가쿠레(葉隱)』하고 『만뇨슈(萬葉集)』[8] 두 권이면 돼. 실토하면 고민이 없지는 않아. 그러나 나에게 있어서 아시아의 해방이라는 명분은 어떻든 하나의 구원이야."

현은 가슴에 젖어드는 측은한 감정을 억제하지 못했다.

'여기 어긋나는 하나의 톱니바퀴[齒車]. 원치도 않는데 기를 쓰

며 구해주려는 것은 고맙지 않은 참견.'

깊은 밤 아오야기의 멀어져가는 게다 소리를 들으며 현은 고향에 생각을 보냈다. 일인 학생들을 휩쓴 회오리바람 속에서 벗어나 그는 한껏 고독한 자신을 발견했던 것이다.

앉은 자리에서 그는 어머니를 그리는 긴 편지를 썼다. 곧, 모두 편안하며 허약한 탓으로 고향으로 돌아와 있던 영선은 면소에서 일을 보게 되었다는 회답이 있었다. 할아버지는 처음 못마땅히 입맛을 다셨으나 지금은 아들을 안전한 곳에다 잡아두게 된 것을 적이 만족해하고 계시며, 어느 때나 그러하듯이 편지의 말미에는 항상 너를 위해 하나님께 기도 드리고 있다고 씌어 있었다.

5

아오야기의 경우는 얼마 후 그대로 현의 처지가 되고 말았다. 그와 다른 점이란, 현에게는 어거지로 내세운 '아시아의 해방'이란 슬로건도 『하가쿠레』나 『만뇨슈』에 해당되는 책 한 권도 있을 수 없다는 점이었다. 그렇다고 독일 전몰 학생의 수기도 당치 않았다.

현의 전쟁 참가란 아무런 의미도 없었다.

고향에 돌아오자 그는 어머니가 주는 얼마간의 돈을 가지고 해주(海州) 가까이서 어업 조합장을 지내고 있는 외조부뻘 되는 집으로 도망을 갔다.

며칠을 지낸 후 현은 까닭 모를 어떤 범죄의식에 못 이기기 시작했다.

'이처럼 엄습해오는 불안감은 무엇일까. 울타리다. 울타리 안에 들어 있는 것이다. 거대한 감옥으로 화한 울타리 안에서 뼈에 젖어든 옥 안의 타부. 그걸 범하는 죄인의 불안. 날아올 간수의 채찍. 마련된 옥 안의 옥.'

하나의 길은 있었다. 그러나 현이 이 울타리를 벗어나기에는 둘레의 담장이 너무나 높았다. 다만 숨어 있는 죄인일 수밖에 없었다.

이 주일 후 현은 날카로운 눈초리의 형사의 방문을 받았다. 그리고 기한이 넘은 지원서에 이름을 써넣어야만 했다.

불안의 해소. 그것은 노예의 안도. 죄인의 굴종.

현은 해주를 거칠 때 하루 저녁 유행가 같은 멋으로 마음껏 술을 마셨다. 그리고 간단히 술집 여자와 몸을 섞었다. 홧김에 저지른 욕정에서 그는 처음 여자를 안았던 것이다. 이튿날 어지러운 정신으로 그 집을 나서며 연거푸 몇 번 헛구역질을 했다.

집으로 돌아오자 자기가 붙잡힌 것은 유능한 일경의 조직망 탓이 아니라는 것을 알았다. 할아버지는 현의 도주가 다음해 중학에 들어가게 될 둘째 아들 영철에게 미치는 영향을 두려워했던 것이다. 그러나 현은 할아버지를 원망하지 않았다. 자기 탓으로 어린 삼촌 영철에게 화가 미친다는 것은 현의 본의가 아니었기 때문이었다. 차라리 마음이 편했다.

P고을의 몇 친구와 함께 떠나게 되는 전 날, 현은 조용히 어머

니와 함께 지냈다. 어머니는 대학에 가라고 이른 권고의 용서를 빌었다. 더욱 현 모는 현의 나이가 꼭 돌아간 남편의 나이와 일치하는 데서 어떤 불길을 느끼고 몸을 떨었다. 현은 어머니를 달래 쉬게 하는 데 땀을 흘렸다. 벽을 보고 돌아누운 현 모는 잠을 이루지 못하고 어둠 속에서 기도만 드리고 있었다.

"주여, 거룩하신 하나님께서 이 죄인을 용서하시와…… 은혜를 베푸시옵기를……. 이것은 단 하나의 죄인의 소원이온즉……."

원죄의식과 박명의 검은 강박 관념의 굴레 속에서 갈피를 못 잡고 극도의 고뇌에 사로잡힌 현 모는 자기에게 가해질 하나님의 형벌에서 그 아들을 제외해달라고 애원하였다.

"아들에 대한 사랑에서 주께서 부르신 남편에 대한 더욱 깊은 사랑을 느낄 수 있사옵는 이 죄인, 주어진 단 하나의 아들에 대한 사랑을 통해서 더욱 하나님의 은혜를 알게 되옵는 믿음이 약한 이 죄인. 주여! 저의 깊은 죄를 용서하시와 아들의 생명을 구해주옵소서."

현은 가슴을 치미는 대상 없는 노여움에 떨었다.

'나는 내 자신이 믿는 것은 아니었지만 신의 존재를 인정해왔다. 그것은 어머니의 신산한 생활에 마음의 평안을 주기 때문이었다. 그런데 지금 어머니는 까닭없이 깊은 죄인을 자처하며 신 앞에 몸을 떨고 있다. 살고 있는 모든 인간이 죄인일망정 어머니는 죄인일 리가 없다. 형무관 같은 신. 이유없는 원죄. 어머님, 나 기도 전의 일에 책임을 질 수야 없지 아니합니까…….'

이튿날 역전에서 열린 환송식에서 군수가 격려사를 하고 서장이 만세를 선창했다. 함께 떠나는 B는 술이 만취해서 빈정대며 떠들어대고 있었으나, 현은 그런 것이 무의미에 더욱 무의미를 가하는 것이라고 생각하며 무표정한 얼굴로 시키는 대로 움직이고 있었다.

현은 뒤죽박죽 앞서고 뒤서는 거친 군가를 들으며 군중의 대열에 버티고 서서 군수와 서장의 인사를 받고 있는 할아버지를 보았다. 할아버지는 그 뒤에서 손수건으로 눈을 가리고 있는 어머니를 돌아보며 간간이 타이르고 있었다.

'할아버지는 이렇게 생각하시겠지. 내가 죽으러 떠나게 되는 것은 거역할 수 없는 천운이며 산소 탓이라고. 삼촌 영선이 허약해서 학교를 중퇴하고 면서기가 된 것이 또한 묏자리 탓이라고. 그리고 어느 경우가 어느 산소 탓인지 청룡, 백호부터 풍수의 원리를 뇌까리고 계시겠지. 아득한 때의 혼돈, 고온의 기체, 흐르는 용암, 풍화작용, 지술(地術), 무덤 속의 뼈다귀.

나를 보내 면목은 서고 영선의 탓으로 공출이 헐케 될 것을 만족하고 계시겠지. 그러나 할아버지 등 뒤에서 울고 계시는 어머니는 언짢다고 생각하시지 마십시오.'

그는 멀어져가는 부엉산 검푸른 산봉우리를 바라보며 차 안에서 생각을 이었다.

'그렇다면 너무나 가혹한 일이지. 어떻든 죽고 싶지는 않은 일이다.'

창씨한 탓으로 '산'자가 붙어 '다카야마(高山)'가 된 현은 일본 '나고야' 부대에 입대하였다. 치중병(輜重兵)이 되었다.

마구간 당번을 하게 되었다. 때로는 손으로 말똥을 긁어모아야 했다. 어느 달 밝은 밤 말 다리 밑에 기어 들어가 말똥을 긁어모으고 있다가, 유난히 비쳐드는 달빛에 고개를 들었다. 둥근 달이 말의 배 밑에 늘어진 거대한 것 끝에 걸려서 마치 손잡이가 검은 큰 놋주걱같이 보였다. 현은 히히히 하고 저도 모르게 웃었다. 덩그런 마구간 안에 웃음소리가 반향을 일으키는 것이 기괴한 감을 주었다. 갑자기 말한테 조롱당한 것 같은 모욕을 느꼈다. 이 자식한테! 치밀어오르는 홧김에 삽을 들어 힘껏 그것을 후려갈겼다. 놀란 말이 껑충 뛰자 현은 뒤로 쓰러졌다.

어느 일요일, 일인 친구를 따라가서 마음껏 뱃속에 집어넣고 온 일이 있었다. 어떻게 먹었던지 씨걱씨걱 호흡이 곤란했고 자유로이 몸을 가눌 수조차 없었다. 그러고도 저녁에는 또 한 그릇을 비웠다. 그날 밤은 밤새 변소 출입에 바빴다.

다음날 아침 관물 몇 가지가 분실된 것을 알았다. 분대장의 주먹은 현의 얼굴에서 폭발했다.

"자식아, 잃었거든 멍청하게 굴지 말고 딴 데 것을 훔쳐와."

그래도 이튿날 현은 취사장에서 얻어낸 누룽지를 가지고 간밤에 쪼그리고 앉았던 변소에서 먹었다. 그것을 뜯으면서 현은 그린의 '의지와 인간의 도덕적 발전에 쓰여지는 자유의 각종 의미에 대하여'가 어떤 것이었던지 무연히 생각하고 있었다.

현에게 있어서 가장 고통스러웠던 것은 모두들 두 줄로 마주 세워놓고 서로 두드리게 하는 일이었다.

개인적으로 손톱만 한 원한이 없는 인간끼리 서로의 육체에 고통을 가한다는 것은 견디기 어려운 일이었다. 치면 때리고 때리면 치고 한참 그것을 반복하고 있으면 차차 서로에 대한 근거 없는 증오심이 끓어올랐다. 그것은 인간으로서 얼마나 덧없고 슬픈 일이었을까.

다음해 봄, 현은 북부 중국에 파견되는 노병들 가운데 섞여 있었다. 황막한 중국 땅에 내려섰을 때 현은 틈을 타서 도주할 결심을 했다.

'구타, 학대, 잔인, 오만, 비굴, 허위의 범벅. 군대란, 인간이 있을 데가 못 된다. 그래도 명분이 있다면 참기도 하겠다. 그런데 내게는 털끝만 한 명분이 없다. 어째서 내가 중국인을 죽여야 하는가.'

얼어붙었던 대지가 철을 맞아 지르르 녹아나기 시작할 무렵이었다. 밤이 되면 추위가 뼛속에 스며들었다. 으스름 달밤. 현은 보초를 서다가 틈을 탔다.

덮어놓고 서쪽으로 달리면 된다는 막연한 계획이었다. 숨겨두었던 건빵 두 주머니, 통조림 한 통, 캐러멜 두 개를 끼고 밤새 허리까지 오는 마른 잡초 사이를 걸었다. 몇 번 뒹굴어 손등과 얼굴을 긁혔다. 끝없는 대지 위 칠흑(漆黑) 속에서 현은 머리카락이 곤두서는 공포에 떨었다. 지구 밖 어두운 허공 속에 혼자 던져진 느낌이었다. 그대로 지옥으로 열린 문을 향해 걷고 있는 것 같았다.

동쪽 하늘이 희미하게 밝아올 때, 현의 손에는 이미 소총이 없었다. 불그레 동쪽 하늘이 물들기 시작하더니 붉디붉은 커다란 덩어리가 솟아오르기 시작했다. 그대로 못박혀진 현은 꼼짝 않고 그 장엄한 광경을 황홀히 주시하고 있었다. 아아! 이 커다란 것, 그 앞에 초라한 이 모습. 그는 갑자기 짐승 같은 소리를 질렀다. 아아악, 갸아악, 갸아악. 괴었던 잡것이 터져나가는 가슴속에 태양은 새로운 생명을 부어넣어 주는 듯했다.

이튿날 멀리 조그만 마을이 내려다보이는 언덕에 이르자 추위와 주림과 공포와 피로에 지친 그는 그대로 쓰러져 잠이 들고 말았다. 현이 눈을 떴을 때 태양은 머리 위에서 빛나고 대여섯 가옥의 인가 근처에는 주민 두서넛이 얼씬거리고 있었다. 좁다란 길이 현이 누운 언덕 밑을 지나 마을 쪽으로 뻗어 있었다.

중국인을 만나면 어떻게 해서 자기의 입장을 알려야 할는지 궁리가 나지 않았다. '마을로 가야 할 텐데.' 몸을 가누기가 싫었다. 이렇게 그대로 영원히 누워 있고 싶은 생각이 들었다. 현은 그대로 망연히 언덕 바위틈에 기대고 누워서 나머지 몇 개의 건빵을 씹으며 마을 있는 편을 내려다보고 있었다. 마을 어귀에서 이리로 발을 옮기는 조그만 사람의 그림자가 보였다. 느릿한 걸음으로 언덕 밑 길로 가까이 오고 있는 것은 단발한 앳된 중국 소녀였다. 소녀의 출현은 현의 가슴에 말할 수 없는 그리움을 부어넣었다. 소녀가 바위에 가까운 길을 지나갈 때 그는 똑똑히 그 검은 눈동자와 윤기 있는 빨간 입술을 보았다. 그리고 눈앞을 지나 저쪽으로 걸어가는 소녀의 불룩한 젖가슴과 허리에서 허벅다리로 내리흐르는 자극적인 선을 주시했다. 현은 저도 모르게 꿀꺽 생침을 삼켰다. 하반신이 취하는 듯했다. 벌써 그는 지난 이틀 밤의 공포를 깨끗이 잊고 있었다. 할단새. 히말라야에 산다는 가상적인 새. 밤새 떨면서 아침이 되면 둥지를 틀리라 마음먹고 해가 뜨면 깨끗이 잊고 만다는 할단새.

현은 둘레를 돌아보았다. 넓은 이 벌판에 아무것도 움직이는 것이 없었다. 전신에 저린 감각, 단 한 번 이름 모를 여인과의 욕정에서 느낀 야릇한 감촉이 맹렬한 속도로 되살아왔다. 헛구역질을 느끼던 환멸은 생각조차 나지 않았다. 다만 그 따스하였던 체온만이……

목이 타고 침을 삼키면 꼬르륵 이상한 소리가 났다. 현은 자기 이성이 흐려져가는 것을 억제치 못했다. 벌떡 몸을 일으켰다. 어느덧 그 손에는 허리의 대검이 들려 있었다. 그때 태양의 빛을 가리고 땅에 던져진 그의 그림자가 너무도 선명히 그의 눈에 뛰어들었다. 그는 꼼짝 않고 그림자가 보여주는 꼬락서니를 내려다보았다. 영화에서 본 타잔. 맹수를 노리는 타잔. 맹수와 소녀. 타잔과 맹수와 소녀와 나. 휘휘 머리가 어지러운 듯하더니 번쩍 정신이 되돌아오면서 가슴이 뒤틀리기 시작했다. 그만 그 자리에 털썩 주저앉고 말았다. 벌써 소녀는 멀찍이 저편을 걸어가고 있었다. 현은 얼빠진 사람 모양 잠시 멍하니 있다가 이마의 땀을 씻으며 대검을 자루에 넣으려고 했다. 아직도 사라지지 않은 취한 듯한 하반신의 감각. 이 고깃덩어리가……. 현은 그대로 칼날을 허벅다리에 내리질렀다. 욱! 붉은 피가 군복바지를 통해 쭈르르 흘러내렸다. 몸에서 욕정의 불길이 일순에 걷혔다. 내의를 찢어 다리를 동여매고 그대로 바위틈에 몸을 뉘어 물끄러미 배어나오는 붉은 피를 보고 있었다. 그때 현의 뇌리에 지난날의 한 가지 일이

번개같이 스쳐갔다.

'어머니의 다리에 새겨졌던 그 무수한 상흔. 무수했던 무수했던 그 상흔.'

어찌할 수 없는 애타는 그리움과 함께 어머니의 환상이 현의 안막에 떠올랐다. 그것은 인간의 가누기 힘든 서러운 조건에 항거하는 한 젊은 여인의 피는 듯 아름답고 처절한 얼굴이었다.

그와 함께 높은 가락의 노랫소리가 들리는 듯했다. 그것은 대지 위를 뒤덮고 그의 머리 위를 감돌아 무한히 흘러가는 환각의 가락. 어머니에의 찬가(讚歌). 뒤이어 주림과 추위에 저린 현의 가슴속에 인간의 슬픔과 고통이 회오리쳤다. 그러나 그것은 단지 몇 방울의 눈물로 변해 아득한 대지 위에 뿌려졌을 따름이었다.

저녁에 현이 중국인 부락으로 내려가 한자(漢字)를 써가며 사유를 납득시키고 따뜻한 한 그릇의 옥수수죽을 마실 때, 걱정 어린 눈으로 싸맨 다리를 응시하고 있는 그 소녀의 영롱한 눈은 현에게 끝없는 기쁨과 안도를 주었다. 그곳은 주로 팔로군이 유격 활동하는 지역이어서 그 길로 연안으로 안내되었다. 그는 여기서 숨을 돌리기 전에 먼저 놀랐다. 토굴 같은 집에 살고 있는 그들의 양식은 수수밥이 아니었다. 그것은 어느 때고 그들이 활개를 칠 수 있는 세계가 오고야 말리라는 확신이었다. 현은 중국 거지 같은 초라한 모습을 한 김 모라는 노인에 접하고 아연했다. 인민의 해방이 멀지 않아서 이루어지리라고 예언하는 김노인은 실은 까닭 모를 복수심을 만족시키는 기회를 노리고 있는 것이었다. 공산주의 이론은 『정감록(鄭鑑錄)』과 다름없는 운명의 예언서. 다르다면 그것은 과학의 이름을 붙인 예언서라는 것, 김노인은 그 것을 놓고 잃어진 자기 반생의 몇 배를 미래에 충당할 수 있는 노 다지판을 그리고 있었다.

그렇지 못하면 초라한 그 모습이 사진틀 속에 담겨 벽에 걸리거 나 그 이름이 당사(黨史)의 찬란한 한 페이지를 차지하리라는 개 기름같이 번쩍거리는 욕망.

인민의 해방이란 방정식에 절대적인 의미를 붙이고 이를 갈고 있는 이들은 말하자면 청탁자가 없는 청부업자였다.

'도대체 이들은 어째서 그렇게도 남의 걱정에 밤낮을 가리지 않고 야단일까. 그보다도 오히려 그들의 솜옷에 끓는 이를 퇴치 하는 것이 급선무일 텐데. 아마 이들은 이들의 때가 오기만 하면 겪어온 빈궁과 고통의 몇 백 배의 보수를 요구하겠지.'

현이 한 달도 못 되어 다시 이곳을 빠져나와 남만주에 잠복한 것 은 1945년 7월 중순이었다. 넓고 어수선한 것이 중국의 대지였다.

6

만주에서 헤매던 현은 9월 중순이 지나 고향 P고을로 돌아왔다. 그동안 소련군이 진주한 만주에서 현이 목격하고 느낀 것은 인간 이란 개 이하가 될 수 있다는 것이었다. 약탈, 강간, 파괴, 살 인⋯⋯. 현은 그 책임을 전쟁에 돌려버리는 의견에 찬동할 수 없 었다. 문제는 그러한 행동을 저지를 수 있는 본질적인 것이 인간에게 잠재해 있다는 데 있었다. 그것은 오히려 개보다 못했다. 인간은 거기에 이유를 붙이기 때문. 어떻든 일본을 대신해서 인민의 해방자로 나선 청부업자 소련인들은 처음부터 그처럼 으리으리했던 것이다.

'원래 청부업자란 수지가 맞는 법이니까.'

현은 인간에 대한 실망과 환멸을 거쳐 이렇게 뇌까리고 웃음을 지을 수밖에 없었다.

남루한 차림을 하고 낯익은 싸리문을 들어섰을 때, 마루에 앉았던 어머니는 잠시 멍하니 현을 바라보다가 버선발로 뛰어나와 와락 현을 붙들고 울기만 했다. 동네 사람들이 집으로 몰려왔을 때 어머니는 마루에 엎드린 채 소리를 내어 기도를 드리고 있었다. 8·15를 당하고도 절실한 해방의 뜻을 느끼지 못한 현 모는 이 순간에 남다른 해방감에 가슴이 터질 듯했다. 현 모의 가슴속에 굳게 뿌리박고 있던 원시종교적 숙명의식의 장벽이 소리를 지르며 분화구처럼 터져나가고 있었다. 그리고 현 모는 그것이 터져나가 환히 트이는 곳에서 소낙비처럼 쏟아져내리는 하나님의 은혜를 보는 듯했다.

고노인의 경우 8·15는 쌀 공출로부터의 해방을 의미했다. 아들 영선의 덕을 보기는 했으나, 워낙 냅뜰성 없는 영선의 힘이란 별것이 없었다. 고노인은 전쟁 말기의 일제 당국의 처사에 대해 마구 욕설을 퍼부었다. 작은 꾀를 부려서 고런 짓을 했으니 망하지 않을 리가 있었겠느냐고 떠들었다.

아슬아슬한 고비에서 38선 이남으로 책정된 이 고을에는 미군

들의 풍부한 물자의 시위가 있었다. 모두가 놀랍게 보이는 고노인은 둘째 아들더러 단단히 영어 공부를 하라고 일렀다. 그리고 영선이 무사했고 현이 목숨을 건져 돌아온 것은 선친의 묘를 이장했던 탓이라고 더욱 풍수 원리에 대한 믿음을 굳게 했다.

현에게는, 몇 갈래로 찢겨 서로 엇먹고 켕기는 소용돌이가 모두 현실의 정곡에서 빗나가고 있다고밖에 보이지 않았다.

해방이란 앉아서 얻어진 것, 그러므로 나서서 호통을 칠 이유도 없었다. 아무에게도 나에게 돌을 던질 자격이 없었다. 따지고 보면, 있어야 할 것은 오직 얼굴을 붉힐 부끄러움과 조심성 있게 건네야 할 조용한 어조뿐이었다. 그런데 오고 가는 무수한 돌멩이와 고막이 터질 노호.

또한 논하자면 해방이란 당연한 것. 응당 있어야 할 것이 지금까지 그렇지 못했다는 것. 그런데 누구를 보고 국궁 재배, 아양을 떨어야 한단 말인가. "스파씨이바그라스나야 아아르미아(고맙소 붉은 군대)" 또 그렇지 않으면 어린애 같은 경탄. "원더풀 씨레이션."

이런 곳에서 생겨날 것은 과연 어떤 것, 암담한 실망이 현의 마음을 뒤덮고 내어디디려던 그의 일보는 허공을 휘젓고 다시 제자리에 못박혀버리고 말았다. 그는 또다시 자기 껍질 속에 몸을 오므리고 만 것이다.

3·1절을 맞아 선열의 유가족으로 현 모와 현이 특별한 좌석을 배당받았을 때, 할아버지도 그 옆에 점잖이 앉아 있었다. 고르지 않은 가락의 애국가. 우국의 절규에 가까운 열변. 만세. 만세 소

리의 진동.

기념품인 놋상을 들고 돌아오던 갈림길에서 현은 언뜻 할아버지의 눈에 빛나는 것을 보았다. 주름지고 늘어진 눈시울 밑에 가득히 괸 눈물. 현에게 있어서 그것은 하나의 새로운 발견이었다.

'험구의 할아버지는 기실 아버지의 죽음을 누구에게도 못지않이 마음속에서 슬퍼한 것인지 모른다. 아버지의 죽음. 어머니의 신고. 할아버지의 고통. 가난한 이 사회. 특설된 좌석과 기념품인 놋상.'

다음해 현은 교장의 간청으로 여학교 교원으로 들어가게 되었다.

"네 소견대로 하려무나."

어머니의 의견은 조용한 이 한마디였다.

사회의 혼란은 더욱 조장되고 대립은 더욱 첨예화되어 갔으나 학교의 울타리 안은 그래도 그 권외에 놓여 있었다. 그러나 언제까지나 학교만을 남겨두지는 않았다.

사회의 혼란이 반영되어 학생들이 동요하기 시작하고 몇몇 교원은 거기다 불을 지르는 역할을 했다. 교내에 삐라를 뿌린 학생들은 마치 순교자 같은 얼굴로 끌려갔다. 어지러운 흥분 속에 사로잡힌 어린 학생들을 보면, 현은 가엾은 생각이 들었다. 무엇 때문에 흥분. 누구를 위한 순교.

불을 지르는 교원들. 시간에 들어가 가르칠 것은 걷어치우고 무책임한 발언으로 철없는 학생들의 머리를 어지럽히는 것은 죄악에 속했다. 자신이 있거든 걷어붙이고 나서서 직접 행동을 해야 할 것이다. 교단과 연단. 교원과 연기자와의 차이. '학생에겐 손을 대지 말고 그대로 두어야 한다.' 그러나 이러한 신념은 다만 현 자신에게만 적용되는 좁은 한계를 가지고 있었다. 이러한 가운데 북에서 남으로 흘러가는 인간의 행렬은 그치지 않고 그 수효는 더욱 늘어만 갔다. P고을에서 하루 이틀을 묵어 가는 사람들의 발걸음은 무거웠다. 으리으리한 청부업자의 입찰을 거부한 사람들. 현은 지금은 그곳서 대단한 감투를 쓰고 있다고 전해지는 중국 연안에서 만난 노인 김 모를 생각해보았다. 하루에 몇 번 목욕을 하고 눈이 부신 흰밥에 입맛을 다실 그 모습을.

'대를 이어온 땅을 버리도록 낙찰된 가격은?'

그러나 현에게 있어서 이러한 현상은 그의 눈앞을 지나가는 한낱 영화의 화면에 지나지 않았다. 현은 그것을 보고만 있으면 되었다. 다만 비극 영화를 구경하는 관중이 느끼는 그런 정도의 동정심을 가지고.

현의 흥미는 이 이 년간에 확대된 꽃밭에 들어가 갖가지 꽃을 가꾸는 데 있었다.

가지각색의 꽃이 봄에서 가을에 이르는 동안 그치지 않고 화려히 장식하는 화단이 있음으로써 현의 마음은 푸근했다. 금잔화, 봉숭아, 달리아, 석죽, 나팔꽃, 카네이션, 문플라워, 나비꽃…….

넓은 하늘 밑에 하루의 노동에 노곤해진 다리를 뻗고 부엌에서 새어나오는 생선 굽는 냄새를 맡는다. 왕성한 기능의 위. 재촉을 하면 어머니는 어린애 같다고 꾸중을 한다. 찬란한 꽃밭. 매미의 울음과 뭇새의 지저귐. 이것이 곧 인간의 삶. 생명을 받고 태어난 인간이면 누구나가 향유할 수 있는 삶의 조그만 권리.

그동안 현은 몇 번 혼담을 퇴했다. 갈피를 잡을 수 없는 현실의 혼돈 속에서 혼인이란 생각조차 하기 싫었다.

'저 북에서 쏟아져 나오는 사람들. 그을리고 피로한 얼굴에 슬픔과 분노를 가득히 담은 눈동자. 그 무수한 눈동자는 다만 살 곳을 마련하여 그대로 안주할 그런 미지근한 눈동자일까. 그 무수한 눈동자에 그토록 분노의 불길을 부어넣은 으리으리한 신흥 청부업자들. 그들은 한 가지 공사를 끝냈다고 그대로 있을 그런 절제 없는 업자가 될 수 있을 것일까. 악착 같은 이윤의 추구. 그들이 즐겨 퍼붓는 기성 업자에 대한 욕설. 그것은 그대로 그들이 이어받은 것. 태풍의 징조에 불안을 느끼며 새로운 집을 지으려는 어리석은 짓은 삼가야 한다고 생각했다. 자신이 없는 자기의 미래에 한 사람의 남을 끌어들일 수는 없었다. 나 자신이 그러하거늘 더욱 남의 생애에 대한 자신이란.'

현은 그러한 때에 더욱 뼈저리게 어머니의 반생을 그려보았다. 어두운 초가 안에서 지낸 30년. 괴로움과 신고. 자기의 혼인이 또 하나의 어머니를 만들어낼는지도 모른다는 의구.

고노인은 몇 번 달래보다 내어던지고 말았고, 현 모는 현 모대로 병정으로 보낼 때 한번 겪고 나서는 무엇이고 간에 강요는커녕 권유도 않고 현이 하는 그대로 두었다. 그 팔에 한번 묵직한 손자의 무게를 느껴보고자 목마르게 원하고 있으면서도.

7

그러한 불안은 불안대로 두고, 현은 눈앞에 걸린 자기의 직책에 충실하려고 했다. 꼬박꼬박 시간을 채우는 현은 그리 인기 있는 선생은 못 되었다.

가을이 와서 교사를 증축하게 되었을 때, 상서롭지 않은 한 가지 문제가 생겼다. 공사비를 둘러싸고 불미한 일이 생겼는데 교장도 거기 한몫 끼여들었다는 것이다.

전투적인 교원 몇 명이 말썽을 일으키고 교장을 규탄한다는 불온한 공기가 떠돌았다. 현은 분명치도 않은 일을 가지고 떠들 필요가 어디 있느냐고 대수롭지 않게 생각하고 있었다. 그러나 말썽을 일으킨 교원들은 이 사건을 들고 나가 오랫동안 사상적인 문제 때문에 교장으로부터 받아온 굴욕의 울분을 일거에 풀어보리라는 의도를 가지고 있었다.

한편 교장은, 때마침 일어난 일부 학생들의 조그만 정치적 소동이 교장 배척을 한 가지 슬로건으로 들고 나섰던 까닭에 기회를 놓치지 않고 그들 교원에게 사건의 책임을 뒤집어씌우고 말았다. 세 명의 교원은 그날로 경찰에 구속되어 문초를 받게 되었다.

그러나 그 교원들이 학생 소동의 책임을 진다는 것은 이번만은 누가 보아도 부당했다. 그러나 교원들은 교장의 교활을 눈앞에 보고도 감히 입을 열어 정면으로 대항하지를 못했다.

직원회의가 열렸을 때 교장은 점잖은 어조로 유감의 뜻을 표하며 세 명의 교원이 경찰에 끌려간 것은 참으로 안된 일이라고 했다. 현은 아연했다. 교활과 비열이 뒤섞인 교장의 얼굴을 쳐다보다 저도 모르게 불쑥 일어섰다.

"교장 선생님, 어떤 대책을 세워야 하지 않겠습니까?"

교장은 평소 온건하던 현이 뜻밖에 긴장한 얼굴로 자기를 정시하는 데 놀랐다.

"대책이라야 세울 도리가 없는 걸 어떻게 하우?"

"대책이 없다니요. 세 분 선생이 이번 소동에 아무런 관련도 없다는 것은 교장 선생님도 잘 알고 계시지 않습니까?"

"아니, 고선생, 내가 그런 것을 어떻게 아우?"

"배선생님은 그동안 부친상을 치르러 가서 사건 때는 안 계셨고, 두 김선생님은 일주일간의 수학여행에서 그제야 돌아오시지 않았습니까?"

"그건 모르디요. 없었다고 관련이 없는 것은 아닐 터이니까."

"그러나 그것은 경우와 상식으로 분명히 알 수 있습니다."

"고선생은 왜 그렇게 그런 사람을 두호하시우?'"

"두호가 아닙니다. 과거에는 어떻든 간에 그대로 버려둔다면 그것은 세 분 선생에 대한 공정한 처사가 못 되기 때문입니다."

"그거야 경찰에서 공정히 하갔디요."

어디까지나 시치미를 떼는 교장을 보고 현은 가슴속에서 피가 끓어오르는 것을 느꼈다.

"교장 선생께서 직원들의 신상에 대해 그렇게 냉정하셔서야 어떻게 안심하고 학생들을 가르칠 수가 있겠습니까?"

교장이 버럭 소리를 질렀다.

"아니 고선생, 그게 무슨 말이오. 사상이 불순하다고 경찰이 하는 일을 나보구 어드케 하라는 거요?"

파렴치….

"그렇게 말씀하신다면 교장 선생님은 이번 부정 사건 때문에 일부러 세 선생님을 몰아넣었다는 비난을 듣게 됩니다."

교장이 낯색이 변했다.

"고선생, 말을 조심하우. 그게 무슨 소리요. 그럼 내가 부정 사건에 관계가 있단 말이오?"

진일보…… 앞으로…… 결정적인 공격! 그러나…….

"저는 그런 단정은 안 했습니다. 말하자면 남들이 그렇게 보기가 쉽다는 겁니다."

그것을 단정한다는 것은 또한 교장에 대해 공정을 결(缺)한다는 생각이 현의 얘기를 끊게 했다.

'슬픈 일이다. 이북 출신인 늙은 교장은 모든 못마땅한 것의 처리 방법으로 저렇게 사상적인 데다 결부시키게 되었으니…….'

그리고 또 하나의 불쾌. 끌려간 세 선생. 그들은 어느 때나 조금 들려오는 얘기가 있으면 그것의 확실 여부를 확인하기도 전에 떠들어대는 것이 일쑤였다. 어린 학생들에게 자기의 첨단식 경향을 번쩍거리던 것도 다름아닌 그들이었다.

'여하튼 창피다.'

무거운 발걸음으로 교문을 나섰을 때 뒤따라오는 발걸음 소리가 들렸다. 조선생. 여대를 중퇴한 조선생이었다. 깨끗이 접힌 흰

샤쓰, 흰자위가 맑은 검은 눈. 검은 스커트.

"고선생님이 오늘은 어떻게 그렇게 대담하셨어요. 교장 선생님
이 패배 정도가 아니라, 고선생님 말씀처럼 완전히 패북당하고
말았어요."

현은 고소를 지었다. 그는 말없이 걸으면서 굳어졌던 자기 마음
이 차차 풀려져 가는 것을 느꼈다.

'나는 조선생이 가까이 있으면 어느 때나 따뜻한 마음을 가지
게 된다. 저도 모르게 끌리는 것을 느낀다. 그러면서도 욕정을 느
끼지는 않는다. 이것이 아마 이성에 대한 애정의 싹인지도 모른
다. 패북, 아아 그때의 얘기로군.'

겨우 맞춤법을 한 권 들춰본 한글 실력으론 국문과를 다닌 조선
생을 당할 수 없었다. 그가 일절이니 패북이니 하였을 때 조용히
가르쳐준 것은 조선생이었다.

그때 그는 낯을 붉히며,

"그래두 어쩐지 일절이니 패북이니 해야 어감이 바로 맞아드는
것 같은데요. 일체, 패배, 좀 약한데."

"그것은 잘못된 일어의 습성에서 나온 거예요."

외모가 나약해 보이면서도 조선생은 강한 성격을 가지고 있었
다.

어느 땐가 남녀 교원이 함께 걷고 있을 때, 미군 병사와 나란히
걸어오는 여인을 보내놓고 어느 남선생이 야유 겸 힐난을 한 일
이 있었다.

"저것이, 저게 다 인간이라구, 창피두 모르구 턱을 쳐들고 걸어

가다니 원 더러운 것이."

그때 조선생이 얘기를 가로막았다.

"왜 저런 불쌍한 여자를 탓하시지요?"

"불쌍하긴, 자기가 택해서 저런 짓을 하고 다니는걸."

"그렇게 얘기할 게 아녜요. 택하긴, 누가 좋아서 택했겠어요. 남자들이 참견한 사회가 여자들을 저 모양으로 만들어놓은 게 아녜요?"

"남자들이 어떤 사회를?"

"글쎄 선생님도 정신 차리세요. 연약한 여자 하나 지키지 못하는 이 땅의 남성들이 참 가엾기도 하지요."

'그리고 이런 일도 있었지.'

어떠한 경우에도 별다른 의사 표시를 않는 현보고 어느 땐가 이렇게 물은 일이 있었다.

"고선생님은 아무 일에도 관심이 없으세요?"

"네?"

"왜 어떤 일에도 의사 표시가 없으세요?"

"그것은 할 사람이 따로 있겠지요. 저는 남의 일에 이러니저러지 할 입장에 있지 못합니다."

"소극적이시군요?"

"소극적일는지 몰라도 저는 남의 일에 흥미가 없거니와 남의 한계를 침범할 생각은 더욱 없습니다."

"어쩌면 그러실까?"

"싸움을 말리려다 더 큰 싸움을 만드는 일이 있지요. 자기 하나도 가누기 힘든 형편에 남의 일 참견이란……."

"주위가 어떻게 되어도 괜찮으세요?"

"되어가는 것이야 제가 어떻게 하겠습니까?"

"선생님은 그렇게 뵈진 않는데요?"

"저는 공연히 참견해서 남에게 누를 끼치는 경우를 여러 번 보아왔습니다. 남을 위한다는 것이 결과적으로 남을 해치는 경우가 더 많다는 것을 너무나 많이……."

"그러나 그렇지 않은 경우도 많지 않겠어요?"

"물론 그야 그렇겠지만, 사리를 통찰하는 예지나 심성에 있어서 훨씬 뛰어난 성자 같은 소수인에게만 해당되겠지요."

"고선생님은 자신이 뛰어났다고 생각지는 않으세요?"

"천만에. 저는 제 자신을 너무나 잘 알고 있습니다. 아무 특징도 없는 일개 속인에 지나지 않는다는 것을…… 그래서 기껏 자기만을 지키고 이처럼 살아가면 됩니다."

"그러면 저 같은 경우 즉 생활양식을 강요받게 된다면 그때도 고선생님은 자기를 지키고 그대로 살아가실 수 있겠어요?"

조선생은 8·15 다음해 가을 가족과 함께 이북에서 넘어왔던 것이다.

"글쎄 그건 지내봐야 알겠지만……."

"저는 지내봤어요. 더욱 부친은 뼈저리게 느끼셨지요."

"무슨 해를 입으셨습니까?"

"해가 아니라 처음은 몹시들 떠받들었지요. 부친은 젊은 시절에 사회주의 운동을 하다가 몇 년 고생을 하신 일이 계셨대요. 과

수원을 하시던 부친은 해방이 되자, 끌려나가다시피 인민 위원장을 하시게 되었지요. 그런데 소련군이 진주하면서부터 부친은 퍽 언짢아하시더니 쌀 공출을 강요받고는 거북해하시던 끝에 사임을 하시고 말으셨지요. 아버지는 내가 젊었을 때 하려고 한 것은 저런 것이 아니었다고 하시면서 우울증에 걸리셨어요. 그 후부터 그들은 뒤에서 이러니저러니 귀찮게 굴기 시작하더니 한번은 무슨 혐의가 있다고 보안서에서 아버지를 불러갔었어요. 두 주일 후 나오신 부친은 아무 말씀도 않고 계시더니 갑자기 이남으로 떠나자고 하셨어요. 거기서 자기를 지킨다는 것은 절대 불가능한 일이에요."

"물론 저도 제가 하고 싶은 일, 꽃밭을 가꾸며 즐기고 싶은 시간이나 마루에 누워 하늘을 쳐다보는 시간조차 못 가지게 된다면 글쎄 저도 생각을 달리하겠지요."

"그것뿐이겠어요? 무슨 집단에 가입해라, 모임에 빠지지 마라, 누구를 미워해라, 누구를 쫓아야 한다, 누구를 죽여야 한다, 연설에 찬성하는 박수를 쳐라, 주먹 쥔 팔을 높이 흔들어라, 하면요?"

"그야, 그렇다면 그땐 저도……."

"어떻게 하시겠어요?"

"그럴 땐, 그럴 땐 조선생처럼 도망을 치지요."

현이 자기 얘기가 우스워 그만 실소를 하자 조선생도 따라 웃었다.

"어디까지나 소극적이시군요."

갈림길 가까이 와서 추상(追賞)에서 깨어난 현은 입을 열었다.

"실은 교장한테 얘기하고 나선 퍽 후회가 되었습니다."

"왜요?"

"멋없이 떠들었다는 생각이. 남은 것은 불쾌뿐입니다."

"그렇지만……."

"저는 결코 청부업자가 될 수는 없지요."

"네?"

"아니 아무것도 아닙니다."

그 후 문제의 선생님들이 경찰에서 돌아오자, 곧 학교를 떠나고야 말았다.

현은 우울했다. 어쩐지 학교에 나가는 것이 거북했고 교장을 대하는 것이 고통스러웠다. 한 달도 못 가서 사표를 내고 말았다. 이층 교실을 찾아 인사를 하는 현에게 조선생은 뚫어질 것 같은 시선을 부었다.

"왜요? 무엇이 거리끼는 게 있으세요?"

"모든 것이 귀찮아져서."

현은 조선생의 시선을 피했다.

"그러신 게 아니겠지요. 교장 선생님을 보시기가 거북해서 그러시지요?"

"그것도 그렇지만……."

"역시 마음이 몹시 약하시군요."

"……"

"그야말루 완전 패북하셨군요."

한참 침묵이 흐른 뒤에 현이 입을 열었다.

"패북이고 패배고 할 나위가 없는 일이지요. 조선생님이 어떻게 하시든 그저 저는 그만둔다는 인사를 드리러 온 것뿐입니다."

현은 곧 발길을 돌려 교실을 나온 탓으로 조선생의 눈에 서리기 시작한 뽀얀 안개 같은 것이 방울지면서 마루에 떨어지는 것을 보지 못했다.

어머니는 아무 얘기도 없었다. 할아버지는 쯔쯔 혀를 찼다.

"관운이 없군. 그것도 팔자소관이지."

이 해 겨울에 들어서기 전 현은 고을에 들어갔다가 여수와 순천에서 일어난 사건 얘기를 들었다.

'무엇 때문에 사람을 죽이려드는 것일까?'

현은 송아지 한 마리를 기르기 시작했다. 여물을 썰고 분뇨를 떠내고 짚을 깔아주는 데 열중했다. 콩짚과 볏짚에 콩을 섞어주면 소는 보는 눈앞에서 풍선처럼 부풀어오르는 것 같았다. 일군에서 말을 먹이던 때와는 달랐다. 여기엔 아무런 강제가 없었다. 키우고 보면 소도 한가족과 다름이 없었다.

밭갈이가 심해 잔등이 벗겨져 피를 낼 때면 표정이 없는 까닭에 더욱 가엾었다. 그럴 때면 그 한 가닥 뼈마저 달게 바친다던 다카다 교수를 생각했다.

'지금쯤 살아 계신다면 어떻게 지내고 있을까. 여의하다면 스키야키[10] 남비 속에 저를 넣어 쇠고기를 끄집어내다 자아를 멸할 수 없어 달게 잡숫고 계시겠지. 이젠 퍽 늙었을 게다.'

8

한없이 퍼진 허허벌판이었다. 현은 잃어버린 총을 찾으려고 애를 태웠다. 다리가 땅에 박혀서 떨어지질 않았다. 피아의 군대가 뒤섞여 우왕좌왕 아우성을 치고 있었다. 거기에는 아오야기도 하다가 조교수도 보였다. 중국군, 일본군 모두가 적으로 보였다. 포탄이 터졌다. 총! 총이 없다. 총! 총이 있었다. 아 이번에는 총검과 탄환이 없었다. 밀려드는 적군, 쿵 하는 포 소리, 아악 아악!

현은 잠에서 깨어났다. 쿵! 포 소리가 들렸다. 아직 날이 밝지 않았다.

그날은 하루종일 포성이 들리더니 부상자를 실은 후송열차가 숨가쁘게 P역을 지나 남하했다.

또 한 밤을 새운 이튿날 아침, P고을에는 전차의 캐터필러 소리도 요란히 인민군의 대열이 지나가고 있었다. 늘어진 시체, 붉은 깃발의 시위.

'이것은 또 무슨 짓이냐? 그러나 하고 싶거든 멋대로 하려무나. 여하튼 간에 나는 모르는 일이고 나에겐 손톱만큼의 관련도 없다. 너희는 너희고 나는 나다.'

의혹, 끝없는 혐오. 하늘도 산도 들도 눈에 띄는 모든 것, 꽃을 보아도 회색이었다.

며칠 후, 이북으로 갔다던 연호가 머리를 길게 늘이고 P고을로 들어오자 먼저 현을 찾았다.

"어때, 고생 많이 했지?"

"뭐 별반."

"고통이 많았을 거야. 그러나 이전 강도놈들도 물러가고……."

"……"

"그런데 자네 왜 이러고 있나?"

"무엇을?"

"뛰어나와 일을 해야 할 게 아닌가?"

"일을?"

"이 사람아! 자네가 이처럼 배겨 있은 것도 이때를 기다린 것이 아닌가?"

"때를 기다리다니?"

무슨 뜻인지 의아해하는 현의 표정.

"물론 예기치 않았던 일이니까! 그러나 어리둥절할 것은 없어."

"그야 충격을 받은 것은 사실이지만, 나야 한 개 평범한 속인에 지나지 않으니까."

"그래, 이대로 이러고 있을 작정인가?"

"이대로 나는 흡족하니까."

"아니 굿이나 보다 떡이나 먹을 셈인가?"

"떡은 둘째 치고 굿을 볼 흥미조차 없네."

"자네 왜 그러나?"

뜻밖이라는 연호의 표정.

"왜 그러긴? 나야 원래 이런 놈이 아닌가. 부탁이니 나를 이대로 가만히 버려두어 주게."

"버려두다니? 자네야말로 열성적으로 일해야 할 사람이 아닌가?"

"일이야 할 사람이 얼마든지 있는걸. 나까지 뛰어들 필요야 없지. 나는 모든 것이 귀찮게만 생각이 드네. 자네가 들어오기 전 나는 들로 나가던 길가에서 어떤 젊은 군인의 시체를 보았지. 속눈썹이 길고 검은 머리를 늘인 앳된 얼굴을 하고 있더군. 나보다도 십 년이나 어려 뵈는 젊은 소년이야. 그는 며칠 전만 해도 자기 가족에게 편지를 보냈고, 이웃에 사는 처녀를 그리고 있었는지도 모른다. 그렇게 생각하니 어째서 그가 이 길가에서 이처럼 생명을 잃어야 했는가의 의문이 들더군. 살아야 했을 인간이 인위적으로 죽은 것이다. 어째서, 누구의 탓으로?"

"물론 사람이 죽는다는 건 유쾌한 일이 못 되지. 그러나 피의 대가 없이 어떻게 혁명의 성취를 바랄 수 있겠나?"

"누구의 피, 누가 흘려야 하는 핀데?"

"그것은 혁명을 가로막는 원수들의 피, 그리고 혁명에 바쳐지는 인민 전사들의 고귀한 피. 그러나 더 많은 원수들의 피가 요구되지."

"자네는 죽는 사람의 경우를 생각해본 일이 있나? 다만 한 가지 살고자 발버둥치는 인간들의 죽음을. 고통과 공포. 죽는 인간에 있어서는 죽는 그 순간에 그 자신의 모든 것 — 아니 전 세계가 상실된다는 것을."

"그러나 새로운 희망, 프롤레타리아트는 그 시체를 넘어서 전진해야 하지."

"전진? 어디를 향해? 얼핏 들으면 감동적인 얘기긴 하지. 그런데 그 감동이란 게 탈이거든."

"모든 것은 불가피한 혁명의 첫 과정이니까."

"도대체 그처럼 많은 시체를 넘어서야 하는 혁명의 목적이란 무엇인가?"

"착취 없고 계급 없는 사회의 건설."

어린애 같은 질문에 불과하다는 표정의 연호.

"나도 그러한 사회가 오기를 간절히 바라고 있네. 그러나 그 목적에 이르는 과정이라는 것, 그것은 어떠한 과정이며 또 언제까지를 과정으로 치나? 과정 속에서도 인간은 살아야 하고 또 인간은 계속 과정 속에서 살아가는 것이 아닌가. 인생의 목적이란 곧 인간이 산다는 것, 사는 그 자체가 목적이 아닌가. 최후의 목적 그런 것이 있을 리 없지. 구태여 말하자면 조그만 중간 목표가 있다고 할까."

"그럼 자네는 전적으로 이 혁명을 인정치 않는군."

"혁명이 획득한 어떠한 결과도 인간의 생명보다 귀할 수는 없으니까."

"그러면 자네는 역사 자체를 부정하는군."

"혁명이란 말에는 확실히 매력이 있겠지. 역사가들도 그 태반은 혁명은 역사적 전환에 필요한 하나의 중요한 계기라고 하니까."

"자네도 그것까지 부정하지는 않는군."

"아니지. 다만 역사가들이 다루기 좋은 재료에 지나지 않는다는 거야. 요행히 삶의 골패짝을 쥐어 든 인간들은 태연히 소파에 앉아 '소수의 희생된 생명 운운' 하고 뇌까릴 수도 있겠지. 그렇게 허다한 혁명이 없었던들 별로 지금보다 못한 세상은 안 되었을 것이네."

"이건 놀랐는데."

"어떻든 나는 분명치도 않은 목적을 위해 공연히 남에게 미움의 눈길을 보낸다든가, 내 생명을 희생할 그런 용기는 가지고 있지 못하니까."

"인민의 투쟁을 그렇게 보는군."

"투쟁? 어째서 그렇게 싸우고 싶은가. 그렇게 싸우고 싶거든 싸우고 싶은 친구끼리 클럽을 만들어 게임을 하면 되지그래. 그런데 실상은 그렇지 않은 인간들까지 끌어들여 싸우게 하고 있으니 말이야. 애매히 피를 흘리는 것은 이들이거든. 자네 익수를 보게."

"익수, 그는 기막힌 투사야."

"자네, 지금 그가 올바른 제정신을 가지고 있다고 생각하나. 익수 같은 처지에 있는 친구가 가난을 벗어나야 하고 인간다운 생활을 해야 한다는 데는 의논의 여지가 없어. 그러나 지금의 익수는……."

"지금의 익수는?"

"그의 눈을 보게. 무엇에 열중하는 것이야 좋겠지. 그러나 그의 눈에는 독기가 가득 차 있어. 귀염성 있고 선량하던 그의 조그만 눈 속에 차 있는 것은 증오와 살기뿐이란 말이야. 나는 그를 보았을 때 어째서 인간이 저런 눈을 해야 하는가 의문이 생기더군. 그리고 측은하다는 생각이. 물론 자네야 되레 이러한 나를 측은히 생각하겠지만."

"도대체 지금이 어떤 때인 줄 아나?"

답답하다는 연호의 표정.

"근거 없는 미움이 들끓고 있는 때이겠지."

"근거 없는 미움이라니?"

"그럼 자네는 그렇게 뼈아픈 원한을 누구한테 품게 되었고 대체 누구를 저주하고 어떻게 미워하고 있나?"

맑은 눈으로 연호를 응시하는 현.

"지금에 와서 그런 질문을 하다니?"

"자본가, 지주, 친일파, 반동분자…… 이런 거란 말이지?"

"그리고 기회주의자."

연호의 어성이 튀었다.

"나는 기회주의자가 아니야. 미워할 것은 지적할 수 있는 그 누구가 아닐세. 인간 서로의 미움이란 미움이 미움을 낳는 악순환 밖에 가져오질 않아."

"그러면?"

"미워할 것은 인간이 지닌 어리석은 조건일세. 자네나 내 가슴 속에 숨어 있는 인간 심리의 독소, 남을 억압하려는 포악성, 착취하려는 비정, 남보다도 뛰어났다는 교만, 스스로 나서려는 값싼 영웅주의적 참견, 남을 죽일 수도 살릴 수도 있다는 무엄, 그런 것들이겠지."

"언제부터 자네는 목사가 되었나?"

"나는 신자도 아니네만, 이웃을 사랑해라. 뺨을 치거든 또 하나의 뺨을 내어놓으라고 이른 때부터 지금은 50년이 모자란 2000년. 인간은 겨우 이 모양 요 꼴일세. 물론 자네야 내 뺨을 칠 리도 없고 나도 왼뺨을 맞고 바른 뺨을 내놓을 아량까지는 없네만."

"그래서?"

"나는 싸운다는 건 질색이니까. 내놓기 전에 도망을 치고 말겠지. 이전 나는 내가 인간으로 태어난 것 자체가 창피한 일이라고 생각하게 되었네. 내 자신이 싫고 또 그 누구 할 것 없이 인간이란 게 싫어졌어. 그렇다고 무슨 대단한 절망을 느꼈다고 지레 죽을 것까지는 없으니 살아갈 대로 살아가보자는 게지."

연호는 멸시와 동정이 뒤섞인 눈으로 현을 쳐다보았다. 자본주의 사회의 혼탁 속에서 갈피를 못 잡고 허우적거리는 푸치·푸르의 퇴영. 그는 현에게 혁명가들의 영웅적인 고난과 자기희생을 얘기해주려고 했다.

"혁명가들의 자기희생을 생각해보게."

"어째서 그것이 자기희생인가. 누가 그것을 청탁했던가. 자아도취와 허영에 치른 값이 어째서 희생인가? 단지 값이 비싸게 먹혔다는 것뿐이지. 되려 일반 대중의 꼬락서닌즉 가관이지. 그것은 불의의 재액이며 더할 수 없는 모욕이니까."

"모욕이라니!"

"그럼 모욕이지. 그 이상의 모욕이 또 어디 있나. 누구한테서 무엇을 받았다는 거야? 도리어 응당 받아야 할 것을 오래도록 막아온 것은 다름아닌 청탁 없는 그들 청부업자들이지."

"청부업자?"

"그들은 자기 멋에 겨워서 흥분하고 비분하고 때로는 웃고 때로는 눈물을 흘린다. 그 노호와 웃음과 눈물 속에 애매한 인간들은 희생되거든. 어떤 존경과 무슨 갈채를 보내라는 거야. 각기 제 생명을 타고난 인간들은 그것이 어떻게 초라하든 간에 모두 자기의 세계를 가지고 있는 법이야. 그것은 누구도 범할 수 없지. 그들은 결코 청부업자들의 연기에 동원된 엑스트러는 아니거든. 나는 이렇게 생각하네. 다음에는 어떠어떠한 세계가 반드시 올 것이니 재빨리 끼어들어 한몫을 보려는 인간— 그러한 인간이란 폐품 불하에 눈치 빠르게 달려들어 낙찰시키려는 장사치와 다름이 없다고. 자기가 나서야 이 사회를 건질 수 있다는 무엄은 자기가 그 폐품을 맡아야 소비자들이 헐값으로 쓰게 된다는 장사치의 헛소리나 다름이 없거든. 다름 없다기보다 도리어 못되었다고 볼 수 있지. 장사치는 이윤만을 탐내는데 그들은 존경과 지배까지를 요구하거든. 청탁도 않는 청부를 맡아가지고는 더욱 괴롭게 한단 말이야."

"자네, 그런 의견이 통용될 줄 믿는가?"

"얘기가 났으니 나대로의 생각을 말해본 게지. 일제시대에도 나는 병정으로 끌려가기까지 나대로 살았네. 8·15 후에도 역시 난 나대로 살아왔네. 이제부터도 난 나대로 살고 싶으네. 떠들어 대봤자 인간이 산다는 것 별것이 아니니까, 난 나대로 조용히 살아가자는 게지. 다만 그뿐이야."

"그건 어려울걸. 혁명은 무위의 한 사람도 용인하지 않아. 마비된 인간의 잠을 깨우고, 그 머릿속에 새로운 인간의 의식을 부어 넣어야 하니까."

연호가 떠난 뒤 현은 마루에 앉아 혼자 시름에 잠겼다. 뉘우칠 것은 없었다. 얘기를 하지 않고는 견디지 못한, 마음 가운데의 그 무엇.

망연히 꽃밭을 바라보았다. 며칠 동안 느끼지 못한 꽃들의 개성이 드러나 있었다— 인간은 꽃에다 여러 가지 뜻을 붙인다. 정열, 불안, 비애, 고결, 죄악, 분노, 모호, 온순, 광약(狂躍). 그러나 꽃은 그저 아름다울 뿐인데. 때가 오면 피고 때가 가면 말없이 지고. 그런데 인간은 꽃에다 제멋대로의 의미를 붙인다. 뿐더러 인간 자신을 색깔로 갈라놓고 편과 편을 만들어 서로의 가슴에 칼날을 겨눈다.

여태까지 현은 황금률을 뒤집어놓은 것, 즉 남에게서 괴로움을 받기 싫은 것처럼 나도 남을 괴롭히지 않는다는 신조를 굳게 지켜왔던 것이다.

그러나 지금에 와서 현은 자기에게 파상적으로 몰려닥치는 위협을 느끼기 시작했다.

이번의 청부업자는 종전의 유가 아닌 것 같았다. 한 명도 놓치지 않고 건드려놓고야 말려는 유능하고 가혹한 업자. 구석구석을 파헤치려는 집요하고 치밀한 계산자. 현이 웅크리고 있는 껍질도 그들의 날카로운 눈길에서 빠져날 수는 없는 듯싶었다.

발길을 돌린 연호는 혀를 찼다.

"무엇 그런 자식이 있나."

이번 그가 공작의 임무를 맡고 고향인 P고을에 파견됐다는 건 삼 년이 넘는 자기의 신산(辛酸)을 갚고도 남음이 있었다. 그는 고을 사람들이 자기에게 퍼붓는 눈초리에서 제법 흡족한 걸 느끼고 있었던 것이다. 승리자에게 보내는 존경과 경탄, 외포[1]와 선망의 눈초리. 그렇지 않으면 자기가 돋운 분노와 증오의 눈초리. 어떠한 눈초리든 간에 거기에는 어떤 반응의 표시가 있었다. 그런데 현의 눈만은 그렇지가 않았다. 거기에는 아무런 반응이 없었다. 두려움의 빛은커녕 무관심과 권태와 혐오가 뒤섞인 눈에 어딘지 연민과 동정의 빛조차 깃들이고 있었던 것이 아닌가.

공포 가운데서 또는 완강한 조직 가운데서 그렇게 애써 쌓아올린 탑을 그렇게도 가벼이 보아넘기다니. 거기다 걷잡을 수 없었던 허망한 얘기의 논리.

'청부업자라구…….'

승리자로서의 여유와 관용을 가지고 현의 얘기를 들어넘긴 자신이 기특했다기보다 어리석었다. 가슴 한 귀퉁이에 생긴 솜사탕 같은 공허. 연호는 그 공허를 증오의 불길로 메워갔다.

다시 열흘이 지난 어느 날 7월의 하늘 아래 찌는 듯 뜨거운 땅위에서 청부업자들은 하나의 잔치를 베풀었다. 이글거리는 태양은 처참한 이 잔치에는 너무나 강력한 조명이었다. 아직도 명확한 태도를 결정치 못하고 서성거리고 있는 '인민'들에게 산 제물을 도륙함으로써 그들의 손에 인간의 피를 발라놓고, 가슴마다에 결정적인 공포와 증오의 씨를 심어놓아야 했다. 죄악의 조각은 나눠져야만 했다.

P고을 중앙 네거리에서 열린 인민재판, 연호는 그 자리에 현을 불렀다. 현에게 피를 보이고 그 반응을 보고자 한 것이다.

예정하였던 규탄과 계획한 대로의 군중의 아우성이 쏟아지며 인간의 것이 아닌 잔인한 흥분의 도가니를 이루어갈 때 연호는 옆에 세워놓은 현의 얼굴만을 응시하고 있었다.

'……반드시 무슨 변화가 있을 것이다. 초연히 홀로 고고하겠다는 너는 돌멩이가 아닌 이상 반드시 어떤 마음의 동요가 생길 것이다. 공포, 당황, 기겁, 애원, 그러면 너는 수월히 내 손아귀에 들어오게 된다. 그것은 굴복. 네 사설은 결국 하나의 관념의 유희.'

첫 번째의 희생자, 국민회 회장이 언도를 받자, 군중의 까닭 모를 아우성과 함께 집행자들의 손에 쥐어졌던 곤봉이, 얼굴이 거의 흙빛이 된 반백의 머리 위에 쏟아졌다. 뼈가 부서지는 소리, 살이 떨어져나가는 무딘 소리.

'어떠냐…….'

연호는 현을 뚫어질 듯이 쏘아보았다. 그러나 그는 현의 얼굴에서 한 오리의 공포의 빛도 찾아낼 수 없었다. 경화(硬化)된 현의 얼굴에서는 다만 땀이 흘러내리고 있을 뿐이었다.

'이런!'

그러나 그것은 연호의 오진이었다. 현의 얼굴을 흐르는 땀은 더위 때문이 아니라 가슴에서 타는 분노의 불길 때문이었다. 두 번

째의 희생자가 끌려나왔을 때 현이 흘린 땀은 땀이 아니라 전신의 혈관에서 배어나오는 피였다. 희생자는 다른 사람 아닌 조선생의 부친이었다. 다만 어울리지 않는 생활양식을 거부하고 남으로 내려온 것 외에 아무런 반항도 꾀하지 않은, 한 무력한 늙은이에 지나지 않았다. 순간적으로 현의 뇌리를 조선생의 모습이 스쳐갔다.

현은 땀이 흐르고 있는 얼굴을 돌려 연호를 쳐다보았다. 그 야릇한 눈동자와 입가에 띤 까닭 모를 웃음, 이것이 같이 자라난 친구…… 인간의 얼굴이라니.

그 얼굴이 눈앞에서 크게 확대되는 착각을 느끼자, 현의 입에서 찢는 듯한 비명이 터져나왔다.

"살인이다!"

오랜 회상에 잠겼던 현은 감았던 눈을 크게 뜨며 어두운 하늘에 송송이 박힌 별들을 쳐다보았다. 뚝! 동굴 안 천장에서 떨어지는 물방울 소리. 어느덧 바람은 자고 벌레 소리가 있었다.

그 다음의 일을 더듬을 수 있는 분명한 기억이 없었다. 그것은 불연속선. 순간적으로 내민 자기의 주먹에 쓰러지던 연호. 앞에 버티고 섰던 보안서원의 소총을 낚아채고 군중의 틈으로 빠져나가던 기억. 수라장이 된 네거리. 집행자들의 고함과 군중들의 비명. 몇 발의 총성. 눈앞에 드리웠던 황갈색 베일. 그 베일을 통해 눈에 뛰어들던 땅을 밟으며 어디를 어떻게 달리었던지, 쫓기던 끝에 ××강 하류에 이르러 물속에 뛰어들던 기억. 그래도 소총은 그 손에 있었다.

'그때의 충동. 그렇게 하지 않고는 견디지 못한 마음의 충동은 그 무엇이었을까. 이 검은 눈으로 목격한 살인. 목격은 일종의 묵인. 묵인하는 군중의 일원으로 그대로 늘이고 있을 수 없었던 마음의 줄. 그리고 아픔. 희생자의 머리와 어깨와 허리에 내려지는 아픔은 곧 나 자신의 머리와 어깨와 허리에 가해지는 아픔이었다. 어찌하여? 나와 그와 그리고 모든 군중, 거기에는 아무런 육체적인 연결이 없었다. 그런데 나는 아픔을 느꼈다. 그리고 그 아픔에서 벗어나려고 했다. 그리고 결국 도망을 치고 말았던 것이다.'

현은 지난날의 그 몇 번인가의 저항의 충동을 생각해보았다.

—일인 교수에 대한 반발— 자기혐오와 함께 몸을 오므린 퇴각.

—학교장에 대한 항의— 겸연쩍어 사직을 하고 만 패배. 아니 패북.

—일군에서의 탈주— 또다시 연안(延安)에서의 도주, 도피의 연속.

어느 때 정면으로 싸워본 일이 있었던가. 단 한 번. 그것은 극히 어리던 시절의 일. 할아버지의 혹을 두고 얼굴에 흘린 피와 갈기갈기 찢긴 옷. 뜻밖에도 할아버지는 노하셨지. 모든 거북한 일에 등을 돌리는 습성이 내 가슴에 깃든 것은 어느 때부터였던가. 그리고 껍질 속에 몸을 오므린 삼십 년의 결산은 결국 도망을 놓았다는 것이다.

그러면 지금 이처럼 다시 귀딱지를 늘이고 P고을을 찾아든 것은 무슨 까닭일까. 지구의 끝까지 도망을 칠 수 없었던 때문이었던가. 동굴 안에 두고 간 소총 때문이었던가. 그렇지 않으면 외로움 때문이었던가. 실상 한없이 외로왔고 지금도 또한 말할 수 없이 외롭다. 수풀이나 산골짜기의 어둠 속에서 외로움에 못 이겨 어린애처럼 어머니를 그리던 나날. 어머니— 삼십 년의 신고를 견디며 길러준 어머니를 버려두고 나는 거침없이 혼자 도망을 쳤던 것이다.

외로움. 그것은 뭇사람들과 떨어져 홀로이 있는 외로움이 아니었다. 한번도 그들과 함께 있어본 일이 없었다는 인식에서 오는 외로움이었다. 섞여 있으면서도 거기에 보이지 않는 장벽이 가로막고 있었다. 완전히 단절되어 있었던 것이다.

'……견딜 수 없는 이 외로움. 거기서 더욱 목마르게 바래지는 그리움. 어째서 이렇게 사람이 무서우며 또 그리운가. 파상적으로 밀려닥치는 그리움. 그 그리움 속에서 더욱 생생히 피어오르는 하나의 얼굴.'

그것은 바로 이 동굴에 기어오르기 전. 지금은 칠흑의 어둠 속에 파묻힌 P촌.

그 앞 들을 비껴 흐르는 내에서 만난 조선생의 얼굴. 때 묻은 베옷에 골이 떨어진 짚세기. 아무렇게나 뒤로 동여맨 먼지 앉은 머리카락. 그을린 얼굴. 경악에 차던 그 눈동자.

현은 거기 인간의 모욕을 보았다. 절망과 슬픔이 뒤섞여 멀거니 흩어진 그 눈동자. 살아 있는 인간이 그런 눈을 가져야 하다니. 거기에 갑자기 환희의 빛이 몰아치며 터져나오던 눈물, 아니 그것은 피.

'날이 밝으면 조선생이 이 동굴을 찾아올 것이다. 이런 속에서도 한 줄기의 빛은 있구나. 그때를 기다리고 한잠 눈을 붙여야 한다.'

현은 흩어진 풀을 모아 깔개를 하고 누웠다. 소총에 탄환을 재고 그것을 베개로 했다. 녹슨 쇠 냄새가 났다. 올려다보는 눈에 무수한 별들이 아름다웠다. 서로 당기고 있으면서 저렇게 자기 자리에서 빛나고 있다는 실감이 들지 않았다.

문득 가슴에 치솟는 한 가지 불안이 있었다. 조선생과 헤어져서 마을 어귀를 지날 때 느낀, 방앗간 영[12] 밑에서 자기를 응시하던 한 젊은이의 시선. 잠시 깃들었던 그 불안은 곧 피로 속에 흩어지고 현의 두 눈이 감기더니 어느덧 가느다란 코 고는 소리가 들렸다.

제 2 부

골짜기에 드리운 안개를 가르며 핏빛 같은 태양이 솟아올랐다. 흩어진 안개가 천천히 동굴을 향해 기어올라 갔다.

찬 기운이 서린 골짜기의 숲 속에서 두 그림자가 나타나더니 안개를 타고 동굴을 향해 걸어오르기 시작했다. 고개를 숙이고 앞서서 걷고 있는 고노인과 뒤따르는 연호. 연호의 허리에 비스듬히 박힌 소제(蘇製) 때때 권총.[13] 쿵! 하고 남쪽 멀리서 은은한 포 소리가 들려왔다.

연호의 신경을 날카로이 하는 저 소리. 그리고 어쩌면 이렇게도 날카로운 바위가 깔려 있을까. 연호는 초조히 걷고 있었다. 인민재판 때 현의 주먹에 쓰러졌던 연호는 금시 몸을 일으킬 수 있었으나 그 순간에 그가 쌓아올린 공든 탑은 산산이 조각을 내고 부서져버렸던 것이다. 이미 지금은 현에 대한 심리적인 대결이 문제가 아니었다.

그는 그 후 중앙정보부로부터 지난날 현이 연안에서 탈주한 까닭에 체포해 넘기라는 지령을 받고, 설욕과 임무를 겸해 갖은 애를 태워가며 현의 행방을 찾고 있었다. 어제저녁 현이 나타났다는 정보를 입수하고 미끼로 고노인을 끌어내었던 것이다.

'자식이 연안까지 갔다면서, 그런 어려운 경력을 가지고 있으면서 혁명을 배반하고 나의 피와 땀에 젖은 탑을 무너뜨리고 말다니……'

고노인은 걷고 있다기보다 들뜬 발을 간신히 옮겨놓고 있는 데 불과했다. 인민군이 P고을에 나타난 다음 고노인은 그의 팔십 년의 생애에서 몇 번이고 넘었던 고비와는 달리 내어놓을 어떠한 골째짝도 찾을 길 없다는 절망을 깨닫게 되었다. 국민회의 일을 보던 영선은 어디론지 도망을 했고 둘째 아들은 의용군으로 끌려나갔다. 혹시나 하고 실오리 같은 기대를 걸었던 현은 더욱 아득한 절망의 장막을 고노인의 눈앞에 드리우고 말았던 것이다. 그 장막을 뚫고 간신히 새어드는 한 가닥의 빛깔, 고노인은 지금 그것을 찾아 가시덤불의 길 없는 날카로운 바위길을 걷고 있었다.

흐르는 안개의 틈으로 검푸른 동굴 앞 바위가 보이자 고노인은 걸음을 멈추었다. 그리고 안개가 흘러가는 저편 푸른 솔밭 사이에 선친의 산소를 바라보았다.

"어서!"

등에서 싸늘한 연호의 목소리와 함께 절컥 하고 권총을 재는 쇳소리가 났다.

고노인은 동굴을 향했다. 그리고 무거운 입을 열었다.

"현아!"

오랜 세월에 그슬린 무게 있는 음성이 슬픈 가락의 메아리를 일으켰다.

"현아!"

흩어진 머리와 맑고 날카로운 두 눈이 조심성 있게 바위 위로 들렸다.

말할 수 없는 그리움이 왈칵 고노인의 가슴에서 솟아올랐다. 그 그리움은 또한 비길 수 없는 고통.

"얘기해요 빨리!"

연호의 소리. 고노인은 무거이 입을 열었다.

"현아, 내 말 듣거라……, 네가 내려오기만 하면…… 선생들도 모두 용서해주신단다아……, 현아…… 걱정 말고 내려오너라……."

고노인은 얘기를 끊고 현의 대답을 기다렸다. 견디기 어려운 침묵의 순간. 대답은 없이 현의 내어졌던 얼굴은 다시 바위 밑으로 사라져버렸다.

고노인은 한 걸음 발을 내디디었다.

"현아……."

또 한 걸음.

"현아……."

저도 모르게 현의 이름을 부르며 동굴 쪽으로 다가가고 있었다.

"현아, 현아, 네 어미도……."

문득 고노인은 오는 길에 들렀던 현 모의 생각을 했다. 고노인과 연호는 거들떠보지도 않고,

"내 아들아, 내 아들아."

나직이 아들을 부르며 두툼한 성경책을 소리를 내어 낭송하던 현 모. 그 절실하고 애타는 음성은 아직도 고노인의 귀에 쟁쟁히 남아 있었다. 어쩌면 그 음성에 그처럼 범(犯)치 못할 위엄이 담겨 있었을까.

'……하나님이 아브라함을 시험하시려고 그를 부르시되 아브라함이…… 여호와께서 가라사대 네 아들 네 사랑하는 이삭을 데리고 모리아 땅으로 가서 내가 네게 지시하는 한 산 거기서 그를 번제로 드리라. 아브라함이 아침에 일찍이 일어나 나귀에 안장을 지우고 두 사환과 아들 이삭을 데리고 번제에 쓸 나무를 쪼개어 가지고 떠나 하나님이 자기에게 지시하시는 곳으로 가더니 제 삼 일에 아브라함이 눈을 들어 그곳을 멀리 바라본지라…… 아브라함이 이에 번제 나무를 취하여 그 아들 이삭에게 지우고 자기는 불과 칼을 손에 들고 두 사람이 동행하더니…… 이삭이 가로되 내 아버지여 하니 그가 가로되 내 아들아 내가 여기 있노라. 이삭

이 가로되 불과 나무는 있거니와 번제할 어린 양은 어디 있나이까…… 하나님이 그에게 지시하신 곳에 이른지라 이에 아브라함이 그곳에 단을 쌓고 나무를 벌여놓고 그 아들 이삭을 결박하여 칼을 잡고 그 아들을 잡으려 하더니, 여호와의 사자가 하늘에서부터 그를 불러 가라사대 아브라함아 하는지라…… 사자가 가라사대 그 아이에게 네 손을 대지 마라. 아무 일도 그에게 하지 마라. 네가 네 아들 네 독자라도 네가 아끼지 아니하였으니 내가 이제야 네가 하나님을 경외하는 줄 아노라. 아브라함이 눈을 들어 살펴본즉 한 수양이 뒤에 있는데 뿔이 수풀에 걸렸는지라. 아브라함이 가서 그 수양을 가져다 아들을 대신하여 번제로 드렸더라……'

"거기 서요!"

뒤에서 날카로이 쏟아지는 연호의 목소리. 고노인은 멈칫 그 자리에 섰다. 이제 자기의 생애는 이미 진했다는 생각이 들었다. 그것은 손에 쥐어진 풋밤알같이 확실한 것 같았다.

쿵! 하고 또 멀리서 포 소리가 들려왔다. 다가왔다 멀어졌다 그리고 또다시 되돌아오는 저 소리. 차라리 한번 스쳐가고 영영 돌아오지 않았으면…… 그렇다고 고노인은 설령 지옥 같은 참혹 속이라도 어떻게든지 비벼대려고 애를 썼을 것이다. 둘째놈이 의용군에 끌려나갈 때도 고노인은 뼈를 에는 아픔을 느끼면서 한 치나마 발 붙일 땅을 발견했던 것이다. 그런데 되돌아오는 저 소리.

'혹시나 저 소리는 첫째놈이 되돌아오는 신호일는지도 모른다.'

고노인의 마음은 몇 갈래로 찢기고 사납게 뒤틀렸다.

고개를 돌려 선친의 묘 있는 곳을 건너다보았다. 그리고 괴로움을 이기려는 듯이 지긋이 눈을 감았다. 그 일순에 고노인은 자기의 팔십 생애를 일별했다. 고달팠던 기나긴 생애. 몇 번이나 뒤바뀐 세대였던가. 얼마나 많은 고통과 굴욕을 참으며 핏줄을 잇기에 애를 썼던가. 자기를 낳은 선친. 까마득히 올려 뻗은 대대의 조상.

고노인은 연호의 재촉이 이제는 아무렇게도 생각되지 않았다. 다만 기나긴 생애 속에서 항상 재촉하는 소리에 떤 자기 자신에 대한 연민만이 있었다.

그래도 자기 딴에는 주어진 80년의 생애를 악착같이 살려고 애를 써왔다는 생각이 들었다.

또 한 번 쿵 하는 포 소리. 저 포 소리만 없었어도 고노인은 현을 불러내는 데 다시 한 번 애를 썼을는지 몰랐다. 그러나 다가오는 저 소리. 삶과 죽음! 그 어느 하나의 선택을 재촉하는 저 소리.

고노인은 또 한 번 동굴을 올려다보았다. 저 동굴 안에서 아들이 죽었고, 지금 또 손자가 저 속에서 죽음의 위험에 직면해 있다. 그리고 자기도 또한 그것을 목격하며 위기의 순간에 서 있었다. 이 야릇한 숙명적인 불행의 부합, 다시 고노인은 눈길을 선친의 산소에 돌렸다. 문득 이처럼 가혹한 숙명의 사슬에 엉키도록 자기는 조상의 뼈를 묻지 않았다는 생각이 들었다. 그렇다면 이 거대한 변사— 전쟁 앞에는 과거의 어떠한 원리도 무색해지는 것일까. 혈통이 이어져 뻗어가는 기준의 상실. 골수에 젖은 풍수 원리를 굳게 믿고 조상의 뼈다귀를 메고 다닌 지난날의 노력의 공허.

그렇게 허탈해가는 고노인의 마음속에 차차 하나의 새로운 감정이 흘러들었다. 모두가 기정의 숙명에서 벗어나 있다는 해방감과 다음 순간의 운명은 누구도 헤아릴 수 없다는 어떤 종류의 감동이었다. 그 감동 속에서 고노인은 팔십 평생에 처음 무엇에도 구애되지 않는 순수한 자기 자신의 의지를 결정했다.

'예까지 용케 견디어온 가상할 자기의 팔십 생애. 산소의 탓도, 달린, 복의 상징이란 혹의 탓도 아닌 맨주먹 알몸으로 기를 쓰며 살아온 팔십 평생, 나는 이것으로 족한 것. 지금은 가는 것이다. 현아, 이전 네가 살아야 한다.'

여울 같은 감동이 고노인의 전신을 흘렀다. 머리카락과 수염이 햇살을 받아 은빛으로 빛나고 있었다. 크게 숨을 들이모았다.

"현아! 너는 살아야 한다. 저 대포 소리를 듣거라. 어떻게든지 여길 도망해서……."

순간 고노인은 등을 꿰뚫는 불덩어리를 느꼈다. 중심을 잃고 풀숲에 쓰러지는 고노인은 총성의 메아리 속에 현의 절규를 들었다. 그리운 그 음성.

"할아버지!"

따각! 불발탄을 끄집어내고 다음 탄환을 밀어잰 현의 소총과 연호의 권총에서 불이 튀었다.

순간, 현은 왼편 어깨에 뜨거운 쇠갈고리의 관통을 느끼며 연호가 천천히 왼쪽으로 몸을 틀면서 숲 속으로 굴러 떨어지는 것을 보았다.

112

"할아버지!"

바위를 넘어 밑으로 내리달리려던 현은 아찔하면서 그대로 바위 위에 쓰러지고 말았다. 어깨를 움켜쥔 손가락 사이로 붉은 피가 뿜어나왔다. 땅으로 끌려 들어가는 듯한 의식의 강하. 어깨의 고통— 꼭 30년을 살고 지금 여기서 죽어가는구나. 생각을 모아야겠다. 목숨이 끊어지기 전에 생각을. 생각을 모아보자. 이것이 한 인간의 삶? 30년! 어떻게 살았던가? 외면, 도피, 밤낮을 가림 없이 도피, 외면, 도주. 그 밖에 무엇을 하고 지내왔는지 도무지 생각나는 것이 없었다— 첫 번째 탄환처럼 불발에 그친 30년. 그것은 영(零), 산 송장. 그렇다면 결국 살아본 일이 없지 아니한가.

나는 다음 탄환으로 연호의 가슴을 뚫었다. 사람을 죽인 것이다. 남에게 손가락 하나 가풋하지[14] 않으려던 내가 사람을 죽인 것이다. 가엾은 연호. 연호와 나와는 아무런 원한도 없었는데 인간이란 이래서 죄인이라는 것일까. 어쩔 수 없이 살인을 하게 되는 인간의 불여의. 죄악을 내포한 인간의 숙명? 그것은 원죄?

우거진 꽃밭의 울타리 안에서 스스로 죄 없다는 내 자신을 잠재우고 있을 때, 밖에서는 검은 구름과 휘몰아칠 폭풍이 그리고 사람이 죽어가는 비명이 준비되고 있었다.

그것은 먼저 내가 질러야 할 비명이었을지도 모른다. 그 어린 병사대신 내가 그 길가에 누웠어야 했을는지도 모른다. 나 같은 인간은 아직 살아 있었고 살아야 할 인간은 죽어갔다. 이런 것이 그대로 용허될 수 있었다고 생각되는가. 동굴에서 죽은 부친, 강렬히 살아서 아낌없이 그 생명을 일순에 불태운 부친. 부친은 살아남는 인간들을 대신해서 죽었고, 그들의 삶에 어떤 의미를 부여했을는지도 모른다. 저 숲 속에 누운 할아버지. 시체가 아니라 그것은 삶의 증거. 모든 불합리에 알몸으로 항거하고 불합리 속에 역시 불합리한 삶을 주장한 피어린 한 인간의 역사. 거인의 최후 같은 그 죽음.

어머니. 가냘픈 여인의 몸으로 그토록 견딘 인간의 아픔. 그 아픔을 넘어서 내게 대한 사랑, 죽은 부친에 대한 사랑, 그리고 기어이 모든 것을 의탁하는 신에 대한 사랑으로 높인 어머니.

너는 어느 때 어떠한 아픔을 견디었던가. 껍질 속에서 아픔을 거부한 무엄과 비열. 너는 너절한 녀석이었다. 생생한 여자의 알몸을 안기가 두려워 자독 행위로 스스로의 육체를 기만한 너절한 자식. 져야 할 책임이 두려워 되지 못한 자기 변명으로 자위한 비겁.

껍질 속에 몸을 오므리고 두더지처럼 태양의 빛을 꺼린 삶. 산 것이 아니라 다만 있었다. 마치 돌멩이처럼. 결국 너는 살아본 일이 없었던 것이다. 살아본 일이 없다면 죽을 수도 없는 일이 아닌가. 살아본 일이 없이 죽는다는 것, 아니 죽을 수도 없다는 안타까움이 현의 마음에 말할 수 없는 공포의 감정을 휘몰아왔다. 현은 잃어져 가는 생명의 힘을 돋우어 이 공포의 감정에 반발했다.

'살아야겠다. 그리고 살았다는 증거를 보이고 다시 죽어야 한다.'

현은 기를 쓰는 반발의 감정 속에서 예기치 않은 새로운 힘이 움터오르는 것을 느꼈다. 그 힘이 조금씩조금씩 마음에 무게를 가하더니 전신에 어떤 충족감이 느껴지자 현은 가슴속에서 갑자기 우직 하고 깨뜨려지는 자기 껍질의 소리를 들었다. 조각을 내고 부서지는 껍질, 그와 함께 거기서 무수한 불꽃이 튀는 듯했다. 그것은 다음 차원에의 비약을 약속하는 불꽃. 무수한 불꽃. 찬란한 그 섬광. 불타는 생에의 의욕. 전신을 흐르는 생명의 여울. 통절히 느껴지는 해방감. 현은 끝없이 푸른 하늘로 트이는 마음의 상쾌를 느꼈다.

'나머지 한 알의 탄환. 그처럼 내가 살아남는 것이라 하자. 그러면 어떻게 될 것일까. 그것은 누구도 모른다. 먼저 나 자신이 선택할 것이다. 다음은— 그것은 더욱 누구도 모른다.'

분명한 한 가지는 외면하거나 도피하지는 않을 것이다. 외면하지 않고 어떻든 정면으로 대하자. 도피할 수 없도록 결박된 이 처지. 정면으로 대하도록 기어이 상황은 바싹 내 앞으로 다가온 것이다.

이미 꽃밭의 시대는 끝난 것이다.

살아서 먼저 청부업자들을 거부하자. 떠들어대어야 인생은 더욱 무의미할 뿐이라는 것을 뼈저리도록 알려주자. 꺼리고 비웃는 데 그치지 말고 정면으로 알몸을 던져 거부하자. 나 같은 처지의, 아니 나 이상의 경우의 무수한 인간들.

이웃을 보는 눈 귀 하나에도 조심을 담고, 건네는 한마디의 얘기에도 남을 괴롭힐사 애쓰는 인간들. 늙은, 젊은, 어린 남녀의 수많은 얼굴들…… 그리운 그 얼굴들이 있지 아니한가. 나는 외로울 수 없다. 이제부터 그들 가운데서 잃어진 나 자신을 찾아야 한다. 그리고 청부업자들을 격리하고 주어진 땅 위에 그들과 함께 새로운 마을을 세우자. 거기에 내 덤의 삶을 바치는 것이다. 청부업자들의 교만과 포악을 곧 같은 인간인 자기 자신의 부끄러움으로 돌리고 한결같이 고통을 참고 견뎌온 '조용한' 인간들. 광기의 청부업자는 사라지고 '조용한' 인간들의 세계가 와야 한다. 조용한 인간들의 세계…….

현은 가슴에서 피어오르는 훈훈한 것을 억제치 못했다. 되살아오는 어깨의 아픔. 땅 위에 가득한 이 몇 백 배의 아픔. 이만한 아픔이면 기꺼이 받고 수월히 이겨내야 한다— 그리고 살아서 먼저 가까운 사람들에게 조용히 내가 지내온 얘기를 들려주어야 한다.

현은 흐려져 가는 의식 속에서 자기를 부르는 하나의 소리를 들었다. 쿵! 하고 들려오는 포 소리보다 가까운 하나의 부르짖음.

'보아, 저 소리, 벌써 저기 가까와오는 그리운 저 목소리.'

울음에 가까운 그 부르짖음은 차차 이 동굴로 가까와오면서 산과 산에 부딪치고 골짜기를 감돌아 메아리에 또 메아리를 일으켜 갔다.

산과 산. 어디까지나 이어간 산줄기. 굽이치는 골짜구니. 영겁의 정적은 깨뜨려지고 거기 새로운 생명이 날개를 치며 퍼득이기 시작했다.

거울

저쪽 거울이 찌그러져 있다구요? 네, 벌써부터 갈아 끼우려고 하면서두 워낙 값이 비싸고 보니 선뜻 손이 안 나가는군요. 그런데 이상하거든요. 손님에 따라서는 일부러 저 거울 앞에만 가서 앉으니 말입니다. 자기 얼굴에 역정이 나는 모양이라구요? 원 그래두 어디 그럴 수야 있습니까. 잘생겼든 못생겼든 자기 얼굴인걸요. 역정이 난들 또 별도리가 있겠습니까? 타고난 제 얼굴인걸. 듣기엔 돈만 들이면 병원에 가서 멋쟁이 얼굴을 만들 수 있다구는 합디다만 그것두 어디 그리 쉬운 일이던가요. 어제두 코를 갈아 넣은 젊은 손님이 오셨는데, 세수를 할 때 보니까 몹시 조심스럽게 약손가락 끝으로 코언저리에 물을 찍어 바르고 있던데요. 거 어디 보겠던가요. 빌어먹기조차 바쁜 세상에 코 생김새까지 걱정한다니 픽도 속 편한 양반들이죠.

아까, 손님께서 자기 얼굴에 역정이 나는 모양이라구 하셨는데,

어떤 손님을 보면 의자에 앉기가 바쁘게 눈을 막 감아버리고는 의자에서 내릴 때까지 까딱도 않는 분이 있죠. 그런가 하면 마른 솔잎처럼 눈 속으로 잔 머리칼이 날아들 지경인데 두 눈을 딱 뜨고는 종시 거울 속에 비친 자기 얼굴에서 눈길을 안 돌리는 양반도 계시죠. 자신이 있는 모양이라구요? 글쎄올시다. 제가 보기엔 태반의 손님은 자기 얼굴에 자신이 없어 뵈더군요. 저 말씀입니까? 저야 보시다시피 이 모양 요 꼴입니다만 그저 그런대루 참아나가죠.

깔끔하게 생긴 양반들을 보면 제 얼굴에 역정도 납니다만 저보다 못한 손님도 있고 보면 그리 섭섭할 것도 없죠. 그런데 자기 상통이란 이상한 겁니다. 밤낮 거울 앞에서 사는 신세라 싫어도 하루에 백 번은 자기 얼굴을 보게 되죠. 그런 탓인지 이러니 저러니 해야 제게는 제 얼굴이 제일이죠. 제일 낮이 익으니까요. 네? 재미있는 얘기를 한다구요? 이런 밥벌이를 하게 되면 잔뜩 입만 까져서 하고 보면 실없는 얘기죠.

옆머리를 어떻게 올려 칠까요? 높이 올려 치라구요, 그렇습니다. 손님 얼굴에는 이렇게 치는 게 알맞죠. 저같이 이십 년 가까이 이런 짓을 해오고 보면 배운 건 없습니다만 손님들의 얼굴이나 머리 생김새를 보고 어떻게 머리를 가르고 쳐 올려야 하는지 대강 짐작이 가죠. 그런데 손님에 따라선 자기 생김새엔 아예 당치도 않은 머리를 고집하거든요. 딱한 일이죠. 젊은 분 중에는 양놈 사진을 가져와선 꼭 요 모양으로 만들어달라고 분부하는 분도 있죠. 물론 그대루 해드리죠. 얘길해 봤댔자 되려 역정만 쓸걸요.

손님처럼 자기 얼굴을 잘 알고 계시는 분도 드물죠. 비행기를 태우지 말라구요? 아닙니다. 그것은 사실이죠.

이 정도면 되겠죠. 네 알겠습니다. 손님 머리는 숱이 좋으십니다. 좀 흰 머리칼이 섞였습니다만 되려 점잖아 뵈죠. 사실입니다. 나이 잡순 분들의 눈같이 하얀 머리칼을 보면 무언지 모르게 마음이 가라앉죠. 한 번 어루만질 것두 두 번 세 번 손이 가게 되죠. 대머리 말입니까? 깎기가 헐할 게라구요? 천만의 말씀입니다. 일전에두 어떤 손님이 우스갯소리로 반값을 하라구 하십디다. 한데 되려 어렵죠. 아예 뒷머리에만 몇 대 남은 양반 같으면 또 몰라도, 성글성글 빠진 양반들 건 어떻게 깎기가 조심스러운지 모르죠. 잘못 한 가위가 가는 날이면 대번에 희끗 자국이 나서 질색이죠. 그럴라치면 굉장히 골을 내는 양반이 있죠. 노발, 뭐라구요? 성난 머리칼이 하늘을 찌를 거라구요? 찌를 나위의 머리칼이나 있을라구요, 하하하.

옆에서 보기가 가엾을 정도로 한 오리를 아끼는 손님이 있죠. 그런 분들의 머리를 허투루 건드렸다간 큰일이죠. 가만가만 빗질을 하고 살금살금 가위질을 하죠. 저 건너편 가게 주인 양반은 꼭대기에 몇 대밖에 없으면서 고것을 길게 늘여서 기름을 발라 살짝 옆 이마에다 붙여놓는데 볼만하죠. 아예 싹 깎아버리면 시언시언할 텐데 한 오라기를 아끼거든요. 어디 자식이나 돈도 그렇게까지 아낄라구요. 그런데 사람이란 이상하거든요. 제 머리 한 오라기를 그렇게 아끼는 그 양반도 부부 싸움을 할라치면 마누라의 머리칼을 한줌이나 뽑아내고도 거뜬하니 말입니다.

이젠 누우시죠. 면도를 하겠습니다. 비누를 푸는 게 재미죠. 보드랍고 하얀 것이 무언지 모르게 좋거든요. 더운 물수건을 얹겠습니다. 조금 따거우시죠? 개운하시다구요. 구레나룻이 좋으시군요. 기르면 대단하시겠습니다. 졸리면 주무시죠. 이젠 저도 입을 닥치겠습니다. 듣고 있을 테니 계속하라구요? 손님 같은 분을 만나면 얘기하기가 신이 나죠.

맨날 이 노름에 싫증이 안 나는가구요? 나죠. 때론 몹시 싫증이 나고 팔자를 탓해볼 때도 있죠. 그렇지만 손님들이야 돈만 내시고 누워서 깎고 가시면 그만이지만 저희들은 돈을 받았으니 깎아드리면 그만이란 그런 것만도 아니죠. 헝클어진 머리를 쳐서 다듬고, 지저분히 내돋은 수염을 깎는 데는 별난 재미도 있죠. 이렇게 면도질을 하고 한 손으로 깎은 자리를 어루만지면 매끈해진 살결이 손가락 끝에 간지러운 맛이란 별미죠. 한 오리 남김없이 매끈히 다듬어놓고 보면, 아주 새로운 얼굴을 자기 손으로 빚어놓은 것 같은 생각이 들죠. 한 가지 예술이라구요? 예술이 무언지 몰라도 그렇더군요.

잠깐 숨을 죽이시죠. 코밑을 깎겠습니다. 네, 됐습니다. 졸리신 모양인데 주무시죠. 괜찮다구요. 주무시는 분이 많으시죠. 마음을 푹 놓으시는 모양이죠. 그렇게 마음 놓으시고 주무시는 걸 보면 때때로 이상한 생각도 들죠. 칼 밑에서 주무시니 말씀입니다. 아뇨. 놀라시게 하려구 하는 말씀은 아닙니다. 용서하십시오. 제가 말씀드리려구 한 것은 그렇게 손님들이 모두 저희들을 믿어주신단 말씀입니다. 제 조카 녀석이 재미있죠. 그 녀석은 밤낮 하는 소리가 세상엔 도시 믿을 것이 없다는 거죠. 대학교에 다니면서 무슨 어려운 공부를 한다는데 한 마디 한 마디가 괴상하죠. 교회에 다니는 형수를 몹시 괴롭히죠. 철학 아닌가구요? 뭐 그렇든가 보더군요. 머리도 잘 안 깎는 녀석입니다. 그런데 어떻게 마음이 돌아서 여길 찾아들게 되면, 녀석은 반드시 저 찌그러진 거울 앞 의자에 펄쩍 나자빠져선 잔뜩 목을 내어밀고 곧잘 자죠. 녀석이 때로는 코까지 골죠. 하하, 우습죠? 그걸 보면 결국 녀석도 믿는 거죠. 더욱 칼 쥔 사람을 말입니다. 다 되었습니다. 저쪽에서 머리를 빠시고 얼굴을 씻으시죠.

팔이 아프냐구요? 네, 왼쪽 팔굽이 잘 안 돌죠. 병신이죠. 뭐, 이렇게 문지르면 괜찮습니다. 이리 앉으시죠. 거기 한번 앉으시겠다구요? 손님은 원체 숱이 많으셔서 한참 말리셔야겠습니다.

더 얘기를 하라구요. 이거 오늘은 제가 너무 입을 놀리는 것 같습니다. 딴 손님도 안 계시고 한가한 판이니 더 지껄이죠. 손님께서 원하시니 말입니다. 저 거울을 보면 때때로 이상한 생각이 들죠. 물론 반듯한 거울에 비친 것이 옳은 얼굴이시겠죠. 눈으로 보는 것과 같으니 말입니다. 따지고 보면 같은 건 아니죠. 바른쪽과 왼쪽이 서로 바뀌니까 말입니다. 그저 비슷하죠. 절대루 같지는 않지요. 아주 다르다구 할 수도 있죠. 그렇다면 저 찌그러진 것과 무어 별반 다를 것이 없죠. 반듯한 데 비친 것이 더 틀릴지도 모르죠. 눈에 뵈는 실물과 비슷하다고 그것이 진짜라 할 수는 없죠. 찌그러진 것이 진짤는지 모르죠. 도시 눈을 믿을 수가 없으니 말입니다. 아니 이건 제 얘기가 아닙니다. 조카 녀석이 그러죠. 무슨 군소리를 하는가 물으면 녀석은 퉁명스럽게 사람이란 그런 것이라고 대답하더군요. 하여튼 이상한 녀석입니다. 그 녀석 얘기를 듣고부터 저도 저 거울을 보면 이상하게 무엇을 생각하게 되죠.

사실은 그 뒤에 제가 한번 단단히 겪었죠. 작년 봄. 그때의 일을 생각하면 치가 떨려지죠. 아차 하면 큰일 날 뻔했죠.

그날두 오늘처럼 손님이 없던 날이었습니다. 밖엔 아지랑이가 피어오르고 잘랑잘랑 끓는 날씬데, 저는 혼자 건들거리고 있었죠. 그때 삐걱 문을 열고 들어온 손님이 있었죠. 눈을 비비며 의자에 손님을 앉히고 머리기계(바리캉)를 가져오려구 거울 앞으로 갔죠. 바루 이 자리죠. 그때 거울에 비친 이그러진 얼굴을 봤으나 그 손님이 누군질 몰랐죠. 돌아서서 손님한테로 가까이 가면서두 얼른 누군질 알아보지 못했죠. 머리를 흔들어 졸음을 걷고 얼핏 그 손님의 얼굴을 보자 저는 그만 흠칫 놀랐죠. 가슴에 칵! 오는 것이 있었거든요. 못 볼 것을 본 것처럼 얼른 그 얼굴에서 눈을 뗐죠. 왜 그런지 다시는 눈이 안 가더군요. 머리칼만 들여다봤죠. 흰 오리가 검은 오리보다 많은 것이 잿빛으로 뵈더군요. 한참 있다 살그미 눈을 들어 거울 속에 비친 이그러진 얼굴을 건너봤죠. 알 듯하면서 잘 생각이 안 나더군요. 누구를 잘 못 본 모양인가 망설였죠. 많은 분들을 대하게 되면 가끔 잘못 볼 때도 있죠.

그렇게 해서 머리를 쳐 올리고 뒷덜미의 면도를 끝낸 다음에 손님을 뉘었죠. 비누를 푸는데 여느 때는 하얗던 거품이 어쩐지 노래 뵈더군요. 그때 문득 조카 녀석 얘기가 생각났죠. 같은 눈으로 봤는데 비누 색깔이 갑자기 달라져 뵜으니 말입니다. 거품을 담은 붓솔을 들어 손님 얼굴에 가져갔죠. 그때야 똑똑히 그 얼굴을 봤죠. 아차 하면 붓솔을 그 얼굴에 떨굴 뻔했죠. 몸에서 확 불이 일고 눈알이 밖으로 튀어나오는 것 같더군요. 원수 외나무다리에서 만났구나! 먼저 이런 생각이 들었죠. 외나무다리가 아니고 이발소이긴 했지만 말입니다. 이놈! 하고 튀어나오려는 소리를 간신히 입 속에서 굴려버리고는 면도칼을 들어 이마빡에다 그 퍼런 날을 갖다댔죠.

그가 누군가구요? 참 그것부터 얘기해야죠. 제가 열아홉 살 때, 그러니까 꼭 이십 년 전 얘기죠. 네, 금년 서른아홉입니다. 그때 저는 이발소에서 조수 노릇을 하고 있었죠. 금교죠. 네? 가보신 일이 계세요? 그저 지나간 일이 계시다구요. 뭐 별난 곳은 아니죠, 조그만 거리죠. 바루 38이북이죠.

그날은 주인이 친척집엘 갔고, 손님도 없어서, 혼자 저런 찌그러진 거울에 얼굴을 비춰 보면서 놀고 있었죠. 덜컹 문이 열려서 쳐다보니 어떤 허름한 차림을 한, 얼굴이 몹시 새하얀 젊은 사람이 들어오더군요. 무섭게 볼이 패인 얼굴인데 움푹 들어가 박힌 눈알만이 이글거리는 양반이었죠. 아무렇게나 깎아도 좋으니 빨리만 하라더군요. 손님은 자꾸 재촉을 했죠. 그래서 대강대강 밀어버렸더니 돈을 던져주고 달아나듯이 나가버리더군요. 그저 그것뿐이죠. 그런데 어떻게 된 영문인지 저는 그날 저녁 경찰에 끌려갔죠. 다짜고짜 그 손님 간 데를 대라는 거예요. 딱한 노릇이더군요. 저야 손님 머리 깎아주었다 뿐이지, 그 사람이 누군지 어딜 갔는지 어떻게 알 리가 있겠어요. 모르니 모른다고 했죠. 안 통하더군요. 이놈 맛을 봐야 한다구 하면서 마구 쇠몽둥이루 치구 의자에 뉘어놓고 코에다 물을 부어대는데, 부끄러운 얘기지만 전 그저 덮어놓고 잘못했으니 살려달라구만 했죠. 잘못한 건 아무것도 없죠. 그땐 나이가 나이 아닙니까. 그 맞던 얘기 그만 하죠. 네? 아시겠다구요? 손님도 겪어보셨다구요? 그렇습니까, 몹쓸 녀석들이죠. 그때 이 팔이 상했죠. 사흘 뒤에 나오긴 했지만 상한 팔이 굳어져서 결국 이런 병신이 되구 말았죠. 일본놈한테 당했냐구요? 아뇨. 같은 조선놈한테 당했죠. 그러니 더욱 기가 막혔죠. 그 다음부터 순사만 보면 치가 떨리더군요. 실은, 그땐 남의 머리를 깎아 먹는다는 데 싫증이 나기 시작했구 갈치 같은 칼을 허리에 늘인 순사가 몹시 부러워서 순사 시험이나 한번 쳐보려던 때였죠. 그렇게 되니 시험이 다 됩니까. 진절머리가 난 데다가 팔병신까지 되고 보니 별수 없이 이 노릇을 더 해먹게 된 거죠. 팔자가 보죠. 일제 땐 병신 탓에 징용은 안 갔죠.

그 손님이 대체 누군가구요. 아차, 그걸 잊었군요. 바루 그때 내 팔을 분지른 형사란 말입니다. 어떻습니까? 외나무다리가 분명하죠.

이마빡부터 밀어가기 시작했는데, 손이 떨리고 숨이 가빠지더군요. 머릿속에선 그때 당하던 가지가지 일이 엉켜 돌아가면서 벌집이 터진 것처럼 윙윙 소리를 내기 시작하더군요. 몇 번이나 밀어가던 면도날을 멈춰서 그대로 엎눌러버릴 생각도 했죠. 그런데 한 가지 딱 걸리는 게 있더군요. 여느 손님처럼 마음을 푹 놓고 눈을 감고 누워 있으니 말입니다. 저를 찾아온 손님이란 게죠.

그런 생각을 하면서 자세히 그 얼굴을 뜯어보았죠. 이마엔 여러 줄기 깊은 주름이 잡히고 얼굴엔 기름기 없이 생기가 안 돌고 있는데, 아무리 해도 거기서 그의 이십 년 전의 사납고 늠름하던 모습을 찾아낼 수는 없더군요. 늙었구나 하는 생각에서 어쩐지 기우는 마음을 느꼈죠. 그래서 이래선 안 되겠다 생각하고 일부러 마음을 사납게 먹으려고 했죠. 미움을 돋우려고 뚫어질 듯이 그 얼굴을 노려봤죠. 흥! 바로 보따리를 바꿔 줬었다는 게 이런 것을 두고 말한 게로구나, 눕힌 자리와 선 자리가 바뀌어 있었겠다, 그때 네 손엔 물을 가득 담은 주전자가 들려 있었지, 지금의 내 손엔 칼이란 말야, 요놈! 하고 턱 밑에 칼날을 세우려던 저는 그만 얼핏 손을 멈추었죠. 번쩍 하면서 밖에서부터 한 줄기 빛이 거울을 휙 스쳐갔기 때문입니다. 저도 모르게 밖을 내다보았죠. 그런데 밖에는 길거리를 지나가는 사람의 그림자도, 움직이고 있는 물건 하나도 안 보였죠. 이상한 일이라구 생각하면서 다시 칼날을 세우려고 할 때 또 한 번 획 그 빛이 스쳐가는 게 아니겠습니까. 또 얼핏 밖을 내다보았죠. 여전했습니다. 이번엔 이상하다는 생각보다 등골이 오싹하고 소름이 쭉 끼치는 기분이 들더군요. 칼을 들고 있는 손이 잔가락으로 떨고 있는 걸 느꼈죠. 마음을 걷잡기도 전에 그 빛은 또 한 번 획 지나갔죠. 이번엔 밖을 보지 않고 빛이 스쳐간 거울을 쳐다보았죠. 하마터면 칼을 마루에 떨어뜨리고 악 소리를 칠 뻔했습니다. 그 얼굴이 말입니다. 거울에 비친 제 얼굴 말입니다.

　지금 저 속에 뵈는 이그러진 저것쯤은 되려 애교가 있죠. 그때 그 얼굴은 말이 아니더군요. 사납게 이그러진 제 얼굴을 보고 놀란 거죠. 색깔도 달랐죠. 저게 날까? 분명 그것은 나였죠. 손님이야 의자에 누워 있었으니 말입니다. 그리군 내 진짜 얼굴이 바로 저것인지 모른다는 생각이 나더군요. 조카 녀석 얘기가 생각나서 말입니다. 저는 구석으로 가서 가죽띠에다 면도날을 문지르기 시작했죠. 손님은 푹 잠이 든 모양이더군요. 그것을 보고 있으니 이상한 생각이 들더군요. 뭐라고 할까요. 그⋯⋯. 네? 사람이란 그렇게 어리석은 것이라구요? 그런 처지에서 모르고 사는 것이 사람이라구요? 글쎄올시다. 그런 생각이죠. 기름을 바르시겠습니까? 안 바르신다구요? 네, 알겠습니다. 잠깐만. 이쪽에 머리칼이 한 오리, 네 다 되었습니다. 이쪽에서 한 대 피시죠.

네? 그리구 어떻게 됐냐구요. 손님께서 들어주신다면 저도 한 대 피면서 얘기하죠.

그때 문이 열리면서 일곱 살가량 된 사내애가 들어왔습니다.

그리구 누워 있는 영감을 보더니 아버지 하고 부르더군요. 어쩐지 가슴이 철렁하더군요. 누워 있던 영감은 으응 하면서 깨어나더니 힐끗 애를 치보고는 왔냐 하면서 반겨하더군요. 저는 야릇한 마음으로 손님의 턱 밑을 깎기 시작했죠. 몇 째신가요 하고 물었죠. 그랬더니 영감은 원래 느지막에 생긴 둘쨋놈인데 큰애가 이번 전쟁에 전사를 했으니 저 애가 결국 큰놈인 셈이라 하더군요. 저두 이번 전쟁에 동생을 잃은 탓인지 영감의 얘기에 가슴이 짚였죠. 영감은 한숨을 내어쉬더니 그 애 하나만을 철석같이 믿고 살아왔는데 그만 먼저 가버리고 말았다고 하면서 나 같은 죄 많은 늙은 것이 안 죽고 되려 죄 없는 아들이 죽었으니 그것을 생각하면 내 저지른 죄가 무섭다고 하더군요. 묻지도 않는데 이렇게 얘길 하더군요. 늙은 탓이겠죠. 참 이상한 생각이 들었죠. 이십 년 후 그 형사의 입에서 이런 소리를 들을 수 있다니 말입니다. 세상은 참 넓고도 좁다는 생각이 들더군요. 그리고 들끓고 있던 제 마음이 차차 물처럼 조용히 머무는 것 같았죠. 무엇을 하셨길래 그러십니까고 물었죠. 영감은 잠깐 있더니 한마디 아편장사 같은 거죠, 하고 뚝 그치더군요. 뜻밖의 대답에 전 아편장사요? 하고 되물었죠. 영감은 한참 묵묵히 거울에 비친 이그러진 자기 얼굴을 괴로운 듯이 건너보고 있더니, 말하자면 그런 따위 좋찮은 일이라는 거죠, 하더군요. 차마 형사를 지냈다고는 말하기가 거북했던 게죠. 한참 후 영감은 젊었을 땐, 하고 얘기를 시작하더군요.

"배운 것은 짧은 놈이 마음만은 살아서 한번 세상에 나서볼까 했죠. 남도 하는 일이니 내가 해서 안 될 것이 뭐냐는 생각이었죠. 무엇이 옳고 그르고는 접어놓고 그저 그때는 서두르기에 바빴죠. 그때 저의 어리석은 생각엔 상부의 명령이…… 아니 돈만이 하늘 같았죠. 그것을 얻기엔 물불을 가리지 않았죠. 어리석었죠. 어리석었죠. 마다는 친구들을 보면 되려 그놈이 답답하다고 생각되었지 나 자신을 뉘우치는 일은 조금도 없었죠. 맞는 놈이야 아나, 맞는 놈이야 어찌 되든 나만 좋으면 그만이란 생각이었죠. 지금 보면 나만 좋은 것도 아니었죠. 좋을 수가 없었죠. 여러 사람이 내 손에…… 아니 내 약 땜에 상했겠죠. 가끔 꿈에 뵈죠. 결국 내가 그 사람들을 친 셈이죠. 매질을 한 거죠……. 그때 남을 치던 매를 지금 늙어서 제가 맞고 있는 거죠. 큰애가 죽었을 때 더욱 생각나는 것은 옛날 저지른 자기 죄죠. 벌을 받으려면 이 늙은 것이 받아야 할 텐데 대신 아들 녀석이 받았다는 생각이 들더군요. 그야 내가 죽은 것보다 더한 벌이죠. 훌륭한 전사가 왜 벌이냐구요? 그건 이 늙은 것을 두고 하는 얘기죠. 큰애를 두고 그렇게 생각하기는 싫소만 자꾸 그런 생각이 드니 말입니다."

맥없이 중얼거리는 늙은이의 푸념을 듣고 있으니까 제 마음까지 이상해지더군요. 무언지 모르게 마음이 휑 비어지는 것 같았죠. 그리고 그 빛이 생각나더군요. 거울을 획 세 번 스쳐갔다는 그 빛 말입니다. 어디서 애들이 거울 조각을 가지고 장난친 빛인지도 모르죠. 그렇지만 어떻든 그 빛은 참 고마웠다는 생각이 들더군요. 네? 영감이 몰라보던가구요. 끝까지 몰라보더군요. 저두 이십 년 동안에 몹시 변한 모양이죠. 잘됐었죠. 알아보았다면 좋을 게 뭡니까. 모르고 지내는 게 차라리 낫죠. 사람은 속아 사는 것이라고요? 그럴지도 모르죠. 안다는 건 되려 괴로울지 모르죠.
영감은 어린 놈 머리를 쓰다듬으며 이놈 하나 커가는 걸 보는 게 한 가지 남은 낙이라구 하더군요. 가슴이 뭉클해지더군요. 아들의 손을 잡고 나란히 저쪽으로 걸어가는 두 그림자를 저는 한참동안이나 멍하니 서서 창에 끼어진 유리 너머로 보고 있었죠. 남의 일 같지 않더군요. 제게도 여섯 살 난 사내놈이 있죠. 한참 그것을 보고 있으려니 문득 생각나는 것이 있더군요. 저 모습이 바로 제 모습일 수도 있다는 생각이었죠. 앞으로도 있을 수 있다는 생각이었죠. 그런 생각이 들자 갑자기 눈앞에 가로놓인 창에 낀 유리가 제 얼굴을 비치는 거울 같은 생각이 들더군요. 오싹했죠. 무서운 생각이 들더군요. 유리가 아니고 거울이다. 저 부자(父子)의 모습은 곧 거울에 비친 나와 내 아들과의 그것이다. 네? 뭐라구요? 깜짝 놀랐습니다. 빨리 얘기를 하라구요? 유리거든요. 거울인데 그것이 유리거든요. 사방 유리뿐이죠. 빤히 뵈긴 하는데 무슨 소리를 치든 유리 때문에 안 들리거든요. 유리가 아니죠. 그것은 거울이죠. 그러니 뵈는 건 남이 아니고 나죠. 나죠. 분명히 나죠. 걸어가는 건 나죠. 때리는 건 나죠. 맞는 것도 나죠. 죽는 건 나죠. 죽이는 것도 나죠. 우는 건 나죠. 울리는 것도 나죠. 거울이거든요. 유리는 없죠. 모두 거울이죠. 네? 그저 좀 머리가 어지러울 뿐입니다. 이십 년 동안을 하루같이 거울과 맞서고 있으면 때때로 이렇게 현기증이 나죠. 감동하셨다구요? 원! 그런 말씀을. 네? 그때 금교서 머리를 깎아준 사람이 지금 어디 있는지 모르는가구요. 건 모르죠. 알 리가 없죠. 네? 틀림없이 잘 있을 것이라구요? 고맙게 생각하구 있을 것이라구요? 원 어디 있는지도 모르는 걸요. 네? 손님이 그 사람이면 그럴 거라구요? 항상 생각하구 있을 거라구요. 글쎄올시다. 건 또 뭡니까? 아뇨. 이런 돈을. 약주나 먹으라구요. 그런데 이건 너무. 손님이 바로 저니까라구요? 원 농담 말씀을.

저어 선생님 성함은? 김선생님이시라구요. 전 이죠. 무슨 사업을 하시죠? 글을 쓰신다구요? 네에, 소설을 쓰신다구요. 소설 나부랭이라뇨? 원 그런 말씀을. 제 얘기를 쓰시겠다구요? 어디 그게 얘기가 됩니까. 일어나시렵니까? 오늘은 너무 혀를 날름거려 죄송합니다. 종종 오십쇼. '철인 이발관'이라구 고치라구요? 철인요? 무슨 뜻인데요? 네? 원 선생님도 별말씀을 다. 유리창 밖으로 나가시는 게 아니라 거울 속으로 들어가신다구요? 농담 말씀을. 그럼, 안녕히 가세요.

오리와 계급장 _{階級章}

대령(大領)은 차를 탔다. 그리고 뒤로 고개를 돌렸다.

"형님, 제가 앞에 타서 이거 안됐수다."

"원 별소리를 다 하누만, 님재 차 아니와."

"이게 왜 제 찬가요?"

"자기 차가 별거 있답다? 타고 댕기면 제 거디."

부릉 하고 발동이 걸리면서 차는 앞으로 미끄러져 나갔다. 다다 다다 머플러 터진 소리가 났다.

"차가 좀 썩었습메게래."

"예, 머플러를 고쳐야겠는데."

"다른 차들은 매끈합데다. 이 차는 왜 이렇습마?"

저쯤 길 한가운데 애들이 모여서 놀고 있는 것이 보였다. 뚜뚜 운전병이 클랙슨을 눌렀다.

"아갸, 소리가 왜 이렇습마?"

"이게 원랫 겁니다."

"그래도 남들은 빵빵 하는 쌍 크락숀 달구 댕기두만."

"그건 위반이지요."

차는 그런대로 털거덕거리면서 거리를 빠져나갔다. 훤히 트인 좌우에 푸른 보리밭이 저편 산기슭까지 잇닿아 있었다.

"형님, 두 시간이면 닿겠지요?"

"그럼, 한 시간 반이면 넉넉하디."

'그런데 차가……'

대령은 뒤에 낀 타이어 생각을 했다. C급도 못 되는 타이어가 걱정이었다.

"그래두 님재는 성공한 거웨, 대령이 어디와."

"대령이 별거 있습니까?"

"아니웨, 일제 때면 리쿠궁 다이사(陸軍 大佐)¹ 아니와. 그때야 어디 좀처럼 구경이나 했었습마. 소위만 해두 대단했디."

'성공, 리쿠궁 다이사.'

"날 보시, 이 꼴 하구. 이게 어디 됐습마."

대령은 얼핏 뒤로 돌리려던 고개를 멈추고, 길섶에 보이는 무너져가는 초가에 눈길을 보냈다. 꾀죄죄한 어린 것이 번쩍 두 팔을 쳐들었다.

대령은 손을 들어 거기다 턱 경례를 보냈다.

'참, 이게 어디 된 일인가.'

대령은 무연히 팔짱을 꼈다.

십 년 전, 이북인 그의 고향, 그리운 산과 들과 안온한 고을.

"형님, 해방 다음해 삼일절 때 생각이 납니다."

"생각하문 그때만 해두 호랭이 담배 먹던 시대웨. 님재가 월남한 건 그 딕후디?"

"예, 그땐 참 견디기 어려웠지요. 삼일운동을 내리깎아 걸레같이 만들어놓구, 거기다 어린 소학교 애들을 시켜서 절대 지지를 부르짖게 했으니 말입니다. 제가 끌구갔던 여학생까지 뛰어나가기를 쓰다가 벌렁 자빠져, 걷혀진 스커트 밑에 허연 속치마가 드러났던 꼴이 아직도 눈에 선합니다."

"아마 님재가 그땐 총각이 돼서 그랬등게디."

"원, 형님두."

"그때 김선생이 공산당 대표루 연설을 했습메니."

"그게 더욱 슬펐습니다."

"아마 님재네들 일학년 때 담임을 했디."

"코흘리개 때지요."

"김선생이 그땐 정신 나간 사람처럼 돌아갔디. 오죽 눈꼴사나왔습마."

"형님이 공산당 본부를 습격하구 월남한 건 그해 5월이던가 그렇지요?"

"아마 그랬을 거웨."

"광화문에서 처음 뵌 것이 그때쯤 되던 것 같애요."

"서북청년회 사무실 앞에서 만났던가?"

"그랬을 겁니다."

"그때 님잰 신문사에 있었디?"

"예, 바로 옆이어서 가끔 찾아가서 친구들도 만나고 기삿거리
도 얻어 왔지요."

"님재 그때 서청(西靑)에 가입했었던가?"

"전 안 들어 있었습니다. 지금이니 말이지 형님들 하는 일이 너
무 무지무지해 보여서 겁이 났습니다."

"기 잘했습메니. 미련한 것이 한두 가지뿐이댔습마?"

피비린내 나는 테러와 난무하는 아지트, 삐라, 메시지와 노호,
집회에 이은 행진, 모함과 중상과 욕설…… 그러한 어지러운 거
리 위에서 신문기자증 한 장을 가지고 갈피를 못 잡고 뛰어다니
던 때가 어제 같았다.

"한번은 농성한 파업 노동자들을 경찰들이 끌어내는 데 간 일
이 있었지요. 피를 흘리고 쓰러진 노동자의 머리를 싸매주려고
할 때 경찰관이 달려와서 이런 새끼는 그대로 둬! 하고 거기다 발
길질을 하고 갔는데, 그땐 참 괴로운 생각이 들더군요. 그렇지만
이북에서 하고 있는 꼴을 생각하면 이건 도대체 어떻게 판가름을
해야 할는지 도무지 분간이 안 가더군요."

"사실, 그땐 정신 차리기가 어려웠디."

"혼자 따돌리운 것만 같았습니다. 얼빠진 것처럼 되어가지구
신문사를 뛰어나와 부두 노동도 해보고 농장에 들어가 농사도 지
어봤지요."

"님재두 별자(別者)웨니."

"저두 약한 편은 아니었는데 못 하겠습디다. 그래서 중학 교원
으로 들어갔지요."

"성격으루 봐서두 님재가 군대에 들어간 건 참 이상한 일이웨니."

"부끄러운 얘기지만, 뭐 국가니 민족이니 그런 거창한 생각에선 아니었습니다. 솔직히 얘기해서 목숨 하나 부지하려구 들어간 거지요."

"님재두, 목숨을 부지하레 군대에 들어가는 사람이 어딨습마?"

"아니오 춘봉 형님, 여순반란사건 아시지요? 제가 ××에서 교원을 하고 있을 때 그 사건이 일어났습니다. 교원들은 아침이면 다투어 신문을 들여다보고 이거 큰일 났는걸, 이크, 여기까지 왔군, 하면서 겉으로는 걱정하는 체하지만 속으로는 은근히 만세를 부르고 있는 것이 헨둥(분명)해 보였지요. 사람이 죽어가고 있는데 쥐 한 마리 설치지 않는 지붕 밑에서 쾌재를 부르고 있는 것을 보니까 어처구니가 없더군요. 곰곰이 생각해봤습니다."

'만일 내가 거기 있었다면 틀림없이 죽었을 게다. 만일 여기 그런 일이 생기면 맞아 죽을 것이 분명하다.'

"이렇게 생각하니, 앉아서 욕을 당하거나 죽기보다는 어차피 어떤 분명한 태도를 결정해야겠다는 생각이 들었습니다. 그래서 결국 육군으로 들어간 거지요."

버스가 한 대 먼지를 날리며 다가오더니 요란한 소리를 내며 스쳐갔다.

"님재 육이오 땐 대위 댔지?"

"한심했습니다. 생시 같지 않더군요. 한강을 건너서면서부터 저는 이미 죽어 없어진 것으로 쳤지요. 그때부터 저는 하루하루를 덤의 삶으로 생각하고 있었습니다. 특수 부대에 자원한 것도, 부산 부둣가까지 밀려가서 물속에 들어가 빠져 죽을 수는 없었기에 자살을 할 셈치고 들어갔었지요."

"특수 부대 얘기는 말게."

"형님은 장사(長沙)에 상륙했었지요."

"말 마시. 혼이 났쉐, 혼이 났어."

"워낙 그때는 무리였지요."

"님재넨 그래두 그 덩도루 괜티않았습메니."

"인천 상륙이 늦었으면 어떻게 되었는지 모르지요."

"그래두 님잰 평양까지 갔다 왔으니 다행이웨니."

"뭐 찝질했습니다. 날도둑놈들만 눈에 띄어서."

"사람을 죽이는 전쟁판이니 무슨 일인들 없었갔습마."

차가 커브를 도는데 앞에 나타난 우차가 한 대 바싹 언덕으로 붙으며 황급히 길을 텄다.

"김선생님은 영동에서 붙잡혔다지요?"

"성호가 없었다문 꼼짝없이 죽었디."

"거 다행이었습니다. 그때 성호가 바로 그곳 경찰서 사찰계장으로 있었군요?"

"그럼. 갸가 보증을 서서 꺼내다가 뒤에 당개(장가)꺼지 보내주디 않았습마."

"어떤 여잔데요?"

"입산했던 부인인데 촌 녀자야."

"김선생은 몹시 변했겠군요?"

"그럼, 말이 아니디."

"참, 모든 게 변하구 말았습니다."

"그렇습메. 그저 그 늑이오(6·25)가 탈이웨니."

파앙!

대령은 깜짝 놀랐다. 차가 급정거를 했다. 춘봉 형님의 내어진 머리가 대령의 뒤통수를 떠받았다.

"아이쿠."

춘봉 형님이 소리를 질렀다.

"체, 빵꾸야."

운전병이 혀를 차며 차를 내려서서 허리에 팔을 올리고 터져나간 뒷바퀴를 흘겨보았다.

대령과 춘봉 형님도 내렸다. 대령은 뒤통수를 어루만지면서 춘봉 형님을 보고 어색한 표정을 지었다.

"찰 좀 고치시다나. 깜짝 혼이 났습메."

대령과 춘봉 형님은 길가에 돋은 풀포기 위에 가서 앉았다.

"이래가지군 해가 있기 전에 들어가긴 글렀는걸."

"곧 될 겝니다."

대령은 고개를 돌려 운전병보고 물었다.

"자키² 있나?"

"예, 빌려가지구 왔습니다."

대령은 백양담배를 꺼내 춘봉 형님에게 권했다.

"김선생님께선 제가 꼭 가는 줄 아십니까?"

"그럼, 눈이 빠지도록 기대리구 있을걸."

"가는 길에 뭘 좀 사 가지구 가야겠는데요."

"좀 가면 장(市)이 서 있습메니."

춘봉 형님은 달게 담배를 빨았다.

"거기선 닢초를 썰어서 신문지에 말아 먹는 게 기껏이야."

"식량 사정은 어떤가요?"

"보리 한 가마씩을 받는데 반찬은 산채웨."

"김선생님두 그걸 먹겠군요?"

"그럼. 거기서야 누구나가 다 한가지지. 생각하문 김선생 팔자
두 티껍게(더럽게) 기박한 거웨. 이북에 그대루 남아 있었으문 지
금은 거뜬히 국당이다."

"많이 달라졌겠습니다."

"그럼 아주 딴 사람이다. 내가 하릴없이 친구들을 두루 찾아댕
기다가 거기 김선생 계시능 걸 알구 찾아갔더니 반가워하두만.
이북에서야 서루가 으르릉댔디만, 만나구 보니까 반가왔디. 김선
생은 그르케 돼서 나가떨어디구 난 나대로 쓸모가 없이 이르케
된 판이니, 비슷비슷한 신세 타령이 됐디. 김선생은 지금 한 가지
생각밖에 없대능 거야. 어드케 하문 촌에서 조용히 새끼들이나
길러가면서 살겠능가 하는 연구뿐이다."

"애가 몇인데요?"

"다섯 살짜리 체네 아이하구 세 살짜리 아들이 있다. 그른데 김
선생 애길 들어보니끼니 되겠어. 김선생이 본래 농업학교 출신
아니와. 오리를 치구 병아리를 길러서 알을 받구 한겨울 지내문
염소를 살 수 있단 말이야. 두 마리만 사면 거기서 짜내는 젖으루

138

하루에 이천 환 벌이는 틀림없대능 거야."

"달걀을 까서 소 사는 문세(이치) 아니오?"

"아니디. 님재레 딕접 김선생한테서 니야길 들어보시다나. 그래서 나두 이전 주먹을 내두를 데두 없구, 이전 또 그르구 싶디두 않구, 새끼덜두 커가는데 어디 좀 들어백힐래던 판에 맘이 맞았디. 그래서 같이 고생하면서 재출발을 하자구 니야기가 돼서 네 펜네를 끌구 들어갔디."

"생각 잘하셨습니다."

"뭐 잘한 건 없디만 해봐야디."

뚜뚜, 타이어를 갈아 낀 운전수가 경적을 울렸다. 둘은 다시 차에 올랐다.

장터에 닿았다.

"뭘 사갔습마?"

"소주나 한 병하구 쇠고기나 한 근 사지요."

"쇠고긴 무슨 쇠고기야, 돼지고기가 제일이웨니. 돈을 이리 내시, 내 사 올께."

"아, 제가 가지요."

"대령이 어데 그릉 걸 사갔습마."

한참 있더니 춘봉 형님은 소주 한 되와 돼지고기 한 근을 사 가지고 돌아왔다.

"돼지고기 한 근에 사백 환을 달라구 해서 백 환을 깎았디."

"그렇게 깎아줍니까?"

"그럼. 달라는 대루 췄다간 뽕빠집메니."

"아 참 애들이 있지요. 과자를 사 오겠습니다."

"원 님재두, 과잔 무슨 과자와."

대령은 차를 내려서 막과자 한 근을 사 가지고 왔다.

"애들이 도와(좋아)는 하겠습메만 그르케 돈을 써서 어드캄마."

차는 산허리에 파인 꼬부랑 길을 더듬기 시작했다.

마지막 고비를 넘어가자 앞에 탁 트인 벌판이 보인다. 저편에 여남은 채의 인가가 보였다.

"저기 보이는 기와집이 저게 지서웨니."

차가 지서 가까이 이르자 춘봉 형님은 서라고 했다.

"님재, 잠깐 내렸다 갑세."

"왜요?"

"글쎄 잠깐 지서에 들렀다 갑세나."

대령은 춘봉 형님을 따라 지서로 들어갔다. 경사 한 사람과 순경 두 사람이 있었다. 둘이 들어서자, 그들은 고개를 들어서 쳐다보았다. 춘봉 형님이 대령을 얼싸안듯이 하면서 경사에게 얘기를 건넸다.

"저 인사하시디요. ××사령부에 있는 성대령입니다."

대령과 경사는 동시에 경례를 붙였다.

춘봉 형님은 순경들에게도 인사를 시켰다. 그때에야 대령은 그 뜻을 알아차렸다.

"저 저의 고향 선배 되는 형님입니다. 여러 가지루 잘 부탁합니다."

지서를 나온 두 사람은 다시 차에 올랐다.

"인사는 해두는 게 동습메니."

"……"

"아마 대령이 지서에 나타난 건 처음일걸."

춘봉 형님은 혼자 공연히 흐뭇해했다.

"나두 괜히 주먹이나 내두르구 돌아가디만 말구 경찰에나 들어 갔다문 지금쯤 경감은 됐을 게 아니와."

"그랬을 겝니다. 그런데 아직 멀었나요?"

"저어 저기 보이는 고개를 넘으면 돼."

산속에서는 해가 금시 떨어졌다. 떨어지기가 바쁘게 어슬어슬 해지더니 곧 어두워졌다. 마을 어귀에 닿았을 때는 캄캄했다.

"저기웨 저기."

춘봉 형님의 가리키는 어둠 속에서 반딧불 같은 희미한 불빛이 몇 개 깜박거렸다.

"크락숀을 뙤시."

"왜요?"

길에는 쥐새끼 한 마리 얼씬하는 것이 없었다.

"왔다능 걸 알리야 할 게 아니와."

"뭐 조용히 들어가지요."

"아니웨, 글쎄 좀 뙤시."

"……"

운전병이 뚜뚜 경적을 울렸다.

"자꾸 뙤시."

춘봉 형님이 또 재촉을 했다.

운전병은 그저 하라는 대로 또 경적을 울렸다.

'하아아' 대령은 짐작을 했다.

'동네 사람들에게 알리고 싶은 모양이군.'

"여기웨."

차가 섰다. 춘봉 형님은 재빨리 차에서 뛰어내리더니 자기 아들의 이름을 부르면서 뛰어갔다. 대령은 잠시 섰다가 천천히 그 뒤를 따라갔다.

십여 년 만에 은사를 만나는 것이 반가우면서도 한껏 두려웠다. 너무나 변했을 은사의 모습을 보는 것이 무서웠다. 가슴이 두근거렸다.

"여기웨 여기."

램프등이 높이 들리었다. 거기 조명을 받은 무대같이 벽과 마루와 댓돌이 드러났다. 그 등불이 기둥에 박힌 못에 걸리면서 그 희미한 불빛 아래 어리는 하나의 그림자가 보였다. 춘봉 형님이 대령을 잡아당기듯이 그리로 끌고갔다.

"김선생님이웨."

대령은 모자를 벗으면서 조심스레 그리로 가까이 다가갔다.

"김선생님이십니까?"

"아 성선생이오?"

"이거 몇 년 만입니까?"

김선생은 내민 대령의 손을 꽉 두 손으로 움켜쥐었다.

"얼마나 고생하셨습니까?"

대답이 없었다. 김선생이 그 움켜쥔 손에 더욱 힘을 주었다.

그 손이 불덩어리처럼 뜨겁게 달고 있다고 대령은 느꼈다.

고개를 숙인 김선생의 목덜미가 잔가락으로 떨고 있었다. 어금니를 꼭 물고 있는 것을, 입가에 생긴 쥐어 당겨진 깊은 주름을 보고 알 수 있었다.

대령은 등불이 희미한 것을 다행으로 생각했다. 김선생의 입에서 느끼는 소리가 새어나왔다.

"선생님!"

대령의 손등에 뜨거운 것이 방울져 떨어졌다.

"선생님!"

대령의 목멘 소리에 춘봉 형님도 시선을 땅에 떨구었다. 한참 그대로 시간이 흘렀다.

김선생이 고개를 들면서 마루로 대령을 이끌었다. 대령은 등불에 비치는 김선생의 두 눈을 보았다. 눈물어린 두 눈에는 생기를 찾아볼 수가 없었다. 멀거니 뜨여졌을 뿐 빛을 찾아볼 수 없는 두 눈망울이었다.

"오시느라고 고생 많이 했지요?"

"무슨 고생이겠습니까, 진작 찾아뵈어야 했을 텐데."

"이렇게 오시는 것만도 고맙지요."

"선생님!"

대령은 나무라듯 언성을 높이면서,

"말씀을 낮추십시오. 왜 자꾸 예우를 하십니까."

김선생은 어색한 웃음을 웃었다.

"댁에선 다 안녕하시구?"

"예 덕택에 그저⋯⋯."

"어머님을 모시고 계시지요?"

또, 하고 대령은 마음속으로 뇌었다.

"예, 서울에 계십니다."

"애들은?"

"둘입니다."

그때 춘봉 형님이 두 부인을 데리고 나타났다. 그리고 자, 하면서 대령 앞으로 밀어냈다.

"인사드리우, 성선생님이오."

김선생의 얘기에 사십이 가까워 보이는 촌티나는 부인이 정중히 허리를 굽혔다.

대령은 마루에서 벌떡 일어났다.

"아 사모님이십니까? 이렇게 늦게 찾아뵈어서 죄송합니다."

춘봉 형님이 불쑥 한마디를 던졌다.

"자 이건 우리 네펜네웨."

사십 내외의, 원피스를 입은 부인이 생긋이 웃으면서 머리를 숙였다.

"아주머니 안녕하십니까? 여기서 고생하신다는 말씀은 벌써부터 듣고 있었으면서두."

인사가 끝나자 세 사람은 방으로 들어갔다. 춘봉 형님이 밖을 내다보고 큰소리를 질렀다.

"여보, 거 안주 좀 잘 끓이우."

대령은 좀더 똑똑히 김선생의 얼굴을 뜯어보았다. 머리는 무수한 흰오리 탓으로 회색이었다. 이마와 눈 언저리엔 깊숙이 여러 줄기의 주름이 새겨져 있었다.

변모! 십 년의 세월이 흘렀다고 하나 너무나 심한 변모였다.

"성선생은 옛날 모습 그대루군요."

"아뇨, 밤이니까 그렇겠지요. 저두 많이 변했습니다."

"아니 옛날보다는 더 좋아진 것 같수다."

"선생님!"

대령은 안타까운 표정을 지었다.

"말씀을 낮추십시오."

김선생은 자기 자신이 야속하다는 듯이 힘없이 음성을 떨구었다.

"이전 이것이 입버릇이 돼서."

대령은 가슴이 뭉클했다. 도리어 십여 년 전 천여 군중 앞에서 절규하던 그때의 모습과 음성이 그리웠다.

춘봉 형님이 입을 열었다.

"김선생은 짬짬이 글을 많이 쓰고 있담메."

"춘봉씨두…… 내가 무슨 글을 쓴다고그래?"

춘봉 형님은 대령을 보고 손짓을 해가면서 얘기를 시작했다.

"님재두 잘 알디 않습마. 일제 때부터두 김선생의 문필은 대단했쉐."

"그저 춘봉씨는……."

김선생이 거북하다는 듯이 손을 저었다.

"거저 난 김선생만 따라가겠쉐. 아까두 니야기했디만 김선생

계획대루만 하문 틀림없겠단 말이야."

춘봉 형님은 더욱 열을 냈다.

"먼저 오리부터 치야갔습메. 그르케서 알을 받거덩. 님재두 내일 아침에 보문 알갔디만 벌써 삼십 마리나 새끼를 사 왔습메. 그른데 이놈의 땅주인인가 뭔가 하는 촌놈의 새끼가, 글쎄 이 집에 붙어 있는 땅 열 평을 가지구 야단이웨게레. 오리장을 만들라구 울타리꺼정 만들어놨는데 글쎄 안 된대능 거야."

"열 평 정도 가지구야 뭐 그럴 건 없지 않아요?"

"님잰 아직 사람의 심뽀를 모르누만. 이 집두 이거 김선생이 직접 설계해서 이르케 말쑥하게 지어놓은 건데 그것부터 배가 아파하거덩. 그르니 오릴 키워서 알을 받아먹는 걸 차마 못 보갔다는 거디."

김선생 부인이 술상을 들고 들어왔다. 돼지고기를 배추와 섞어 먹음직하게 볶아놓은 것 외에, 싱싱한 산채, 쑥갓, 도라지, 마늘, 파가 잔뜩 상을 필 정도로 얹혀 있었다.

"이거 다 여기서 장만한 거웨. 이 쑥갓 보시, 이것두 김선생이 다 만든 거랍메."

술잔의 크기가 모두 달랐다. 대령은 제일 큰 잔을 들어서 김선생 앞에 갖다놓았다.

"내가 이렇게 큰 걸 어드케."

"아, 선생님 오늘은 좀 드십시오."

대령은 다음으로 큰 잔을 집어서 춘봉 형님 앞에 갖다놓았다.

"술이야 님재레 잘하디 않습마."

"전 작은 잔으로 여러 잔 하디요."

대령의 말투에도 차차 사투리가 섞여져 갔다. 세 사람은 술을 따른 잔을 높이 들었다.

"자!"

대령은 다음 얘기를 찾지 못했다. 무어라 해야 할지 적당한 말이 없었다.

김선생이 잔을 들여다보며 혼잣말처럼 뇌었다.

"이거 참."

"고맙쉐."

춘봉 형님이 대령을 건너보며 싱긋이 웃었다.

"이거 뭐 변변치 않수다. 되레……."

대령이 먼저 쭉 한 잔을 비웠다. 그리고 김선생한테 잔을 돌렸다. 반 잔을 마시고 잔을 놓은 김선생은, '아이거' 하면서 대령의 잔을 받았다. 그리고 자기 잔의 남은 것을 마시고 대령에게 건넸다.

대령은 곧 잔을 비워 춘봉 형님한테로 돌렸다. 춘봉 형님은 기다리고 있었다는 듯이 쭉 잔을 비워 대령에게 건넸다.

그렇게 해서 네댓 잔씩 마시고 나자 세 사람의 마음은 제법 풀어져갔다. 불그스레 술기가 얼굴에 오른 김선생은 대령을 보고 감개 깊은 듯이 얘기를 건넸다.

"성선생, 난 참 행복한 사람이오."

"원 선생님 별말씀을 다, 그런 말씀 아예 마시고 술을 하십시다."

대령은 빨리 얼마를 더 마시고 마음속에 당겨진 줄을 탁 풀어
놓아야겠다고 생각했다.

몸이 후끈 달아올랐다. 대령은 상의를 벗으려고 손을 앞 단추에
가져갔다.

"참 진작 벗을걸."

김선생 얘기에 춘봉 형님은,

"잠깐만."

하고 그것을 말렸다.

"가만있으시, 잠깐만 있다 벗으시."

"왜요?"

"글쎄, 좀 기다리시."

갑자기 일어선 춘봉 형님은 밖으로 뛰어나갔다. 한참 있더니 사
십 가까운 동민 한 사람을 데리고 들어왔다.

대령은 자기 왼편 쪽 자리를 비우면서 자리를 내려고 하는데,
춘봉 형님은 부득부득 대령의 오른편 쪽에 손님을 앉혔다.

"자 서루 인사를 하시디."

대령과 동민은 서로 통성을 했다.

"저 ××사령부에 있는 성대령이오."

춘봉 형님이 목청을 돋우며 소개를 했다. 동민은 힐끔 대령의
계급장을 훔쳐보면서 '김 아무개'라고 했다.

인사를 하고 나서도 힐끔힐끔 계급장을 쳐다보는 동민의 눈길
을 느끼면서 대령은 춘봉 형님이 상의를 못 벗게 한 뜻을 알 듯
했다.

"자, 더운데 옷을 벗으시."

또 몇 잔이 왔다갔다 했다.

대령은 거푸 김선생에게 잔을 권했다.

"선생님, 고생 많이 하셨수다. 전, 뭐 군복 입은 놈이 선생님한테 뭐라구 드릴 말씀이 없수다."

"성선생, 나야 죄가 많은 놈이 아니오."

"쳰 무슨 죄요. 죄야 누구나가 다 짓구 있는 게 아닙니까?"

대령은 조금 혀꼬부라진 소리를 했다.

"그리고 선생님 말씀 낮추시라우요. 저야 선생님 제자 아닙니까?"

"뭐, 다 같이 늙어가는 게 아닌가?"

"늙어가디만 선생님은 어디까지나 선생님이디요. 전 춘봉 형님한테 니야기 다 들었수다. 쉰세 번이나 끌려가서 고생을 하셨다구요. 참 안됐수다. 전쟁이라는 게 그런 모양이디요."

"마지막, ××경찰서에 끌려갔을 때는 죽으려구 했지. 이층에서 취조를 받다가 형사가 나간 뒤에 떨어져 죽으려구 창문을 열었지. 마침 그때, 보자기에 옷가지와 먹을 것을 싸가지고 정문을 들어서는 여편네가 눈에 띄었어. 더욱 그때, 저기서 자는 다섯 살난 계집아이를 배고 있어서 치마 밑이 불룩한 것이 눈을 쿡 찌르더군. 그것을 보고 나는 어떻게 해서든지 살아야겠다는 생각을 했지."

그때 문밖에서 부인이 김선생을 불렀다.

"손님이 오셨어요."

"누구요?"

김선생이 벌떡 무릎을 세우면서 물었다.

"아, 아까 내가 저 옆에 사는 지섯분을 불렀쉐."

춘봉 형님은 재빨리 일어나 문을 열고 손님을 맞았다. 아까 지서에서 인사를 한 순경이었다. 김선생과 동민은 안면이 있는 모양이어서 간단히 서로 인사를 건넸다. 갑자기 춘봉 형님이 순경에게 인사를 걸었다.

"아까는 실례했수다. 전 김춘봉이라구 합니다."

순경도 통성을 했다. 그리고 서로 악수를 나눴다.

대령은 놀랐다. 아까 지서에서 춘봉 형님은 자기를 소개하고 인사를 시켰던 것이 아닌가. 대령은 춘봉 형님이 이미 그들과 인사가 있는 것으로 믿고 있었다. 그런데 지금에 와서 인사를 나누는 것을 보니 춘봉 형님은 덮어놓고 지서로 대령을 끌고 들어갔던 것이다.

대령은 어리벙벙했다. 이건 앞뒤가 바뀌어도 이만저만이 아니었다.

몇 잔 술이 돌아가자 춘봉 형님은 기세를 올리기 시작했다.

순경을 보고 얘기를 걸었다.

"수고 많이 하우다. 뒤루 많이 폐를 끼치갔수다."

"뭐, 폐가 무슨 폐겠습니까?"

"내 친구도 경찰에 많이 들어가 있수다. 경감도 서넛 되구요. 총경두 되디요. 난 거저 친구덜 덕으로 사는 놈이웨다. 오늘두 대령이 이르케 형님을 찾아준다구 술까지 사 가지구 왔수다레."

대령은 그 얘기를 듣고 잠깐 춘봉 형님을 건너보고 순경에게 얼굴을 돌렸다.

"아까두 말씀드렸디만 우리 형님 좀 잘 봐주시우. 그리고 김선생님은 우리 은사외다. 제가 요로케 조곰했을 때 코를 닦아주면서 가르쳐준 선생님이디요."

김선생은 그저 불그스레한 얼굴을 한 채 도연(陶然)히 앉아 있었다.

춘봉 형님이 동민 김씨를 보고 버럭 소리를 질렀다.

"여보 김씨, 김씨만은 날 허투루 안 보갔디요. 내레 이른 꼴이 됐다구 모르는 사람들은 날 어드케 볼디 모르디만 이 김춘봉은 그래두 한땐 날릴 대루 날렸수다. 남 하는 짓은 다 했디요."

대령은 거기 장단을 맞추었다.

"이 형님은 사실 대한민국에서 멕여살려야 할 사람이디요. 굉장히 투쟁을 한 분입니다. 빨……."

대령은 언뜻 김선생 얼굴을 쳐다보고 마음속으로 아차 하며 입속에서 나머지 말을 굴려버렸다. '빨갱이 치는 데' 하려다가 그만 얘기를 거두고 만 것이다.

"김씨, 주씨보구 내가 그르문 재미없다구 하드라구 말씀 좀 전하우. 그래 오리장 칠 열 평두 못 되는 땅조각 때문에 그르케꺼지 굽신거려야 되냐 말이에요."

김씨는 그저 주억주억 고개만 흔들어 보였다. 대령은 춘봉 형님을 타일렀다.

"자, 그런 얘긴 그만 하구 술이나 마십수다."

"성대령, 님젠 가만 있으시. 말이 되나, 말이 되나 말이야. 오리 알 받아먹갔다구 땅쪼가리 좀 쓰갔다는데, 그르케꺼지 재야 하느냐 말이야. 성대령 그르티 않습마. 이북에만 가문 그까짓 게 문데나 됩마 어디."

대령은 잔을 비워서 춘봉 형님에게 드렸다.

또 몇 잔 술이 돌아가는데, 춘봉 형님은 쉬지 않고 투덜투덜했다.

잠깐 춘봉 형님이 조용해진 틈에 순경과 김씨는 엉거주춤 일어나며 집으로 돌아가야겠다고 했다.

"와들 가우. 뭐 이 춘봉이가 주정을 해서 그루. 이 춘봉이는 그래두……."

대령은 한쪽 무릎을 세우고 인사를 하고 김선생은 문밖까지 전송을 했다.

세 사람만 남게 되자 더 몇 잔이 돌아갔다. 김선생은 대령의 손을 꼭 붙들고 좀처럼 손을 놓질 않았다.

대령은 어릿어릿한 정신으로 김선생보고 '안됐수다 안됐수다' 거푸 헛소리처럼 뇌었다.

가뿐해진 주전자를 들어보고 대령은 호주머니에서 돈을 꺼냈다.

"춘봉 형님, 한 되만 더 사 옵수다."

"그르캅세."

"뭐 그만들 하지."

몇 잔이 더 돌았다. '성대령 성대령' 하고 거푸 대령을 부르다가는 '김선생, 김선생, 재출발이우다' 하고는 또 뭐라고 중얼거렸다. 갑자기 춘봉 형님이 대령을 불렀다.

"성대령, 이전 노래나 합세."

"좋수다 형님. 그럼 형님부터 부르슈."

대령은 약간 술이 깨는 느낌이었다. 노래엔 원래 자신이 없었다.

"으음 뭘 부를까?"

춘봉 형님이 잠깐 눈을 감았다. 무슨 노래를 부를까 생각을 하는 모양이었다.

그것을 보자 대령은, 바싹 정신을 차렸다. 춘봉 형님은 술만 마시면 공산당 쳐부순다는 서북청년회의 노래를 부르는 것이 버릇이 되어 있었다. 김선생 앞에서 그것을 불러서는 난처했다. 그렇지만 춘봉 형님의 일이니 할 수 없었다. 더욱 저렇게 취해 있으니.

이윽고 춘봉 형님이 입을 열었다. 저런! 그 입에서 흘러나온 노래의 첫 구절을 듣고 대령은 놀랐다.

　푸른 하늘 은하수

춘봉 형님이 저렇게 취하고 있으면서도 마음을 쓰고 있다고 대령은 생각하였다. 춘봉 형님이 다시 한 번 쳐다보였다.

'음 저런 노래가 있었군. 그걸……'

대령은 실수를 당한 것 같은 느낌이 들었다.

　돛대도 아니 달고 삿대도 없이

'테러리스트가 저런 노래를 부르다니.'

가기도 잘도 간다

대령은 김선생의 얼굴을 건너보았다. 눈을 꾹 감고 듣고 있었다.
'자, 그럼 난 무얼 부른다! 유행가, 그것이야 멋쩍어 부를 수 있
나. 일본 노래를 부를까, 그것은 더더욱 안 되지. 카츄사 노래? 그
것은 김선생에게 실례가 되지. 푸른 하늘 은하수라, 잘도 골랐
군.'

    멀리서 반짝반짝 비추이는 것
    샛별이 등대란다 길을 찾아라

춘봉 형님의 노래가 끝났다. 세 사람은 다 같이 박수를 쳤다.
"자, 님재 차례웨."
대령은 잠시 망설였다. 김선생의 얼굴을 훔쳐보았다.
'보통학교 때 배운 노래는 없나, 무두³ 일본 노래야. 가만있자,
일학년 때 배운 것이, 아아.'
갑자기 대령의 머리에 계시처럼 떠오르는 것이 있었다.
'그렇지, 그것을 불러야지.'
"선생님, 이건 일학년 때 선생님한테 배운 겁니다."
대령은 크게 한 번 숨을 들이쉬었다.

    이리 와 보시오. 밝은 달이 솟았소

둥글고 둥글어 공과 같이 둥글어
　　앞들과 뒷산에 공과 같이 둥글어

　부르고 난 대령은 언뜻 김선생을 건너보았다. 눈은 꾹 감겨져 있는 데 입 언저리가 후들후들 떨리고 있었다. 김선생은 또 한 번 힘있게 대령의 손을 쥐었다.

　"그랬구만, 그런 노래가 있었구만."

　대령은 감회 깊은 어조로 노래 얘기를 했다.

　"거기 맞추어 유희도 했지요. 지금도 눈에 선합니다. 선생님은 저희들 한가운데 서 계셨고.

　처음엔 손을 흔들고 다음은 두 팔을 들어서 둥글게 원을 만들지요. 다음은, 한 팔로 두 번 둥그렇게 크게 그려 보이고, 다음에는 두 손의 엄지손가락과 새끼손가락을 가지고 조그만 원을 만들어 보이고, 그리고…… 선생님!"

　대령은 언뜻 얘기를 멈추고 푹 고개를 떨구는 김선생을 불렀다.

　"성군!"

　그 목소리가 후들후들 떨렸다.

　"그랬구만, 참 그랬구만. 벌써 얼마나 되나, 삼십 년이 가까왔구만."

　"선생님!"

　고개를 수그린 김선생의 어깨가 들먹였다.

　"선생님!"

　대령은 일부러 명쾌한 가락을 지어 보였다.

"이번엔 선생님 차렙니다."

잠시 있더니 김선생이 번쩍 얼굴을 들었다. 그 뺨에 두 줄기의 눈물이 흘러내리고 있었다. 김선생은 노래를 부르기 시작했다.

　　아리랑 아리랑 아라리요
　　아리랑 고개루 넘어간다

대령은 차마 노래를 부르는 김선생의 얼굴을 건너보고 있을 수가 없어서 눈을 깔았다.

갑자기 춘봉 형님이 김선생의 노래를 따라 부르기 시작했다. 악을 쓰는 듯한 목소리였다.

　　나를 버리고 가시는 님은
　　십리도 못 가서 발병 난다

대령도 같이 따라 불렀다.

셋은 거푸 아리랑을 부르고 또 불렀다. 세 사람은 똑같이 얼굴을 찡그리고 불러갔다.

마루에서 부스럭 소리가 났다. 부인네들이 듣고 있는 모양이었다.

대령은 눈물 섞인 김선생의 노랫소리를 들으면서 무엇이 목구멍을 간질이더니 코 허리를 척 울리는 것을 느꼈다.

'김선생, 춘봉 형님, 나 자신, 이 꼴이 이게 무슨 꼴이란 말이

냐.'

대령은 울고 싶었다. 그러나 그는 자기의 젖어들어 가려는 감정에 반발했다.

어떤 노여움이 가슴 밑바닥에서부터 피어오르기 시작했다.

'이 서글픈 가락같이 부를 수 있는 노래가 겨우 이 아리랑밖에 없다니…… 심장이 발바닥까지 처지는 듯한 이 가락, 빌어먹을 것이. 힘차게 부를 수 있는 변변한 노래 하나가 없단 말인가. 푸른 하늘 밑에 거침없이 서로 가슴을 터놓고 목이 터져라 부를 수 있는 노래 하나가…….'

대령은 무엇이 꽉 들어찬 듯한 머리가 헤질 듯했다.

'어째서 우리는 밤낮 눈물을 쥐어짜며 울어야만 하나. 이래 울고 저래 울고 도매를 맡은 울음이란 말인가? 물론 울어야 할 때는 울어야겠지. 그러나 지금은 울 수가 없어. 겨우 일 막이 끝난 막간에 지나지 않는데 울 수 없지. 그렇지 삼 막이 모두 끝난 다음에 울어야지.'

그러한 생각이 들자 대령은 갑자기 노래를 그치고 소리를 높여 구령을 외쳤다.

"노래 그만, 차려어엇! 앞으로 가아앗!"

대령은 우렁찬 군가가 울려오는 착각을 느끼며 술에 떨어져 그대로 벌렁 상 밑으로 쓰러져버리고 말았다. 다음날 아침 대령이 눈을 떴을 때 방 안에는 김선생도 춘봉 형님도 없었다.

부스스 일어난 대령은 눈을 비비면서 밖으로 나갔다. 아침 햇살이 눈부셨다. 간밤에 보지 못한 앞산이 눈이 시울도록 푸르렀다.

맑게 갠 하늘 빛깔과 어울린 것이 참으로 아름다웠다.

대령은 쭉 휘둘러보았다. 앞에 개천이 흐르고 저편에 이십여 호의 초가집이 늘어서 있었다.

김선생이 마늘밭을 가꾸고 있다가 대령을 보더니 얼굴에 웃음을 띠며 일어섰다.

"좀더 주무시지그래."

"아니오, 푹 잤습니다. 제가 제일 늦었군요."

대령은 마늘밭으로 걸어갔다.

"춘봉 형님은 어디 갔지요?"

"오리한테 멕인다구 매일 아침 일어나기만 하면 개구리 잡으러 떠나지."

"예에, 춘봉 형님두 많이 변했습니다."

"아니 그 고집이면 못할 게 없겠어."

"그런데 어제저녁, 기억은 희미합니다만 무슨 오리장 짓는 데 말썽이 있나요?"

"글쎄, 곡식도 못 심을, 집 옆의 돌밭인데 그거 좀 빌려달래두 얘기를 안 듣누만."

"어떤 사람인데 그렇게 인색한가요?"

"뭐 누구든지 그렇지. 난 여기 와서 새삼스럽게 깨달은 것이 있는데, 한때는 나두 노동자 농민, 하구 떠들어봤지만, 그렇게 한 마디 추상명사로 묶을 수 없는 무엇이 있는 것 같애. 너 나 할 것 없이 곤란한 점도 있겠지만 영 얘기가 안 통하는걸."

"그래두 어디 그럴 수야 있습니까?"

그때 '성대령' 하고 부르는 소리가 저편에서 들려왔다. 춘봉 형님이 풀줄기에 개구리를 잔뜩 꿰어 들고 논두덩을 걸어오고 있었다. 정강이를 활짝 내놓고 팔을 잔뜩 걷어붙인 것이 퍽 건강한 느낌을 주었다.

뚜뚜, 경적이 울렸다. 지프차 위에 애들이 잔뜩 타고 있었다. 모두 과자를 먹으며 야단법석이었다.

"저게 어린애들이 있습니까?"

"저 뒤에 탄 게 아들녀석하구 계집애지. 앞에 타고 있는 건 춘봉씨의 아들이야. 우리 애들은 아마 지프차 타는 게 처음일걸 하하…… 저렇게 법석이군."

대령은 운전수보고 소리를 질렀다.

"애들 태우구, 저 고개까지 한번 갔다 오지그래."

조금 있더니 다다다다 요란한 소리를 내면서 차는 고개를 향해 내달았다. 차 안에서는 더욱 야단이었다.

"여기야 참 촌이지. 저번에 도라지 캔다구 저쪽에 보이는 산을 넘어갔더니 거기 늙은이들이 비행기는 봤어두 자동차는 못 봤다는 거야."

"그래요? 그거 참 그렇기도 하겠군요."

대령은 좀 머리가 뻥했다.

'반만 년 유구한 역사를 가진 문화 민족인…….'

문득 그렇게 훈시한 생각이 나서 좀 어색했다.

이리로 걸어오던 춘봉 형님이 저편에 누구를 보았는지 '선생, 선생' 하면서 그리로 걸어갔다. 그리고 어떤 젊은 사람을 붙들고 무어라 얘기를 시작했다.

"저 사람이 땅을 다루는 사람인데 그 오리장 지을 돌밭 열 평을 고집하는 사람이야."

"그래요? 어디 좀 가서 얘기나 해봅시다."

대령은 김선생과 함께 그리로 걸어갔다.

둘이 다가가자 젊은이는 언짢은 눈초리로 대령을 쳐다보았다. 춘봉 형님이 인사를 시켰다. 대령은 머리를 숙였다.

"저 형님 되는 분인데 여러 가지 잘 부탁합니다. 김선생은 제 어렸을 때 가르쳐주신 은삽니다."

젊은이는 더욱 얼굴을 펴지 못했다. 춘봉 형님이 젊은이를 달랬다.

"글쎄, 그거 아무 탈두 없디 않소? 내년 봄까지 좀 빌려주디야 못하갔소?"

"글쎄, 그건 안 된다는데 그러십니다."

"글쎄, 안 될 게 뭐요?"

"안 되니까 안 된다는 거지요. 오리 똥은 독해서 배나무에 해가 된다니까그래요."

"아, 배나문 데만침 딸어데 있구, 또 오리 똥이 관계가 없대는데 자꾸 그러시우?"

"자꾸 그러기야 댁에서 그러지 않소?"

대령이 한 발짝 앞으로 나섰다.

"자, 선생께서두 널리 생각하시지요. 그만한 땅이야 어떻게 서루 좋게 할 수 있지 않겠습니까?"

"안 됩니다."

젊은이는 저쪽에 고개를 돌리면서 툭 한마디를 뱉었다. 대령은 조금 마음이 상했다.

"그렇게 말씀하실 건 없지 않아요? 지금이야 어떻게든지 모두 도와가면서 살아가야 할 때가 아니오?"

"글쎄 안 됩니다."

"안 될 게 뭐예요?"

"되면 해보시구려, 난 법대루 사는 사람이니까요!"

"뭐?"

대령은 핑 하고 꼭대기까지 치오르는 뜨거운 덩어리를 느꼈다. 폭력에 대한 향수가 여울처럼 대령의 전신을 흘렀다.

주먹이 그 얼굴 한가운데서 터지고 뻘건 코피를 흘리며 쓰러지는 젊은이를 순간적으로 머리에 그려보았다. 그러나 대령은 주먹을 드는 대신 눈을 감았다.

대령은 자기 감정을 누르고 있으면서 그것이 퍽 오랜 시간으로 느껴졌다. 눈을 떴다. 젊은이는 그대로 눈앞에 버티고 서 있었다.

춘봉 형님이 발끈했다.

"그르케 니야기할 것 뭐요! 예? 안 되문 거저 안 된다구 하문 되지 않소?"

대령은 춘봉 형님을 제지했다.

"아니오 형님, 제가 공연한 얘기를 했나봅니다. 여보시오. 선생, 오해는 마시오. 뭐 제가 군복이나 입었다구 선생보고 그런 건 아닙니다."

대령의 부드러운 말투에 젊은이는 마음을 늦춘 듯 조금 그 표정을 달리했다.

대령은 한마디를 더했다.

"미안하게 됐수다."

젊은이의 입술이 움직였다.

"저두…… 저두 사실은 제대군인입니다."

"아 그렇소, 어디 계셨는데요?"

"오 사단에 있었습니다."

"언젠데요?"

"피의 능선 싸움 때요."

"아 그래요? 몇 연대에 있었나요?"

"××연댑니다."

"그럼 ×대령이 연대장으로 있을 때군요?"

"그렇습니다."

대령과 젊은이가 주고받는 얘기를 듣고 있는 김선생과 춘봉 형님의 얼굴이 차차 밝아져갔다.

산나물 국으로 보리밥 한 그릇씩을 비운 김선생과 춘봉 형님은 수저를 놓자 뛰어나가, 미리 준비해두었던 울타리를 치기 시작했다. 열 평도 못 되는 개천을 낀 돌밭이었다. 울타리를 치고 나자 곧 오리 새끼들을 몰아넣었다. 아장아장 거니는 오리 새끼는 모두 스물일곱 마리였다.

"세 놈은 그만 죽었어."

춘봉 형님이 아깝다는 듯이 한마디했다.

"새끼들은 무슨 새끼든지 귀엽단 말이야. 돼지 새끼두 새끼는 귀엽담메."

대령이 대꾸를 했다.

"그럼 보기 싫은 건 무엇이든 어른이겠군."

모두 웃었다. 김선생도 춘봉 형님도 웃었다. 부인들도 웃었다. 땅주인인 젊은이까지 웃었다.

애들도 막과자를 씹으면서 공연히 좋아서 깩깩 소리를 질렀다.

대령은 한참 오리장을 쳐다보았다.

십 평도 못 되는 땅…… 대령의 눈에 그것은 오리장이 아니라 어떤 영토같이 보였다. 이 영토를 위해서 대령이 필요했는지도 몰랐다.

대령은 슬그머니 손으로 오른편 옷깃에 달린 계급장을 만져보았다.

조국이여! 민족이여! 동포여!

문득 대령은 이렇게 입에서 뇌어보았다.

대령이 마을을 떠날 때의 요란한 머플러 소리에 놀랐던지 모든 동민들이 나와서 말없는 전송을 했다.

김선생과 춘봉 형님은 고개까지 따라 나왔다. 거기서 작별 인사를 했다. 김선생과 춘봉 형님은 대령보고 추석에 꼭 오라고 몇 번이나 당부했다. 대령은 꼭 오리라고 했다.

내리받이를 한참 굴러 내려가다가 대령은 뒤를 돌아보았다. 김선생과 춘봉 형님이 아직도 언덕에 서서 손을 흔들고 있었다.

푸른 하늘을 등지고 두 사람은 뚜렷이 그 윤곽을 드러내고 있었다.

다시 몸을 돌린 대령은 단좌하고 앞을 내다보았다. 산기슭까지 뻗은 보리밭이 물결치고 있었다.

다다다다 머플러 소리가 요란했다. 대령은 이번에 돌아가면 어떻게 해서든지 차를 고쳐야겠다고 생각했다. 아직도 어제저녁에 마신 술기운이 남아 있었으나 풀냄새 섞인 시원한 바람이 대령의 얼굴과 목덜미를 스쳐갔다.

대령에겐 별다른 일신상의 걱정이 없었다. 사령부에 돌아가면 수일 내로 작성해야 할 계획서가 기다리고 있을 뿐이었다.

다만 대령은 쓸쓸했다.

단독강화 單獨講和

눈은 저녁녘이 되어서야 멎었다.

산과 골짜구니에는 반 길이나 눈이 깔리고 소나무와 떡갈나무는 가지와 잎새에 눈을 그득히 얹고 힘에 겨운 듯 서 있었다.

간밤의 포격으로 무너지고 파인 산허리나 골짜구니의 상처도 온통 흰 눈에 덮여버리고 말았다.

간밤엔 전투가 있었다.

그 뒤에 종일토록 눈이 내렸다.

저물어가는 흐린 하늘보다 눈에 뒤싸인 땅이 오히려 희다.

어슬어슬 어두워갈 무렵.

어디선가 비행기의 폭음 소리가 들리기 시작했다.

얼마 안 있더니 회색 하늘을 등진 희디흰 서녘 산마루를 넘어 한 대의 수송기가 그 육중한 자태를 드러냈다.

한참 시원스러이 동쪽으로 날고 있던 수송기는 옆구리에서 검고 조그만 덩어리 하나를 떨어뜨렸다. 덩어리는 세차게 낙하하여 산비탈에 싸인 눈 속에 처박히며 그 둘레에 비말 같은 눈가루를 뿌려놓았다.

그러자마자 그것이 신호인 것처럼 골짜구니의 이쪽과 저쪽의 웅덩이 속에서 동시에 두 그림자가 튕겨 나오더니 검은 덩어리가 처박힌 지점을 향해 무릎까지 오는 눈 속을 허우적거리며 기어오르기 시작했다.

간신히 떨어진 지점 가까이 이른 두 그림자는 서로를 인식하자 더욱 기를 쓰며 다투듯 그리로 기어 올라갔다.

거의 동시나 다름없이 검은 덩어리에 달겨든 둘은 덩어리를 얼싸안고는 한참동안 말없이 어깨를 들먹이며 세차게 숨을 몰아쉬었다.

옷차림을 보아 둘이 다 병사 같았다. 그중 한 명이 문득 비탈 윗켠을 보았다. 가까이 시선이 가는 곳, 거기 움푹 패인 동굴 같은 것이 있었다.

그는 아직도 씨걱씨걱 숨을 가누지 못하는 다른 한 명의 병사에게 말을 건넸다.

"여 기운 내 저까지 끌어올려."

"어 어덴데?"

그도 비탈 위를 올려보았다.

"그래, 그럭 허지."

둘은 덩어리의 양쪽을 마주 붙들고 낑낑거리며 끌어올려 갔다.

한참만에 간신히 동굴까지 끌어올려 놓은 둘은 털썩 땅바닥에 주저앉아 잠시 동안 헐떡거렸다.

"자—, 풀어보자."

키 큰 병사가 기운을 차린 듯 어깨에 메었던 총을 땅바닥에 내려놓았다.

그것을 보자 다른 한 명의 가냘픈 병사도 어깨에 늘였던 총을 내려놓았다.

삽시에 풀어 헤쳐진 짐짝 안에서 여러 개의 씨 레이션이 굴러나왔다.

"야 됐어, 씨 레이션이다."

"머? 씨 머라구?"

"임마, 씨 레이션도 몰라?"

"뭔데?"

"촌놈의 새끼, 양키들 먹는 것 말야, 초콜릿 비스킷 통조림 과일통조림도 있을걸."

키 큰 편은 퍽이나 익은 솜씨로 손 닿는 대로 통조림 깡통을 따갔다.

"홍, 이건 닭고기야."

"닭고기가 있어?"

가냘픈 편이 신기하다는 듯이 받아들어 코에다 대고 냄새를 맡았다.

"흐음, 흐음."

"머 흐음야, 이건 비스킷, 잼도 들어 있군."

"잼?"

어느새 예닐곱 개의 깡통이 따졌다.

"자아 뜻밖의 생일잔치다. 어, 숟갈 받아."

"숟갈?"

키 큰 편은 합성수지로 만들어진 조그만 숟갈을 통조림 속에 찌르더니 솜씨로 한 숟갈을 퍼서 입 안에 넣고 음미하듯이 먹는다.

키 큰 편이 하는 양을 본받아 한 숟갈을 입 속에 처넣은 가냘픈 편은 단김에 꿀꺽 소리를 내며 삼키더니 부리나케 퍼넣기 시작했다.

그것을 보고 키 큰 편이 입가에 엷은 웃음을 지었다.

"하하, 역시 굶었었군."

불시에 한 통을 비운 가냘픈 편은 이번에는 나꿔채듯 비스킷을 집어들어 우적우적 씹었다.

"동무 이거 굴러떨어진 호박인데, 이 새끼들 잘도 먹지?"

그 소리에 키 큰 편이 언뜻 숟갈을 쓰던 손을 멈췄다.

"머? 뭐라구."

"이 새끼들 잘 먹는단 말야."

"나보고 뭐라 했어."

"뭐 말야 동무."

"동무?"

순간 키 큰 편은 손에 들었던 깡통을 집어던지고 몸을 일으키며 허리에 찬 대검을 쑤욱 뽑아들었다.

"너 괴뢰구나."

"괴뢰?"

"괴뢰지! 꼼짝 마라 손들어."

가냘픈 편의 손에서 깡통이 떨어져 땅바닥에 굴렀다.

"너 괴뢰지?"

"아, 아냐 난 인민군야."

"역시 괴뢰군."

"너, 넌 뭐가?"

가냘픈 편의 목소리가 떨렸다.

"나? 난 국군이다."

"국방군! 괴 괴뢰구나."

"자식이, 꼼짝 마."

국군 병사는 인민군 병사의 가슴에 총검을 겨눈 채 그의 옆으로 다가가며 거기 놓여진 총을 힘껏 구둣발로 걷어찼다.

"어쩔 테야?"

인민군 병사가 높이 팔을 든 채 국군 병사에게 물었다.

"어쩔 테야라구? 손을 모아 뒷덜미에다 얹어!"

"어쩔 테야?"

"어쩔 것 같애?"

대답이 없었다.

"네가 선수를 썼더면 어떡허지?"

그래도 대답이 없었다.

"죽이겠지?"

역시 대답이 없었다.

"들어봐, 넌 벌써 죽은 셈야."

그러곤 국군 병사는 잠깐 말을 못 잇고 그대로 거기 버티고 서 있었다.

"여기서 널, 지금 죽인다? 어디 시체하구야 한밤을 새울 수 있나. 살려두자니 잘못하면 내가 죽을 거구 어떡헐까."

국군 병사는 오히려 인민군 병사에게 반문하는 조로 중얼거렸다.

"어떡허면 좋지?"

인민군 병사는 그저 먹먹하니 앉아 있었다.

"별수 없군. 묶어야겠어."

국군 병사는 결심한 듯 뇌까렸다.

"언제?"

인민 병사는 대답이 없었다. 국군 병사는 그러고도 한참동안 힘없이 그대로 서 있었다.

"묶어놓고 내 손으로 먹일 수 없구. 여, 손 내려, 우선 제 손으로 먹고 싶은 대루 처먹어."

인민군 병사는 손을 내려놓고도 그대로 한참동안 멍하니 앉아 있었다.

"왜 그래? 못 먹겠나?"

대답이 없었다.

"먹어! 안 먹으면 별수 있어?"

국군 병사는 발밑에 있는 따진 통조림 하나를 들어 인민군 병사의 턱 밑에 내밀었다.

"이건 쇠고기야, 먹어봐."

인민군 병사는 느릿느릿 손을 내밀었다. 깡통을 받아들고도 좀처럼 숟가락을 들지 않았다. 서향한 탓으로 동굴 안은 아직 희미하게나마 빛이 있었다.

"여, 그 대신 너, 아예 그 깡통을 들어 나한테 내던질 생각은
마."

인민군 병사는 반 통도 못 먹고 나서 깡통을 땅바닥에다 놓았다.

"더 먹지그래."

"……"

"그럼 이젠 묶는다아, 돌아앉어, 팔을 뒤로 돌려."

인민군 병사는 맥없이 시키는 대로 돌아앉었더니 뒤로 두 팔을 돌
렸다.

국군 병사는 야전잠바 한가운데를 조이는 노끈을 풀어내어 인
민군 병사의 팔목을 묶기 시작했다.

"너 장갑도 없구나?"

"……"

묶고 난 국군 병사는 인민군의 어깨에 손을 가져가 그의 몸을
자기 편으로 돌렸다. 그러고 나서 천천히 통조림 하나를 골라가
지고 먹기 시작했다.

인민군 병사는 가만히 밑으로 눈을 깔았다.

"어려 보이는군. 너 몇 살이가?"

대답이 없었다.

"너 몇 살이지? 왜 대답을 안 해? 스물하나? 스물둘, 셋, 넷, 뭐
야, 그럼 열아홉, 열여덟, 열일곱, 여섯, 다섯, 일곱, 여덟? 어 너
우냐?"

인민군 병사가 코를 훑어 올리는 듯하더니 어깨를 들먹거리기

시작했다.

"자식이 울긴."

인민군 병사는 그 소리에 더욱 코를 훌쩍 올렸다.

"왜 울어? 분해 그러나? 묶인 게 분한가? 하는 수 없잖아?"

인민군 병사는 어린애처럼 설레설레 머리를 가로저어 도리질을 했다.

"그럼 죽을까 싶어서?"

인민군 병사는 역시 도리질을 했다.

"그럼 왜 울어?"

"배, 배가."

"배가?"

"갑자기, 배가 아파."

국군 병사는 빙긋이 웃었다.

"뭐? 배가 아파서라, 정말야?"

인민군 병사는 고개를 주억주억했다.

"너 엄살하는 게 아냐?"

이번에는 고개를 가로 저었다.

국군 병사는 먹던 손을 쉬고 하나의 깡통을 따고 그 속에서 물을 소독하는 알약을 꺼내서 그의 입에다 몇 알을 넣어주었다.

"이것을 삼켜."

인민군 병사는 시키는 대로 알약을 입으로 받아 잠시 볼을 우물우물하더니 꿀꺽 삼켜버렸다.

"좀 나을 게다. 몇 끼 끼니를 굶었어?"

"이틀째야."

"음, 빈속에 갑자기 퍼넣어 그렇지, 그런데 너 몇 살이가?"

"열여덟야."

"열여덟!"

"응!"

"고향은 어딘데?"

"가평."

"가평이라, 난 춘천이지, 어떻게 나왔어?"

"끌려 나왔어."

"뭘 높이 들자구 앞장서 나온 게 아냐?"

"아냐."

"집에서 뭘 했어?"

"농사졌지."

국군 병사는 한참동안 말없이 인민군 병사의 이모저모를 뜯어
보았다.

"너 국군 몇 죽였어?"

"아냐, 그저 따라다녔어."

"거짓말 마."

인민군 병사는 국군 병사의 튕기는 언성에 흠칫 놀랐다. 그리고
다시 눈을 깔았다.

"너, 내가 널 죽이면 어떡허지?"

"……"

"죽는 건 싫지?"

"……"

"나도 죽는 건 싫어."

국군 병사는 바싹 그에게 다가앉았다.

"난 스물넷이다. 너보담 여섯 살이나 위야. 너한테 나 같은 형이 있을는지도 모르고 나한테 너 같은 동생이 있을 수도 있어. 그렇다고 서로 죽일 수 없다는 건 아냐, 얼마든지 죽일 순 있지. 그런데 여기선 내가 널 죽여봐야 소용이 없고 네가 날 죽인대도 별것이 없어. 나도 죽기 싫고 너도 죽기가 싫다면 어때, 너와 나와 한 가지 약속을 할까?"

인민군 병사는 유심히 귀를 기울였다.

"무슨 약속인가 하면 너와 내가 여기서 하룻밤 서로를 해치지 않고 지내고 나서, 내일 아침 서로 갈 길을 찾아 헤어지잔 말야. 약속을 할 수 있다면 팔목을 맨 노끈을 풀어주지."

인민군 병사는 못 믿겠다는 듯한 얼굴을 했다.

"놀리는 건 아냐, 어때?"

인민군 병사는 한참 있다 떠보듯 고개를 주억거렸다. 국군 병사는 인민군 병사의 등 뒤로 돌아가 팔목을 동인 노끈을 풀기 시작했다.

"너 성이 뭐지?"

"장가예요."

말투가 아까와 달라졌다.

"장가라, 난 양이다. 그런데 한마디 일러두지만 아예 딴 맘은 먹지 마. 난 학생 때 권투를 배운 일이 있어. 그리구 동무 소리는

174

집어치라우, 너 손이 얼었구나."

인민군 병사 장은 노끈이 풀어지자 손바닥으로 팔목을 어루만졌다.

"그리고 너의 장총과 나의 엠원은 함께 이 노끈으로 묶어둔다. 재워둔 총알을 끄집어내고 탄창과 함께 내 호주머니에 넣어둘 테야. 자, 그럼 너 저 레이션 곽을 모아 깡통에 든 성냥으로 불을 지펴봐."

한참 후 둘은 레이션 곽의 모닥불을 가운데 하고 마주 앉았다. 장이 모자를 벗었다. 까까중이 머리가 더욱 앳되었다.

"너 참 어리구나. 배고프면 더 먹어라, 이젠 밴 안 아프지? 이 과자두 먹구, 자 초콜릿."

"동무."

"내 동무 소리 말랬지, 그저 양이라 부르든, 양형이라 부르든 해."

"양형!"

"그렇지, 내가 위니까."

"여기가 어디죠?"

"나두 모르겠는걸."

"어느 편 진지에 더 가까워요?"

"아마 중간쯤 되겠지."

"한복판이군요."

"그럴 테지, 그러니 내일 아침엔 어떻든 너는 북쪽으로 가고 나는 남쪽으로 떠나면 되는 거야."

"동무, 아뇨 저 양형."

장은 한참 동안 무슨 생각에 잠기는 듯했다.

"무슨 생각을 하나?"

"제가, 제가 만일 국군에게 잡히면 어떻게 되죠?"

"포로가 되어 수용소로 가게 되지."

"죽이진 않나요?"

"전투가 아닌 담에야 어디 함부로 사람을 죽일 수 있나."

"꼭 포로가 돼야 하나요?"

"그럼 포로가 아니면 뭐, 있어?"

"수용소로 안 가고, 그 자기 발로 걸어간다는 걸로 말이죠."

"귀순 말인가?"

"이곳에 국군이 온다면 그런 걸루 어떻게 안 돼요?"

"글쎄."

"그 대신 양형, 만약 인민군이 온다면 그땐……."

"뭐라구?"

양은 자기도 모르게 큰 소리를 질렀다.

"너 한다는 소리가—."

장은 한길을 뛰듯 놀라며 뒤로 몸을 젖혔다.

"너어 다시, 그런 소릴."

올롱해진 장의 두 눈을 보고 양은 언성을 좀 떨구었다.

"장! 그런 생각을 하는 게 아냐. 전투에선 죽든지, 하는 수 없으면 포로가 되든지 둘뿐야. 배반은 안 돼. 그야 어디 전투뿐인가? 사람이 사는 게 모두 그렇지, 한 군데 마음을 두었으면 그대로 버티고 나가는 거야. 운이 진하면 의젓이 망하는 거지 데데한 짓은 말아야 해 장."

장은 모닥불의 작은 불길에 눈을 주었다.

"난 그걸 너한테 원하지 않아, 그러기에 장도 나에게 그런 부탁을 할 생각을 말어, 아침이 되면 등을 돌리고 헤어질 뿐야."

"미안합니다. 양형, 전 나이가 어려서 잘 분간이 안 가요."

"자네뿐인가. 누구나가 그렇지."

"저 말이죠―"

"뭔가?"

장은 눈길을 들어 말끔히 양의 얼굴을 주시했다.

그리고 무엇을 마음에 다진 듯이 입을 열었다.

"얘기해도 돼요?"

"뭐든 해봐."

"가난한 사람도 잘살아야죠?"

"그럼."

"일하는 사람이 먹을 수 있어야죠?"

"그렇구말구."

"농사짓는 사람에겐 땅이 있어야죠?"

"물론."

"그러면 그것을 왜 마다해요?"

"누가?"

장은 대답을 안 하고 다시 모닥불의 불길에 눈을 주었다.

"이남에서란 말이지?"

"......"

"그래 이북에선 잘되든가?"

"한다구는 하는데 그렇게 되는 것 같지도 않아요."

"말은 많지만 말대로 되는 일은 적지."

"그럼 이 세상엔 말대로 되는 일이 그렇게 드문가요?"

"퍽이나 드물지. 나도 오랫동안 그런 것을 여러 번 생각해봤지만 왜 그렇게 되는지 잘 모르겠어."

"......"

"내 생각으로 분명한 건 하나 있지."

"뭔데요?"

"이 세상엔 똑똑하다는 놈이 너무 많다는 거야. 그런 놈들이 비단결 같은 말만 늘어놓고 남의 일에 뛰어들어 말썽을 일으키지."

"그럼 바보가 많아야 하나요?"

"나는 바보올시다, 이런 사람이 되려 낫지."

"어떻든 너무 이치를 따지는 건 안 좋아."

"그럼, 그저 들어넘기나요?"

"어떻든 지금은 따질 때가 아냐. 다만 오늘 밤은 여기서 새우고 해서 아침이 되면 너는 북으로 가고 나는 남으로 가는 것뿐이지."

"......"

"지금은 무엇보다 그것이 제일 분명하단 말야."

"......"

"그러나 그것도 꼭 그렇게 된다고 다짐할 수는 없어, 가령—"

장은 어느덧 깜박깜박 졸고 있었다. 양은 그것을 보고 입가에 미소를 지었다.

"자, 장, 자세."

장은 흠칫 놀라며 두 눈을 크게 했다.

"하하, 장, 큰일 날려구 그래, 자 난 너의 적이 아냐?"

장은 히뭇이 웃었다.

"약속을 했잖아요."

"그렇지 약속은 했지, 그러나 장, 난 아직 그렇게까지 믿고 있진 않아, 자네도 그렇게 믿지는 말게."

양은 장총과 엠원의 묶음을 동굴의 돌벽에 기대놓았다.

"자 이것을 등지고 자야 해. 이리 가까이 오지."

둘은 총 묶음을 기대고 어깨와 어깨를 비볐다. 레이션의 모닥불은 거의 꺼져가고 있는데 동굴 밖 설경은 어스름 달밤 속에 고요히 잠들고 있었다.

장의 가느다란 코 고는 소리를 들으면서 반잠을 자고 있던 양은 깜박 떨어진 지 얼마가 되었을까 갑자기 확! 세차게 가슴을 옥박지르는 충격에 소스라쳐 일어나자 가슴을 쥐어 잡은 장의 두 손을 날쌔게 뿌리쳤다.

"이 자식이."

그의 주먹이 기우는 장의 얼굴에서 터졌다.

"우악!"

하고 장은 땅바닥에 쓰러졌다.

"너 이 새끼."

장은 쓰러진 채 우우우 신음하면서 손으로 땅바닥을 더듬었다.

"너 죽인다."

전신에 돋았던 소름이 걷히며 양은 어느 만큼 마음을 가라앉힐 수 있었다.

장은 신음 소리를 내며 좀처럼 일어나지를 못했다. 양은 조심성 있게 성냥을 그어 레이션 곽의 조각에 불을 붙였다. 그는 그 불길을 땅바닥을 더듬고 있는 장의 얼굴 가까이로 가져갔다. 장의 코에서 피가 흘러내리고 있었다.

불길을 의식한 장은 힘없이 두 눈을 뜨고 조금 부신 듯이 얼굴을 찡그리더니 어어어 하고 헛소리를 틀어냈다.

"이 새끼야 너!"

그 소리에 장은 '예' 하고 정신을 거두었다. 양은 장의 멱살을 잡아 치켜올렸다.

"이 죽일 놈의 새끼."

"예?"

장은 언뜻 흩어진 시선을 모두며 양의 노여움에 찬 얼굴을 건너 보았다.

"요 쥐 같은 새끼 날 죽여볼려구?"

"예 ? 무어요?"

"너 고런 수작을……."

양은 장의 몸을 힘껏 밀어젖히며 멱살을 잡았던 손을 놓았다. 장은 뒤로 쓰러지며 넋 없는 표정을 지었다.

양은 그것을 한번 노려보고 레이션 껍데기를 긁어모아 모닥불을 만들기 시작했다. 홍분이 가라앉으며 으스스 몸이 떨렸다.

"장 이리 가까이 와."

장은 흐르는 코피를 손등으로 닦아내며 황급히 모닥불 가까이
로 다가왔다.

"너 그런 짓이 되리라 여겼나?"

"예?"

"예라니 내 목을 조르려 했지?"

"아뇨, 무슨 말씀예요?"

"왜, 가슴을 쥐어박았어?"

"아뇨, 전 그저 꿈을, 꿈을 꾸었을 뿐예요."

"꿈?"

"예, 무슨 꿈인지 잊었는데 아주 무서운 꿈을 꾸고 그만 놀래
서……."

순간 양의 전신은 쭉 소름이 스쳤다. 소름은 연거푸 파상적으로
그의 전신을 스쳐갔다. 가슴에서 뭉클 하고 어떤 커다란 뜨거운
덩어리가 치밀어올랐다.

"장!"

양은 그 덩어리를 간신히 목구멍에서 삼켜버렸다.

양은 소용돌이치는 마음을 가누며 장한테로 가까이 가서 손으
로 그의 얼굴을 젖히고 장갑을 뒤집어 그것으로 코피를 닦아주
었다.

"장, 난 그것을 모르고 자네가 날……."

"아뇨, 제 잘못이죠, 퍽 놀라셨겠어요."

"아냐, 장."

양은 깡통 속에서 휴지를 꺼내 그것을 조그맣게 말아 그의 콧구멍에 찔러주었다.

"장, 좀더 가까이 다가앉아 불을 쬐여, 좀 있으면 날이 밝겠지."

장은 모닥불 옆에 다가와서 다리를 꺾으며 쪼그리고 앉았다.

양은 한참 동안 종이가 타는 조그만 불길을 넋 잃은 사람처럼 물끄러미 쳐다보았다.

그는 혼잣말처럼 중얼거렸다. 그 음성은 신음에 가까웠다.

"정말 그들을 죽이고 싶네."

"예?"

"전쟁을 일으킨 놈들을 말야."

양은 일어서서 동굴 밖으로 나갔다. 희뿌연 하늘을 올려보고 또 흰 눈이 깔린 골짜구니를 굽어보았다.

한 번 크게 숨을 내어 쉬었다.

날이 밝자 뜬눈으로 드새운 양이 레이션의 모닥불을 피우고 반합에 눈을 넣어 물이 끓도록 장은 총 묶음에 기대어 자고 있었다.

볼과 인중에는 아직 여기저기 코피가 말라붙어 있었다. 양이 가만히 그의 어깨를 두드려 깨웠을 때 장은 멋쩍은 듯이 얼굴에 미소를 지어 보였다.

둘은 눈으로 얼굴을 닦고 나서 아침을 먹었다. 장은 따뜻이 데운 통조림과 양이 끓여낸 커피를 먹으며 퍽이나 즐겨했다.

"장, 너 저 레이션을 모두 가져."

"아 저걸 다 어떻게요."

"난 한 통이면 돼, 집어넣을 수 있는 대루 가져가지그래."

장이 갑자기 시무룩해졌다.

"이전 헤어지게 됐군요?"

"안 만났던 것만 못하군, 코 언저리가 아프지?"

"아뇨, 괜찮아요."

식사를 끝낸 둘은 저마다 짐을 꾸렸다.

"자 탄환을 받아."

양은 레이션 한 통을 꾸려 들고, 장은 두 통을 꾸려 메었다.

둘은 함께 동굴을 나섰다.

"장!"

"예?"

"잘 가라니 못 가라니 인사를 말기로 해. 자네는 저리로 가고 난 이리로 갈 뿐이야, 뒤도 돌아보지 마."

양은 동굴을 내려서서 눈을 헤치며 골짜구니를 향해 비탈을 더듬었다.

장은 그것을 한참 보고 섰더니 저편 골짜구니로 발을 옮겼다.

눈을 헤치며 비탈을 내려가던 양은 골짜구니에 쌓인 눈 위로 이리로 향해 올라오는 듯한 예닐곱 명의 사람을 보았다.

그중 한 명이 멈칫 서더니 '서서 쏴'의 자세로 이리를 향해 장총을 쏘았다. 삐융 하고 머리 위를 탄환이 스쳐가며 총소리가 요란하게 메아리를 일으켰다. 엉거주춤 허리를 굽힌 양은 그것이 중공군의 일대임을 알아차렸다.

양은 본능적으로 발길을 돌려 동굴을 향해 기어 올라갔다. 또 몇 발의 탄환이 머리 위 퍽 높은 곳을 날았다.

동굴에 뛰어들자 양은 어깨에 멨던 짐을 내려놓고 동굴 앞 바위에 몸을 눕히고 소총을 점검했다. 안전장치를 풀고 골짜구니를 향해 겨냥을 했다. 사백 야드 안에 들어오면 쏘리라 생각했다. 아직 그때까지 시간이 있었다.

양은 햇빛을 받아 반들거리는 설경을 감상하듯 굽어보았다.

흰 눈이 얹힌 소나무 가지와 떡갈나무. 뒤덮인 눈 때문에 거리의 원근이 분명치 않은 골짜구니, 대리석 조각의 여인의 젖가슴 같은 언덕과 산봉우리.

그러던 양은 난데없이 바른편 눈 속에서 튀어나오는 사람의 그림자에 놀랐다.

"장!"

더펄거리며 장은 기어올라 오고 있었다. 삐융! 그 위를 탄환이 날았다.

그는 아직 레이션 뭉치를 메고 있었다. 하늘에 닿는 숨결로 동굴에 올라서자,

"양형!"

하고 쓰러지듯 양의 곁에 몸을 엎드렸다.

"양형!"

그것을 보고 미소 지으려던 양은 언뜻 거두고 싸늘한 표정을 지었다.

"왜 왔어?"

"왜라뇨?"

"귀순시키러 왔나?"

"무슨 말씀을……."

"그럼 왜 왔어?"

장은 얼른 대답을 못 했다. 한참 동안 어깨로 숨을 쉬고 난 그는 말없이 장총을 들어 앞으로 내밀고 탄알을 쟀다.

"왜 왔어?"

장은 조금 난처한 표정을 짓더니 거북한 듯이 대답했다.

"그냥 갈 수가 없어서요, 그래서."

"약속이 틀려."

"예?"

"지금이라두 내려가."

"이제 어델 가요?"

"한편 아냐?"

"양형?"

"난 미담은 싫어."

"양형!"

장은 애원하듯 양을 불렀다.

"엊저녁 저더러 따지지 말랬지요?"

"넌 배반자야."

"괜찮아요."

"데데해."

"괜찮아요."

"넌 바보야."

"괜찮아요."

"글쎄 내려가래두."

양은 언성을 높였다. 그러나 장은 골짜구니를 보고 있었다. 벌써 중공군은 산개대형으로 동굴 가까이 올라오고 있었다.

양은 왼켠 쪽에서 올라오는 중공군을 겨누었다. 가만히 방아쇠를 잡아당겼다. 그자는 총을 던지고 푹 눈 속에 엎어졌다.

장의 총구에서 탄환이 날았다. 오른켠 중공군 한 명이 뒹굴었다. 장이 양을 건너보고 방긋 웃었다.

그러자 나머지 중공군은 둘로 갈라지며 이쪽 골짜구니와 저쪽 골짜구니로 몸을 숨기고 기어오르기 시작했다.

양은 좌로 이동했다. 앞에 드리운 소나무 가지가 사격을 방해했다. 어느덧 중공군은 거의 삼백 야아드 안으로 밀려들었다. 양은 벌떡 몸을 일으켜 '서서 쏴'의 자세로 연거푸 세 발을 갈겼다. 그 중 한 명이 쓰러지는 것을 확인하는 순간 양은 명치에 뜨거운 동통을 느끼며 쓰러졌다.

"양형!"

장이 벌떡 일어나서 뛰어오르려고 했다.

"바보, 엎디어 저쪽을 봐. 그리고 그대로 들어."

양은 전신의 힘을 모아 소리쳤다.

"장, 손들고 일어나."

장이 흠칫 놀라며 양을 건너보았다.

"손들고 내려가."

"아뇨, 양형."

"내려가라니까!"

186

"양형!"

"장, 이 바보, 넌, 내가—."

"양형!"

양의 얼굴에 어찌할 수 없는 안타까운 빛이 흘렀다. 그것은 순시, 갑자기 환희에 가까운 회심의 빛으로 변했다.

"옳지 그러고 보니 넌—."

"예?"

"그렇군, 날 죽이려고, 나를 죽이려구 되돌아왔군, 그렇지? 그렇다면—."

양은 마지막 힘을 돋우어 떨구었던 엠원 총을 끌어당기며 간신히 상반신을 일으켰다.

"내가 내가 널 죽일 테다."

"아니야!"

장은 벌떡 몸을 일으켰다.

"아니야! 아니야 아니야!"

장은 울부짖으며 양한테로 달려들었다.

타타타탕, 다다다다.

좌우의 골짜구니로부터 장총과 따발총의 일제 사격이 가해졌다.

장은 총을 끌어쥔 채 천천히 한 바퀴 몸을 돌리더니 양이 넘어진 위에 겹치듯이 쓰러졌다. 얽힌 두 몸에서 뿜어나오는 피와 피는 서로 엉기면서 회디힌 눈 속으로 배어들어 갔다.

한참 후 중공군 다섯 명은 옷에 묻은 눈가루를 털면서 천천히 동굴을 향해 올라오고 있었다.

깃발 없는 기수旗手

    나는 평온한 현실과 무위(無爲)에 가까운 선량한 서민성을 사랑하지만 그것을 소설의 주제로 하여 형상화할 흥미는 없다. 그들의 생활을 조용히 들여다보고 인간 심리의 기미를 섬세하게 다룰 능력이 나에게 부족한 것은 사실이지만 어딘지 그것은 평범한 가족사진을 찍는 것 같아 몹시 무미건조한 것으로 느껴진다.

    그것은 액운이나 불행 같은 것을 그리는 데 있어서도 매한가지다. 데데하고 무능한 탓으로 액운을 당하고 앉은 채 뭉개는 인간의 경우란 연민보다도 노여움이 앞선다. 그러한 성질의 불행을 그려서 인간의 운을 말할 생각도 없다.

    현실을 남의 것이 아니라, 어디까지나 자기의 절실한 문제로 보고 힘을 다하여 부딪쳐가는 성실성과 정열에 나의 관심은 간다. 그것은 성실하면 할수록 고뇌와 낙망과 좌절이 더하기 마련이다. 정열이 넘치는 곳, 때로는 어찌할 수 없는 운명의 벽에 부딪쳐 부서지기도 한다. 그러나 거기에는 엄숙한 인간의 논리와 미가 있다.

나는 여기서 8·15 해방 뒤의 혼돈 속에 내던져진 한 젊은이를 그려보았다.

그는 벅찬 현실 상황 속에 비틀거린다. 때로는 웃고 때로는 울고 노하고 또 울부짖는다. 굶주린 짐승같이 어둠 속을 헤맨다. 사랑과 미움이 교차하는 한가운데 서서 몸부림친다.

그러나 그는 끝내 물러나지는 않는다.

물론 나는 그의 삶을 전적으로 긍정할 수는 없다. 그러나 알몸을 던져 그 무엇을 찾아 방황한 그의 혼에 대해 일국(一掬)의 눈물을 금치 못한다.

그에게는 깃발이 없었다. 그러나 값싸게 높이 내어 흔들어진 어떠한 깃발보다도 그에게는 보다 훌륭한 보이지 않는 깃발이 있었던 것이 아닌가—. 그렇게 나는 지금 생각해본다.

1

"저치쯤이야."

윤은 기를 쓰는 마음으로 성큼성큼 걸어갔다. 그 미군 병사는 차차 이리로 가까와오고 있었다. 간격이 더욱 죄어질수록 윤의 걸음은 위태로와지면서 발돋움하듯 발끝 걸음으로 되어갔다. 그는 다가오는 미군 병사가 두억시니'처럼 공중으로 뻗어올라가는 착각조차 느끼지 않을 수 없었다.

끝내 미군 병사가 무심한 표정으로 그의 옆을 스쳐가자 윤은 저도 모르게 혀를 찼다.

"체!"

멀리서 얕본 것이 탈이었다고 생각했다. 그 병사도 역시 윤보다는 귀 위 한 뼘이나 더 컸던 것이다. 윤은 지긋이 입술을 깨물었다.

이 언저리를 지날 때마다 윤은 늘씬히 키가 뽑힌 오가는 미군 병사들의 체구에 어찌할 수 없는 위압감을 느끼고 마음이 언짢았다.

그뿐 아니라 한 마장²이나 되는 돌각담 밑을 무수히 스쳐가는 그들의 얼굴을 보며 지나고 나서 첫 번째 가게의 한구석에 공교롭게도 끼여진 커다란 거울을 힐끗 들여다보는 때면 거기 누르스름한 볼품없는 빈상³의 조그만 사나이를 발견하곤 했다. 그것은 윤 자신의 초라한 모습이었다.

그가 일부러 그 거울을 외면하게 된 것은 벌써 오래였다.

그는 자기가 그처럼 마음을 쓰듯 그 미군 병사들이 자기의 존재를 느끼리라고는 생각지 않았다. 아니 의식할 것인가조차 의심스러웠다. 그러한 생각이 들면 그는 스스로가 몹시 민망스러운 존재로 생각되었다.

그러면서도 윤은 어느 때고 이 돌각담 밑을 지날 때면 잔뜩 기를 쓰는 것이다. 오늘도 여느 때처럼 일부러 거울을 외면하고 지나고 난 윤은 문득 저만치 앞을 걸어가고 있는 한 쌍의 남녀를 발견했다.

후리후리한 키의 미군 병사 옆에 검은 머리의 여자가 찰싹 붙어가고 있었다.

검은 스커트 밑으로 뻗은 다리가 하이힐 위에 얹힌 것이 탐스러웠다.

윤은 여자의 뒷덜미로부터 양 어깨를 스쳐 허리 아래로 흘러내리는 굴곡에서 얼른 그 여자가 흔히 이 언저리에서 곧잘 미군 병사를 낚아 가는 낯익은 여자임을 알 수 있었다.

윤은 탐스러이 파마로 넘겨진 물결치는 검은 머리의 저편의, 지금은 보이지 않는 여자의 얼굴을 알고 있었다.

그는 어느 때나 유난히 젖어 있는 여자의 두 눈을 그려보며 저도 모르게 꿀꺽 생침을 삼켰다. 그러나 부끄러움보다는 울화가 앞섰다.

'쓸만한 처녀는 모두 저놈들 차지란 말이야.'

윤은 무심코 그들의 뒤를 따르기 시작했다. 그가 뒤따르는 것을 알 리 없는 쌍진 두 남녀는 뚜벅뚜벅 발을 맞추어 걸어가고 있었다. 어느덧 윤은 그의 발걸음마저 그들의 보조와 같이하고 있음을 깨닫고 입가에 스스로 고소를 지었다.

한산한 골목으로 꺾어들자 언뜻 여자가 고개를 돌렸다. 순간 여자와 시선을 맞부딪친 윤이 헙 하고 숨을 들이쉬며 걸음을 멈추자 날쌔게 고개를 거둔 여자는 윤이 다시 발길을 내어디디려 했을 때 재차 휙 고개를 이리로 돌렸다. 이번에는 여자의 조그만 얼굴 너머에 희붉은 미군 병사의 얼굴이 돌려져 있었다.

윤의 상반신이 기울며 발이 다시 땅에 위태로이 못박혀지려 할 때 쌍진 남녀는 당황히 얼굴을 되돌려 걸음을 재촉하고 있었다.

잠시 멋없이 서 있던 윤은 느린 걸음으로 다시 그들의 뒤를 따르기 시작했다.

또 한 번 골목이 꺾어지며 그 바른편으로 그들이 사라지자 윤은 뜀뛰기하듯 다가간 골목에서 하마터면 저편에서 마주 나선 사람과 맞부딪칠 뻔하고는 '아차' 하면서 몸을 뒤로 젖혔다.

"어!"

"윤 아나!"

"누구야? 용수……."

"부리나케 어딜 그렇게 달려가는 거야?"

윤은 힐끗 저 멀찍이 걸어가는 쌍진 남녀의 뒷모습을 바라다보고는 멋쩍게 용수를 건너보고 엉뚱한 대답을 하였다.

"가만있게, 사건이야."

"사건?"

"그래, 바루 저기 양키하구 여자가 하나 가고 있지."

"그래서?"

윤은 덮어놓고 용수의 팔을 잡아당겼다.

"어떻든 같이 감세."

"왜 이래, 이거."

"글쎄 가면서 얘기할게."

"원참, 내 신문 기자란 이래서 싫대두."

용수는 윤이 이끄는 대로 그의 뒤를 따랐다.

"여보게, 저것 양갈보 아닌가?"

"글쎄, 그런데 곡절이 있대두."

"곡절?"

윤은 또 한 번 엉뚱한 대답을 했다.

"내 고장 여잘세."

"이거어 왜 이래."

한껏 미심쩍어하는 표정인 용수도 다소의 호기심이 쏠리는 듯 반달음으로 윤의 뒤를 쫓았다.

한참 후 큼직한 양옥집 계단 앞에 이른 쌍진 남녀는 약속이나 한 듯 꼭 같이 고개를 이리로 돌렸으나, 벌써 그때는 윤과 용수가 전신주 옆 벽과 벽 사이에 몸을 감추고 난 뒤였다.

계단을 오르는 잔가락의 구둣발 소리, 황급히 문이 열렸다 닫히는 쇳소리가 나자 잠시 후 윤과 용수는 엇비슷이 길로 나서서 똑같이, 파란 대문의 양옥집을 바라보았다.

"저기로군."

윤이 뱉듯이 뇌까렸다. 그때 파란 대문 안의 외향한 창문에 확 커튼을 드리우는 것이 보였다. 거기 노리듯 시선을 붓고 있는 윤의 어깨를 용수가 가만히 주먹으로 두드렸다.

"그래, 어떻다는 거야?"

윤은 시선을 거두며 슬며시 발길을 돌렸다.

"음. 알아두자는 거지."

"그래서 어쩌자는 게야?"

"음, 실은 고향 여자도 아무것도 아냐. 생면부지지."

"원, 싱거운 친구 다 있네그려. 대낮에 이게 무슨 꼴이야."

"아니지, 내 언제고 기어코 해칠 테니까."

"해치다니 여보게, 없애버린단 거야?"

"한번 엽전의 진가를 보여줘야겠어. 양놈에 못지않게 으스러지도록 젖가슴을 문질러줘야겠단 말이야."

"또 기를 쓰는군. 누가 자넬 상대나 해준다든가?"

"그러니까 더욱 울화통이 터지거든."

윤은 한 번 어깨를 으쓱해 보였다.

"그렇긴 해. 이래선 피차간 꼴이 아니지. 이러다간 찌꺼기 차지나 하겠어."

"누가 아니래."

잠시 말없이 보고 있던 용수가 다시 말문을 열었다.

"다시 신문사로 들어가나?"

"아냐, 오늘은 그만이야."

"그럼 해방옥으로 가서 한잔 하세."

"그 친구들 벌써 와 있겠지."

"여부가 있나."

골목을 빠져나가 큰길로 나서는 두 사람의 머리 위를 나지막이 전투기 한 대가 폭음을 내면서 스쳐갔다. 둘은 동시에 올려다보며 한결같이 양미간을 찌푸렸다.

둘이 해방옥이란 납작 내려앉은 주점에 들어섰을 때 자욱한 담배 연기 속에 형운과 순익과 곰은 앉아 있었다. 이미 셋은 거나하게 취해 있었다.

"왜들 그렇게 늦어?"

"우리가 늦은가 어디, 자네들이 이르지."

"어서 앉게, 우선 후래 삼 배로. 오늘은 생선찌개가 그만이야."

시무룩히 두서너 잔을 받아 제끼고 말없이 저쪽 벽을 건너보고
만 있는 윤을 잠시 훔쳐본 형운이 말을 던졌다.

"뭐야, 자넨 또 그 굉장한 논문 구상이란 건가?"

"아냐."

윤이 맥없이 대답했다. 그러자 용수가 가만히 잔을 놓으며 입을
열었다.

"동족적 의분이지."

"또 예쁜 양갈볼 보았군."

"추격했지. 나도 곁다릴 들었어."

"그래, 한 다리씩 떼어 가졌나?"

"아냐, 연놈이 붙어 가던걸."

"자네들, 거 그러지 말게. 으레 그런 거야. 예나 지금이나 전쟁
이란 계집 빼앗아가는 거지 별다른 것인 줄 아나?"

윤이 입을 떼었다.

"그래, 그렇게만 여기면 마음은 편하겠군."

"그런 거지 뭔가. 그래 난 두루 돌아다녀 봐서 알지만 일본 계
집이든 중국년이든, 노서아 것이건 유태인이건, 계집은 계집이지
뭐 별것인 줄 아나?"

곰이 한 다리 끼어들었다.

"엽전년들도 그게 그렇구 그렇단 말이지."

"그런데 이런 점은 있지. 양갈보란 두고 보면 차차 얼굴색이 달
라져가기 마련이야."

"뭐? 흰 것 만나면 희어지고, 검은 걸 만나면 검어진단 건가?"

"천만에. 어떤 여자든 차차 더 누르스름해가기 마련이지."

"그건 어째서?"

"왜, 우리말에 궁합이란 게 있지. 늙은이들이 사주팔자를 따져서 맞느니 안 맞느니 하는 궁합 말야. 그게 알고 보면 남녀간 그것의 치수가 맞느냐 안 맞느냐는 거야."

곰이 도무지 무슨 소린지 모르겠다는 표정을 지으며 고개를 갸웃했다.

"치수가 안 맞다니 그게 무슨 소리야?"

"자네같이 둔한 친구는 오 분이 더 지나야 알게 될 거야. 웬만해선 큰 체중을 당하기 어렵거든. 융통성이 있단 것도 정도 문제야."

"음, 그건 그럴 법도 한데."

"결국 알고 보면 애처로운 얘기지."

형운은 잔을 비워서 용수에게 건네고는 다시 말을 이었다.

"그런데 그것이 전도된 경우엔 희극도 있기 마련이지. 내가 할빈에 있던 때 들은 얘긴데, 어떤 엽전이 노서아 백작 부인이란 여자한테 걸려들었다는 거야. 이 친구 아무리 해도 감당해내기 어려우니까 허는 수 없이 속임수를 썼다는 거야. 한참 있다 백작 부인 얘기가 반지를 빼라더란 거지. 그런데 이 친구 암만 생각해두 반지를 낀 기억이 없는데 알고 보니— 팔뚝시계를 두고 이르더란 거야."

"뭐 팔뚝시계?"

다음 순간 곰을 제외한 모두가 폭소를 터뜨렸다. 파상적인 폭소가 그칠 무렵에 가서야 모두의 웃는 양을 한참 번갈아가며 쳐다보고 있던 곰이, '웨헤헤헤' 하고 메기처럼 입을 벌리고 웃기 시작했다. 그것을 보고 또 모두들 웃음을 이어갔다.

한바탕 웃고 나자, 먼저 거둔 윤이 얼굴에 고소를 지으며 혼잣말처럼 뇌었다.

"결국, 이런 실없은 소리로 떼어버리는군."

"허는 수 없지. 샌님처럼 말짱한 정신으로 곰곰이 생각하다가는 돌기 마련이지."

"참 양키 친구들 계집에겐 오금을 못 쓴단 말야."

"로스케 녀석들은 그 점은 덜하다지?"

"덜하다구?"

"그놈들은 도둑질에 눈이 어둡다던데?"

"말 말게. 놈들은 그것도 도둑질한단 말이야. 다봐이* 다봐이 모두 다봐이지. 양키들은 그래도 값을 치르니 난 편이지."

순익이가 끼어들었다.

"난 그게 되려 언짢은걸."

"뭐가?"

"쇠푼을 번적거리는 게 더 견딜 수 없단 말야."

그것도 그렇긴 하군, 하고 윤은 얼핏 생각되었으나 무엇인지 마음에 거리끼는 것이 있었다.

"그럼 자넨 강간을 당해야 시원탄 말인가? 난 이 눈으로 똑똑히 봤어. 만주서 쫓겨온 일본년들이 박박 머리를 깎고 남자 치레를 한 것을 이 검은 눈으로 봤단 말야. 그건 머리만 늘이고 치마만두르면 나이를 가릴 것 없이 깔구 앉는 로스케들 눈을 피할려구 한 짓이었어. 원, 편을 들어두 분수가 있지."

"아마, 건방진 양키들보다는 무흠[5]하고 사람이 좋을 거다."

"비슷이 꾀죄죄 못난 탓으로 가깝다는 것 말야?"

잠시 침묵이 흐르자 곰이 대합조개같이 무거운 입을 열었다.

"새끼들은 까부숴야 돼. 난 다섯 놈이나 받아서 대동강에 처넣었거든."

곰이 또 그 말을 맞받았다.

"철로길에서 낮잠 자다 죽은 놈 발을 잡아당겨 질질 끌고가던데."

"생호박 그대로 먹고, 삶은 옥수수 쐐기째로 먹기가 일쑤, 인절미 흐늘거리는 걸 보고 살아 있다고 주먹질하는 놈들야."

순익은 빈정대는 눈치로 중얼거렸다.

"흥, 그래! 자동차니 비행기를 몰고 온 놈들이 말이지."

"그렇게 빈정댈 건 없어. 기계만 돌리면 그만인 줄 아나, 자넨?"

"푸쉬킨이나 차이코프스키의 나라야."

"그런 족속들은 벌써 죽어 없어졌어."

"시모노프는 어떡허구."

"그럼, 가서 놈들 발바닥이나 핥아보시지."

"흥, 알고 보면 자네들은 놈들의 발길에 채어 쫓겨나 그러지."

"뭐 쫓겨났다구?"

윤과 곰이 엉거주춤 엉덩이를 들자 형운이 타일렀다.

"이거 왜 이래. 약속이 틀리는걸. 그런 쌈 않기로 했잖나."

윤이 다시 엉덩이를 내리며 음성을 낮추었다.

"아냐, 난 순익이가 알지도 못하고 그놈들 편드는 게 싫단 말야. 로스케란 오징어 두 마리 들고 구둣방 찾아가 창 갈아달라는 놈들이란 걸 알아둬. 난 양키도 언짢지만 로스케는 더 싫단 말야."

"그건 사실이지. 한 놈 기어가니까 두 놈이 들어왔어."

형운이가 고개를 끄덕이며 중얼댔다.

"알고 보면 아무것도 아닌 것들인데 말이지. 로스케는 받아치우면 되고, 양키는 아랫동강리를 걷어차면 되거든."

"곰다운 얘기로군."

형운이가 혼잣말처럼 뇌까렸다.

"그러나 놈들이 모두 뭐 있긴 있지."

형운이 하는 소리에 윤이 안타까운 낯빛을 지었다.

"우리 엽전에게도 뭐 있긴 있을 텐데 말야."

"있긴 뭐 있어."

"아냐, 난 그것을 찾고 말 테야."

"어디 논문이 비슷이 되어가는 게로군."

윤은 대답을 않고 이맛살을 찌푸리며 단김에 한 사발의 술을 들이켰다. 그것을 보고 형운이 농을 걸었다.

"여보게, 그러다 잔마저 들이마시지 말게. 잔에는 죄가 없어."

다시 한참 분주히 잔이 오고가고 안주 접시가 말끔히 비워지자 모두 흠뻑 취해서 해방옥을 나섰다. 몽롱한 채로 윤과 순익이는 몇 번이나 굳게 서로의 손을 쥐어보고 어깨를 두드리며 말다툼의 화해를 하는 시늉을 했다.

방향이 같은 윤과 형운과 용수는 어깨를 나란히 하고 오가는 사람들 틈을 뚫으며 걸어갔다.

"지금쯤 또 어디서 어느 집 삼대 독자가 귀신도 모르게 없어지구 있는 게 아닌가."

하고, 윤이 뇌까렸다.

"처녀가 한 명 어두운 골목에서 어느 놈팽이한테 당하고 있는지도 모르지."

하고, 형운이 말했다.

"눈알이 올롱해서 삼팔선을 오고가는 친구들도 있겠구."

하고, 용수가 말을 받았다.

윤의 몽롱한 눈에 비치는 행인들의 얼굴에는 모두 들뜬 표정이 흐르고 있는 듯했다. 이게 해방된 민중이란 건가. 윤은 그것이 역겨운 듯 얼굴을 들어 검은 하늘을 올려다보았다. 별들이 총총했다. 그는 길게 한 번 한숨을 드내쉬었다.

큰길에서 벗어나 좁다란 골목으로 들어섰을 때 거기 한 대의 지프차가 길을 막고 있었다.

"뭐야, 여기다 차를 벌여 세워놓고."

앞장섰던 용수가 투덜거렸다. 윤은 저만치 어두운 처마 밑에 버티고 있는 미군 병사와 그보다 더 멀리서 누구를 지키듯 서 있는 젊은이를 보았다. 세 사람은 똑같이 그것을 보았던지 동시나 다름없이 걸음을 멈추고 벽에다 몸을 붙였다.

이윽고 가벼운 구둣발 소리가 가까와오더니 양복차림인 듯한 젊은 여자 한 명이 나타났다. 젊은이가 쓰윽 미끄러지듯 그 앞으로 다가서며 무어라 몇 마디 던지는 것이 보였다. 먼 빛을 받은 희미한 가운데 젊은 여자가 반사적으로 몸을 움츠리는 것이 똑똑히 보였다. 이어서 여인의 날카로운 목소리가 어두운 골목을 울렸다.

"뭐라구? 이 녀석이 사람을 어떻게 보구."

당황한 듯한 젊은이가 더 바싹 여자한테로 다가서며 또 무어라 잔가락으로 투덜거렸다.

"어째서 이 자식, 너 같은 자식이."

와락 젊은이가 팔을 뻗쳐 여인의 옷 소매를 쥐어 잡는 듯했다.

그제야 세 사람은 다투어 와르르 다가가서 젊은이와 여인을 둘러쌌다.

"뭐야 뭐야?"

"뭐요? 응?"

날쌔게 세 사람을 둘러보는 잠바 차림의 젊은이의 얼굴이 희미한 골목 안에서도 창백하게 느껴졌다. 여자는 힘을 얻은 듯 빽 하고 금속성의 목청을 돋우었다.

"글쎄, 이 자식이 나보고 서양놈하고……. 원참, 이런 자식이 다아……."

윤이 한 발짝 '잠바'한테로 다가섰다.

"너어, 뭐지?"

"나, 미군 통역이요."

'잠바'의 음성은 낯색에 비해 오히려 또렷했다. 용수가 와락 '잠바'의 멱살을 틀어잡았다.

"이런 짓 하는 게 통역이야? 말이나 옮기고 자빠졌지 이 자식이."

"뚜쟁이 노릇이야, 겨우."

형운이 세차게 '잠바'의 정강이를 걷어차자 용수의 주먹이 그의 얼굴 한가운데서 터졌다. '잠바'가 두 손으로 얼굴을 싸며 주저앉았다. 세 사람의 주먹과 발길질이 '잠바'에게 쏟아지려는 순간 등 뒤에서 부렁 하고 지프차의 엔진 소리가 나더니 타이어가 숨가쁘게 땅을 긁으며 뒷걸음을 치기 시작했다.

그 소리에 놀란 세 사람이 동시에 몸을 돌려 그곳을 쳐다보는 틈이 바쁘게 '잠바'는 벌떡 몸을 일으켜 구르듯이 골목 저편을 향해 줄달음치기 시작했다.

"잡아라!"

하는 소리가 동시에 세 사람의 입에서 터져나오며 윤과 용수는 골목 안으로, 형운은 지프차가 달리는 한길로 엇갈려 뛰어갔다. 그제야 이곳저곳의 대문이 열리면서 사람들이 쏟아져 나왔다.

젊은 여자는 두 손을 팔랑개비처럼 돌리며 모여든 사람들에게 한바탕 사연을 늘어놓았다.

한참 후 윤과 용수와 형운은 빈손을 털며 다시 그곳으로 몰려들었다.

"죽일 놈의 새끼 같으니."

"고런 쥐새끼 같은 녀석."

젊은 여자를 감싸듯 모여든 동네 사람 한가운데 버티고 선 세 사람은 세차게 어깨를 들먹이며 투덜거렸다.

"요즘, 그 통역한다는 놈들 참 큰일이요."

군중 속의 노인이 영탄조로 모두 들으라는 듯이 소리를 질렀다.

"그렇대두요. 그놈들이 갑절 더한걸요. 양놈들한테 나쁜 버릇 가르치는 게 글쎄 그놈들이라우."

어떤 중년 부인이 거기 대꾸했다.

"에 참, 쯧쯧쯧."

하고, 흰 수염을 늘어뜨린 노인이 담뱃대를 휘저으며 혀를 찼다.

윤이 젊은 여인에게 은근한 태도로 물었다.

"어디 뭐 다치신 데 없으세요?"

여인은 아무렇지도 않은 옷차림을 고치는 시늉을 하며 윤의 물음에는 얼른 대답을 않고 혼잣말처럼 뇌었다.

"아유 참 혼났네요. 꿈자리가 사납더니 별꼴을 다 봤어."

그리고 생각난 듯 세 사람을 번갈아 건너보더니 생긋이 눈인사를 보냈다.

"참 고마워요."

그때 윤은 언뜻 그 여인의 바른편 관자놀이에 콩알만 한 검은 기미를 보았다.

그대로 서성거리고 있는 사람들을 헤치고 큰길로 나서는 여인의 뒤를 멀찍이 따라 한길에 나선 세 사람은, 잠깐 고개를 돌려 끄덕 인사하고 난 여인이 오가는 군중 속에서 사라질 때까지 한참동안 지켜보고 있었다.

형운이 먼저 입을 뗐다.

"괜찮은걸."

윤이 동조했다.

"응, 미인이야."

"젖가슴이 좋단 말야."

그러고는 형운이 흥 하고 코를 울렸다.

"뭐야 이거, 종족의 미를 지켰다는 건가."

"먼저 걷어찬 건 자네야."

"나? 난 그 녀석을 찬 게 아니라, 여자에게 그것으로 인사를 대신한 거지."

"어떻든 다행이었어."

"모르지, 되려 우리가 훼방논 게 아닌가?"

"어디 그러기야 할라구."

"몰라, 그건 모르는 걸세."

얼른 대꾸를 못 하고 있는 윤에게 형운은 타이르듯 덮어씌웠다.

"어떻든 자네들, 너무 그런 데 구애는 말게. 기를 쓰고 지킬 것도 못 돼. 계집이란 다 그렇고 그런 거지."

"그럼 될 대로 내버려두란 말인가?"

"따지고 보면 너무 신경을 쓴다는 건 아직 자네들이 풋내기가 돼 그래. 여자의 알몸을 모르는 탓이야."

"모르긴 왜 모른단 거야."

용수가 어림도 없다는 듯이 항의했다.

"자네 정도 가지곤 아직 안 되지."

형운은 천천히 걸으면서 그럴 듯이 말을 이어갔다.

"난 풋내기 때 어떤 처녀에게 홀딱 반한 일이 있었어. 결국엔 모든 것이 어울리지 않아 어쩔 수 없게 되었지만 아주 대단했었지. 지금 생각하면 우스꽝스럽지만 그땐 나이가 나이인 만큼 애절하기 짝이 없었거든. 이 내가 여자를 두고 시를 쓴다구 야단이었어. 그러나 지치고 지친 끝에, 에라 빌어먹을 것 하구 돈을 털어서 거리의 여자를 샀어. 처음엔 그래두 그렇게 된 자신을 제법 서글퍼했지. 그런데 이상한 것은 그런 짓거리를 하고 나면 얼마간은 단념한 여자에 대한 애절감이 덜해지더란 말야. 지나고 보니까 아무것도 아니더군. 공연히 몸이 비틀리고 가만히 있기가 거북해서 웬만한 여자를 보아도 한숨이 지어지고 시가 튀어나올 지경이면 누구 치맛자락이라도 좋으니 들추고 들어가면 씻은 듯 거뜬한 거야."

"그럴듯한 얘기긴 하군."

윤이 고소 비슷한 야릇한 웃음을 입가에 흘려 보냈다.

"하긴 하군이 뭐야, 이 사람."

"자네한테 걸리면 무엇이고 별것이 없어져. 손만 닿으면 썩은 돌부스럭지가 된단 말야."

"알고 보면 모두가 썩은 돌부스러기지. 여자를 두고 거룩하다거나 신비하게 여기는 놈들의 낯짝이나 보았으면 해."

"그렇긴 해. 우리 동네 애새끼들은 야단법석이지만 내 누이동생년 포즈 열두 개 먹는 걸 보니까 안 되겠어."

"농을 말게."

셋은 함께 웃었다. 웃고 난 윤은 확 뇌리를 스쳐가는 검은 그림자를 느끼자 자기도 모르게 말문이 열렸다.

"그럼 어머니란?"

형운이 잠시 있더니 침울한 듯한 어조로 대답했다.

"할 말이 없는 건 아니지만 우리 어머니들이란 남달리 고생이 많았으니 어머니 얘기만은 서로 말기로 하세."

셋은 한참동안 말없이 묵묵히 걸어갔다.

용수와 헤어지게 되었다. 용수는 여느 때나처럼 미안해했다. 자기는 돌아갈 따뜻한 자기 집이 있었으나 윤과 형운에게는 남루한 하숙방만이 싸늘한 냉기를 품고 기다리고 있기 때문이었다.

"따뜻한 제 집을 가지고 있다는 것이 무슨 자네 죄는 아닐세."

되려 두 사람은 이렇게 용수를 위로했다. 용수와 헤어져 몇 걸음 발을 옮기기도 전에 형운이 윤을 보고 한 가지 제안을 했다.

"적당한 데서 자고 가지."

"이 밤에 어디서 말야?"

"글쎄 날 따라와."

고개 하나를 넘으면 장충단인 이 언저리 골목마다에는 휘황찬란히 전등불이 켜 있었고 떼지은 취객들은 이집 저집을 들여다보고는 한참 실없는 농을 걸다가 창녀들의 만류와 욕지거리의 세례를 받고 입에 담기 힘든 음란한 말로 응수하며 쏘다니고 있었다.

형운은 처마 밑에 서 있다가 남자만 나타나면 몰려드는 창녀들을 헤쳐가면서 윤에게 말했다.

"난 여기 세 번 온 일이 있어. 두 번은 자러 왔고 한 번은 시찰로 왔지."

"시찰은 또 뭐야?"

"내가 폐창연맹(廢娼聯盟) 위원의 한 사람이란 걸 아직 누구도 모르지."

"굉장한 위원도 있군 그래. 시찰차 와서 연구차 자도 보는 게로군."

"따지고 보면 열 명 가까운 위원 가운데 정말 자격을 갖춘 자는 나뿐이지. 종교가니 학자니 하는 친구들은 엉뚱한 딴전을 하고 앉았단 말이야. 매음 행위가 악이니, 가련한 길 잃은 양떼를 구출해내야 하느니, 선진국가에는 이런 제도가 없으니 창피하다느니 따위야. 어떤 여류 명사는 개별 방문을 한다고 찾아가서, 어째 이렇게 됐느냐 참 가엾어 죽겠다고 붙들고 앉아서 눈물을 뿌리다가 재수없이 늙은 것이 극성을 떤다고 그 창녀한테 목침으로 골통을 깨인 일까지 있었지. 정말 이들의 생리를 모르고 덤비니깐 그런 꼴을 당하게 되는 거야. 그러나 나만은 다르지. 정말 그들을 알고 있는 것은 나뿐이야. 지금 형편으로 당장 그들을 구원할 수 있는 길은 무어냐 하면, 그건 그네들과 자주는 일이야."

형운은 여기서 뚝 말을 끊더니 걸음을 멈추고,

"어, 저것 쓸만한데."

하고는, 몸매의 굴곡이 쭉 드러나도록 진홍색 옷으로 휘두른 창녀한테로 다가가서 그 엉덩이를 툭 손으로 쳤다. 여자는 음란하게 눈을 굴리며 허리를 비틀었다.

형운은 여자의 어깨에 한 팔을 두르면서 윤을 건너보고 한 눈을 찡긋했다.

"자, 얼른 하나 골라잡지그래."

그러자 밀가루 바르듯이 촌스럽게 분을 뒤집어쓴 젊은 창녀가 윤한테로 다가오며 그 옷소매를 잡아끌었다. 둘은 창녀들의 부축을 받다시피 삐걱삐걱 소리나는 계단을 올라갔다.

윤이 안내된 방바닥에는 다다미가 깔려 있었다. 일인들이 쓰던 그대로를 물려받은 가옥임이 틀림없었다.

방 안에 들어서자, 미닫이를 닫아버린 여자는 돌아서면서 윤보고 한번 히죽 웃어보고는 확 달려들어 그의 목에 매달렸다.

"자리나 깔지."

윤이 멋쩍게 말했다.

"그렇게 급하세요?"

하고, 까르르 웃음을 터뜨린 여자는 장 속에서 자리를 꺼내 한구석에다 아무렇게나 펴놓고는 화장품 그릇을 뒤적이기 시작했다.

윤은 자리 위에 비스듬히 누워서 한쪽 팔로 팔베개를 하고 여자가 머리핀을 골라내서 여기저기 파마로 그슬려진 머리칼 속에 찌르는 것을 올려다보고 있었다.

화장품 통에서 조그마한 책 한 권이 윤의 눈앞에 떨어졌다.

"책야?"

"왜요?"

하고, 콧노래를 부르던 여자가 머리를 매만지면서 윤을 굽어보았다. 윤은 무심코 떨어진 책을 들어서 뒤적였다.

"뭐야, 이거 영어책 아냐?"

"예에스."

또 한 번 까르르 하고 웃어댄 여자는 아주 또렷또렷한 어조로 말했다.

"인제 좀 있으면 저도 팔자 고치는 거예요. 할로우 캄 온 보오이, 어때요, 알아들을 만해요?"

여자는 턱을 들고 또 한 번 꺄르르 하고 웃었다. 윤은 반사적으로 책을 든 채 벌떡 상반신을 일으켰다.

"너, 양놈 상대할 생각이구나."

"그럼은요, 이왕 이렇게 나선 바에야 마음 내키는 대로 해야죠, 돈도 더 벌리고. 양놈들 참 멋져요."

윤은 그 소리에 벌떡 일어났다. 일어서기가 바쁘게 책으로 여자의 뒤통수를 후려갈겼다. 얻어맞은 여자는 올롱한 눈을 하며 한 걸음 물러앉았다.

"왜 때려요?"

윤은 얼른 대답을 못 하고 무슨 더러운 것을 본 듯 여자의 얼굴만 쳐다보았다.

"이 양반이! 왜 때려요, 동네 북인 줄 아는가 봐. 왜 때려요."

윤이 말없이 또 한 번 책 든 손을 높이 쳐들었을 때 옆방에서 형운의 말소리가 들려왔다.

"그 방에선 왜들 떠들썩이야?"

윤은 여자를 한번 훔쳐보고는 들었던 책을 확 방 한구석에 동당이쳐버렸다.

"난 가겠네."

"왜 그러나?"

"여기까지 코쟁이 그늘이 뻗고 있네."

"코쟁이 그늘이고 도깨비고 어떻든 자넨 여긴 지금 야단이 난
판이야."

윤은 거기엔 대답을 않고 말없이 방 한구석에 놓인 구두를 들자
미닫이를 차밀고 계단을 내려와 밖으로 나섰다. 그의 뒤를 여자
의 앙칼진 욕설이 따라왔다.

2

윤은 밖에서 들려오는 행아(幸娥)의 높은 말소리에 잠을 깨었
다. 벌써 여덟 시가 가까운 모양이라고 생각했다.

"애야, 자꾸 그러지 마라."

행아 어머니가 딸을 타이르는 조심스러운 말소리가 들려왔다.

항하, 또 시작이군 하고 윤은 짐작이 갔다. 윤은 머리맡에 놓인
담뱃갑을 집어서 한 대 피워 물고 밖에서 들려오는 말소리에 귀
를 기울였다.

"어머님은 가만계세요. 어머님의 그 미적지근한 태도가 저는
더 못마땅해요. 왜 걱정이 되시면 단단히 아버지한테 여쭙지 못
하세요."

"애야, 글쎄 그러는 게 아니란다."

"그러시면서 어머님은 왜 혼자서 걱정만 하세요? 저는 더 이상
그대로 보고 있을 수가 없어요. 성호가 가엾어서 못 보겠어요. 왜
아버지는……."

"행아야……."

안방에서 행아 아버지의 우람스러운 목소리가 울려나왔다.

"넌 또 아침부터 무슨 투정이냐?"

잠시 조용해졌다. 윤은 자리에 일어나 앉아 가만히 문틈으로 바깥을 내다보았다.

부엌문 앞에서 생선을 굽고 있는 행아가 입술을 지긋이 깨무는 것이 보였다. 안방문이 열리는 소리가 나고 기침소리가 들리더니 이윽고 행아의 부친이 대청마루에 나와 앉은 것이 보였다. 행아는 그것을 의식하면서도 눈썹 하나 까딱 않는 품으로 화로 옆에 앉아 있었다.

'이제부터 볼만하군.'

윤은 좀 쑥스러웠으나 손톱으로 문틈을 넓혀놓았다.

생선 굽는 석쇠를 들고 한 번 부엌으로 들어갔던 행아가 다시 밖으로 나왔다. 그러고는 엇비슷이 부친 앞에 가서 서더니 땅바닥을 들여다본 채 말문을 열었다.

"아버지, 성호를 자기 하는 대로 버려둬 주세요."

"너는 건 또 무슨 소리냐?"

"걔는 기계 같은 것을 매만지고 싶어해요. 기술자가 되는 게 걔 소원이예요."

"그래서 어떡하라는 거냐, 넌?"

"왜 아버지는 자꾸 성호가 싫다는 것을 시키려구 하시는 거예요?"

"내가 뭣을 시켰다는 거냐?"

"왜 자꾸 개보고 모임에 나가도록 분부를 하시는 거예요?"

"뭐?"

"남들은 자기 애들이 그런 데 관계할세라 걱정인데 아버진 애 싫다는 애를 그런 데 끌어넣으려구 하세요?"

"네가 뭐 안다구 야단이냐?"

"왜 제가 몰라요. 아버지 하시는 것은 하는 수 없어요. 그러나 성호만은 그냥 자기 하고 싶은 대로 내버려두어 주서야 해요."

"넌 나의 마음을 모르고 있어."

행아는 번쩍 얼굴을 들어 똑똑히 부친의 얼굴을 건너다보았다.

"아버지는 손수 못 하신 것을 성호에게 시키려는 것이지요? 그러나 성호는 안 돼요. 개는 그런 일 할 성질이 못 돼요, 하면 안 돼요."

"너는 무엇을 그리 걱정하고 있니?"

"저는 두려워서 그래요. 그러다가는 무슨 일이 일어날 것만 같애요. 안 돼요, 성호에게 그런 걸 권하면 안 돼요, 꼭 아버지처럼 잘못될 거예요."

"뭐라구?"

행아의 부친이 벌떡 마루에서 일어났다. 그 얼굴에서 핏기가 걷히어 있었다. 행아의 얼굴도 창백해졌다. 몸이 잔가락으로 떨리고 있는 듯했다.

"한다는 소리가⋯⋯."

"아버지!"

행아의 음성이 떨렸다. 부엌문이 열리면서 행아의 모친의 겁에

질린 얼굴이 내어졌다.

"애야, 행아야."

"어머닌 가만계세요. 큰 꾸중을 듣고 매를 맞는 일이 있어두 저는 드릴 얘기는 드려야겠어요. 아버지, 어머닐 보세요. 어머닌 할머니처럼 늙으셨어요. 왜 이렇게 늙으셨어요? 아버지 때문예요. 아버지는 모르세요. 저만은 잘 알고 있어요. 아버지가 집을 비우고 어딘지도 모르게 떠나실 때에 또 붙들려서 감옥에 계실 때에 어머니가 쏟으신 눈물을 아버지는 모르세요. 저는 어릴 때부터 그것을 보아야 했어요. 위로를 드릴 나이도 못 되었지만 제가 학교를 설치는 것은 그리 서럽지가 않았어요. 그저 어머니가 불쌍만 했어요. 아버지가 감옥을 나오시게 되고 집에만 계시는 그것으로도 어머니는 얼마나 기뻐하셨는지 몰라요.

아버지 안 계실 때 그렇게 눈물을 쏟으시고 어머니는 아버지 앞에서는 조금도 나무라시는 기색도 안 보이셨어요. 지금도 그러셔요. 할 말도 못 하고 계세요. 그런 어머니셔요. 아버지께 무슨 한이 계시는지 그것도 그저 짐작할 수는 있어요. 그게 어떠시다는 거예요. 이제 또 무엇을 하시겠다는 거예요. 왜 성호마저 그런 길을 걷도록 하시려는 거예요. 왜 내버려두지 않으세요."

행아는 말을 더 잇지 못하고 확 울음을 터뜨렸다. 행아의 모친은 가만히 부엌문을 닫아버리고 부친은 노여운 표정을 거두지 않은 채 몸을 돌려 방으로 들어가더니 탁 문을 닫아버렸다.

그때 삐걱 대문이 열리면서 성호가 들어왔다. 누나가 서서 울고 있는 것을 본 성호는 멋쩍어 마당에 한참 버티고 서 있더니 가만히 누나한테로 다가갔다.

행아는 앞치마로 눈물을 닦고 얼굴을 들어 성호를 쳐다보았다.

"너 어디 갔었니?"

성호는 대답을 안 했다. 그것을 본 행아의 양미간에 갑자기 사나운 빛이 깃들었다.

"너 또 모임에 갔었구나?"

"어떡해 그럼?"

"왜 사내면 사내답게 싫은 일이면 못 하겠다고 말하질 못하니?"

역시 대답이 없었다. 한참 침묵이 흘렀다.

"성호!"

그제서야 윤은 확 문을 젖히면서 성호를 불렀다. 수그러지면서 성호는 번쩍 얼굴을 돌려 윤을 쳐다보더니 살아났다는 듯 얼굴에 화기를 돋우었다.

"나하고 한 바퀴 뒷산을 돌까?"

"그래요, 아저씨."

성호는 윤이 있는 방 앞으로 뛰어왔다. 윤은 성큼성큼 옷을 주워 입고 마당 앞으로 나섰다. 행아는 걱석 하는 윤의 인사를 받고도 알아차리기 힘든 눈인사를 보냈을 뿐 조금도 표정을 달리하지 않았다.

한달음으로 뒷산에 오른 둘의 무릎 아래는 흥건히 젖어 있었다. 발에 채는 풀포기마다 흠뿍 이슬을 머금고 있었다. 때마침 떠오른 햇볕에 드러난 굽어보이는 서울 거리는 조용했다.

"아저씨."

성호가 윤을 불렀다.

"아저씨 땜에 살아났어요."

"하하, 난처해 보이더군."

성호는 풀포기 속에서 조약돌 하나를 집어들어서 힘껏 돌팔매를 쳤다. 그리고는 시무룩한 표정을 지었다.

"아저씨 어떻게 생각하세요?"

"뭐가?"

"전 어떡허면 좋아요?"

윤은 한참 대답을 않고 있다가 반문했다.

"성호는 지금 몇 살이지?"

"열일곱이죠."

"열일곱…… 음, 혼자 헤어나가기에는 어려울 때지."

"도무지 분간할 수가 없어요."

"더욱 지금 형편은 어려워. 스물두 살이나 처먹은 내가 그런 걸."

"아저씨도 그러세요?"

"그럼."

성호는 또 한 개의 조약돌을 집어들고 조심스럽게 윤의 얼굴빛을 살피면서 그의 둘레를 한 바퀴 돌았다.

"성호."

"네?"

"난 성호 일에 한해서만은 누나 얘기가 옳다고 여겨져."

성호는 들고 있던 조약돌을 멀리 던졌다.

"어느 편 얘기를 따르는 것이 성호가 나중에 가서 잘될 것인지 못될 것인진 몰라. 그러나 성호에겐 지금이 행동할 때라기보다 배울 때라고 생각돼. 성호."

"네?"

"자네가 나가는 모임이 어떤 성질의 것인지 나도 알고 있지. 성호는 거기서 무엇을 느끼곤 하나?"

"몹시 흥분을 느낄 때도 있어요. 그런데 또 몹시 두려운 생각이 들거든요."

"무엇이?"

성호의 얼굴에 순간적으로 어두운 그늘이 지나갔다.

"피냄새가 나거든요."

"피냄새가? 어째서."

윤의 말소리가 튕겼다.

"그저 그래요. 그저 언제든 어디서 많은 사람이 죽어야 할 것만 같아요."

순간 윤은 가슴이 찌르르했다. 날카로운 비수가 그의 가슴에 겨누어지는 느낌이었다. 그것은 그대로 자기가 느끼고 있는 어두운 예감을 단적으로 말해주고 있었다.

"성호가 하고 싶은 일은 뭔가?"

일부러 윤은 말머리를 돌렸다.

"하고 싶은 일요? 저는 해방 전엔 곧잘 글라이더를 만들었죠. 그것만 만드는 날이면 끼니를 어겨도 배가 안 고팠어요."

성호는 그때를 그리는 듯 실눈을 만들었다.

"선생님이 장차 무엇이 되겠느냐고 하시면 저는 서슴지 않고 비행사가 되겠다고 했지요. 참 비행기를 타면 얼마나 좋을까. 이 푸른 하늘을 날아갈 수 있을 게 아녜요?"

성호는 크게 가슴을 펴면서 한번 넓은 하늘을 휘둘러보았다.

지금 형편으로는 이 소년이 비행기를 타고 하늘을 날 가망은 없다고 여겨졌다. 하늘은커녕 땅 위에 쓰러지지나 않았으면 하고 윤은 기도에 가까운 생각에 잠겼다. 잠시 후 윤은 꿈에서 깨어난 사람처럼 정신을 가누며 일부러 명쾌한 가락으로 성호를 불렀다.

"자, 가서 밥이나 먹어야 살지."

둘은 다투어 언덕을 뛰어내려갔다. 밥상을 날라온 행아는 잠시 머뭇거렸다. 윤은 모르는 척 밥상머리에 쪼그려 앉아 수저를 들었다.

"저어, 부탁드릴 말씀이 있어요."

"뭔데요?"

"저어, 성호에겐 아무 얘기도 말아주세요."

"무슨 얘긴데요?"

"저어, 좋다든지 나쁘다든지 하여튼 이북 얘기는 말아주세요. 그런 얘기를 들려주시면 곤란해서요."

"예? 이북 얘길요? 그런 말씀을 하시면 제가 더 곤란한데요."

"어떻든 말아주세요."

행아는 자기 할 말은 다 했다는 듯이 휙 몸을 돌려 마당을 가로질러 부엌으로 사라져버렸다.

'너무 똑똑한 것도 탈이야. 넘겨짚고는 괜한 걱정이란 말야.'

윤은 사납게 숟갈을 밥그릇에 처박았다. 성호가 학교엘 가고 곧 뒤이어 행아가 회사로 출근하기가 바쁘게 성호 부친이 대청에서 윤을 불렀다.

"허 군, 이리 와서 담배나 같이 태우지."

윤은 하는 수 없이 일어나 대청마루로 갔다.

"아침같이 딸애 앙탈을 들어서 안됐네."

"아뇨."

"알고 보면 지나치게 똑똑한 게 탈이지. 차라리 성호놈이 걔 반만 되어먹었어도 좋겠어."

"왜요, 성호 군은 착한 앱니다."

"착하기만 해서 쓰나. 사내 자식이 좀 사나울 정도로 슬기로와야지."

"타고난 성격인 걸 어떡헙니까?"

"아냐, 걔는 암만해도 제 어미를 닮아먹었어. 아무리 추세워주려고 해도 원체 애가 그러고 보니."

"성호 군에겐 별다른 꿈이 있는 모양이던데요. 비행사가 되었으면 하는……."

"그 기술자가 된다는 것 말이지. 사내 자식이 좀더 큰 포부가 있어야지. 잔망스럽게 기계나 매만지고 앉아 있겠다니 바루 내 걱정은 거기 있단 말일세."

"시대가 달라져가고 있으니까요."

"그러니까 하는 소리지. 내가 젊었을 땐 그렇지가 않았거든. 강태(姜太)와 나와는 둘도 없는 동지였지. 일경의 눈을 피해가며 지하운동을 하던 때가 바루 어제 같단 말이야. 무진 고생도 맛보았지만 혈기에 찬 그때가 그리워."

"요즘엔 강태 씨와 만나시는 일은 없으신가요?"

성호의 부친은 잠시 말을 끊고 얼굴에 좀 괴로운 표정을 지었다.

"해방된 다음달에 한 번 만났지. 그런데, 그는 아직도 나를 오해하고 있단 말이야. 같이 검거되어 서대문에 갇혔을 때 나는 놈들의 무진 고문 끝에 정신을 잃은 일이 한두 번이 아니었어. 그 뒤 나만이 출감하게 되어 어찌된 영문인지를 몰랐는데 알고 보니 놈들의 음모에 넘어간 거야. 놈들이 내 정신이 부실해졌을 때 자기들 멋대로 작성한 전향서에 나의 지장이 찍히도록 만들어버렸단 말이야. 그러니 아직도 강태가 나를 배반자로 생각하고 있는 것도 무리는 아니지."

"조용히 만나서 자세히 사연을 설명하시지요."

"글쎄, 저렇게 분주한 사람이니까."

"……"

"그런데 공교롭게도 내가 출감하자, 여러 동지들이 일제 검거를 당하고 말았단 말이야. 마치 내가 놈들에게 동지들을 팔아버린 것처럼 되어버렸어."

"어쩔 수 없게 되었군요."

"어느 때든 밝혀져서 내가 다시 버젓이 당(黨)에 복귀할 날이 오겠지. 그런데……."

하는, 성호 부친의 두 눈에는 어두운 그늘이 안개처럼 감돌았다.

"간부 몇몇이 강태의 곁을 안 놓고 나를 쏠고 있는 모양이야. 배인, 이철, 김화 이런 놈들의 농간이지."

"까짓것 아예 집어치우시지요 뭐."

순간 성호 부친의 한쪽 볼이 벌럭 경련을 일으켰다.

"아니지, 거기서 떠난 나란 흡사 뭍에 오른 고기야. 지금의 나는 죽어살이란 말아."

윤은 가만히 담배만 빨았다. 성호 부친도 말없이 한참 담배를 피우고 있다가 거북한 침묵을 깨뜨리려는 듯 입을 열었다.

"늘 자넬 붙들고 듣기 싫은 얘기만 지껄이는 것 같네만 신문 기자인 자네에겐 어느 때 가선 쓸모가 있을 얘긴지도 몰라."

"그러믄요."

하고 대답한 윤은 성호 부친의 어찌할 수 없이 외로운 심정을 엿본 듯했다.

윤이 경찰서를 들러서 신문사로 갔을 때 사회부장은 편집국이 찌렁찌렁 울리도록 떠들썩 야단을 하고 있었다.

"이거 이래서야 되겠나. 글쎄 천수고무(天手古舞)가 뭔가 말야. 일본놈들이 쓰는 한문자를 그대로 옮겨놓았으니 이래 가지구 신문 기자야. '덴떼꼬마이'란 거지. 모르겠으면 왜 쉬운 우리말을 안 쓰느냔 말이야. 모두 철자법 하나 똑똑히 모르고 앉았으니 이거 어디 되겠나. 좀 공부들을 해요 공부를."

책상을 마주한 김이 고개를 숙이고 있다가 윤을 건너보고 한 눈을 찡긋해 보였다.

"젠장, 배운 게 그러니 하는 수 없잖아. 자긴 알긴 얼마나 더 안다구 야단이야."

"내버려둬. 그러다가 맥이 빠지면 잠잠해지겠지."

윤은 경찰서에서 얻은 소스를 적당히 기사화하여 몇 장 갈겨가지고 자리를 떠서 사회부장한테로 가져갔다. 돌아서려는데 사회부장이 불러세웠다.

"뭐? 이거 뭐야. 누한테 들었어?"

"저 동대문서에서요."

"그 친구는 어서 들었대?"

"피난민이 그러더라구요."

"이 사람이! 이게 기사야. 그래 김일성이 애새끼가 죽은 걸 누가 봤다는 거야."

"평양서는 소문이 한창이랍니다."

"글쎄 이 사람, 피난민 얘기를 그대로 듣고 기사를 쓴단 말야. 옐로 페이퍼인 줄 아나 원."

사회부장은 손쉽게 원고지를 구겨서 휙 휴지통에 집어던졌다.

"거 다들 좀 센스를 발휘해. 이래 가지곤 신문 만들긴 글렀어. 참 저 편집부장, 그 기사 크게 들어가죠? 저, 그것 말이요, 쌀만 먹지 말고 과일 같은 걸 많이 먹으란 군정청 고관 나리님 얘기 말이요."

사회부장은 또 한바탕 편집국이 떠나갈 듯한 목소리로 실정에 어두운 군정청 미인 관리들을 깎아내렸다.

자리에 돌아와 한참 멋쩍게 앉아 있는 윤을 선배격인 임기자가 밖으로 불러냈다.

"어때, 오늘은 일찌감치 한잔 할까."

"벌써요?"

"이젠 할 일 없잖아."

"그럼 오늘은 제가 좋은 데 안내하죠."

윤은 앞장서서 임기자를 해방옥으로 안내했다.

"흐음, 이런 데면 낮술을 먹어도 감쪽같겠군."

몇 잔 술이 오고간 후 윤은 임기자에게 물었다.

"저, 임형, 오늘은 무슨 기살 쓰셨어요?"

"음, 오늘은 공산당에 들렀다가 선전부장인 이철을 만났지."

"뭐 새로운 기사거리나 있던가요?"

"음 아마 요즘, 공산당엔 내분이 있는 모양이야."

"그치들은 또 왜 그래요?"

"뭐, 빤하지. 당의 영도권 싸움이지."

"크게 벌어질 모양입니까?"

"조니 박이니가 몇 명 당을 떠날 뿐일 거야."

"이철은 어느 팬가요?"

"이철이야 강태와 아주 단짝이니까."

"그 친구 전번에 보니까 말 마다나 하던데요."

"비단결 같지. 원체 머리에 든 게 있거든."

"독일 유학까지 했다죠?"

"제대로 거쳐 독일까지 갔었지."

"하여튼 만만찮은 친구 같아요."

"재간이 좋거든. 재간이라니 말이지 여자 낚는 재간이 또 비상하지."

"네에?"

"생기기도 미끈한데다 학벌도 좋고 학생 때부터 연문이 자자했어. 왜, 저 자네, 윤임이란 여자 알지?"

"저 미군 고급 관리 퍼킨스인가 하고 산다는 ×전 출신 말이죠?"

"그래, 윤임이와는 한때 날렸지."

"그럼, 지금은 양놈한테 뺏긴 셈인가요?"

"그런 것도 아니지. 아직 둘은 남이 아니야."

"그러믄요?"

"윤임은 미군하고 살기는 하지만 마음이야 아직 이철한테 있지."

"아직 미련이 남아 있는 모양이군요."

"미련뿐야? 지금도 때때로 만나고 있어. 저 남산 밑에 호텔이 있지 왜."

"산장 호텔요?"

"그래, 퍼킨스란 자가 서울을 떠나기만 하면 둘은 반드시 거기서 남몰래 집적거리지."

"그래요? 그렇다면 그 퍼킨스란 자 우습게 되는 거 아녜요?"

"그렇다고 할 수 있지."

"그 녀석 참, 꼴 좋다. 그런데 임형, 그러고 보면 이철이란 아주데데한 녀석 아녜요?"

"아니지, 지독히 약지. 웬만한 정보를 얻을 수 있거든."

"그러나 어디 그럴 수가 있어요?"

"자넨 아직 이철의 지독한 생리를 모르는군. 넉넉히 그럴 수 있는 친구거든."

"어디 그거야⋯⋯."

윤은 도무지 이해가 가지 않았다.

"그럼 윤임이란 정치적 희생물이 아녜요."

"일종의 제물이지. 그러나 윤임이도 그것을 하나의 보람으로 느끼고 있는지도 몰라."

"원 연놈들이 모두."

"하하, 자네 아직 순진해. 세상사란 그렇게 단순한 게 아니지. 자 술이나 드세."

윤은 차차 취기가 감도는 머릿속에 잠시 허우대 좋은 이철의 모습을 그려보았다.

자식도 별것이 아니야 하고, 윤은 마음속에서 혼자 의미 깊은 웃음을 웃었다.

형운이 나타나자 임기자는 자리를 뜨고 뒤이어 순익이와 곰이 밀려든 얼마 뒤 마지막으로 용수가 나타났다.

용수는 학병 친구들의 모임에 갔다가 늦었다고 했다. 윤은 경미한 마음의 동요를 느꼈다.

"오늘은 같은 내무반에 있던 친구가 시골서 올라왔어."

"법석이었겠군."

"그럼, 옛날 얘기에 꽃을 피웠지. 녀석은 좀 둔해서 항상 내가 거들어줬었지. 내가 '고쬬오'가 되었을 때도 자식은 그대로 일등

병으로 머물러 있었지. 자식은 전쟁이 끝났을 때까지도 일등병 그대로였어."

"몹시 둔했던 게로군."

"형편이 없었지."

윤은 슬며시 말머리를 돌려야겠다고 생각했다. 학병 얘기가 길어지면 순익이가 얼려들게 되고 기피한 형운이도 끼어들기 마련이었다. 그렇게 되면 한참동안을 윤은 멋없이 입을 다물고 얘기를 듣고만 앉아 있어야 했다.

윤은 스스로를 일으키려는 듯 갑자기 언성을 튕겼다.

"뉴스를 알리지. 공산당은 머지않아 분열한다."

"그럴 리가 있어?"

순익이 그것을 부정했다.

"글쎄 틀림없어. 순익이 좀 미안하게 됐군."

"그리 좋아할 것 없어. 자네 아예 백색 테러단에나 가담하지그래."

"널 봐서 그만두겠다."

"체!"

형운이 끼어들었다.

"또 말다툼이야. 그런 얘기들 말고 제발 술 먹고 ×소리나 해."

"자넨 또 그러다 ×에 치여 죽지나 말게."

"되려 그게 낫지. 핏대를 올리고 개나발 부는 작자들 구역질이나 못 견디겠어. 이젠 신물이 난단 말이야. 데모가 글렀으니(데모크라시) 고민이 수태니(코뮤니스트) 그 따위 소리 않게 돼야 잘살게 되는 거야."

"또 이놈 저놈 모두 썩은 돌부스러지가 되는군."

"그놈이 그놈이지. 알고 보면 서툴러서 붙들려. 얼어터졌거나 콩밥을 먹은 봉창을 해보겠다는 속셈이야."

"그 말엔 일리가 있어."

윤이 형운의 편을 들었다.

"우리 고장에 이런 작자가 있었어. 자기 이름 석 자도 변변히 못 쓰는 망나니 새낀데 이자가 일제 말기에 사진 한 장을 찍게 됐어. 자식이 멋을 더한다구 친구한테 두툼한 책 한 권을 빌렸단 말야. 그놈을 점잖이 팔꿈으로 누르고 손바닥으로 턱을 괸 작자의 사진이 대문짝만하게 확대되어 사진관 쇼윈도에 내어 걸렸단 말이지. 어느 날 형사가 그것을 들여다봤어. 마르사스의 저서를 마르크스의 것이라고 해서 욕을 보던 때가 아닌가. 그런데 그 망나니가 놓고 찍은 책이 공교롭게도 사상 전집이었단 말이지. 사상이라 형사도 깜짝 놀란 모양이지. 녀석이 당장 끌려갔어.

몇 대 얻어맞곤 싹싹 빌며 사진을 찍으려고 빌린 것이라고 실토하고 하룻밤 유치장 신세 끝에 놓여나왔지. 한때 웃음거리가 되었는데 자, 이놈이 해방이 되자 우쭐대기 시작이야. 가라사대 사상 문제로 욕을 본 경험이 있었다는 거지. 녀석이 한때 적위대 부대장까지 한 일이 있으니 가히 볼만했지."

"틀림없는 사상 문젠데."

용수가 히뭇이 웃었다.

"녀석 단단히 봉창을 한 셈이군."

형운이 한마디 덧붙였다.

"녀석이 한다는 짓이 로스케를 본뜬 건지 일본놈들 것 모주리 훑어들이다가 덜컥 때어들어 갔지."

"이번엔 무슨 문제야?"

"음, 그게 또 걸작이지. 녀석이 몇 달 뒤 풀려 나오는 길로 이남으로 넘어왔어. 여기서도 그걸 두고 사상 문제를 팔고 다니는 모양이야."

"그놈 진짜 사상가다."

형운이 크게 웃었다.

"넌 어째 고런 것만 보고 다녀."

순익이가 못마땅한 낯빛으로 윤을 탓했다.

"왜 자네 또 어디가 걸리나? 그럼 또 한 가지 들려줄까?"

순익이 외면을 했다.

"우리 하숙집 주인 말이지. 한때 공산당원으로 지하운동을 했었대. 그런데 붙들려가자 고문 끝에 간단히 전향하고 이것저것 불어버린 게 사실이야. 해방이 되고 보니 낙망이지. 지금이라두 어떻게 해서 다시 당에 끼어들려고 하는 품이 가련할 정도야. 안되니까 나어린 자기 자식을 충동하고 있어. 어때 더 옆구리가 결리지?"

"강태나 이철 같은 사람을 봐."

"뭐, 이철이!"

윤은 갑자기 자지러지게 웃기 시작했다. 곰이 그것을 보고 의미 없이 히죽이 웃었다.

"이건 웃음거리다. 여보게 형운이, 용수, 내 기맥힌 얘기 들려주지. 순익이! 이철이라구?"

윤은 한번 쭉 좌석을 돌아보고 방금 임기자한테서 들은 이철이와 윤임의 관계를 단김에 쭉 내리풀었다.

"그래, 이래두 아직 이철이란 잘 높이 추켜들 작정이야? 그래, 그게 사내 녀석이 할 짓이란 말야, 그게."

형운이 윤의 곁을 들었다.

"그래, 녀석이 아직 덜돼 먹었어. 녀석이 '고민이 수태'니 노동자 농민하구 떠들 때보다 되려 윤임의 젖가슴을 더듬을 때 정말 사람답게 된다는 것을 모르는 모양이지."

"자넨 그저 그거 하나뿐이군."

순익이 형운에게 빈정댔다.

"그럼, 그것밖에 뭐 있어? 그래 잘난 체하고 나서서 떠들어대는 친구들 하는 짓에 무엇 하나 쓸모 있는 게 있어? 하나부터 열까지 모두가 쓸데없는 짓거리뿐이지. 그러지들 말고 조용히 집에 돌아가 낮잠들이나 자면 세상 형편은 되려 월등 나아질 게다."

"망해, 망해."

순익이 발작적으로 소리질렀다.

"뭐가 망해?"

"이래 가지구두 안 망한단 말야?"

"그럼, 망하기 전에 얼른 지금 자네가 차고 있는 시계를 팔아 계집이나 사러 가세."

"또 계집야."

"망하긴 뭐가 망하냐 말야. 내가 얘기 하나 들려주지. 어느 시골 양반이 있었다네. 난(亂)이 난다고 법석 하며 있는 쌀 모조리 퍼서 떡쳐 먹고 닭이며 돼지며 할 것 없이 모두 잡아 자시고 잔뜩 대기하고 있었지. 암만 기다려도 어디 난이 나야지. 깨끗이 패가망신했단 거야. 걱정 말게, 망하진 않네. 순익이, 곰을 봐. 이 떡 벌어진 어깨, 툭 삐져나온 가슴, 한 끼에 밥 두 사발을 제끼는 식욕, 그래 이 곰이 망할 것 같은가, 자네?"

형운이 곰의 어깨를 툭툭 치자 곰은 웨헤헤헤 하고 웃었다. 그것을 보고 순익은 픽 고소를 지었다.

"따지고 보면 걱정할 건 세상 형편이 아니라 우리들 자신이지."

용수가 뱉듯이 말했다.

"해방이 좀 빨랐지, 아니 좀 늦었는지도 몰라."

형운이 무연히 뇌까렸다.

"그건 또 무슨 소리야?"

"생각해보게. 좀더 늦었으면 죽일 놈 살릴 놈 할 것 없었겠지. 야마모또니 기노시따니 하고 피차간 일본놈 행세한 탓에 너나 할 것 없이 죽일 놈이 됐을 게 아냐. 서루 낯이 뜨거우니까 법석은 안 했을 테지. 그러고 보면 빨랐지. 빠른 게 우리들에겐 다행이었지. 피차간 그 점 축배를 들어야 해. 그런데 어떻게 생각하면 또 늦은 것 같기도 하단 말야. 좀더 빨랐으면 죽일 놈도 덜 났을 게구 우리들 처지로 보면 공연한 일본말 안 배우고 처음부터 손쉽게 우리말이나 영어를 배울 수 있었을 게 아닌가. 품들인 왜말은 못 써먹게 되구, 그래 이제 굳어진 혀루 영어를 씨부려야 한단 말이야."

"한글도 말이 아닌데 영어란 그나마 다 잊어먹구 이건 야단인
걸."

"난 영어는 안 해."

순익이 앙칼지게 말했다.

"돈푼이나 있어서 미국 유학이나 한 놈들 판치구 다니는데 거
기 끼어들어 이제 창피하게 하우 두유 두 하구 앉았겠어?"

"기어코 안 할 작정이군."

"그 대신 난 노어야. 이제부터 서둘러도 늦지는 않어. 원체 한
놈이 적거든."

"그건 어디다 써먹으려구?"

윤이 눈을 흘겼다.

"왜, 어디 써먹을까 싶어 걱정인가?"

"뻔하지, 차차 가까와가는군."

"뭐가 가까와간단 말야."

"삼팔선 가까이 올라가고 있단 말야. 넌 좀 있으면 틀림없이
39도야."

"39도?"

"거기가 평양이지. 그거 자꾸 올라가봐. 40도까지만 올라가란
말야. 그렇게만 되면 어떻게 되는지 알지?"

"뭐 어떻게 된단 말야?"

"사람이 40도를 넘기면 정신을 잃고 죽게 된다는 건 알아?"

"뭐라구?"

"또 시작이군."

형운이 얼굴을 찌푸리며 뒷덜미에 손을 가져갔다.

"시시한 싸움 말구 술들이나 마셔. 또 한 번 맞붙으면 내 둘다 갈길 테다."

모두 자기 앞의 남은 잔을 비우고 자리를 일어서서 나갔을 때 밖은 벌써 어두워 있었다.

도중에서 용수와 갈라지고 형운과 둘만이 거닐게 되자 윤은 혼잣말처럼 중얼거렸다.

"모든 게 못마땅하고 아니꼽단 말이야."

"거 너무 신경을 쓰지 말라는데그래."

"아냐, 참을 수가 없거든. 정말 견디기 어려울 때가 있어."

"까짓것 못 본 체하고 내버려둬."

"어디 그럴 수가 있어야지. 이런 꼴을 보고 모두 웃을 거란 말야. 먼저 보아란 듯이 쫓겨간 일본놈이 웃을 게고, 되놈들이 웃을 게고, 로스케들이 웃을 게고, 양키들이 웃을 게란 말야."

"웃을 놈은 웃으라지그래."

"아냐, 무엇이고 따끔하게 그들에게 보여줘야 해. 우리가 아니면 안 되는 뭣이 있을 것 같은데 말이지. 그걸 알아낼 수가 없단 말이야. 가물가물한데 글쎄 그게 뭐냐 말이야."

윤은 안타까운 듯 어둠을 향해 애원하는 듯이 뇌까렸다.

형운이 음성을 가다듬었다.

"자네에겐 안됐네만 없지."

"자꾸 그러지 말게."

"아무것도 없지."

"그래서야 살 수가 있나."

"자네도 병들어가나 보군, 속임수에 넘어가지 말게. 사람이란 그저 살아가는 거야."

윤의 다물어진 잇새에서 입술을 비집고 무거운 한마디가 새어 나왔다.

"그저!"

검은 하늘에는 별들이 조용히 흐르고 있었다.

3

윤이 임기자를 따라 집회장 밖으로 나섰을 때 낮은 하늘은 찌뿌드드 흐려 있었다.

계단을 내려서서 인도로 꺾어서려는데 집회장에서 환성과 박수 소리가 터져나왔다. 바람은 없었으나 열기가 꽉 차 있던 집회장보다는 선선했다.

"참 답답하더군요."

"뭐가?"

"노인네들이 어째 그리 말주변이 없어요. 듣고 있기가 안타까울 정도니 말입니다."

"노인네들이 그제 애달프기만 하지 벅찬 감격을 나타내기에는 이미 늙어버려서 말이고 시늉이고가 맘대로 안 되는 모양이야."

"그런데 밑에서 치다꺼리하는 젊은 친구들은 또 왜 그 모양이에요. 좌익 계열의 집회는 날씬한데 말입니다."

"좌익 친구들이 하는 일이야 척척 맞아들지. 한마디 엮어도 이로 정연하고 비단결같이 매끈하거든."

"너무나 대조가 심해요."

"그러나 일장 일단은 있지. 한편은 미리 짜고들지만 한편은 아무런 조작도 없어 보이는 액면 그대로거든."

"좀 다듬긴 해야죠. 옆에서 보기가 딱해요."

"노인네들을 좀 봐드려야지. 해외 망명의 고생이 여북했겠나. 말이 쉽지, 이십 년, 삼십 년이 어디야."

"그러나 눈물만 흘려서 되는 건 아니죠."

"하하, 그야 그렇지. 그럼 난 어디 좀 들렀다 갈 테니 기사는 부탁하네."

윤은 혼자 신문사로 돌아왔다. 기사를 써서 사회부장의 책상머리에 갖다놓고 제자리로 돌아왔다.

한참 지켜보고 있는데 부장이 원고지를 들어 벌떡벌떡 젖혀보더니 색연필로 휙휙 타이틀을 붙여 편지부장한테로 집어던졌다.

다행이군 하고 속으로 뇌고는 크게 몇 번 기지개를 펴고 있는데 저편에서 전화를 받으라고 했다. 나한테 전화라니 희한한 일도 있다고 생각한 윤은 성큼성큼 걸어가 수화기를 집어들었다.

"누구요?"

"나야, 형운이야."

"언제 올라왔어?"

"어제야."

"한잔 해야겠는데."

"그럴 겨를이 없어."

"어째서?"

"급히 좀 만나야겠어."

"무슨 일인데?"

"순익이가 잘못된 모양이야."

"잘못되다니, 어떻게 됐다는 거야?"

"글쎄 전화론 안 되겠어. 만나서 얘기합세."

"그래, 그럼 어디서 만날까?"

"우편국 옆에 왜 과자집이 있지. 거기서 만나지. 몇 분 내로 올 수 있겠어?"

"오 분 내로 갈게."

윤은 수화기를 놓고 잠시 눈치를 살핀다. 아무도 자기를 보고 있지는 않았다. 비슬비슬 게걸음을 치다시피하여 편집국을 빠져나왔다.

약속한 과자집에 들어서자 한구석에서 형운이 높이 손을 들어 보였다. 윤은 황급히 그리로 다가갔다.

"어찌된 거야?"

"순익이가 평청 회원에게 붙들려갔대."

"그걸 어떻게 알았어?"

"동생이 나한테로 뛰어왔어. 점심을 먹고 있는데 난데없이 몇 명이 나타나서 불러냈다는 거야."

"평청 회원이란 걸 어떻게 알았대?"

"걔가 몰래 뒤를 밟았다는 거야. 광화문 빌딩으로 데리고 들어 가더래."

"그래, 도대체 무슨 일이야?"

"모르지, 어떻든 구해내야겠어."

"끌려들어간 지 얼마나 됐어?"

"두 시간은 넘어. 벌써 웬만큼 욕을 봤을 거야."

"으음, 껀인걸.⁶"

"자네, 평청에 아는 친구 많잖나?"

"몇 있지."

"그럼 가서 좀 알아보게."

"그래, 그럼 자네 잠깐 여기서 기다리고 있어."

날라온 차를 단숨에 들이마신 윤은 과자집을 뛰어나오자 곧 그 길로 광화문 빌딩으로 찾아들었다.

숨가쁘게 삼층 계단을 올라선 곳에 거기 조그만 책상을 놓고 얼굴이 두툼한 청년 몇이 앉아 있었다.

"어딜 가우?"

"나 친구 만나레 왔수다."

윤은 일부러 사투리를 썼다.

"누구 말이오?"

"회장님과는 같은 고향이우다. 형님으루 모시는 처지디요."

청년들은 서로 얼굴을 건너보다가 그중 한 명이 두툼한 입을 열었다.

"뭐, 무기 같은 거 가진 거 없디요?"

"아무것두 없수다."

윤은 활짝 두 팔을 벌려 보였다.

"그럼 들어가보슈."

윤은 복도를 걸어 도어 앞에 이르자 잠시 서서 숨을 가누었다. 도어를 밀고 들어서려는데 저편 구석진 방 쪽에서 갑자기 비명이 터져나왔다. 윤은 곧장 회장 방으로 찾아들었다.

회장은 들어서는 윤을 보자, 의자에서 벌떡 몸을 일으키며 반가이 손을 내어밀었다.

"오랜만이군."

"형님, 안녕하셨어요?"

"윤이, 이전 말씨부터 서울 사람이 다 됐는데. 신문사 재미는 어때?"

"네" 하고 대답하는 윤이 목소리가 또 구석진 저편에서 들려오는 자지러지는 비명에 흩날려버렸다.

"놀랄 건 없어, 안된 놈한테 좀 맛을 뵈고 있는 거지."

"저어 형님."

"갑자기 새침해서 왜 그러나?"

"저어, 급한 부탁이 있어 왔는데요."

"갑자기 나한테 무슨 부탁이야?"

"저 여기 제 친구가 한 명 끌려온 모양인데요……."

"자네한테 여기 끌려올 그 따위 친구가 있나?"

"학교 동창인데요. 절대 그런 애가 아닌데 열두 시께 불려온 모

236

양입니다."

"누군데 그래?"

"저, 이순익이라구 하는 앤데요."

회장이 옆에 앉아 있는 한 간부보고 물었다.

"그런 애 데려온 일이 있어?"

간부는 무표정한 얼굴로 말없이 비명이 들리는 구석진 쪽을 가리켰다.

"저 친구 말야?"

"예."

"흐음."

회장은 잠시 말없이 방바닥만 굽어보고 있더니 휙 눈길을 윤에게로 보냈다.

"저치 좀 악질이라는데?"

"저 형님, 무슨 착올 텐데요."

"친구라고 다 믿을 수 있는 세상은 못 돼."

"그건 그렇죠."

회장은 잠시 무슨 생각을 하는 듯하더니 간부에게 일렀다.

"맛을 보였으면 어차피 내어보내얄 게 아냐?"

"그대로 둬둘 순 없습죠."

"이 사람은 내 동생 같은 고향 후밴데 지금 신문사에 근무하고 있어. 웬만하면 데리고 가도록 해주지."

간부는 한참 회장과 윤을 번갈아 떠보고 있더니 성큼 자리를 일어섰다.

"날 따라오슈."

윤은 자리를 일어서면서 꺽석 하고 회장에게 고개를 숙였다.

"형님 고맙습니다."

"고마울 건 없어. 어차피 누가 거들어서 데려가야 할 테니까. 그러나 윤 조심해. 누가 어떤 놈인지 색깔을 분간하기 힘든 때니까 말이야. 도와주려다가 되려 욕을 보는 수가 많아."

"알겠습니다. 형님."

"그런데 자네네 신문도 요즘 좀 이상해가던데."

"그럴 리가 없는데요."

"아냐, 좀 회색 경향이야. 몇 놈 끼어들어 있는 게 아냐?"

"글쎄요."

"뭐 자넬 탓하는 건 아냐. 어떻든 몸조심하게."

안내하는 간부를 따라 어두컴컴한 구석진 방으로 들어선 윤은 순간 자기의 눈을 의심했다. 한구석에 구겨지듯이 쓰러져 있는 것은 분명 순익이었다. 거의 의식을 잃은 듯 두 눈을 지레 감은 순익의 얼굴은 일그러져 있었고 검게 덩어리진 피는 군데군데 말라붙어 있었다. 인중에서는 아직 피가 흐르고 있었다. 그 둘레에 서너 명의 우람한 청년들이 말없이 지키고 서 있었다. 간부가 윤을 보고 냉랭한 어조로 물었다.

"어떻게 하실려우?"

윤은 뜨거운 덩어리가 불쑥 가슴을 치솟는 것을 느끼자 자기도 모르게 휙 몸을 돌려 뛰어나갔다. 허둥지둥 복도를 스쳐 회장실의 문 앞에 이르자 사납게 문을 박차듯이 밀고 들어갔다.

"형님!"

회장은 윤의 창백해진 얼굴을 올려다보았다.

"형님, 저게 뭡니까?"

"왜 그러나?"

"저렇게까지 쳐눕혀, 저게……."

"윤이!"

회장이 음성을 높였다.

"그리 앉게."

핏발이 선 눈으로 회장을 쏘아보다가 맥없이 의자에 털썩 주저앉은 윤은 손바닥으로 자기 얼굴을 가렸다.

"윤, 자네 서울 사람 다 됐군."

"서울 사람이고 시골 사람이고 없어요, 형님."

"자네 고향을 잊고 있단 말야. 귀신도 모르게 없어진 고향 친구들을 벌써 잊고 있단 말야."

윤은 얼굴에서 손을 떼고 멀거니 뜨여진 눈으로 회장의 얼굴을 건너보았다.

"윤, 이건 우리의 탓이 아니야. 미 군정의 알뜰한 시책 탓이란 말야. 저쯤 않고 놈들을 막아낼 다른 도리가 있다고 생각하나? 버젓이 활개를 치고 비단결같이 조아려대는 놈들을 누를 길이란 몽둥이뿐이란 말야."

윤은 회장의 어깨 너머로 기다란 흰 종이에 모필로 쓰여진 굵다란 네 글자가 벽에 붙어 있는 것을 보았다.

'至上命令(지상명령)!'

그때 도어가 열리면서 스윽 소리없이 윤을 안내한 간부가 들어섰다.

"윤! 그럴라면 다시는 오지 마."

"형님!"

"좋아, 더 이상 말할 필요가 없어. 친구를 데리고 어서 가게."

윤이 일어나서 방을 나가기가 바쁘게 간부가 회장에게 나직한 음성으로 말했다.

"저치 맛 좀 보일까요?"

"뭐?"

"몇 대 안길까요?"

"닥쳐!"

회장은 벌떡 몸을 일으켜 뚫어질 듯이 간부의 얼굴을 쏘아보았다. 간부는 어리둥절한 얼굴을 했다. 회장은 금시 노여움의 빛을 거두었다. 잠시 후 그의 입에서 부드러운 말씨가 조용히 새어나왔다.

"박 동지, 날 좀 혼자 있게 해주게."

회장은 푹 의자에 주저앉으며 눈을 감았다.

전신이 땀에 떠서 간신히 송장 같은 순익을 아래층까지 끌어내린 윤은 잠시 현관 한구석에 눕히고 과자집으로 달려가 형운을 불러다 함께 차에 태워 가까운 병원으로 날랐다.

한참 후 순익은 의식을 회복한 듯 어슴푸레 눈을 떴다. 입술이 경련을 일으키는 듯하더니 거기서 몇 마디의 말이 새어나왔다.

"으으, 놈자식들…… 으으…… 자식들……."

힘없이 눈을 감았던 순익은 잠시 후 다시 스르르 두 눈을 떴다. 입술이 또 날름거렸다.

"윤…… 너어…… 너 새끼가……."

"뭐?"

순간 윤의 전신에 쭉 소름이 스쳐갔다.

"뭐라구?"

형운이 와락 순익에게 달려들 듯 목을 빼고 다그쳤다.

"순익이! 뭐라구, 윤이 어쨌다구!"

순익은 기를 쓰려는 듯이 상반신을 움직이려 했으나 곧 우우 하고 신음하더니 그대로 맥없이 늘어져버렸다. 그러나 그의 두 눈망울만은 악을 담고 윤을 노려보고 있었다. 또다시 그 입술이 움직였다.

"윤이, 네가 일러서…… 날 이렇게…… 난 죽어두…… 이 일을…… 잊지……."

그러고는 또 괴로운 듯 가장자리에 아직 피가 말라붙어 있는 입술을 닫았다. 뒤이어 그의 두 눈도 지긋이 감겨졌다.

윤은 고개를 돌려 형운을 건너보았다. 형운도 말없이 윤을 건너보았다.

형운은 다시 고개를 돌려 한참 순익의 얼굴을 건너보더니 신음하듯 뇌까렸다.

"건 오해다."

그러나 순익은 눈을 감고 입을 다문 채 얼굴을 설레설레 가로저었다.

윤은 벌떡 몸을 일으켜서 화닥닥 병실을 뛰어나왔다. 아무렇게나 신발을 얻어 꿰고 병원문을 밀어젖히자 밖으로 나서서 멋대로 보도를 걷기 시작했다. 그는 몇 번 마주 오는 사람과 몸을 부딪쳤다. 행인들은 무어라 투덜거렸으나 윤은 그대로 내어걸었다. 가을은 아직 멀었는데 가로수 잎새가 한 잎 가만히 윤의 어깨를 치고 땅에 뒹굴었다.

"윤!"

윤이 언뜻 정신을 차렸을 때 형운이 어느새 그의 옆에 다가와 있었다.

형운이 뱉듯이 말했다.

"오해야."

그는 또 한 번 뇌었다.

"오해야."

형운은 그렇게 세 번을 뇌까리더니 문득 생각나는 듯 윤을 불렀다.

"윤! 나 어렸을 때 이런 경험을 했지. 우리 고을에 일본애들이 다니는 심상 소학교가 있었어. 열한두 살 때인가 그 운동회를 구경간 일이 있었지. 한구석에 쪼그리고 앉아 있었는데 저만치에 열네댓 살이나 되어 보이는 일본애 하나가 눈에 띄었어. 눈에 띄었다는 건 모두 떠들썩 야단인데 유독 조용히 앉아 있는 품이 어린 마음에도 인상적이었던 모양이지. 퍽 마음이 가서 그애만을 지켜보고 있었어. 한참 후에 그애는 내가 자기를 유심히 쳐다보고 있다는 것을 의식하였던 모양이야. 물끄러미 보고 있는 나를 몇 번 힐끗힐끗 쳐다보는 듯하더니 좀 언짢은 표정을 짓더군. 그래도 난 그냥 그애 얼굴만 쳐다보고 있었지. 그런데 그애 얼굴이 차차 사나와지기 시작하지 않겠나. 그러더니 버럭 소리를 지른단 말이야. 난 무슨 소린 줄 모르고 그대로 그애 얼굴을 쳐다볼 뿐이었지. 걔는 벌떡 일어서더니 나한테로 다가와 한 손으로 덥석 나의 뒷덜미를 추켜든단 말야. 그리고는 '고노야로오 지로지로 미야갓때'(이 자식이 힐끗힐끗 노려보고 앉았어)라고 하면서 질질 끌더니 구경꾼들이 있는 저만치 뒤켠에다 밀어 박아버린단 말야. 깨끗이 사람들 웃음거리가 되어버려 무안을 당했어. 도망가듯이 집으로 돌아와버렸지. 그때의 그 서글픔이란 아직도 내가 그때 당하던 일과 일본애가 하던 말을 그대로 익히고 있을 만큼 컸던 것 같아. 분명히 오해지. 억울한 오해야. 그처럼 사람과 사람 사이에는 어쩔 수 없는 오해가 생기기 마련인 것인지 몰라."

윤은 묵묵히 듣고 있다가 혼잣말처럼 중얼거렸다.

"술을 마시고 싶어졌어."

"그러지 않아도 권하려던 참이지."

"해방옥은 싫어."

"어째서?"

"조용히 먹고 싶으니까."

"그럼 딴 데로 가지."

"순익을 누구한테 맡기고 왔나?"

"아 참, 순익의 집으로 돌아서 가세. 동생한테 알려줘야지."

"그 어머니 뵐 낯이 없군."

"까짓것 잊어버리게."

둘은 순익의 집을 거쳐서 동생에게 일러주고 그 길로 진고개 어귀에 있는 어떤 조용한 중국집을 찾았다.

"중국 음식인가?"

윤이 좀 망설였다.

"왜 별로 당기지 않나?"

"아냐, 기왕이면 되놈 것 팔아줄 게 뭐야."

"그리 너무 따지지 말게."

윤은 시무룩히 형운의 뒤를 따라 안으로 들어갔다. 안내된 방은 이층 구석진 조용한 곳이었다.

주문을 받으러 온 하인은 형운이 건네는 능란한 중국말에 설설 기었다.

"이쯤 해두면 저절로 요리가 나오지."

윤은 히뭇이 웃으려 했으나 입술 한쪽 언저리가 일그러질 뿐이었다.

그는 길게 한 번 한숨을 내어쉬었다.

"오늘 같은 일을 당하면 정말 해방을 반환하고 싶은 생각이 들어."

"되어버렸는걸."

"이거 어디 견디겠나?"

"8월 15일이란 게 좋잖았어. 말하자면 팔삭동이란 말야."

"농은 말게."

"농이나 해야지. 사람 산다는 게 알고 보면 싱거운 거지. 그렇게 심각할 것도 없어."

"그저 그런 거란 말이지."

먼저 배갈과 춘장이 들어왔다.

"자, 우선 한잔."

"이걸 안주로 하나?"

"내 가르쳐주지. 자 먼저 차를 한 모금 마시게. 그리고 배갈을
쭉 들구 급하면 코를 막고 얼른 파를 짜장에 찍어서 깨물어 넘긴
단 말야. 몇 번 하면 확 가슴이 타는 맛이 야릇하지."

윤은 형운이 시키는 대로 배갈을 마시고 파를 깨물었다. 가슴을
쭉 긁어내리며 확 불이 댕기는 듯했다. 한참 안간힘을 쓰고 나자
도리어 가슴이 후련한 것을 느꼈다.

"그럴듯한데."

"이건 기분전환에 고만이야. 울화가 치밀 때 해보면 효능이 대
단하지."

배갈 세 병이 비워질 때 가서 윤이 생전 보지 못한 요리가 들어
오기 시작했다. 요리에 저를 찌르는 윤의 눈이 풀어져갔다.

형운이 안주를 씹으며 말했다.

"알고 보면 엽전만큼 먹을 복 있는 족속도 드물지."

"어째서?"

"못 먹는 음식이 있어? 양 요리, 중국 요리, 일본 요리, 노서아
스프에 인도 카레, 그래 어느 족속이 이렇게 골고루 먹어보겠나.
더욱 되비지에 냉면, 냉면 못 먹는 족속은 불행인저. 비프 스테이
크가 불고기만 해? 계란 프라이가 수란[7]과 다를 게 뭐야. 밀죽에

설탕친 우유를 넣어 먹고 대단한 걸 잡쉈다는 엽전이 우습지 그래. 그게 콩죽만 하겠어?"

윤은 그저 웃었다.

"됐어, 자네가 웃었군. 먹는 데 있어서의 관대성이란 유엔 헌장이 있기 전부터 우리 엽전이 지닌 위대한 정신이지. 시래기국이건 카레라이스건 덴동[8]이건 치킨, 짬이건 이놈의 굶주린 엽전의 뱃속엔 마다 할 사이 없이 막 들어가기 마련이거든."

"말이사 그렇게 되는군."

"요즘엔 더 관대해진 게 있어. 우리 엽전 아가씨들이란 누구든지 오너라 가릴 게 뭐냐는 거지."

윤은 얼핏 취한 그의 뇌리에 돌담 밑에서 미명을 기다리고 서성거리는 젖어 있는 눈의 여인의 모습을 스쳐 보냈다. 순간 취한 아랫도리가 찌르르 시었다.

"형운이."

윤은 딴 데로 말머리를 돌렸다.

"남을 치는 걸 어떻게 생각해?"

"말이 짧으면 치게 되지. 말문이 막히면 내어밀 건 주먹밖에 없단 말야."

"결국 모자란 탓이군."

"쓸어줄 힘이 없으니 치는 거지."

"전번에 우리가 통역을 친 것도 그 탓일까?"

"그럼, 쓸어줄 힘이 없었지. 요즘은 모두가 그래. 남을 치는 것만으로도 참질 못하지. 모두들 남을 죽이고 싶어서 자기가 죽을 지경인 거야."

"어째서?"

"모르지, 알고 보면 누구나가 매일같이 마음속에서 누군가를 죽이고 있지. 나두 여덟 살 때 벌써 아버지를 죽였으니까. 장난을 치다가 몇 대 얻어맞고는 아버지를 죽이고 싶다고 생각했어. 그때부터 많은 사람을 죽여왔지. 요즘도 사흘에 한 명 꼴은 죽이고 있는 셈이야."

"실지 못 죽이고 있는 건 무슨 까닭이야?"

"겁이 있어서 그렇지."

"그럴는지도 모르지."

윤은 무연히 팔짱을 꼈다. 둘은 함빡 취해서 중국 요리집을 나왔다. 자꾸 계집을 사러 가자 조르는 형운을 달래서 자동차에 실려 보낸 윤은 바지 호주머니에 주먹을 찌르고 혼자서 걷기 시작했다. 취해서 어지러워진 윤의 머리의 어느 한구석은 너무나 말끔히 깨어 있었다. 몸은 터질 듯 울적했다. 정말 누구를 치고 싶었다. 아니 누구를 죽이고 싶었다. 가슴에는 헤아릴 수 없는 불길이 일고 있었다.

어느덧 윤은 돌담 밑 길을 걷고 있었다. 돌담이 그치는 곳에서 윤은 걸음을 멈추었다. 노르스름한 초라한 사나이를 보고 싶었다. 어둠 속에 거울을 더듬었으나 거울은 찾아지지 않았다.

"헤헤헤" 하고 윤은 혼자서 미친놈처럼 웃었다. 그리고 다시 비틀거리며 걷기 시작했다. 정신이 가물가물했다.

방싯해진 문을 확 낚아채듯 젖히고 들어서기가 바쁘게 덥석 여자의 한 팔을 쥐어 잡았을 때 윤은 번쩍 정신을 차렸다. 희미한 먼 불빛에 여자의 경악에 찬 크게 뜨여진 두 눈을 보았다.

"도둑은 아냐."

윤은 자기의 팔꿈을 벗어나려는 여자를 더욱 세차게 죄어당겼다.

"무슨 짓이에요?"

"자고 가야겠어."

여자는 대답이 없었다. 크게 뜨였던 두 눈은 예사로와지면서 안쪽을 살피는 눈치로 변했다.

"안 돼요."

"안 된다구? 지상명령이야?"

"네."

"기어코 자고 가야겠어."

여자의 눈은 예민한 동물의 그것처럼 순식간에 휘휘 몇 번 굴려지더니 말없이 윤을 잡아끌었다. 현관으로 들어서서 윤이 신발을 벗자 여자는 그것을 손에 집어들고 윤을 자기 방으로 안내했다.

"떠들지 마세요."

방에 들어선 여자는 굵다란 양초 두 개를 켜놓았다. 윤은 으리으리하게 차려진 방 안을 휘둘러보았다. 여자가 선 채로 물끄러미 윤을 건너보았다. 윤은 호주머니에서 지폐를 한 줌 아무렇게나 집어냈다.

"돈은 있어."

여자는 말없이 건너보기만 했다.

"이 돈이면 안 되나?"

"저리 앉으세요."

윤은 다시 지폐를 호주머니에 찌르며 침대에 가서 걸터앉았다.

"뵙던 분이군요."

"거추장스러웠지?"

여자는 빙긋이 웃고 찬장 속에서 양주를 끄집어내더니 유리컵 두 개에다 넘치도록 붓고는 한 잔을 윤에게 내어밀었다.

"먹여서 녹이려는 건 아니겠지?"

여자는 짤막히 까르르 웃더니 다른 한 잔을 자기의 눈 높이에 들어올렸다. 둘은 똑같이 잔을 비웠다. 여자는 찬장 위에 잔을 두고 윤의 옆으로 와서 앉았다.

"어쩌자고 아닌 밤중에 문을 부수고 들어오셨지요?"

"낮에 올 수야 없지."

"손님이 있었다면 어찌 됐죠?"

"아마 나한테 맞아죽었을걸."

"어마나."

"오늘은 기어코 누굴 죽일 생각이었지."

"저걸, 오! 불쌍한 마리오."

"마리오고 개뼈다귀고 그 대신 너를 죽일 테야."

"어쩌나."

윤은 생글생글 눈웃음을 치는 여자를 덥석 끌어안았다. 여자의 따뜻한 체온과 부드러운 감촉이 윤의 피를 거꾸로 굽이쳐 달리게 했다. 여자의 뼈가 으스러지도록 두 팔에 힘을 주었다.

여자는 다가온 윤의 얼굴을 피하며 또 한 번 까르르 웃었다.

"가만계세요."

여자는 몸을 틀어 스르르 윤의 팔을 빠져나가더니 촛불 있는 데로 가서 한 번 고개를 돌려 윤을 쳐다보고는 훅 불을 껐다.

어둠 속에서 버석버석 옷 벗는 소리가 나더니 미끄러지듯 다가온 여자는 윤의 옷에 손을 대었다. 윤의 머리는 세차게 핑핑 돌기 시작했다. 목덜미에 여자의 입김이 간지러웠다. 윤은 어둠 속에서 여자의 몸을 더듬어 세차게 몸을 부딪쳐갔다.

윤은 먼 기적소리를 어슴푸레 들은 듯했다.

얼마나 시간이 지났는지 윤이 심한 갈증을 느끼고 깨어났을 때 날은 어느덧 훤하게 밝아 있었다. 언뜻 머리를 들고 화닥닥 일어나려던 윤은 자기의 한 팔을 베고 있는 여자를 발견하자 일순에 희미한 기억의 조각을 이어보고 다시 가만히 누워버렸다. 한 손으로 아직 잠들고 있는 여자의 볼을 가만히 쓸어보았다. 윤의 손길을 느끼고 지긋이 눈을 뜬 여자는 엷게 미소 지으며 윤의 가슴을 파고들었다. 윤은 자꾸 부드러운 여자의 머리카락을 쓸어주었다.

"때려줄려구 했는데."

"왜요?"

하고, 여자는 어리광조로 콧소리를 냈다. 윤은 대답을 않고 손바닥으로 찰싹찰싹 여자의 볼을 쳤다.

잠시 후 여자는 번쩍 눈을 뜨더니 머리맡에서 담배를 찾아 피워 물고 시원스러이 연기를 빨아 후욱 윤의 얼굴에 날려보내고는 높은 가락으로 한 번 웃어젖혔다.

"뭐가 그리 우스워?"

"제가 어젯밤까진 처녀였거든요."

"뭐?"

"참, 왜 내가 이런 생각을 할까?"

하고, 여자는 갑자기 시무룩한 표정을 지었다.

"자리를 같이한 남자가 아침에 일어나 우리말을 들려준 건 당신이 처음이거든요."

윤이 말없이 여자의 몸을 끌어당기자, 담배 든 가냘픈 손이 머리맡의 재떨이로 갔다.

한참 후 일어나 주섬주섬 옷을 주워 입은 윤을, 여자는 침대에 일어나 앉은 채 머리를 쓰다듬으며 멍하니 보고 있었다.

옷을 주워 입고 난 윤이 호주머니에서 지폐를 꺼내 찬장 위에 놓인 화장품에 찌르자 빙긋이 웃었다.

"세수나 하고 가시죠?"

윤은 가만히 고개를 가로저었다.

"빗장을 빼시면 문은 열려요."

윤은 고개를 주억주억하며 여자에게 눈인사를 보냈다.

"다시는 오지 마세요."

일순 윤의 눈길과 여자의 시선이 공중에서 부딪쳤다. 윤은 가만히 문을 열고 현관으로 나와 고리를 따고 마당으로 나와 푸른 대문의 빗장을 뺐다.

4

"빨랫감 있으면 내놓으세요."

밥상을 들이고 돌아서려던 행아가 나직한 목소리로 말했다.

"뭐 별로."

"사양하실 건 없어요. 있으면 나가실 때 구석지에 찔러두세요. 그리고……."

행아는 잠시 망설였다.

"요즘 몹시 바쁘신가요?"

"예?"

"안 들어오시는 밤에 문고리를 잠가버릴 수도 없고 해서요."

"아 그건……."

윤은 좀 당황했다.

"시간이 되면 잠그세요. 친구들과 어울리게 되면 그만……."
하고, 그는 말머리를 돌렸다.

"어째 요즘 성호 군 잘 안 보여요?"

그 소리에 행아는 지긋이 입술을 깨물었다.

"저 부탁이 있어요."

윤은 또렷이 자기를 쳐다보는 행아의 눈길에 좀 눈이 부시는 듯했다.

"뭔데요?"

"이젠 저의 힘 가지고는 안 되겠어요. 성호가 요즘 몹시 들떠

돌아가고 있어요. 한번 조용히 일러주세요. 왜들 그러는지 모르겠어요. 무엇을 한다는 건지 통 모르겠어요."

행아는 맥없이 푹 문턱 앞에 주저앉았다.

"별일이야 있겠어요?"

"아뇨, 좋잖은 예감이 가요. 조마조마한 눈치로 집에 돌아왔다가도 아버지한테 무슨 얘기를 듣고는 또 열뜬 것처럼 되어가지고 나가지요. 어머니는 그저 뒤에서 걱정만 하고 계시고, 이전 저는 피로하기만 해요."

그때 안방에서 자기를 부르는 부친의 소리를 듣자 행아는 길게 한 번 한숨을 드내쉬고 눈인사를 보내고는 일어나서 안으로 들어갔다.

행아가 사라진 뒤 윤은 문득 수저를 쓰던 손을 쉬었다. 방금 행아가 길게 한숨을 내어쉬던 때의 하염없는 표정은 몹시 아름다와 보였고 퍽이나 낯익은 것으로 생각되었다. 그것은 예전에 어디에선가 본 일이 있는 표정이었다. 잠시 더듬어보았으나 윤은 얼른 생각해낼 수가 없었다.

편집국에 들어서기가 바쁘게 사회부장은 윤을 보고 일렀다.

"좀 늦었군."

"전차가……."

"좋아, 곧 대학동을 가봐. 임기자 응원을 나가게."

"국대안 건이군요."

"지금 야단이야. 빨리 가보게."

윤은 튕기듯 신문사를 뛰어나왔다.

자동차에서 내려 교문 가까이 이르렀을 때 벌써 그 언저리에는 심상치 않은 싸늘한 공기가 감돌고 있었다. 교문 안팎에는 군데군데 모여선 이삼십 명 학생이 서성거리고 있었다.

"학생증 봅시다."

"저 신문사에서 왔는데요."

"그래요?"

더부룩 올백으로 머리를 넘긴 학생은 무표정한 얼굴로 윤을 잠깐 훔쳐보더니 들어가라고 손짓을 했다.

강당까지에 이르는 동안 윤은 거기서 터져나오는 함성과 박수 소리를 여러 차례 들었다. 강당 문 앞에서 또 한 번 기자증을 보이고 안으로 들어서자 또 한 번 박수 소리가 울렸다.

"여러분, 이처럼 그들은 학원의 자유를 말살하려고 드는 것입니다."

청중 가운데서 옳소 하고 거기 화창하는 고함 소리가 난다.

"미 제국주의가……."

연사가 이렇게 말을 이으려 할 때 한편 구석에서 우람한 소리가 났다.

"뭐야, 이건 정치 연설이야?"

"닥쳐!"

"그 자식 집어쳐라!"

"가서 미국놈들 밑이나 핥어!"

항의는 금시 여기저기서 일어난 노호의 회오리바람에 날아가 버렸다.

'식민지' '자본주의' '노예화' '주구' 등등의 어휘를 귀에 담으면서 윤은 몇 사람의 학생들을 훑어보았다.

　한구석에 혼자 떨어져서 팔짱을 낀 채 비스듬히 벽에 기대서…… 있는 학생 하나를 붙들었다.

　"낼부터 아예 학교엘 안 나올 생각이오. 떠들고 투닥거리고 나에겐 무의미하죠."

　학생은 윤의 얼굴을 거들떠보지도 않았다. 조금 떨어진 곳에 체통이 커다란 학생이 굳게 입을 다물고 씩씩거리고 있었다. 그는 얼굴을 찡그리고 손가락으로 연단 위를 가리키며 윤에게 귓속말을 했다.

　"저게 학생인 줄 아십니까? 천만에? 끼어든 빨갱이요, 민애청원이요."

　그때 마침 박수가 터지자 학생은 흠칫 좌우를 살피며 얼려서 자기도 박수를 쳤다.

　윤은 여기저기 서성거리고 돌아가는 날카로운 인상을 주는 한 명의 학생을 발견했다.

　"어디 신문사죠? 그래요? 이것을 드리죠. 여기 우리 학생들의 입과 투쟁 이유가 적혀 있죠. 말이 됩니까 어디. 국대안이 그대로 실시된다면 대학은 없어지는 겁니다."

　학생은 등사한 종이 한 장을 윤에게 건네주고는 또 부리나케 학생 틈을 뚫고 들어갔다.

　마주 서서 소곤소곤 얘기를 주고받는 학생 둘이 있었다.

　"저요? 전 예과 출신인데요, 통합에는 반댑니다. 차라리 장터를

벌이는 게 낫지 어중이떠중이 모아놓고 무엇이 되겠어요. 완전한
전통과 개성의 파괴죠."

"전 일본서 공부하다 학병을 갔다 온 놈인데 양키들은 뭣 땜에
끼어든단 겁니까, 우습죠."

기나긴 박수의 물결이 파상적으로 머리 위를 흐르자 허름한 학
생 하나가 연단으로 뛰어올라갔다.

"학생 여러분, 우리들의 목적은 뭡니까? 한마디로 배우자는 겁
니다. 그런데 뭐예요? 친일파니 반동분자니 이건 학생 대회가 아
니고……."

"뭐야 저건."

"어서 나왔어?"

"스파이다."

"끌어내려라아."

야유와 노호가 한꺼번에 쏟아졌다.

"여러분 ! 내 얘길 들으시오. 할 말은 해야겠소. 이건 마치 공산
당 대회요."

"옳소!"

"뭐라구?"

"빨갱이……."

"끌어내려."

"죽여 죽여."

"집어내라."

연단을 향해 돌멩이 등속이 날았다. 앞줄에 앉았던 학생 몇 명

이 연단으로 뛰어올라갔다. 고함과 발구르는 소리가 강당 천장에 부딪쳐 반항을 일으켰다. 연단에서는 옥신각신 벌어졌다.

윤이 이 학생들의 틈을 뚫고 강당 밖으로 나오기가 바쁘게 뒤이어 우르르 학생들이 쏟아져나오기 시작했다.

학생 몇 명이 소리소리 지르며 아직 안 끝났으니 도로 강당으로 들어가라고 떠들어댔다. 윤은 저 멀리 잔디밭에 앉아 있는 임기자를 발견하고 그리로 다가가서 그 옆에 주저앉았다.

"응원왔습니다."

"음, 지금 고비지."

"대세는 반대로 기울어지고 있군요."

"군정청 하는 일이 매사 이렇거든."

"어떻게 될 것 같죠?"

"강행할 생각인 것 같아."

"공연히 학생들만 들춰놓는 게 아녜요?"

"문제는 단순치 않지."

"무슨 정치적 흑막이라도 있나요?"

"이철이가 뒤에서 당기고 있거든."

"이철이요?"

"이철이가 이 학교 출신 아닌가."

"참 그렇죠."

"그자는 후배들에게 상당한 신망이 있거든."

"그러면 결국 공산당 놀음 아녜요?"

"그 친구들이 가만있을 리 있나."

"학생들이 고걸 모르고 있나요?"

"비슷이 알고야 있지만 군정청 처사에 대한 반감이 더 크지."

연이어 강당에서 쏟아져나오는 학생들이 더욱 떠들썩했다. 아까 연단에 올랐던 허름한 차림의 학생을 둘러싸듯 몇 명이 저편 교사 뒤로 끌고가는 것이 보였다.

"저 뭐예요?"

"흥, 또 코피깨나 쏟게 생겼군."

윤은 그들이 사라진 뒤를 부리나케 따라가는 서너 명의 학생을 보았다. 그중 한 명의 뒷모습이 퍽 낯익었다.

"순익이!"

윤이 엉거주춤하며 저도 모르게 순익의 이름을 입에 담자 임기자가 물었다.

"누구야, 친군가?"

"아뇨, 비슷해서요."

"자 가세. 잘못 끼어들었다간 욕을 보기 십상이지."

윤은 임기자를 따라 교문을 나섰다.

"자동차 하나 부르지."

명륜동 쪽에서 미끄러지듯 달려오고 있는 자동차를 보고 윤이 손을 들었다. 자동차는 그대로 속도를 멈추지 않고 본체만체 스쳐가 버렸다. 임기자 눈길이 자동차를 따르며 혼잣말처럼 뇌었다.

"흐음, 퍼킨스가 가는군."

"퍼킨스, 윤임일 데리고 사는 친구요?"

"그래, 어딜 가는 모양인데."

"어떻게 아세요?"

"해리 김하고 가는 걸 보니까. 그렇지, 오늘 대전에서 행사가 있군. 흐음, 오늘 저녁은 산장 호텔에서 또 야단이 나겠는데."

"윤임이와 이철이 말이죠?"

"그래, 산장 호텔 18호실, 남향한 아늑한 방이지."

와아 하고 뒤편에서 함성이 오르고 우왕좌왕하는 어지러운 발굽소리가 났다.

윤이 고개를 돌렸다. 잔디밭 솔포기 속에 누가 구겨 박히는 것 같았다.

"저, 임형 먼저 가시죠."

"왜 그러나?"

"전 뒤로 가죠, 좀더 있다가 가겠어요."

"그러지 않아두 될 텐데."

"먼저 가세요."

윤은 다시 교문 안으로 들어서서 수위실 뒤로 갔다. 거기 반쯤 몸을 숨기고 동정을 살폈다.

한참 후 이리 밀리고 저리 밀리던 이삼십 명의 학생이 교문 밖으로 빠져나가는 것이 보였다. 윤은 그 일단 속에 섞여 있는 순익의 열에 뜬 듯 상기한 얼굴을 보았다.

긴 한숨이 윤의 입에서 새어나왔다. 윤은 슬그머니 수위실 뒤에서 나와 잔디밭 솔포기 있는 곳으로 갔다. 솔포기 밑에 옷이 찢어진 학생이 한 명 쓰러져 있었다.

"여보시오!"

죽은 듯이 쓰러져 있던 학생이 얼굴을 들었다. 눈은 힘없이 뜨여지고 인중에는 코피가 흐르고 있었다. 학생은 찢어진 팔소매로 그 피를 문질러냈다.

윤은 호주머니에서 원고지 몇 장을 끄집어내 주었다. 학생은 그것을 받아 거칠게 코피를 닦아내고는 힘을 가누어 일어나려고 했다. 윤이 허리를 굽혀 부축하려는데 학생은 그것을 물리쳤다.

"혼자 되겠소?"

학생은 고개를 끄덕였다. 그때 윤의 뒤에서 인기척이 나더니 학생 두 명이 다가와서 일어서려는 그 학생을 부축했다. 윤은 그들이 교문 밖으로 사라질 때까지 멍하니 서서 바라보았다.

갑자기 하복부에 통증을 느낀 윤은 변소를 찾아 건물 있는 곳으로 갔다. 마치 공동 변소처럼 너저분했다. 허리춤을 움켜쥐며 그 중 한 칸으로 뛰어들었다.

문이 닫혀진 안이 차차 밝아오면서 윤은 눈앞의 벽에 무수히 그적거려진 낙서를 보았다. 여체의 그림은 오직 하나밖에 없었다. 벽 전체가 정치적인 구호로 메워져 있었다.

인민위원회 만세, 공산당 만세, 강태 만세, 반동분자 주구, 졸도, 미제국주의, 친일파, 빨갱이, 양키 고 홈 등등의 어휘를 볼 수 있었다. 한참 더듬다가 윤은 웃호주머니에서 연필을 끄집어냈다. 여기저기 빈 틈을 찾던 윤의 눈길이 문득 한군데 못박혀졌다. 윤은 거기 씌어진 낙서를 속으로 두 번을 읽었다. 세 번을 읽고 난 윤의 입에서 큰 웃음이 터져나왔다. 뒤이어 흘러나오는 웃음은 그칠 줄을 몰랐다. 한참 후 웃음을 그친 윤은 다시 한 번 그것을 들여다보고 이번에는 시무룩한 표정을 지었다. 거기에는 짤막하게 이렇게 적혀 있었다.

'뒷간에 들었으면 똥이나 싸라.'

신문사를 거쳐 해방옥으로 달려간 윤은 형운이를 붙들고 기염을 토하기 시작했다.

"형운이, 이전 논문의 결론을 얻었어."

"갑자기 어찌된 거야."

"형운이, 진리는 어떤 경우에 발견된다고 생각하나?"

"글쎄, 링 유땅은 새우잠 자다 깨어난 이불 속이라 했지."

"그것도 그럴듯하군. 그런데 난 그것을 냄새 나는 뒷간에서 발견했단 말야."

윤은 낙서 얘기를 죽 내리했다.

"어때, 진리지? 뒷간에 들었으면 똥이나 싸라. 모든 낙서가 일순에 무색해지더군."

그 소리를 듣자 형운은 턱을 들고 웃기 시작했다. 윤도 따라서 회심의 웃음을 웃다가 너무 극성스러운 형운의 웃음에 눌려서 웃기를 그치고 말았다.

"어때 우습지? 그러나 곰곰이 생각하면 되려 엄숙한 걸 느끼게 되지."

그 소리에 형운은 더욱 자지러지게 웃었다.

"자네두, 참."

하고, 형운은 웃음을 그쳤다.

"여보게, 윤."

"뭔가?"

"그건 내가 쓴 거야."

"뭐?"

형운은 손바닥으로 입 언저리를 훔치고 나서 말을 이었다.

"전번에 그 대학에 있는 친구를 찾아갔다가 변소엘 들어갔지. 하두 너저분한 구호가 적혀 있기에 몇 자 그적거려봤지. 자네 바루 그 칸엘 들어갔었군."

"그래애?"

윤은 내어진 주먹이 허공을 휘젓는 느낌이 들었다.

"왜, 내가 적었다는 걸 알고 보니 느낌이 덜한가?"

"어쩨 어리둥절하군."

"진리는 가까이에 있다는 것이 바루 이거지."

"정말 가까이에 있었는데?"

"자네가 낙망하는 것도 무리는 아니야. 꼭 같은 말두 하는 사람에 따라서 느낌이 달라지기 마련이지. 밭갈이하는 노인이 일도 않고 빈둥거리는 자식보고 일 안 할라면 처먹지도 말라 하면 극성을 떤다고 자식은 웃겠지. 그러나 정치가라든가 학자란 자들이 일 않는 자는 먹지 말라고 하면 모두 그것을 두고 흥분한단 말야. 건달인 친구가 계집이 제일이라면 쌍된 말이라고 비웃지만 시인이란 자가 사랑이 제일이라고 하면 여기저기서 정사하는 놈이 생긴단 말이지. 모두 그런 거야. 그게 권위라는 거지. 어떤 친구들은 마르크스니 레닌이니 스탈린이 이래저래 말했다면 꿈쩍 오금을 못 쓴단 말야. 로마 교황이 한마디 했다면 대수롭지 않은 말에서도 빛이 나기 마련이지. 요즘은 또 기다란 이름을 가진 서양놈이 한 말이라야 시세가 나지. 빈 달구지는 소리가 요란탄 말은 벌써 엽전들이 몇 백 년 전부터 해온 말이지. 그러나 그것으론 되지 않아 빈 통은 더 큰 소리를 낸다, 이렇게 쿠루이로프는 말했다고 해야 특히 순익이 같은 친구는 좋다 하거든. 그러니 너나 나나 가련하기 짝이 없는 거지. 결국 애비를 못 고른 탓이야."

"참, 오늘 순익일 보았어."

"뭐라든가?"

"아니, 먼발치로 보기만 했어. 학생 하나를 뭇매치는 데 한몫 끼여 있더군."

"맞았으니까 때려야겠다는 거겠지."

"좀 서글퍼지던데."

"서글플 게 뭐 있어, 따지고 보면 다 그런 거지."

"어째 요즘 얼굴이 안됐는데?"

"나? 나야 항시 그렇지. 돈이 떨어진 탓인지 몰라. 한 번 더 인천엘 갔다와야겠어."

"위험한 일은 말게."

"위험하지 않고 돈 생기는 일이 어디 있을라구."

윤과 형운은 몇 잔을 더했다. 형운은 벌써부터 혀 꼬부라진 소리를 했다.

"곰은 어찌됐어?"

"평청원을 따라 시골로 간 모양이야."

"두들겨 패는 판인가?"

"그런 모양이지. 용수는 요즘 뭐 하고 있지?"

"학병단엔가 가서 틀어박혀 있는 모양이더군."

"해방옥도 쓸쓸해가는데."

"마치 내 호주머니 속 같아."

해방옥에서 나와, 형운과 헤어진 윤의 발걸음은 비틀거렸다. 취기로 전신이 충만해가는 것을 느끼며 무엇이고 주먹으로 쳐서 부숴뜨리고 싶었다. 그렇게 하면 가슴 한가운데 걸려 있는 어떤 덩어리가 확 풀어나갈 듯했다. 흥! 망명가니 지사니, 한다는 말과 한다는 짓이 답답하기 짝없어. 뭐냐 말야. 그저 눈물만 흘리면 고만이란 말야? 강태, 이철이, 비단결같이 말만 늘어놓구 뒤로 돌아가선 꿍꿍이짓이나 하구 앉아서. 나는 더 기막힌 얘기를 할 수 있지.

윤은 혼자 기를 썼다. 아직 나는 내가 할 말을 찾지 못했을 뿐이지 그간 놈들보다야 형운의 낙서가 되려 그럴듯하거든.

'뒷간에 들었으면 똥이나 싸라' 하하하, 참으로 옳은 말이야.'

윤의 발끝은 남산 밑을 향하고 있었다. 한참 후 윤은 산장 호텔의 정문이 건너보이는 맞은편 처마 밑에 서 있었다. 그는 산장 호텔을 찾아들어 이철을 기다렸다.

한참동안 지켜섰던 윤은 깜박 선 채로 졸았다. 몸의 중심이 기울자 언뜻 그는 눈을 떴다. 으쓱 몸을 떨었다.

어째 이렇게 지켜 서서 그것을 보아야 하는지 자문할 생각은 나지 않는다. 그저 어쩐지 이철이 산장을 찾아드는 꼴을 보아야만 마음이 개운할 것 같았다. 자동차가 세 대 산장 호텔로 들어가는 것이 보였으나 이철은 나타나지 않았다.

중년 신사가 젊은 여자를 데리고 윤이 서 있는 앞을 지나 호텔 안으로 사라지자 한참동안은 이 언저리가 조용했다. 멀리서 자동차와 전차의 경적 소리만이 들려왔다.

이러고만 있을 수 없다는 생각이 들었다. 벌써 전에 이철이 찾아들어 있는지도 몰랐다. 그러면 이것이 웃음거리였다.

윤은 덮어놓고 호텔 안으로 걸어 들어갔다.

"어서 오세요."

현관문을 열기가 바쁘게 보이가 다가왔다.

"룸이 있소?"

"네, 아래층 위층 어디로 할까요?"

윤은 보이가 내어놓는 슬리퍼를 꿰자 안으로 쑥 걸어 들어갔다.

"18호실 비어 있소?"

"벌써 차 있는데요."

"그럼 17호실은?"

"19호실이 비어 있죠."

"그 방이 좋겠어."

긴 복도를 걸어 윤은 보이가 안내하는 대로 18호실을 곁눈으로 보며 19호실로 들었다. 들자마자 지폐 뭉치를 꺼내 몽땅 보이에게 내어밀었다.

"셈을 하게."

윤은 셈을 하고 난 나머지를 받아쥐자 그중 네댓 장을 꺼내 보이에게 주었다.

"이건 팁이야."

보이는 생긋이 웃으며 머리를 숙였다. 윤은 벌렁 침대에 가서 누웠다.

"뭐 이방 저방 밤이면 시끄러운 게 아닌가?"

"문만 잠그면 감쪽같죠."

윤은 미식 하고 소리를 내며 벌떡 일어나 앉았다.

"어때, 쌍쌍이 손님이 많은가?"

"대중없죠."

윤이 손가락으로 바른편을 가리켰다.

"여긴 어때?"

"아직 안 들었어요."

"18호실은?"

"가끔 오시는 손님인데 아직 바깥주인은 안 오셨죠."

"바깥주인은?"

보이는 의미있게 빙긋이 웃었다.

"그건 모르죠만, 어떻든 부인만 와 계셔요."

"좀 있으면 오겠지?"

"그건 봐야죠."

"어째서?"

"부인 혼자 주무시고 가는 때도 있으니까요."

"그건 안됐는데. 좋아, 차나 갖다줘."

보이가 나간 후, 윤은 한 바퀴 방 안을 휘둘러보았다. 실내 장식이 찬란했다. 자기에겐 아쉬운 돈이었으나 값은 가게 마련이라고 생각했다. 침대의 시트가 눈이 부시도록 희었다.

잠시 후 주전가와 찻잔을 날라온 보이는 혼잣말처럼 중얼거렸다.

"옆방은 또 설치는걸요."

"18호실 부인 말이야?"

"방금 전화가 걸려온 걸 들었는데, 안 오는 모양이죠."

"그렇게 되면 여자는 어떻게 돼?"

"뭐 그대로 자죠."

"가는 게 아니구?"

"새벽같이 나타날 때도 있는걸요."

"흐음."

보이가 나간 후 윤은 커피차를 따라마셨다. 조금 정신이 가누어지는 듯했다. 그러자 이처럼 무턱대고 호텔을 찾아든 자신이 뉘우쳐졌다. 술이 탈이야 하고 윤은 중얼거렸다. 이렇게 가다가는 술 먹고 못할 짓이 없겠다는 생각이 들었다. 끝내는 살인까지 저지를는지 모르는 일이라고 여겨졌다.

윤은 잠시 뇌리에 어린애들과 함께 푸른 숲 속을 거닐던 때의 기억을 되살렸다. 벌써 먼 옛날 같은 생각이 들었다.

윤은 담배를 한 대 꺼내 붙여 물었다. 18호실의 문이 닫히는 소리가 났다. 나가는가? 윤은 얼른 일어나서 방싯이 문을 열고 복도를 내다보았다. 아무도 보이지 않았다. 윤은 벨을 눌렀다. 잠시 후 보이가 뛰어왔다.

"술을 사다줄 수 있어?"

"무슨 술을 사 올깝쇼?"

"깡통맥주 있지?"

"그러죠."

혼자 따라 마시는 깡통맥주가 입에 썼다. 오징어 조각은 더욱 견딜 수 없었다. 그러나 윤은 맥주의 비말을 얼굴에 맞으면서 깡통을 따서 마셨다. 취기는 다시 상승했다. 누그러지려던 몸이 견딜 수 없이 부풀어오르는 듯했다. 또 무엇을 부숴버리고 싶은 충동이 일기 시작했다.

호텔 안팎은 조용했다. 윤은 18호실의 동정을 살피듯 그곳에 귀를 기울였다. 두툼한 벽을 통해 무슨 소리고 들릴 리 만무했다.

그러나 윤의 마음은 그곳으로 쏠리고 흐려진 뇌리의 한구석에는 아직 말끔한 정신의 한 조각이 남아 있어서 그것은 더욱 날카로와만 갔다. 눈앞을 스쳐가는 자동차의 유리 안으로 얼핏 훔쳐본 일이 있는 윤임의 얼굴이 자꾸 뇌리를 어지럽혔다. 그 윤기 있는 검은 눈동자와 보드라운 느낌을 주는 어깨, 윤은 그 밑으로 흘렀을 몸매의 굴곡을 멋대로 그려보고 꿀꺽 생침을 삼켰다. 다음 순간 획 그의 머리 위에 검은 그림자가 뒤덮였다. 퍼킨스와 이철…… 윤은 벌떡 의자에서 일어섰다.

그 바람에 탁자 위의 깡통이 흔들렸다. 윤은 잠시 그대로 버티고 서 있었다. 멀리서 개 짖는 소리가 들려왔다. 윤은 어느 산속에 든 착각을 느꼈다. 그는 잠시 후 가만히 방을 나섰다. 한 번 복도의 앞뒤를 휘둘러보고 18호실 도어 앞으로 가서 가만히 주먹으로 노크를 했다.

"누구시죠?"

윤은 대답을 안 했다.

"누구시죠?"

또 한 번 다짐하는 소리가 들리더니 잠시 후 도어로 가까워오는 슬리퍼 소리가 났다. 고리가 따지는 소리가 나자 핸들이 돌았다. 순간 윤은 세차게 몸을 부딪쳐가며 안으로 들어서기가 바쁘게 홱 도어를 닫아버렸다.

"아!"

하는 짤막한 비명과 함께 여자는 두서너 걸음 뒤로 물러섰다.

"가만히, 난 도둑이 아니오, 기자요, 신문 기자요, 윤임 씨죠?"

윤은 이렇게 빠른 가락으로 말을 건네면서 일순에 윤임의 머리 털끝부터 발끝까지를 훑어보았다. 윤임이 붉은 가운을 걸치고 있었다.

"기자가 이게 무슨 짓이에요?"

"우연히 옆방에 들었소. 얘기를 하고 싶어졌소."

윤임이 대답을 않고 윤을 말끔히 건너본 채 옷깃을 여몄다.

그것을 보고 별수 없이 여자로구나 하고 윤은 마음속에서 뇌 었다.

"나가세요! 안 나가면 사람을 부르겠어요."

"어디 불러보시지, 결과가 어떻게 되나. 당신이 더 곤란하게 될걸."

윤임은 조심조심 탁자 있는 곳으로 발걸음을 쳤다. 윤의 눈길이 탁자 위에 놓인 큼직한 핸드백으로 가자, 그는 어떤 위협을 느끼고 날쌔게 뛰어가 보다 빨리 성큼 그것을 집어들었다. 핸드백이 손에 묵직했다. 윤임이 이번엔 침대 있는 곳으로 뒷걸음쳤다.

윤은 재빨리 핸드백을 열었다. 거기엔 브로닝 사호 정도의 은빛 나는 권총이 들어 있었다.

"해치려는 건 아니래두."

윤은 권총을 끄집어낸 뒤 핸드백을 닫아서 다시 탁자 위에 놓았다. 권총을 호주머니에 집어넣은 윤은 두어 걸음 윤임에게로 다가갔다. 윤임은 몰리어 침대 머리맡으로 돌아갔다.

"손님 대접이 대단하군. 이철이면 이러지 않았겠지."

윤임은 독이 오른 눈으로 윤을 쏘아보기만 했다.

"퍼킨스와도 아니 그랬을 거구."

윤임의 젖가슴이 크게 물결쳤다.

"목적이 뭐예요?"

"목적?"

"돈이면 돈을 드릴게요."

"돈이면 은행으로 갔지."

"권총을 드릴게요."

"벌써 집어넣었어."

"그럼 나가세요."

"권총이 목적은 아냐."

"뭐예요 그럼?"

"야밤에 여자 방에 든 목적이 하나밖에 있겠어? 자는 거지. 난 이철이와는 달라."

"네?"

270

"아무것도 캐어 들을 건 없단 말야."

윤임이 시선을 땅으로 떨구었다.

"침대에 들었으면 껴안고 자는 것뿐이지."

윤임이 천천히 얼굴을 들었다. 그 두 눈에 하염없는 빛이 깃들며 시선이 먼 곳으로 갔다. 그것을 보고 윤은 왠지 속으로 흠칫 놀랐다. 뜻하지 않은 말이 윤의 입술을 비져나왔다.

"참 예쁘군."

순간 윤의 눈동자에 다시 악이 감돌았다.

"정말 껴안고 자고 싶은걸."

윤은 잠시 말없이 윤임을 건너보았다.

"얼굴을 펴시지, 그대로 갈 테니. 너하구 자기보다 갈보년하구 자는 게 더 편하겠어."

윤임이 헙 하고 헛숨을 내어쉬는 소리가 조용한 방 안을 울렸다.

"이철이 오면 일러둬. 침대에 들면 자기나 하라구. 윤은 날쌔게 몸을 돌려 복도로 뛰어나와 영문을 모르는 보이에게 신발을 찾아 꿰고 산장 호텔을 벗어나와 어두운 골목길을 더듬었다. 호주머니 속의 권총이 찌르는 손에 차가왔다.

5

"자네, 그것을 버리게."

"뭐 말야?"

"권총 말야."

"권총? 그건 어떻게 아나?"

"어젯밤 들어오자 자네가 푹 고꾸라졌어. 옷을 벗기다 알았지."

"혼자 어딜 갔었어?"

윤은 얼른 말을 못했다.

"실은······."

하고, 윤은 산장 호텔에 들렀던 전말을 죽 얘기했다.

"그때 문득 자네가 대학 변소에 그적거린 낙서 생각이 나더군.
그래서 침대에 들면 껴안고 자기나 하라고 일렀지."

"하하, 그래 못 하고 말았어?"

"그만뒀지."

"어째서?"

"그 먼 눈이 가슴에 집혔어."

"그것 때문야?"

"실은 거기서 술이 깼어. 겁이 났던 거지."

"하하, 실톨 하는군, 여기 왔을 때 함빡 취해 있던데."

"그대로 올 수가 있어야지, 구멍가게에서 또 제꼈지."

"그럼 다시 돌아가지 그랬어?"

둘은 얼굴을 마주보고 웃었다.

"여하튼 자네 요즘은 대활약이군."

"그러지 말게, 술김에 그런 거지. 그런데 차차 이상한 생각이
든단 말야."

"뭐가?"

"푸른 대문 집 여자나 윤임이나 그렇게 지내놓고 나자 어쩐지 그리워진단 말야."

"여보게, 웃기지 말게."

"아냐 실감이야. 그러니 양키나 이철이 같은 자가 더욱 미워진단 말야."

"곰 잡으려다 곰 되지 말게. 난 내일 인천엘 가보겠어."

"며칠 있어야겠군. 그럼 오늘 저녁 또 한잔 나누세."

윤은 형운의 집을 나와서 신문사에 들렀다가 경찰서를 한 바퀴 돌고 점심때 임기자를 따라 갈매기란 양식집으로 갔다. 거의 카레라이스 한 그릇을 비웠을 때 임기자가 윤을 보고 눈짓을 했다.

"패거리들이군."

윤이 눈길을 입구에 돌리자 이철을 선두로 네댓 명이 주렁주렁 들어서고 있었다. 윤은 좌악 전신을 흐르는 어떤 종류의 적의를 느꼈다. 일행이 한구석에 자리잡는 것을 보자,

"저 임형, 저 개인 인터뷰를 해두 괜찮겠소?"

"어디 해보지그래."

윤은 얼른 식사를 끝내고 천천히 입 언저리를 훔치며 마음을 가누었다.

그리고는 임기자에게 한번 뜻있는 시선을 보내고 이철이 일행이 앉은 탁자로 걸어갔다.

"저 이철 선생이지요?"

"그렇소."

"저 이런 신문사에 있는데요. 좀 들어볼 말씀이 있어서요."

윤은 수첩 사이에서 명함을 한 장 꺼내놓았다.

"그럼 식사나 끝낸 다음에 하죠."

"잠깐이면 됩니다. 한 사오 분간만."

윤은 탁자에 놓았던 명함을 얼른 다시 집어넣었다. 이철은 하는 수 없이 구석지에 있는 빈 탁자로 가서 윤과 마주앉았다.

"선생님, 먼발치로는 가끔 뵈었습니다만 직접 인사드리는 것은 오늘이 처음입니다."

"같은 신문사의 김기자는 가끔 만나죠."

윤은 그 헌칠하게 생긴 얼굴과 굵다란 남성적인 음성을 들으며 윤임이 홀딱 넘어가 있는 것도 무리는 아니라고 생각했다.

"저 선생님의 독일 유학 시기는 어떤 때였었나요? 즉 정치 상황이란 게……."

"바루 히틀러가 의회에 진출하기 시작한 무렵이죠."

"독일 공산당이 눌리기 시작한 때군요."

"눌리기 시작했다기보다……."

하고, 이철은 한바탕 당시의 정치 상황을 설명하며, 독일 공산당의 영웅적 투쟁을 늘어놓았다.

"그럼 하나 묻겠어요. 독일 공산당이 승리했다면 그 바이마르 헌법은 그대로 존속될 수 있었다고 보십니까?"

또 이철은 간간이 독일어를 섞어가며 설명하기에 바빴다. 윤은 그 말하는 가락이 퍽 음악적이라고 느꼈다. 그러나 윤의 흥미는 이철의 설명에 있지 않았다. 윤은 짬을 타서 엉뚱한 질문을 했다.

"저 선생님 독일선 재미 많이 보셨어요?"

"뭐요?"

"독일 여자의 금발이 좋다던데요."

"원 별말씀을."

이철은 위엄 있게 윤의 농을 흘려보내려 했다.

"왜 혁명이나 전쟁엔 반드시 여자가 끼어들어야 한다잖아요. 가령 정보 수집 같은 역할 같은 것 말입니다."

"무슨 얘길 하시려는지요?"

"전 옛날 간첩 영화를 봤는데요, 여간첩 엑스 몇 혼가 하는, 왜 마리네 디트리히가 주연했죠."

"전 그런 걸 본 일이 없소."

"그럼 영화보다는 실지로?"

"뭐요?"

이철은 주위를 살피며 나직한 언성에 노여움을 섞었다.

"가끔 산장 호텔에 가신다죠?"

"뭐라구?"

"그럼 이만하죠. 고맙습니다."

윤은 엉거주춤 이철의 귀 가까이에 입을 가져가며 속삭이듯 뇌까렸다.

"침대에 들었으면 그거나 하시지!"

윤은 얼른 자리를 떠서 임기자를 한번 건너보고 눈짓을 하고는 빠른 걸음으로 식당을 걸어나갔다. 뛸 듯이 한 마장을 걸어 골목을 돌아서서야 어깨로 크게 숨을 드내쉬었다.

"웬일야?"

한참 후 임기자가 뒤따라왔다.

"임형 미안해요."

"무슨 말을 했어? 이철이 얼굴이 볼 만하던데……."

"산장 호텔 얘길 했죠."

"원 자네두!"

임기자는 노여운 빛을 띠었다.

"왜요, 안 됐나요?"

"아냐, 그런 건 아니지만, 자네 그러다 큰일나네. 그래서야 어
디 허투루 얘길 들려줄 수 있나?"

"자식 너절하잖아요?"

"그렇긴 하지만, 허허 참 자네두."

임기자는 엉뚱하다는 눈치로 윤을 한번 건너보고 어이없다는
듯이 웃었다.

윤은 저녁녘이 되어서 느지막이 해방옥으로 갔다. 거긴 뜻밖에
도 순익이가 와 있었다. 순익이는 들어서는 윤을 언뜻 쳐다보고
는 옆에 앉은 낯모를 젊은 친구와 얘기를 계속했다.

윤은 형운과 용수의 한가운데 가서 끼어 앉았다.

"용수, 오랜만일세."

"자네 그동안 곡절이 많았더군."

"체, 웃음거리지."

윤은 스스로를 비웃듯 혀를 찼다. 윤은 술 한 잔을 받아 단김에
들이마시고는 빈 잔을 형운에게 돌렸다. 슬며시 순익을 건너보았
다. 순익은 윤을 완전히 묵살하는 눈치였다. 윤은 용수에게 돌린

잔을 되받아 마시고는 불쑥 빈 잔을 순익이한테로 내어밀었다.
순익이 잠깐 눈앞에 내어진 잔을 보고는 얼른 딴 데로 눈길을 돌
렸다.

"순익이 잔을 받지."

형운이 무거운 입을 열었다.

"나?"

하고, 순익은 형운을 건너보았다.

"윤이 자네한테 주는 잔 아냐?"

그제야 순익은 윤이 내어민 잔을 받았다. 용수가 술을 따랐다.

순익은 조금 마시고 그대로 잔을 놓았다.

"자 알고 지내는 게 좋겠군."

형운이 순익이와 나란히 앉아 있는 젊은이에게 윤을 소개했다.

"저 박인이라 불러주시오."

젊은이는 상냥하게 웃었다. 윤은 단정한 박인의 얼굴 한가운데
빛나고 있는 호수같이 맑은 두 눈을 보았다. 어린애같이 희디흰
그 흰자위에 마음이 끌렸다. 윤은 힘을 돋우어 순익에게 말했다.

"술잔을 돌리게나, 자넨 날 오해하고 있어."

"누가 뭐랬어, 오해라면 그만이지."

순익의 대답은 어디까지나 쌀쌀했다. 윤의 얼굴에 괴로운 빛이
흘렀다.

"아직 풀리지 않는 게로군."

"풀리고 뭐고 없어. 얼마 안 있으면 서로 얼굴을 못 보게 될 테
니까."

"어째서?"

윤이 그 뜻을 모르고 되묻자, 박인이 입을 다문 순익의 대신 그 사연을 말했다.

"저희들은 곧 가게 됩니다. 순익이와 가까운 사이니까 말입니다만 여기 더 있을 수 없죠. 거기 가서 해야 할 일이 급하니까요. 거긴 여기보다 한걸음 앞서서 벌써 혁명의 첫걸음을 굳게 내어디뎠거든요."

"이북 말이오?"

윤의 언성이 튀었다. 순익은 그것을 곁눈으로 훔쳐보고 빙긋이 웃었다. 형운과 용수는 말없이 서로 얼굴을 마주 보았다.

"그렇죠, 얼마 안 있으면 떠나게 되죠. 그래 오늘 순익 군이 친구들한테 마지막으로 찾아가자고 해서 이곳을 들른 거죠."

윤은 박인의 또렷또렷 이어지는 말에 무어라 대꾸할 수가 없었다. 그저 연거푸 술을 들이켰다.

윤은 취기로 엷게 얼굴을 붉히고 돌려지는 술잔을 차근차근 받아 마시는 조용한 박인의 품에 자꾸 마음이 갔다. 그의 호수같이 맑은 눈 속에는 꿈이 깃들어 있고 날씬한 몸매의 가슴 안에서는 굳은 신념 같은 것이 불길처럼 타고 있는 듯했다.

순익이 오줌을 눈다고 밖에 나가더니, 잠시 후 해방옥 출입문이 떠들썩했다. 귀선 목소리에 고개를 돌린 일행은 거기 미 병사 하나와 팔짱을 끼고 들어서는 순익을 보았다.

"어찌된 거야, 국제 친선인가?"

"순익이 취했어."

손님들의 시선을 한몸에 담으며 진객은 순익이가 이끄는 대로 낭자하게 술상이 벌어진 탁자에 와서 박인과 순익 사이에 끼어들어 기다란 다리를 꺾었다. 미 병사는 취해 있었다. 납작 모자를 벗어들자 희미한 남포등 불빛에 밤색 머리칼이 드러났다. 순익이 미 병사에게 대포 사발을 내어밀었다.

"이건 조선식이야."

서툰 순익의 영어가 혀꼬부라진 까닭에 제격이었다. 순익이 미 병사가 받아 든 대포잔에 주욱 약주를 부었다.

"오 이건 과해."

미 병사는 짤막한 말로 손을 저으며 그만 부으라는 시늉을 했다. 순익은 들은 체 않고 사발에 철철 넘치도록 눌러 부었다.

"꾹꾹 담아야지, 이 밥통아."

순익은 이렇게 우리말로 하고는 모두를 한번 훑어보고 웃었다.

"플리이즈, 이건 우리가 먹는 맥주란 거야. 너희들 것보다 낫지, 이 얼간아."

미 병사는 술이 가득 찬 사발을 받아놓고는 한참 오오오오 하면서 거북하다는 듯 망설이더니 털에 묻힌 큰 손으로 잔을 집어들어 두어 모금 들이마셨다.

"어떠냐 맛이?"

순익은 짧은 영어로 물었다. 야릇한 표정을 지은 미 병사는 순익의 물음에 당황한 듯 대답했다.

"오오, 원더풀!"

"그럴 테지."

순익은 회심의 웃음을 웃었다.

"자, 술을 먹었으면 안주를 먹어야지."

순익은 젓가락으로 날두부를 집어 미 병사의 입에 가져갔다. 미 병사는 조금 얼굴을 찌푸렸다.

"이 친구 독이나 든 줄 아나?"

순익은 어거지로 날두부를 미 병사의 입 속에 틀어넣었다. 우우 하고 신음하듯 미 병사는 한참 볼을 우물거리더니 눈을 흡뜨듯 하며 꿀꺽 목너머로 삼켰다.

"엽전 땅에 왔으면 이런 것도 먹어봐야 하는 거야. 이 거지발싸 개 같은 친구야."

둘레의 손님들이 또 한 번 히뭇이 웃으면서 순익이가 하는 양을 유심히 지켜보고 있었다. 형운이 순익이 보고 탓하는 어조로 말 했다.

"그 따위 장난 그만 해."

"뭐가? 이 밥통 편 들건가?"

"얼른 못 보내겠어!"

형운이 말소리가 팅기자 미 병사는 잠시 경우를 떠보는 듯하더 니 순익의 어깨를 가만히 두드리며 부대로 돌아간다고 속삭였다.

"밥통, 갈라면 가지."

미 병사는 커다란 손을 내어밀어 순익의 손을 잡아 흔들고는 기 다란 다리를 뽑아 모두에게 끄덕끄덕 고개를 숙여 보이고 팔을 흔들며 해방옥 밖으로 사라졌다.

"너 언제부터 그렇게 데데해졌어?"

"왜 그래, 형운이. 자네도 재미있게 보고 있었지 않았나?"

"재미? 창피해서 속이 뒤틀렸어."

"양키 언짢다고 제일 떠든 건 누구야?"

"닥쳐……."

형운은 빈 잔을 세차게 들었다가 거세게 탁자를 내리쳤다.

"물론, 아직도 언짢지. 아직도 미워하지. 그러나 이제 그 따위 짓으로 놈들을 조롱하고 싶진 않아. 정말 쥐구멍을 찾고 싶도록 창피했어."

윤은 울화를 터뜨린 형운의 얘기를 듣고 있으면서 어쩐지 자기 자신이 몹시 부끄럽고 가엾음을 깨달았다.

박인이 조용한 어조로 형운의 얘기를 가로막았다.

"형씨, 저도 보고 있으면서 그리 마음에 탐탁히 생각지는 않았어요. 그러나 순익 동지의 한 일이 취중에 저지른 일이지만 저는 그것도 우리로서는 어쩔 수 없는 반항의 표현이기도 하다고 생각하고 싶어요. 물론 그 병사 하나만 놓고 볼 땐 쑥스러운 일이긴 하겠죠. 그러나 그 병사의 배후에 있어서 우리를 노리고 있는 거대한 힘에 대해 지금 우리가 돌멩이 하나 던질 수 없는 형편 아녜요? 일그러진 표현이긴 하지만 나는 순익 동지의 한 일이 그렇게 쑥스럽다고만 생각하고 싶지는 않습니다."

형운은 한참 박인의 얼굴을 건너보다가 무거이 입을 열었다.

"초면에 뭐라 말씀드리고 싶진 않소. 어떻든 창피했으니 술이나 하죠."

무거운 침묵이 흐르는 가운데, 싱겁게 술잔이 오고 갔다. 한참

후 순익이와 박인은 자리를 일어섰다. 윤이 순익에게 손을 내어
밀었다.

"언제 가려나?"

"그야 모르지만 곧 가게 되겠지."

"가기 전에 한번 꼭 만나야겠어."

"언제든 만날 수 있겠지. 원수도 외나무다리에서 만난다니까."

윤은 불쑥 치미는 울화를 간신히 삭여버리려고 안간힘을 썼다.
박인은 상냥하게 인사를 건네며 윤에게 말했다.

"순익 동지는 요즘 좀 마음이 들떠 있죠. 너무 마음에 담진 마
세요."

둘이 나간 후 세 사람은 자리를 넓혔다.

"자식이 돌았어."

용수가 뱉듯이 말했다.

"그야 누가 돌았는지야 아직 모르지."

형운이 무연히 뇌까리고 언성을 높이며 신음하듯 중얼거렸다.

"어떻든 아까는 창피했어. 순익은 '지 아이'를 곯려줬다고 생
각하겠지만 내가 보기엔 곯은 것은 순익이고 우리들이야. 어거지
로 막걸리와 날두부를 먹고, 그것으로 속이 후련해지는 우리의
신세란 뭔가. 나는 뜨거운 납덩어리를 삼킨 기분이야. '지 아이'
는 부대로 돌아가 소화제 한 봉이면 알아보겠지만, 오욕의 납덩
어리를 삼킨 이 가슴은 무엇으로 풀 수 있단 말야. '지 아이'는 그
저 재미있는 원주민 취객을 만나 거북하나 소박한 대접을 받았다
고 생각했을 뿐일 거야. 그런데 우린 뭔가 말야. 그것을 두고 양

키들 전부를 곯려줬다고 생각하니 말이지. 아까 그 젊은 친구는 막걸리 한 잔과 날두부 한 쪽으로 '월'가의 자본가들에게 일대 공격을 가한 것으로 알고 있어. 낮잠 자는 사람의 얼굴에 똥을 깔기고 좋아하는 똥파리 새끼 같은 거지. 졌어, 완전히 졌어."

윤은 탁자에 팔꿉을 짚고 두 손을 펴서 얼굴을 쌌다.

"아까는 마치 거울 속에 비친 나를 들여다보는 것 같더군. 좀상스레 혼자서 멋없이 까분 나 자신의 꼴을 말이지. 푸른 대문 집이나 산장 호텔이나……."

형운이 윤의 어깨를 가만히 흔들었다.

"그런 점이 없진 않지. 그러나 기를 쓰는 자네의 가슴 어느 구석에는 측은의 정이 깃들어 있지."

형운은 이렇게 윤을 위로하고는 용수를 보며 말을 건넸다.

"아까는 문득 어렸을 때 할아버지한테 들은 얘기를 되살렸어. 노일전쟁 때 바루 우리 고장에 카자흐 기병의 일대가 들어왔다는 거야. 로스케란 무흠하다면 무흠하고 신경이 둔하다면 둔한 편이지. 동네 애새끼들이 카자흐가 모인 곳으로 몰려갔다는 거야. 파란 눈이 신기한 장난꾸러기들이 나무 꼬챙이를 로스케들 얼굴 앞에서 휘두르는 장난을 쳤다고 해. 무흠한 편인 로스케들이 애들 보고 뭐라겠나. 더욱 그 무표정한 친구들이 말이지. 그대로 내어버려둘 수밖에. 그런데 그것을 보고 어른들이 했다는 말이 들을 만하지. 저 녀석들 눈알이 파래서 나무 꼬챙이를 못 보는 모양이라고들 했다는 거야. 그래 말이 되나. 눈이 먼 놈들이 그래 몇 만 리 길을 말잔등에 앉아 왔단 말인가. 이런 족속들이거든. 이놈 저

놈 다 싸우라고 자기 터를 비워주고는 앉아서 한다는 소리가 이런 게거든. 그렇게 도사리고 앉아서 천하태평이었단 말야. 못났지, 참 지지리도 못났어."

용수가 맞받아 한마디 뇌었다.

"요즘 되어가는 꼴두 별루 그때와 다를 것 없는 것 같아."

"촌놈이 한술 더 뜨는 격이야. 어떤 자자들은 이제 당장 동궁(冬宮) 습격이라도 할 것같이 서두르지. 어떤 녀석들은 또 자기가 뉴욕 한복판에 살고 있는 줄 착각하고 있어. 똥통이 굴러다니고 있는데 말이지. 창피한 줄을 알아야 해, 창피한 줄을."

윤이 얼굴을 덮었던 손을 내려 턱을 괴었다. 그리고 중얼거렸다.

"남들이 뭐라 할까?"

"걱정할 것은 없어. 거들떠보지도 않을 테니 말이지."

"순익의 오해는 그대로 오해로 둘 수밖에 없겠지."

"자식이 멋대로 생각하라고 하지."

용수가 내어던지듯 말했다.

"그러고 싶진 않아, 오랜 친구인걸. 틀려야 할 건더기가 없거든."

"물에 빠진 놈 구해주니까 보따리 내놓으란 얘기 못 들었어?"

형운이 용수의 말을 받았다.

"없는 보따리 보태려구 물에 빠졌던 걸 다행히 여기고 있는지도 모르지. 누구나 핑계를 찾고 있거든. 일제때 형사한테 따귀깨나 맞지 않고서야 지금 날치고 돌아갈 핑계를 찾기가 어렵거든. 서방질을 하려는 여자에게는 남편의 매가 좋은 핑계가 된단 말이야. 순익은 깃발을 높이 드는 데 무슨 핑계가 필요했던 거지. 평청원의 죄도 아니고 물론 자네의 죄는 아니야. 자넨 하나의 제물이 된 걸세. 가책을 느낄 건 없어."

"핑계고 뭐고 나는 억울하지 않나?"

"억울하지 않은 사람이 어디 있을라구. 알고 보면 모두 억울하지. 태어났다는 것부터가 억울한 일인지도 몰라."

윤은 박인을 두고 말했다.

"박인인가 하는 친구를 어떻게 생각해?"

"티없이 매끈하더군."

"그러기에 말이지. 어떻게 되어서 그렇게 까딱없는가 말야."

"자신만만한 품이 볼만하더군. 눈에는 무한한 꿈이 깃들고 가슴에는 무쇠 같은 신념이 담겨 있는 거지. 눈앞에는 탄탄대로가 한없이 틔어 있고 무서울 것은 아무것도 없다는 투야. 한 점 티없는 얼굴에 날씬한 몸매, 마치 희랍 조각의 아폴로 상이지."

"나는 그 맑은 눈매가 두렵더군."

그 말을 들은 체 않고 형운은 연극 배우가 대사를 외듯 이어갔다.

"그가 거니는 발자국마다 붉은 장미가 피고 길이면 길마다에 인민의 환호성과 박수가 울려나오기 마련이지— 적어도 그는 그렇게 생각할 거야. 그런데……."

형운은 잠시 말문을 닫았다가 다시 이었다.

"하루아침에 그는 와르르 그가 무너지는 소리를 듣게 되지. 자기를 신에 비긴 오만의 벌이야. 돌이켜보면 발자국 바닥엔 꽃이 아니라 이웃의 핏덩어리요, 환호성과 박수는 아우성과 주먹질인

걸 알게 되지."

"죽을 때까지 뉘우침 없이 버티는 수도 있겠지."

"나두 그러길 바래. 일부러 끌어내릴 것은 없으니까 말이지. 그러나 그렇게 될 때 그는 되려 사람답게 되고 우리와 가까워지는 거야."

"그러나 그 인상만은 어쩔 수 없는 그자의 것이야."

"그런 인상에 넘어가지 말게. 거긴 별다른 것은 없어. 그건 말쑥한 계집을 보고 느끼는 착각이나 매한가지야. 거기 보내지는 예찬의 눈길과 박수가 오히려 그들을 망치게 하는 거야. 티없이 맑은 눈으로 웃으면서 사람을 죽이는 장면을 생각해보게."

"자네는 그저 날려고 하는 자를 땅으로 끌어내리는 양반이군."

"그들을 생각해서지. 자, 이런 공연한 소리 말구 술이나 마시지."

용수는 일찍이 집으로 돌아간다고 도중에서 갈리고 윤만이 형운의 뒤를 따랐다.

번화가에서 벗어나 골목길을 더듬어 어떤 조그만 가게 앞에 이른 형운은 가만히 주인을 찾았다. 한참 후 나직한 대답이 있더니 안으로 문이 열렸다. 들어선 두 사람 앞에 머리가 와자직 헝클어진 여인이 희미한 등불을 들고 있었다. 여인은 잠시 두 사람을 번갈아 보고는 말없이 앞장서서 안으로 들어섰다. 천장이 나지막한 방으로 들어서자, 형운은 이부자리가 놓인 한구석에 가서 펄쩍 주저앉았다.

"윤이 앉게."

"어디야, 여기가?"

그때 밖에서 여인의 질질 신발 끄는 소리가 나자, 윤은 다시 형운에게 물었다.

"저 누구야?"

"나의 옛날의 날개 돋친 천사지."

"언젠가 얘기하던 그 처녀가?"

"그래."

"이렇게 된 사연을 말해줄 순 없나?"

"못 할 것도 없지."

형운은 담배를 한 대 붙여 물고는 뻑뻑 몇 번을 빨다 후욱 길게 연기를 천장으로 날려보냈다.

"할빈에서 웬만치 살던 집 딸이지. 내가 어떤 일로 얼마를 떠나 있는 동안에 시집을 갔어. 상대는 일본사람이었지. 전쟁이 끝났어. 남편은 어디론지 끌려가고 저 여자는 서울로 돌아왔지. 아버지는 죽고 계모는 자기 갈 데로 가고 말았어. 지금 세 살 난 사내애 하나가 있지. 그것뿐야."

"뭐 그렇게 싱거워."

"나보고 소설을 꾸미라나. 얼마 전 우연히 종로에서 만났어. 이집을 알게 됐지. 가끔 찾아와 술을 먹고 가는 것뿐야."

"퍽 살림에 지친 모양인데?"

"통 말이 없어. 하는 수 없이 뱉는 외에는 도무지 얘기를 않는단 말야. 좀 얘기를 시켜보려고 찾아오지. 아직 잘 안 되는군."

그때 가게 문 열리는 소리가 났다. 한참 부엌에서 수저가 짤랑

거리는 소리가 들리더니 이윽고 술상이 들어왔다. 짠 김치 한 사
발과 오징어 한 마리가 놓여 있었다.

여인은 곧 자기 방으로 건너갔다. 잠잠한 가운데 둘은 술을 마
셨다.

"그저 우린 마시기만 하는군."

"그밖에 뭐 할 일이 있어?"

"술이 없었다면 어떡헐 뻔했지?"

"이렇게 있는걸."

윤은 문득 상 밑에 떨어져 있는 종이쪽지 한 장을 집어들었다.

"어, 이거 뭐야?"

"신문지 조각이군."

"아냐, 형운."

윤의 눈빛이 달라졌다.

"이것 호외다."

"호외가 무슨 호외야."

"보게 또 껀이 생겼는걸."

호외 조각을 받아든 형운도 언뜻 눈을 치떴다.

"영감이 어찌된 거야?"

"용수의 할아버지뻘 되는 영감 아냐?"

"음, 웬만한 인물이었는데 기어코 죽었군."

"전번에도 한번 당할 뻔한 일이 있었는데……."

"너무 바른 소릴 했거든."

"범인은 어떤 작잘까. 좌익일까?"

"그러지 않기를 빌지."

"어째서?"

"용수에게 핑계가 생길 테니까."

"용수도 깃발을 찾는단 말이지."

"그렇게 되면 남는 건 우리들뿐일세."

형운은 안방이 있는 쪽을 보고 나직이 말을 건넸다.

"이거 혁이 엄마가 얻어왔소?"

대답이 없이 잠잠했다.

"호외는 아까 나갔다 얻어온 거요?"

여전히 대답이 없이 부스럭 소리만이 났다.

"주무시오?"

형운은 눈썹을 치올리며 얼굴을 찡그렸다.

"안 주무시죠?"

"네."

간신히 틀어내는 듯한 여인의 음성이 찢겨 있었다. 형운은 한참
묵묵히 술을 마시다가 나직이 윤의 귀에 속삭였다.

"지금 몇 살인 줄 아나? 스물두 살인데 가끔 대답한다는 음성은
저렇게 무덤에서 울려오는 느낌이란 말야."

"호된 마음의 충격을 받은 게로군."

"난 가끔 밤에 찾아들면 이렇게 가져다주는 술을 마시고 지폐
를 몇 장 상머리에 찌른 뒤 인사도 않고 가게 문을 열고 하숙으로
가지. 한참 걸어가다 들으면 뒤에서 문을 잠그는 소리가 난단 말
이야."

형운의 얼굴에 처참한 빛이 흘렀다.

6

밖에서는 비가 내리고 있었다. 윤은 지붕을 두드리는 빗소리를 들으며 궤짝 깊숙이 묻어두었던 권총을 꺼내 손질을 하고 있었다. 브로닝 권총은 손에 마침한 무게를 느끼게 했다. 차가운 감촉이 팔목을 시리게 했다.

삐걱 하는 대문 열리는 소리에 윤은 흠칫 놀라며 권총을 이불 속에 찌르자 문을 비슷이 열고 밖으로 내다보았다. 홈빡 비에 젖은 성호가 들어서는 것이 보였다. 드르륵 하며 건넌방 장지가 열리며 행아의 긴장에 뜬 얼굴이 내어졌다.

"성호야!"

행아는 신발을 꿰기가 바쁘게, 대청마루에 가서 푹 주저앉아 버리는 성호한테로 뛰어갔다.

"너 어디 갔었니?"

행아가 성호의 어깨를 잡아 흔들며 달랬다.

"너 술을 먹었구나."

성호가 그 소리에 번쩍 고개를 들었다.

"그런데 왜요?"

"왜라니 성호 넌……."

행아의 얼굴은 금시 울음을 터뜨릴 듯 일그러졌다.

"인석아, 너 어델 갔다 이렇게 비를 맞구……."

뒤따라 나온 성호의 어머니는 울상을 하며 비에 젖은 옷을 벗기려 했다. 성호는 어머니의 팔을 뿌리쳤다.

"그냥 두세요. 곧 또 나가야 해요. 누나나 어머니나 인젠 저한테 참견 말아요."

행아는 크게 눈을 뜨며 딱 입을 벌렸다.

"인석아!"

하고, 성호 어머니가 끝내 울음을 터뜨렸다.

"흥, 피가 흐를 텐데 울음은 다 뭐예요?"

성호는 좀 풀어진 눈으로 행아를 올려다보았다.

"난 누나를 원망해. 누나는 날 내버려둬야 했을 거야. 꽃가지나 가꾸라고 한 건 누나야. 새 기르기를 가르쳐준 것도 누나야. 남을 욕지거리 말고 착하게 되란 건 누나야. 그게 무슨 소용이 있었어. 그것이 더욱 나를 괴롭히고 있어. 어째 세차게 발길질을 하도록 버려두질 않았어. 어째서 으스러지게 밟아주도록 버려두질 않았어. 어째 참견을 했어?"

"성호야."

행아는 울음 섞인 말소리로 동생을 불렀다.

"제발 옷 벗고 들어가주어. 응, 성호야."

"이젠 늦었어, 누나."

성호의 뺨에 주르르르 두 줄기의 눈물이 흘렀다.

"성호야."

성호 어머니와 행아는 앞뒤에서 성호를 얼싸안듯 불렀다.

그때 삐걱 대문 열리는 소리가 나며 쑥 성호 아버지가 들어섰다.

"웬일이냐?"

천천히 우산을 접으며 한군데에 얼싸안듯 웅크리고 앉아 있는 세 모자를 보자 성호 아버지는 버럭 소릴 질렀다.

"뭣들이야, 이게?"

행아가 벌떡 일어서며 그 아버지를 쏘아보았다.

"성호가 울고 있어요."

"사내자식이 울긴."

"왜요?"

행아가 대어들듯 그 아버지한테로 다가섰다.

"전 남자들이 더 좀 울었으면 해요."

"넌 입을 닥쳐라. 성호야, 어찌된 거냐?"

성호는 비에 젖은 옷소매로 눈물을 닦았다.

"아무것도 아녜요. 좀 술을 마신 탓이죠. 사내가 하는 일이니까요."

"울긴 어째 우냐?"

"어른이 될라니까 힘이 들어요."

"어른이 될라면 울질 말아야지."

"이것이 마지막 울음이겠죠."

성호는 물끄러미 빗발치는 마당을 굽어보았다.

"방금 전 누나에게 역정을 냈죠. 이렇게 괴로운 것이 누나 탓이라구요. 그건 어리광을 피워본 거죠. 그렇다고 아버지 탓도 아니죠. 전 아버지 말씀을 좇느라고 무척 애를 썼죠. 잘되지가 않았지만 이럭저럭 동무들 뒤를 따라갈 수 있었죠. 이젠 무엇이 될 것 같기도 하죠. 지금 마지막 고비죠. 이 고비만 넘기면 저도 어른이 되는 거죠. 그렇지만 아버지, 아직 결심이 안 가요. 그래서 이렇게 술 먹고 울게 된 거죠. 글라이더 탈 생각은 깨끗이 버렸어두요."

"아버지."

행아가 애원하듯 그 아버지를 쳐다보았다.

"아버지, 성호보고 글라이더를 날리라고 말씀하세요. 제발 나가지 말라 일러주세요."

그렇게 애원하는 행아는 거들떠보지도 않고 이상한 빛을 담은 두 눈으로 성호를 쏘아보고 있던 성호 아버지는 나직하나 힘있는 목소리를 틀어냈다.

"성호야, 지금 물러서면 안 된다. 힘을 돋우어야지. 지금 버티어야 한다. 그렇지 않으면 일생 죽어살이로 지내야 하는 거다. 이 애비를 봐 성호, 나처럼 되어서는 안 돼. 성호야 죽지도 못하는 송장이 되어선 안 돼."

성호 아버지는 눈길을 성호에게서 돌려 번갈아 행아와 그의 어머니를 훑었다.

"이런 건 여자들은 모르는 거다. 이 아픈 가슴을 모르는 거야."

행아는 두어 걸음 물러서더니 몸을 돌려서 마당을 가로질러 윤에게로 뛰어왔다.

"저 아버지한테 좀 일러줘요. 성호를 못 나가도록 붙들어줘요. 아버진 어떻게 되었어요, 네?"

행아의 몸부림은 광란에 가까웠다. 윤은 덮어놓고 밖으로 뛰어나갔다.

"허군."

성호 아버지는 다가오는 윤을 팔꿈을 들어 막는 시늉을 했다.

"가까이 오지 말게. 이건 나와 내 아들과의 문제야. 자네가 참견을 하면 안 돼. 성호야, 벌떡 일어서라."

그래도 성호가 그대로 푹 고개를 숙이고 돌처럼 앉아 있는 것을 보자 성호 아버지는 갑자기 우산을 어깨 높이에 메어들었다가 힘껏 기둥을 내리치며 고함을 질렀다.

"일어서라니까. 못 일어서겠어?"

기둥에 부딪친 우산은 박살이 되어 해어졌다.

"아버지."

하고, 벌떡 상호가 일어섰다.

"안 간다는 게 아니죠, 아버지. 아버진 제가 무엇을 생각하고 있는질 모르실 거예요. 사내답게 되느냐 안 되느냐가 아니라 어떻게 하는 것이 사람다우냐 않느냐를 망설이고 있는 거죠. 덮어놓고 일어서기만 하면 되는 게 아니죠. 지금 갈려는 거죠."

성호는 후다닥 빗발치는 마당으로 내려섰다.

"안 돼."

행아가 소리 지르며 뛰어내려가 성호의 옷소매를 붙들었다.

"놔요, 누나."

성호가 힘껏 밀어젖히자 행아는 벌렁 뒤로 나자빠졌다. 쓰러진 행아는 휙 윤을 돌아보았다.

"좀 붙들어줘요. 성호를 붙들어줘요."

행아는 몸을 일으키며 찢어진 목소리를 틀어냈다. 성호가 휙 몸을 돌리며 절규했다.

"누나! 누나는 몰라. 가야 하는 거야. 사람이 죽게 된 거야. 내가 가야 하는 거야. 내가 안 가면 누가 죽게 되는 거야."

성호는 다시 몸을 돌려 대문을 박차고 뛰어나갔다.

"성호야!"

행아가 성호의 뒤를 따랐다. 행아가 대문 밖으로 사라진 뒤 윤은 언뜻 정신을 거두고 마당을 뛰어내려 그 뒤를 쫓았다.

빗발 사이로 어느덧 어둠이 스며들어 골목은 컴컴했다. 연거푸 성호를 부르면서 따라가는 행아의 목소리가 차차 울음이 되어갔다. 몇 고빈가 골목을 돌아서자 성호를 잃어버린 행아는 그만 땅바닥에 엎드려버리고 말았다. 뒤쫓아간 윤은 쓰러진 행아를 추세워주고 성호가 사라진 길목을 따라 뛰어갔다.

한참 후 어둠 속에 성호를 잃고 하는 수 없이 되돌아가는 길에서 윤은 벽에 기대어 하염없이 울고 있는 행아를 만났다.

"어떻든 일단 집으로 들어가죠."

"아뇨, 성호를 찾아야 해요. 성호를 찾아줘요."

"옷차림을 하고 제가 다시 나가보죠."

"찾아줘요, 꼭 좀 찾아줘요."

윤은 함빡 비에 젖은 행아를 부축하고 골목길을 더듬었다. 윤은 피부로 스며드는 행아의 체온을 느꼈다. 감미로운 전율이 윤의 전신을 스쳐갔다.

우비를 걸치고 성호의 집을 나섰으나 그 길로 찾아볼 곳은 막연했다. 생각 끝에 경찰서를 찾아들었다. 마침 낯익은 사찰계 형사가 있었다.

"이렇게 늦게 웬일이오?"

"별 사고는 없는지요?"

"만날 사고투성이죠."

윤은 잠시 머뭇거리다가 성호 얘기를 했다.

"무슨 잘못이 없을까 집에서 걱정들 하고 있어요."

"요즘 이곳저곳서 민애청의 이탈자에 대한 제재가 성행하고 있죠. 그런 부류가 아닌가 생각되는군요."

"어떻든 잘 부탁합니다. 내일 아침 한 번 더 들르죠."

경찰서를 나온 윤은 그길로 형운의 하숙을 찾았다. 술이 만취한 형운이 옷을 입은 채 누워 있다가 윤이 들어서자, 구석지에 양초가 있으니 찾아서 불을 켜라고 했다. 촛불이 켜지며 방 안이 비치자 윤은 얼뜬 듯한 형운의 어슴푸레 뜨여진 눈을 보고 저도 모르게 흠칫 놀랐다.

"웬 술을 그렇게 했어?"

"아냐, 늘 이렇게 먹는 놈이 아닌가."

윤은 형운의 얼굴을 유심히 들여다보다 턱 언저리에 기다란 파열상을 발견했다.

"턱을 다쳤군."

형운이 꾹 입을 다물고 말이 없었다.

"어서 부딪쳤나?"

"안 되겠어."

"뭐가?"

"빠져날 길이 없어."

그 음성은 마치 땅속에서 울려나오는 것 같았다.

"뭐가 말야, 이 사람아."

"몰리고 쫓기다 이젠 걸렸어."

"이 사람 무슨 일야, 인천 일이 잘못 됐나?"

"그런 게 아냐."

"그럼 뭐 걸렸단 말야?"

"내가 언젠가 누구나 남을 죽이고 싶어 한다고 말한 일이 있었지."

"그래, 홀리는 말로 그런 얘길 한 일이 있지."

"나도 항상 누군가를 죽이고 싶었어. 그런데 어린애만은 거기서 제외했던 거지."

"그래 도대체 무슨 얘길 할려나?"

윤은 안타까운 어조로 다그쳤다.

"그만 애를 죽였단 말야."

"무슨 소리야, 그런 헛소릴 말게."

"아니야 들어줘, 윤. 내가 인천 떠나는 전날 자네와 함께 찾아간 가게가 있었지. 옛날에 나의 날개 돋친 천사라고 말한 여자 말이야. 자네도 그 여자에게 세 살 난 애가 있었던 걸 알지. 이튿날 떠나기 전 그 집엘 들렀던 길에 애를 함께 데리고 갔었어. 그런데 그만 버스 안에서 그 애를 죽였어."

"버스 안에서 죽이는 게 뭐야, 이 사람."

"버스가 소사 가까이 이르렀을 땐가 봐. 난 서울서부터 줄곧 그 애를 내 무릎에 앉히고 갔었지. 버스가 비틀거리더니 저편에서 다가오는 트럭과 맞부딪쳤어. 그때 말이지……."

형운의 입 언저리가 부들부들 떨렸다.

"아, 차마 되새길 수가 없어."

"형운이."

형운은 두 손으로 얼굴을 가렸다. 한참 후 그 손을 거둔 형운은 멀거니 뜬 눈으로 한참 촛불을 응시했다.

"그 순간 세차게 앞으로 밀려지는 나의 상체와 앞 의자의 뒷녘 굳은 목판 사이에 애가 낑겨들었단 말야. 버스가 정차했을 땐 벌써 늘어져 있었어. 죽어 있었단 말이야."

윤은 숨을 죽이고 말끔히 형운을 쳐다보았다.

"아직도 그 소리가 내 귓전을 세차게 두드리고 있지. 어린 것 가슴이 부서지는 소리가 말야. 윤, 이전 글렀어."

"형운이."

윤은 일부러 언성을 높였다.

"그건 자네 탓이 아니지 않나. 허는 수 없지 않았나?"

"안 되지, 그런 핑계 가지곤 어림도 없지. 그 핑계 될 수 있는 것이 더 견딜 수 없단 말야. 그것이 날 잡는 거란 말야. 나는 걔를 픽으나 귀해했지. 손톱만큼도 미워한 일이 없단 말야. 몹시 나를 따랐기에 데리고 떠났고 귀엽기에 무릎에 놓고 갔단 말야. 그런 데 어쩨 그 애가 나의 체중에 눌려 죽어야 했는가 말야. 왜, 어째 서?"

"형운이, 마음을 가누게."

"무엇이 그렇게 했을까. 안개를 잡는 느낌이야. 난 사람이 이런 시대에 막다른 골목에 부딪치면 두 가지 길이 있다고 생각한 일이 있지. 공산당에 들어가는 길과 신을 믿는 길 두 길 말야. 공산당은 어림도 없지. 마르크스를 세 놈 모아놔도 레닌을 열 놈 불러놔도 스탈린을 백 놈 데려다놔도 이 내 눈앞에 드리운 끝없이 아득한 안개를 걷진 못하지. 엎드려서 신의 용서를 빈다 하자. 그래서 용서를 받는다 하자. 그래도 소용이 없지. 내가 나를 용서할 수 없는걸. 신인들 어떻게 할 수 있단 건가. 나의 귓전을 두드리는 그 어린것의 가슴이 부서지는 소리를 어떻게 지울 수 있단 건가."

"형운이."

"들어보게. 걔 어머니란 내가 신경서 학교에 다닐 때 하숙을 든 집 딸이었어. 부모 모르게 서로 기약한 사이였지. 그런데 당시 나는 공산당 서클에 들어 있었어. 헌병들이 냄새를 맡았을 때 지령으로 누구 하나가 나서서 희생이 되도록 되었다는 거야. 내가 뽑혔지. 그런데 알고 보니 희생이란 검거되어 고역을 당하는 게 아니라 자수해서 부는 형식으로 최소한도의 희생으로 머물게 한다는 거야. 나는 펄쩍 뛰었지. 그러나 지령이라는 거지. 영광스러운 희생이란 거야. 그래 자수했지. 자수했다고 자유가 보장되는 건 아니었어. 당할 대로 당하구 개 끌려 다니듯 이리 끌리고 저리 끌리던 끝에 학병을 나갔다 해방을 맞았어. 신경으로 돌아가보니까 여자는 벌써 연전에 일인과 혼인을 하고 신경을 떠나고 말았다는 거야. 처음, 동지란 작자들에게 부탁한 편지는 여자의 손에 가질 않았어. 비밀이 탄로될까 싶어 일부러 불살라 버렸다는 거야.

맹렬히 따지고 들었지. 그랬더니 한다는 소리가 배반자가 되어 있는 자식이 함부로 까불지 말라는 거야. 정말 어이가 없더군. 무슨 주의에 산다는 놈들이란 대개 그렇지. 나는 부서진 가슴을 안고 서울로 왔지. 우연히 거리에서 그 여자를 만났어. 당황하는 기색이고 놀라는 기색이고 통 표정이 없고 말을 않는단 말야. 때때로 가게로 찾아가게 되었지. 나는 어떻게든지 그 굳어진 마음을 풀어주려고 했어. 그런데 나는 그만 그 가슴을 산산이 부숴놓았단 말야."

"형운이."

"난 되는 대로 살아온 놈야. 그래도 지금까지 요행히 걸리지 않고 살아왔어. 그런데 이전 글렀어. 윤, 내가 언젠가 하루아침에 와르르 무너진단 얘길 했었지. 한 번 당한 줄 여겼더니 그게 아니고 이번 것이 진짜란 말야. 내가 먼저 걸려들 줄은 몰랐지."

"형운이 그만 하게. 난 자네보고 뭐라고 말하면 되겠나?"

"무슨 얘기고 나에겐 괴로울 뿐야. 혼자 그대로 버려두어 주게."

"혼자 두기가 두려운걸."

"아냐, 집으로 돌아가 주게."

"같이 있어서 안 될까?"

"글쎄 괴롭히질 말아달래두."

한참동안 견디기 어려운 침묵이 흘렀다. 밖에서 세차게 퍼부어지는 비바람 소리를 들으며 윤은 지금 형운에게 한마디로 들려주어야 할 말이 무엇인가 하고 재빠르게 수백 개의 어휘를 뇌리에 스쳐보내고 수십 개의 말 마디를 목구멍 안에서 굴려보았다. 끝내 간신히 그 한마디를 찾아냈다.

"형운이, 죽진 마."

형운이 눈을 지레 감은 채 조용한 어조로 대꾸했다.

"어린것을 죽인 후 나는 되려 삶을 생각해봤지. 수백 번을 생각해봐도 흐느적거리는 것이 희미해만 가더군. 죽음을 생각한 건 단 한 번뿐야. 그런데 두 손에 쥔 참새처럼 분명히 느껴진단 말야."

"그만."

윤은 전신에 쫙 소름이 스치는 것을 느끼자 세차게 팔을 휘둘러 터져라 하고 힘껏 형운의 뺨을 쳤다. 형운은 히무이 웃었다.

"고마워, 윤. 촛불을 끄고 가주게."

윤은 쫓겨나듯 밖으로 뛰어나왔다. 어딘지 모르는 길을 한참 헤매다가 집으로 들었을 때 행아는 어머니와 함께 마루에 앉아서 기다리고 있다가 뛰어와 문을 열었다. 윤은 설레설레 고개를 가로저었다. 세차게 쏟아져 내리는 빗발을 쳐다보며 윤도 행아 모녀와 함께 성호가 돌아오기를 기다렸다.

얼마나 시간이 지났을까. 대문을 요란스럽게 두드리며 무어라 소리지르는 소리가 들렸다. 윤과 행아는 뛰어가 대문 빗장을 뽑았다. 함씬 비를 뒤집어쓴 중학생 하나가 뛰어들었다.

"큰일 났어요."

"조용히."

"성호가 몹시 다쳐서 병원으로 실려갔어요."

"어느 병원인데?"

"김외과예요."

행아는 "앗" 하고 짧은 비명을 올렸다. 윤은 행아에게 속삭였다.

"어머니한텐 알리지 말아요. 곧 같이 떠나죠."

학생이 잡아온 차를 몰고 김외과까지 이르는 길에 행아는 얼뜬 사람처럼 거푸 중얼거렸다.

"용서할 수가 없어요. 성호가 죽는다면 아버질 용서할 수가 없어요. 용서할 수가 없어요. 성호가 죽는다면요."

병원에 닿자 둘이 뛰어들 때 수술은 끝나가고 있었다. 꿰맬 데를 꿰매고 치료를 끝낼 때까지 행아는 쭉 수술실에서 지킨다고 했다.

그동안 윤은 대합실에서 학생을 대하고 있었다.

"어떻게 된 건지 차근차근 얘길 해봐."

"성호나 희재나 저나 민애청에 가입했었죠."

"너 몇 살이지?"

"전 열일곱이죠."

"그래, 말을 계속해."

"요즘에 와서 모두 투쟁 의욕이 떨어져간다구 자극을 줘야겠다는 간부들의 모종 결의가 있었던가 봐요."

"으흠 그래서?"

"그러기 위해서는 성분도 나쁘고 별로 의욕이 없어 보이는 세포원 한 명을 골라서 배반자로 몰아 따끔하게 맛을 보이자는 계획이 있었던가 봐요. 거기 희재가 걸렸죠. 걔 아버지는 군정청 관린데다가 별로 요즘 적극성을 띠지 못했죠. 집단 제재하는 멤버 가운데 성호도 저도 끼게 되었는데, 지령이라구 해서 성호가 먼저 단도로 희재의 허벅다리를 찌르게 됐어요. 그 순간 성호는 낯빛을 달리하더군요. 저와 성호와 희재는 가장 친했었는데 성호 얼굴이 창백해진 것도 무리는 아녜요. 밤 아홉 시에 사직동에 있는 빈 창고에 끌어다가 허벅다리와 어깨 두 군데를 찔러 반쯤 죽여놓게 되었죠. 창고 안으로 들어가자 문을 닫고 안으로부터 자물쇠를 잠그게 되었는데 그것은 성호가 자진해서 맡는다고 했죠. 그렇게 되어 희재를 창고에 몰아넣고 먼저 대표가 꾸며진 죄상을 낭독하자 희재는 벌써 반 죽은 사람같이 됐어요. 표결을 하게 됐죠. 다섯 명 가운데서 저도 하는 수 없이 손을 들었는데 성호만이 안 들잖아요. 멤버들의 얼굴빛이 달라졌죠. 어떻든 다수결 통과로 대표가 성호에게 찌르라고 눈짓을 했어요. 성호는 한참 가만 있더군요. 그러더니 떨고 있는 희재한테로 다가갔어요. 찌르누나 했더니 그게 아니고,

'희재야.'

하고, 부르고는 얼른 열쇠를 쥐어주는 것이 한가운데 피워놓은 희미한 모닥불빛에도 똑똑히 보였어요. 성호는 또 한 번 크게 소리쳤어요.

'희재와 함께 도망쳐'라구요.

저는 튕겨서 희재를 잡아끌자 문이 잠긴 데를 향해 뛰었죠. 열쇠를 자물쇠 구멍에 찌르는 희재의 손이 벌벌 떨리며 제대로 들어가길 않아요. 제가 낚아채서 자물쇠를 열기가 바쁘게 문을 밀

어젖히고 뛰어나갔죠. 성호만은 그냥 그 속에 갇혀버렸어요. 순경을 데리고 갔을 땐 성호는 피투성이가 돼서 쓰러져 있었어요."

"잠깐. 성호는 어째 빠져나오지 못했을까?"

"좀 늦었던 모양이죠."

"자네들이 도망칠 수 있도록 막아줬다고 생각되지 않나?"

"참, 그랬는지도 모르죠."

수술이 끝나고 병실로 옮겨진 뒤 윤은 의사에게 수술 결과를 물었다. 의사는 말없이 고개를 가로저었다.

윤이 병실에 들어섰을 때 행아는 의자에 기대앉아 먼눈을 하고 있었다.

윤은 조용히 말을 건넸다.

"제가 집에 돌아가 부모님을 모셔올까요?"

"살아날 가망이 없다는 거죠?"

"그런 게 아니라 어차피 아셔야 할 테니까요."

"불러올 것 없어요. 저 혼자 지키고 있으면 되는 거죠."

"만일의 경우에도 혼자 된다는 말이오?"

"그래요."

"어째 그렇게 오만해요?"

행아는 얼핏 고개를 돌려 말끔히 윤을 쳐다보았으나 윤은 조금도 물러서지 않았다. 행아가 다시 저편으로 얼굴을 돌리자 윤은 눈길을 땅에 떨구었다.

"내가 지나친 말을 했죠. 용서하세요. 그러나 그렇게 생각하면 안 돼요. 아버지의 사랑이란 그런 건지도 모르죠. 아까 저는 문득 저의 부친 생각을 했죠. 몹시 저를 못마땅해했죠. 시키는 대로 따른다고 했지만 마음에 탐탁지 않으셨던가 보죠. 부친의 분부대로 사범학교를 거쳐 교원을 지냈죠. 해방되는 날 저는 어디서 무엇을 한 줄 아십니까. 아직도 가끔 호랑이 새끼가 나온다는 산악 지대의 벽촌에서 영양불량으로 누렇게 얼굴이 뜬 어린것들을 데리고 산에서 솔가지를 따고 있었죠. 어린 놈들에게 군가를 불리우며 마을로 들어왔을 때는 벌써 법석이었죠. 지금도 그때 생각을 하면 얼굴이 화끈해지죠. 그때 나는 다시는 그런 웃음거리가 되지 않으려니 결심했죠. 부친은 고향에 남아서 그대로 교원을 지내기를 원했지만 저는 이남으로 간다고 우겼죠. 끝내는 하는 수 없이 가라 하시면서 어디 두었던 돈인지 상당한 금액을 꺼내 주시더군요. 해주로 갔다가 어수선하기에 일단 고향으로 되돌아갔지요. 그때 부친의 얼굴에 비친 낙망과 노여움의 빛은 아직도 눈을 감으면 선히 떠오르죠. 못난 녀석이 무슨 낯짝으로 어정어정 되돌아왔는가고 지팡이를 휘두르며 때릴려구 하시더군요. 다시 그길로 돌아서서 월남했죠. 저는 그때 오히려 깊은 부친의 사랑을 느꼈어요. 어제저녁 성호 아버지가 우산을 기둥에 부딪쳤을 때 저는 문득 이북에 있는 부친 생각을 했습니다. 어느 땐가 성호 아버지가 저를 불러서 같이 담배를 나누자고 하면서 성호가 자기 누나의 반만 되었으면 하고 얘기하는 것을 들은 일이 있어요. 사랑이란 어떻게 나타나는 것인지 알 수가 없는 거요."

행아는 마치 석고상 모양으로 앉아서 꼼짝을 안 했다. 윤은 가만히 병실의 문을 여닫고 병원을 나왔다. 집으로 가기를 재촉하

는 자동차 안에서 윤은, 지금쯤 행아는 울음을 터뜨렸는지 모르
겠다 생각했다.

성호 어머니만을 병원으로 보내놓고 난 뒤 성호 아버지는 마루
에 나와 앉아 그저 뻑뻑 담배만 빨고 있었다.

심신이 극도로 피로해진 윤이 잠깐 잠을 설치고 일어났을 때 어
느덧 날은 희미하게 밝아 있었다. 간밤의 비는 멎어 있었다. 성호
아버지는 한밤을 앉은 채 드새운 듯 간밤의 그 자리에 그대로 앉
아 있었다.

일곱 시가 지나 혼자 대문을 들어선 행아는 곧장 아버지가 앉아
있는 대청마루 앞으로 다가갔다. 아버지와 딸은 한참동안 서로
말없이 건너다보기만 했다.

"행아냐?"

아버지가 먼저 무겁게 입을 열었다.

"아버지!"

그제야 마루로 뛰어올라가 푹 주저앉으며 확 울음을 터뜨렸다.

"행아야."

"아버지, 성호는 갔어요."

행아의 목소리는 오히려 잔잔했다.

"녀석이 참."

혼잣말로 한마디 중얼거리며 몸을 일으킨 성호 아버지는 거북
한 걸음으로 마루를 걸어서 안방으로 들어서려고 했다. 휘청 그
몸이 기울며 한 손으로 기둥을 잡았다. 윤이 아, 하고 느꼈을 때
성호 아버지는 쿵 하고 막대기처럼 마루에 쓰러져버리고 말았다.

"아버지!"

행아는 비명을 지르며 달려가 쓰러진 아버지를 부여안았다.

7

이름 모를 새가 한 마리 맑은 하늘 나직이 날아갔다.

새로 이루어진 무덤 앞에 윤과 행아는 앉아 있었다. 윤은 빈틈
없이 자리잡고 있는 수없이 많은 무덤을 쭉 휘둘러보았다.

갑자기 행아는 쏘아붙이듯 말했다.

"신문사를 그만두시고 딴 일을 하세요."

"왜요?"

"싸우셨다죠?"

"같이 있노라면 때로 싸우기도 하죠."

"전 얼마 전부터 신문은 안 보기로 했어요."

"어째서요?"

"남자들이란 왜 그렇게 쓸데없는 일에 흥미를 느끼는지 몰라
요."

"가령 어떤 일인데요?"

"신문에 나는 그 잘났다는 사람들 얼굴을 보세요."

"왜요, 그게 어때서요?"

"그건 왜 실으세요?"

"그야 사람들이 알고 싶어 하니까요."

"누가 뭣 땜에 알고 싶어 하는 거예요?"

"글쎄 그건……."

윤은 행아의 엉뚱한 질문에 어리둥절했다.

"전 그 얼굴들을 보면 구역질이 나요. 침이라두 뱉고 싶어져요. 그래, 그 사람들이 한다는 짓이 뭐예요?"

"그야……."

"그런 사람들은 모두 그 부인이나 자식들을 울리고 있을 거예요."

"그렇진 않죠."

"그럼, 남을 울리고 있겠죠."

"그들이야, 자기도 웃고 남도 웃길려고 하는 거겠죠."

"자기만이 웃게 되는 게 아녜요? 추켜올리는 사람들도 나빠요. 그러니까 더 우쭐대는 거죠."

"그건 그렇지."

"작년 제가 아직도 학교를 졸업하기 직전이었어요. 저희들이 강당에서 모임을 가지려구 모여 있었는데 급히 밖으로 나가라는 거예요. 하는 수 없이 쫓겨났죠. 그 뒤로 우르르 사람들이 모여들더군요. 물론 모두가 남자들이죠. 여기저기 교정에 흩어져서 기다리고 있는데 한 시간도 못 돼서 야단이 났어요. 간간이 박수 소리가 나던 끝에 고함소리가 들리더니 우르르 밀려나오면서 싸움질을 하는 게 아녜요. 보기엔 점잖은 분들인데 놀랐어요. 그 탓으로 저희들 모임이 늦어지고 모두 늦게 집으로 돌아가 꾸중만 들었죠."

윤은 웃었으나, 행아는 새침했다.

"웃으실 일이 아녜요. 그때 전 여러 사람들한테 둘러싸이듯 교문 밖으로 사라지는 사람을 봤죠. 그 이튿날 신문을 보니까 그 사람 사진이 크게 나 있었어요. 그 밑엔 그 사람이 했다는 속없는 소리가 적혀 있구요. 글쎄 그게 뭐예요. 왜 그런 걸 내주는 거예요. 그래 잘났으면 얼마나 잘났겠어요."

윤은 그저 듣기만 하며 잔디를 뜯고 있었다.

"그러다가 누가 죽으면 장사를 지내고 야단을 하죠. 죽은 사람에게 그게 무슨 소용이 있겠어요. 잘났다는 사람은 누가 썼는지 모르는 글을 읽죠. 몇 번 연습을 했겠죠. 힘은 들 거예요. 조금도 슬프지 않은 데 서러운 체할라니까요. 쌀가마나 갖다주고 돈닢이나 주죠. 그게 무슨 소용이 있어요. 죽은 사람이 되살아나진 않잖아요."

행아의 울음 섞인 목소리가 떨려 나왔다.

"왜 그렇게 쓸데없는 짓들을 하고 남의 가슴에 못을 박는 거예요. 전 죽을 때까지 잊지 못할 거예요. 비오는 저녁, '누나는 몰라, 내가 가야 해' 하고 눈물을 흘리며 뿌리치고 뛰어가던 성호의 뒷모습을 저는 못 잊을 거예요."

윤은 무연히 먼산을 쳐다보았다. 행아는 세차게 어깨를 들먹이며 울음을 이었다.

한참 후 울음을 그친 행아를 달래 윤은 산을 내려와 버스를 타고 시내로 들어왔다.

윤은 신문사에 들러봤다. 모두 퇴근하고 사회부장만이 혼자 앉아서 담배를 피우고 있었다.

"오 허 군, 어디 다 치웠어?"

"네."

"수고했어. 이제부터 어디 갈 데가 있나?"

"머, 별로 없습니다."

"나하구 한잔 마셔볼까?"

"거, 뭐."

"왜 술맛이 없을 것 같아 그러나? 사귀어보면 그렇지도 않지. 가세."

윤은 하는 수 없이 따라나섰다. 사회부장은 신문사 뒤 으슥한 골목으로 윤을 끌고 들어갔다. 납작 내려앉은 집 안은 컴컴했다. 기둥 두서너 개가 비스듬히 서로 힘을 받치고 있었고 문짝도 찌 그러져 있었다.

"들어오게, 이런 데 술이 맛이 나지."

사회부장은 방 한구석에 가서 벌렁 주저앉았다.

"이런 데 버릇을 붙여야 해. 신문 기자란 죽을 때까지 별수 없 는 거야. 그건 똑똑히 알구 들어야지."

사회부장은 윤의 잔에 술을 채워주었다.

"자 드세."

단김에 쭉 들이켠 사회부장은 윤에게 잔을 건넸다.

"자네 내가 못마땅하지?"

"별말씀을 다 하십니다."

"솔직치 못한걸."

"좀 그렇긴 하죠."

"하하하, 됐어. 난 눈치가 빠르지. 하두 내가 싫은 소릴 하니까 모두 마다하지만, 지나고 나면 나보고 고맙다구 할 거야."

윤은 잔을 비워서 사회부장한테 건넸다.

"그젠간 내가 좀 싫은 소릴 했지만 문제는 자기가 느끼는 것처럼 독자가 느끼냐에 있어. 그리구 말이 났으니 말이지 자네 그렇게 신문이란 게 대단한 건 줄 아나?"

"미국에서 신문이 들춘 탓으로 전쟁까지 일어났다면서요?"

"캐어보면 신문만 가지고 된 건 아니지. 자넨 자네가 쓴 기사를 누가 제일 열심히 읽을 줄 아나?"

"글쎄요."

"첫째가 자네지. 그 다음은 제호부터 광고까지 훑어보는 돋보기 낀 한가한 영감쟁일 거야. 보통 타이틀이나 보지. 자네도 이삼 년만 지나면 안 읽게 돼."

"그럼 기사 쓸 필요 없잖아요?"

"체재상 필요하지."

"어디 그렇기야……."

"그럼 내로라하는 싱거운 친구들 사진을 대문짝만하게 내어 거는 건 무슨 까닭인 줄 아나. 체재상 필요한 거지."

"부장님두."

"이런 부장 큰일 났단 말이지?"

"아뇨."

"신문 만드는 거나 사람 살아가는 것이 매한가지지. 산다는 걸

우습게 알고 살아가는 사람이 진짜 살고 있는 것처럼, 우습다고
생각하구 신문을 만드는 놈이 진짜 신문을 만들고 있는 거야."

"좀 얼떨떨하군요."

"나에겐 아직 한 가지 남은 꿈이 있지. 정치란에다간 커다란 말
을 하나 그려놓구 사회란은 하얗게 두어둔 신문을 한 장 내보는
일이야. 문화란엔 이 종이로 쇠고기 한 근 싸 갈 수 있습니다라고
써도 좋지."

"그렇게 되면 모두 밥 바가지가 떨어지겠군요."

"밥 바가지 없이 잘 먹게 되겠지."

사회부장은 벌써 얼굴이 붉어 있었다.

"한 가지 물어보겠는데요, 부장님은 어떤 정치적 경향에 마음
이 가나요?"

"그건 또 아주 엄숙한 질문인데. 내 우리 시골 아저씨 얘길 하
지. 어느날 시집을 보낸 딸 생각이 나서 괴나리봇짐을 메고 길을
떠났어. 어느 마을을 지나는데 젊은 친구들이 우르르 몰려와서
대뜸 아저씬 우익이오 좌익이오 하고 묻더란 거야. 조금 생각한
끝에 먼저 우익이냐구 물었으니 그렇게 대답하는 게 무난하리라
믿구 우익이요 라고 대답했대. 그랬더니, 이 영감쟁이가 낡아빠
져 가지구 하면서 몽둥이로 엉덩이를 한 대 쳐 보내더란 거지. 엉
덩이를 쓸면서 다음 마을에 들었는데 또 젊은이들이 우르르 영감
님을 둘러싸고는 또 우익이오 좌익이오 하고 묻더란 거야. 아깐
우익이라고 해서 맞았으니 그래 이번엔 좌익이요 했다는 거지.
그랬더니, 이 영감쟁이가 늙어빠지구두 좌익이야 하면서 또 한

대 엉덩이를 휘갈기더란 말야. 두 번 봉변을 겪은 뒤 딸의 집을 찾은 영감님은 암탉 한 마릴 얻어먹구 돌아오는데 또 한 군데서 젊은이들이 우르르 우익이냐 좌익이냐구 하기에 이번에는 영감님이 되물었다는 거지. 우익이라구 해야 안 맞소, 좌익이라구 해야 안 맞소? 그러니까 젊은이들이 이건 기회주의자라구 또 한 대 안 기더란 거야. 세 번을 맞으니 영감님 화가 났겠지. 고개턱에서 또 젊은이들이 둘러싸고 묻자 영감님이 버럭 소리를 질렀대. 난 우익도 좌익도 기회주의자도 아니요. 난 죄가 없소, 라고 말이지. 뭐 이것으로 대답을 때우지."

"하하하, 그건 부장님이 만드신 소리군요."

"아니 실지 있은 얘기지."

"아무튼 요즘 세태는 살아나가기 어렵게 됐어요."

"우리 마을에 사람만 만나면 가엾어라 가엾어라 하고 말하는 꼬부랑 할머니가 있었어. 그 꼬부랑 할머니가 꼬부랑 지팡이 짚고 꼬부랑 고개를 꼬부랑꼬부랑 넘어가서 지금은 죽었는지 살았는지 모르겠는데 그 꼬부랑 할머니의 말처럼 모두 가엾은 거지."

"가엾다면 마다하는 사람도 있었겠죠."

"그런 나쁜 놈들은 다 지옥으로 갔어."

"하하하, 지옥이 어디 있어요?"

"아니, 지옥만은 있어."

"어째서요."

"어디 나쁜 놈들이 편안히 죽어 없어져서야 되겠나."

부장과 헤어진 윤은 그길로 형운의 집을 찾았다. 주인은 이틀째

들어오질 않는다고 했다. 혹시나 하고 해방옥을 찾아갔다.

형운이 없었다.

윤은 혼자 술을 청해서 벌컥벌컥 들이마셨다.

"오늘은 일찍 파하셨군요."

주점 아저씨가 윤에게 인사 겸 말을 건넸다.

"형운일 못 보셨어요?"

"어제 낮에 잠깐 들렀다 별로 술도 안 마시고 나가던데요. 요즘 어디 몸이 편찮으신가 봐요."

윤은 거푸 술을 들이켰다. 반 되나 흘려넣었을 때 조금 마음이 가라앉았다.

어슬어슬할 무렵, 윤은 돌담 밑을 걷고 있었다. 미군 병사들이 수없이 다가오고 스쳐갔으나 윤은 조금도 위압감을 느끼지 않았다. 흥, 큰 건 큰 거고 작은 건 작은 거지.

돌담을 지나 일부러 가까이 거울 앞을 지나갔다. 슬쩍 거울 안을 스쳐 지나가는 누르스름한 친구에게 손을 들어 다정한 인사를 보냈다. 그 친구는 윤을 보고 히뭇이 웃다.

골목길로 들어서서 몇 고비를 돌아 푸른 대문 앞에 이르러 문을 두드렸다.

잠시 후 현관문이 열리며 젖어 있는 눈의 여자가 나오더니 빗장을 뺐다.

"다시는 오지 말랬잖아요."

"어디 그렇게 맘대로 되나."

"오늘은 안 돼요."

"벌써 와 있구나."

여자는 고개를 주억주억했다.

"내일 낮에 오세요."

"회사 출근은 아닌걸, 술을 마셨으니 찾아오지."

"어떻든 돌아가세요."

"어디 가까이 친구가 없어?"

"이 양반이."

"그래야 이러저리 얽혀서 더 가까워지지."

여자는 잠시 무엇을 생각하는 듯하더니 앞장서서 밖으로 나가
며 따라오라고 했다. 몇 집을 건너서 안으로 들어갔던 여자가 다
시 밖으로 나오면서 윤보고 어서 들어가라고 일렀다. 엇갈려 나
가던 여자가 음란한 웃음을 얼굴에 담으며 주먹으로 윤의 옆구리
를 툭 쳤다.

조그만 방 안에서 여자는 점잖이 윤을 맞아들였다.

"잠깐 있다 가신다죠?"

"잠깐?"

"열 시가 지나면 안 돼요."

"어째 이렇게 딱딱거려."

"딱딱거리는 게 아녜요."

"그럼 어서 자리로 들어가."

여자는 곧 옷을 벗었다. 커튼이 드리워져 있었으나 아직 방 안
은 어슴푸레 빛이 있었다. 윤은 팔을 뻗어 와락 여자의 목을 그러
안았다.

"안 돼요."

여자는 가까이 가는 윤의 얼굴을 피했다.

"그래."

윤은 잠시 동안 머뭇했다가 사납게 여자의 허리를 낚아챘다.

깜박 잠에 떨어졌는데, 여자가 윤의 몸을 흔드는 바람에 잠을
깼다.

"이젠 일어나세요."

윤은 어슴푸레 눈을 떴다.

"왜? 아직 열 시가 안 됐는데."

"이 양반이, 그때까지 계실래요?"

"그럼."

"안 돼요, 이젠 가세요."

"이건 정말 장작 삶은 맛인데."

여자가 머리맡의 전등을 켜며 침대를 벗어나 거울 앞에 가더니
머리를 빗기 시작했다.

따라 일어난 윤은 담배를 한 대 붙여 물고 한참 물끄러미 거울
속에서 너울거리는 여자의 얼굴을 뜯어보다가 문득 입을 열었다.

"이리 얼굴을 돌려봐요."

"왜요?"

"당신 얼굴에 거 뭐요?"

"뭐예요?"

"그거 기미 아니요?"

여자는 처음으로 생긋 웃었다.

"왜요, 보기 흉해요?"

"아니 그게 아니구, 당신 전에 어느 골목에서 통역이란 자와 옥신각신한 적이 없소?"

"통역이요?"

"그래, 미군을 끌고 와서 지프차를 세워놓고 말야. 통역이 당신을 붙들고."

"그런 일 없는데요."

"젊은 친구 셋이 나타나서 차구 때리구 한……."

"아뇨, 왜 그러세요?"

"아니 그저 물어본 거지."

"저 보름 전에 시골서 서울로 왔어요."

"그래, 그건 다행이군."

윤이 돈을 치르고 문밖으로 사라지자 유리창 너머로 보고 있던 여자는 한 번 눈을 꿈적하고는 날름 혀를 내어저었다.

큰길에 나서서 자동차를 기다리고 있는데 어느 골목에 있었는지 택시 한 대가 나타나더니 문을 열었다. 무심코 어두운 차 안으로 들어서려는 윤의 어깨를 억센 팔이 확 내어지면서 끌어당겼다.

"도둑은 아냐."

"사람 잘못 본 게 아냐."

"웬걸, 너 허윤이지?"

"어쩌자는 거야?"

"잔소리 말고 아가릴 닥쳐."

자동차는 차 안의 불을 끈 채 종로를 지나 동대문을 거쳐 청량리를 향해 달렸다.

한산한 거리를 지나 왼편으로 꼬부라지더니 얼마 안 가서 차가 멎었다.

윤은 밖으로 끌어내려졌다. 사나이 셋이 어둠 속에서 윤을 둘러쌌다.

"너 까불지 마."

"이유를 말해."

"아직두 정신을 못 채리구! 잘 생각해보면 알 거다."

"민애청 창고 사건."

"흥."

"이철이."

"자식이."

하는 소리와 함께 어둠 속에서 날아온 주먹이 윤의 얼굴 한가운데를 쳤다. 윤은 아찔한 것을 느꼈으나 손에 잡히는 옷소매를 낚아채며 기울어오는 몸이 허리에 얹히는 순간 몸을 틀었다. 철썩 당에 뒹구는 소리가 났다. 곤봉이 날아와 윤의 어깨를 쳤다.

탁 무릎을 꿇는 순간 구둣발이 윤의 옆구리를 걷어찼다.

욱 하고 윤은 벌렁 뒤로 자빠졌다. 연거푸 머리, 가슴, 배, 다리 할 것없이 윤은 주먹과 곤봉과 발길질의 세례를 받고 어두운 땅속 깊숙이 떨어져가는 의식이 어느 일순 혹 사라지는 것을 느꼈다.

얼마나 시간이 지났는지 의식을 회복했을 때 윤은 어느 주막집 희미한 등잔불의 조그만 방에 뉘어져 있었다.

"좀 괜찮으세요?"

올려다보는 눈 위에 뜻밖에도 단정한 박인의 얼굴이 미소를 머금고 굽어보고 있었다.

윤은 팔꿈치를 세우며 일어나 앉았다. 얼굴은 얼얼했고 옆구리가 몹시 결렸다.

뻐득뻐득한 얼굴을 손으로 쓸어보았다. 손바닥에 검은 피가 묻어나왔다. 입 속에 무엇이 든 것 같아 훅 뱉는데 부러진 아랫니 한 대가 피에 엉겨 튀어나왔다. 윤은 박인을 건너보았다.

"이렇게 거들어줘 고맙소."

"지나가다 사람이 쓰러져 있길래 봤더니, 형씨가 아녜요. 제 하숙이 바루 그길 너머거든요. 놀랐어요. 사람을 불러서 가까운 이곳으로 옮겼죠. 몹시 다시쳤군요. 아프시죠?"

"옆구리가 좀 결릴 뿐이죠."

"병원으로 옮기시죠."

"아뇨, 좀 누웠다 가면 됩니다."

윤은 다시 몸을 뉘었다.

"박 형, 어떻게 이 신세 갚음을 해야 할까요?"

"뭐, 제가 당했을 때 나타나주시면 되죠."

박인은 명쾌하게 웃었다.

"어디 형씨가 이런 일 당해서야 되겠어요?"

윤은 히뭇이 웃었다. 얼굴 가죽이 당겨지는 것 같으면서 아팠다.

"그럼, 전 가야겠어요. 주인한텐 제가 얼마를 드렸으니까요. 그런데 혼자 괜찮겠어요?"

"아, 가보세요. 조금 누워 있다 차를 타면 되니까요."

박인은 한 번 빙긋이 웃고 일어섰다.

"이거 여러 가지로 안됐어요."

박인이 나간 후 한참 누워 있던 윤은 무엇에 놀란 사람처럼 벌떡 몸을 일으켰다. 가슴이 활랑활랑 뛰었다. 재빨리 조각진 생각을 맞추어갔다. 마치 거울을 들여다본 듯 선명했다. 윤은 허허허 맥없는 웃음을 틀어냈다.

'머 신세 갚음은 제가 당할 때 나타나주시면 되죠. 그 상냥한 웃음, 그들은 지금 웃고 있겠지.'

윤은 등어리가 오싹했다. 어거지로 일어나서 세숫물을 청해 얼굴을 닦고 길가로 나와 차를 집어탔다.

집으로 돌아왔을 때 행아가 누구한테선가 전갈이 있더라고 하면서 한 장의 종이쪽지를 내어밀었다.

'부탁이 있네. 한번 언젠가 같이 갔었던 가게로 와주게.'

순간 불길한 예감이 번개처럼 윤의 뇌리를 스쳐갔다.

"얼마나 되었죠?"

"나가신 바루 뒤에요."

윤은 목에서 신음에 가까운 소리를 틀어냈다. 바보, 바보, 그런 눈치도 못 채고 하고 윤은 마음속으로 우둔한 자기를 저주했다.

가게 앞에 이른 윤은 한참동안 거기 버티고 서 있었다.

마음을 일으켰다가 가만히 한번 불러보았다.

"아주머니."

다음은 주먹으로 몇 번 가게문을 두드렸다.

"형운이, 아주머니."

윤은 언성을 높였으나 어두운 안은 쥐죽은 듯이 고요했다. 문고리를 잡고 밀어보았다. 덜컹 문이 열렸다. 후닥닥 윤은 안으로 들어섰다.

"아주머니."

대답이 없었다.

"형운이!"

역시 조용했다. 윤의 전신에 뒤이어 전율이 흘러갔다. 윤은 성냥불을 그어가지고 도둑 걸음으로 가게를 거쳐 마당으로 나섰다.

"아주머니."

"형운이! 나야."

윤은 다시 성냥 한 개비를 그었다.

마루로 올라섰다. 잠시 서서 눈을 감아보았다. 전신이 떨렸다. 안방 장지의 고리에 손을 대고 드윽 밀어놓았다.

또 성냥이 꺼졌다. 다시 한 개비를 그어서 팔을 쑥 안으로 들이밀었다.

"형운이!"

윤은 돌처럼 굳어서 한참 방 안에 가지런히 천장을 보고 누워 있는 두 사람을 굽어보았다. 여자는 형운의 한 팔을 베고 있었다. 윤은 성냥불이 손 끝을 타들어가는 것도 느끼지 못하고 그것이 꺼질 때까지 그렇게 서 있었다. 그는 다시 한 개비를 켜서 들고 방 안으로 들어서서 전등 스위치를 비틀었다. 천천히 무릎을 꿇었다.

여자의 눈이 조금 흡떠 있었다. 윤은 손가락으로 그 눈을 내리

쓸어주었다.

윤의 마음은 오히려 차차 조용히 머물러갔다. 한참을 그렇게 앉아서 두 사람의 얼굴을 굽어보았다.

머리맡에 종이 뭉치가 놓여 있었다. 그 속에는 지폐와 한 장의 종잇조각이 들어 있었다.

윤은 지폐를 놓고 종잇조각을 펴서 전등불에 비쳐보았다.

'윤, 오래오래 같이 술을 마시고 싶었는데.'

"형운이!"

그제야 윤의 두 눈에서 화르르 눈물이 방울져 떨어져내렸다. 윤은 한참을 소리없이 울었다.

"여보게, 나는 어떡허라나 형운이."

윤은 죽은 형운의 머리맡에서 꼼짝도 않고 한 밤을 새웠다.

이튿날 아침 용수가 기별을 받고 달려왔다. 경찰이 오고 의사가 왔다. 영구가 일단 병원으로 가게 되어 가게를 떠난 후 덩그런 방 안에 남은 윤과 용수는 한참 서로 말없이 마주보았다. 용수가 먼저 입을 열었다.

"형식이나마 장례를 치러줘야지."

"장례비는 놓고 갔어."

"자꾸 둘레가 쓸쓸해지는군."

"마음이 비는 느낌이야."

"해방옥도 갈 맛이 없게 됐군."

"학병단 일은 잘 되어가나?"

"차차 자리를 잡고는 뿔뿔이 헤어지고 있지. 나도 어디든 발붙

일 곳을 찾아야겠어."

"그건 좋은 일야. 난 도무지 마음 둘 곳을 못 찾겠어."

"자네야 신문사가 있잖나."

"발은 거기 붙어 있는 셈인데 마음이 떠 있단 말야. 있어야 할 뭔가가 나에겐 없어."

"형운이가 깃발이라고 말하던 그것 말인가?"

"깃발!"

하고, 윤은 나직이 입 속에서 뇌어보았다.

8

"자! 이 패가 광장을 떠난 시각과 이 패가 운동장을 떠난 시각은 이렇단 말야. 코스는 이렇게 되어 있어."

사회부장은 지도 위에다 색연필로 줄을 그었다.

"그러니 삼십 분 뒤면 이 로터리 부근에서 만나기 마련이다. 그런데 양쪽 선두와 선두는 마주치게 되지 않을 거야. 한가운데 경찰과 엠피가 지키고 있을 테니까. 욕지거리쯤 오가겠지. 충돌한다면 로터리의 이편 아니면 저편일 걸세. 멋진 사진이 찍혀질 걸세. 이런 건 찍어서 오래 두어두면 값나가는 재산이 될 거야. 알았지? 자, 가보게."

윤은 사진 기자와 함께 신문사를 뛰어나와 사회부장이 말하던 로터리로 갔다. 거기 웬만한 장소를 잡고 기다리기로 했다.

로터리 부근은 죽은 듯 고요했다. 하늘은 어디까지나 푸르러 있었다. 패트롤 카가 한 대 로터리를 빙글빙글 돌고 있었다. 조금 후 트럭이 오고 무장한 경찰관들이 십여 명 우르르 쏟아져 내리더니 쫙 흩어져 여기저기에 깔렸다. 엠피 차가 한 대 사이렌을 울리며 나타났다.

그것이 신호인 것처럼 왼편 저 멀리서 환성이 쫘악 밀물처럼 들려왔다. 거푸 부르는 만세 소리가 그 뒤를 따랐다. 그것이 그치자 드높은 노랫소리가 울려왔다.

윤은 저도 모르게 전신에 쭉 소름을 스쳐보냈다.

"앗, 앗, 앗."

갑자기 짧게 끊어지며 비명에 가까운 함성이 세 번 로터리 오른편에서 터져나왔다. 윤은 획 그리로 몸을 돌렸다.

벌써 대열의 선두가 나타나 있었다. 무수한 깃발과 플래카드가 대열의 머리 위에서 휘날리고 있었다. 붉은 깃발이 크게 한 번 좌우로 흔들려지자 청년 한 명이 대열에서 후닥닥 뛰어나오더니 날쌔게 몸을 돌려 번쩍 주먹진 팔을 들며 구호를 외쳤다. 대열 머리 위에 수없는 주먹이 솟아오르며 군중은 그 구호에 따랐다.

또 한 명이 뛰어나왔다. 그는 손에 틀어쥔 모자를 흔들며 크게 노래를 부르기 시작했다. 곧 그것은 전대열의 합창으로 변했다.

"만국의 노동자여 단결하여라."

그것은 노래라기보다 노호에 가까웠다.

그때 갑자기 로터리 왼편에서 만세 소리가 터져나왔다. 윤은 그쪽으로 몸을 틀었다. 대열의 선두에 휘날리는 태극기와 높이 올려진 플래카드는 물결처럼 다가오고 있었다. 만세 소리가 멎자 맞은편에서 들려오는 노랫소리를 제압하려는 듯이 아우성처럼 노래를 부르기 시작했다.

"적색의 무리들은 물러가거라."

제각기 노래를 고창하며 두 대열은 로터리를 끼고 돌았다.

한쪽이 노래를 갈았다.

"백색 테러에 쓰러진 동무."

그러자 곧 또 한쪽이 그에 응수했다.

"시베리아로 끌려간 형제여."

서로 악을 다투는 노래는 마구 뒤섞여 얼버무려지고 있었다.

"등잔 밑에 우는 형제가 있다.

모두 도탄에서 헤매고 있다.

동지는 기다린다 어서 가자 이북에."

"우리의 죽음을 슬퍼 말어라

깃발을 덮어다오 붉은 깃발을."

로터리를 돌고 나자 선두와 선두는 모두 상대방의 대열과 가까이 접근하여 엇갈려 가게 되었다. 서로 쏘아보고 주먹을 휘둘렀다. 욕지거리가 오고갔다.

"반동."

"빨갱이."

"개자식."

"로스케 앞잡이."

"양키 주구."

"뭐?"

"어째서?"

오른쪽으로 밀려간 대열의 선두에서 우람찬 청년 한 명이 저쪽 편 대열 속으로 뛰어들더니, 크게 휘둘러지고 있는 붉은 깃발을 낚아채자 깃대를 무릎에 대어 두 동강으로 꺾어버리고는 두 손으로 깃발을 잡아당겨 쫙 찢어서 땅에 동댕이치고 거기다 탁 침을 뱉었다.

"자식!"

"죽여라!"

삽시에 양편 군중은 뒤섞이며 치고 받고 걷어차고 굴리고 굴리우기 시작했다. 그것은 삽시에 전 대열에 파급해갔다.

플래카드는 쓰러져 땅에 뒹굴고 작고 큰 깃발은 너저분히 땅에 널려졌다. 무수한 구둣발이 그 위를 마구 밟았다. 피가 뿌려져 땅에 흘렀다. 비명과 노호가 로터리 위를 회오리바람처럼 감돌았다.

탕! 경관이 쏜 총소리가 둘레의 건물에 울리며 메아리를 일으켜갔다. 총성은 도리어 불길에 기름을 붓는 역할을 했다. 와아 하고 군중은 아우성쳤다.

"쐈구나!"

"쏘기냐?"

탕탕 총성은 연이어 튀었다.

윤의 가슴은 터질 듯했다.

윤은 언뜻 오른편 저만치 난투가 벌어지고 있는 도로 가까운 건물 계단에 수두룩이 버티고 서서 그 광경을 보고 있는 일단을 보았다. 뛰다시피 하여 그리로 다가갔다. 강태와 이철이 그 한가운데 끼어 있었다.

이철이 강태의 귀에 대고 무어라 속삭이는 것이 보였다. 얼음같이 냉랭한 표정으로 강태는 그저 끄덕끄덕 턱을 저었다.

길 한가운데로 눈길을 돌린 윤은 거기 소년 한 명이 주저앉은 채로 난투의 틈바구니에 끼여서 이리 굴리우고 저리 채는 것을 발견했다. 소년은 굴리우고 채면서 무엇인지 땅 위에 깔린 것을 꽉 손으로 움켜잡고 있었다.

윤은 다시 휙 시선을 강태 일행에게로 돌렸다. 이철이 카메라를 든 청년 하나를 붙들고 손가락으로 난투가 벌어지고 있는 한가운데를 가리키고 있었다. 청년은 알았다는 시늉을 하고 몇 걸음 앞으로 나가더니, 한 군데에 카메라를 겨누고 셔터를 눌렀다.

윤의 혈관에서 피가 역류했다. 일순 눈앞이 아득했다. 다음 순간 윤은 저도 모르게 난투의 한가운데로 뛰어들어갔다. 뛰어들자 쓰러져 있는 소년 가까이로 다가가서 덥석 그 덜미를 추켜들었다.

어디서 주먹이 날아와 윤의 가슴을 쳤다. 윤은 욱 하고 느끼며 뒤로 자빠지려는 몸을 가누어 덮어놓고 소년을 난투 밖으로 잡아끌었다. 몇 번 뒤통수를 얻어맞고 허리와 다리를 차였다.

소년을 끌어내고 크게 한숨을 내어쉬었을 때 강태와 이철의 일행은 걸어들어 가고 있었다.

멍하니 서서 그들의 뒷모습을 살피고 있는 윤의 귀에 이리로 달려오는 지프차의 경적 소리가 들렸다. 윤은 소년을 들쳐업고 강태와 이철이 사라진 반대편 골목으로 뛰어들어갔다.

한참 골목을 달리던 윤은 그만 휘청이는 다리를 꿇고 말았다. 소년의 몸이 그의 등에서 흘러내려 땅으로 굴러 떨어졌다. 거기 윤은 그 소년의 손에 그러쥐어진 붉은 깃발을 보았다. 윤은 한참 동안 망연히 쓰러진 소년을 굽어보았다. 또 한 번 그의 피가 역류했다.

확 붉은 깃발을 낚아채 뚤뚤 말아서 아직 오줌 자국이 흥건한 전신주 밑에 내동댕이쳤다. 한참동안 사납게 어깨를 들먹이며 숨을 드내쉬고 난 윤은 다시 소년을 등에 업고 골목길을 더듬기 시작했다. 소년을 어느 조그마한 병원에 맡기고 신문사로 돌아온 윤은 기사를 써 내고 나서 곧 사를 나와버렸다.

다시 병원을 찾았을 때 머리에 붕대가 감겨진 소년은 생각하던 것보다 기운이 있어 보였다. 소년은 잠시 윤을 올려다보고 있다가,

"고마워요, 아저씨."

하고는, 자리에서 몸을 일으키며 집으로 가야겠다고 했다.

"집이 어딘데?"

"마포예요."

"그 몸으로 갈 수 있을까?"

"괜찮아요. 이것쯤 아무렇지도 않은걸요."

소년의 집은 마포 끝 저만치 한강이 내려다보이는 언덕 위 토막 같은 집들이 들어차 있는 한가운데 끼여 있었다. 좁은 골목의 시궁창에서는 몹쓸 냄새가 나고 머리에 붕대를 감고 지나가는 소년

을 신기로운 눈치로 올려다보는 어린이들의 옷차림은 남루했다.

소년의 어머니와 올망졸망한 동생들은 뛰어나왔으나, 그의 아버지는 방 안에 앉은 채 윤을 맞았다. 월여[10] 전에 일터에서 다리를 다쳤는데 아직 일어나기가 여간 거북하지 않다고 했다.

"고마운 말씀은 이루 다 할 수 없습니다."

공손히 얘기하는 소년의 아버지의 얼굴에는 너무나 많은 주름살이 홈처럼 파져 있었다.

"별말씀을 다. 전 신문사에 다니고 있는데요. 마침 취재하기 위해 거길 갔다가 이렇게 된 거죠."

웃방 문틈으로 어린것들이 쪼록한 눈을 하고 들여다보고 있었다.

"그런데 저……."

하고 윤이 누워 있는 소년에게 눈길을 돌리자 그의 아버지는 얼른,

"명철이라고 부르죠."

하고, 소년의 이름을 알렸다.

"어느 학교에 다니고 있나요?"

"학교가 다 뭡니까?"

뱉듯이 말하는 명철 아버지의 어조에 윤은 마음속으로 아차했다.

"그럼 어디 직장이라두?"

"기와 공장에 나가 잔일이나 거들고 있습죠."

"그런데……."

하고, 윤은 잠깐 다음에 이을 말을 망설이다가,

"오늘 같은 데 끼어들지 않도록 잘 명철 아버지께서 일렀으면 생각하는데요."

"그저 자기가 따라나선 거겠죠."

명철 아버지는 시무룩히 말했다.

"그러다가 욕을 보거나 큰 화를 입으면 어떡허시겠소?"

"욕이야 보고 있고 화는 지금 당하고 있는걸요."

윤은 명철 아버지의 내어던지는 투의 어조에 또 한 번 놀랐다.

"이렇게 고맙게 해주신 선생님 앞에 숭늉 한 그릇 대접 못하고 이런 소릴 해서 미안하오만 어디 이걸 사람이 사는 꼴이라고 말할 수 있을라구요."

손 둘 곳이 허해진 윤은 호주머니에서 담배를 꺼내 입에 물고 무심코 도로 집어넣으려다 얼른 명철 아버지한테 내어밀었다.

담배에 불을 붙여 문 명철 아버지는 시원스러이 후욱 한 번 연기를 토하고는,

"이렇게 궐련을 피워보는 것도 몇 달 만이죠."

하고, 혼잣말처럼 뇌었다. 윤은 얼른 무어라 대꾸할 말을 찾지 못했다.

"선생님 고향은 어디시죠?"

"이북입니다. 왜 그러시나요?"

"네에, 그러세요? 조금 말씨가 다른 것 같아서요."

하고, 한참동안 담배만 빨고 앉았던 명철 아버지는 무거이 입을 열었다.

"이북에서 오신 지 오래 되시나요?"

330

"학교 다닐 때 와 있었구, 이번 오기는 해방 다음해 이른 봄이 죠."

"이북은 살기가 어떤지요?"

"예?"

"선생님께니 말씀입니다만, 우리 같은 놈들은 퍽 살기 낫다고 들 그렇게 말하는 사람도 있었어요."

윤은 선뜻 대답할 말을 찾지 못하고 잠시 망설였다.

"네, 그건, 글쎄 어떻다고 말씀드려야 할는지."

"그저 그런 말을 들으면 저희 같은 놈들은 공연히 솔깃해져서 요."

낮은 천장에서 갑자기 세차게 달려가는 쥐소리가 나자 후루루 먼지가 떨어져 내렸다. 그때 소년이 신음 소리를 내며 몸을 뒤척였다.

"이 늙은것이 아직 노동 벌이를 해서 먹을라니 이젠 몹시 힘이 들어요. 거기에다 웬 새끼들만 저렇게 비져나와 가지구 이렇게 몸까지 다치니 그런 말엔 귀가 솔깃해지기도 하는 거죠."

"요즘은 쭉 일을 손에 못 대시는군요."

"저것이 벌어 오는 것 가지구 그저 죽을 쑤어서 끼니를 넘기죠."

누워 있는 명철을 턱으로 가리키는 그 아버지의 얼굴은 처절했다.

"제 자식이라 그러는 게 아니라 저것은 어릴 때부터 남달리 똑똑했죠. 거르는 날이 많으면서도 소학교에서는 늘 셋째를 내리지 않았지요. 그런 걸 사학년에서 내려서 기와 공장으로 보냈죠. 이런 못난 애비 만난 죄겠죠."

"그야 어디, 어떡허겠습니까?"

"물론 어떡할 수야 없는 일이죠. 그러나 애비된 마음으로는 어떻게든지 해서 공부를 시키고 싶었죠만 어디 어떻게 할 수가 있었어야죠."

명철 아버지는 손 끝이 탈 정도로 바투 담배를 빨고 아까운 듯이 깡통 재떨이 속에 집어넣었다.

"어떻게 해야겠다 어떻게 해야겠다 하면서 애쓰는 것은 벌써 삼십 년이 넘는데, 주변없는 놈이라 아직 이 꼴이죠."

긴 한숨이 그 입에서 새어나왔다.

"시골서 봇짐을 지고 떠날 때부터 생각하던 일이죠. 시골서 부친한테 붙어서 소작을 지어 먹다가 그것도 헐 수 없게 돼서 어떻게 되겠지 하구 서울로 올라와 노동판을 싸다니다 보니 그만 이 꼴이 되고 만 거죠."

"몹시 어려우셨겠죠."

"어떻게 헤어나갈 재간이 없었죠. 뼈다귀가 부러지도록 해봤지만 그게 그거란 말예요. 지치고 지쳐나니 미련한 생각에 그저 어떻게 든지 세상이 좀 달라졌으면 해보는 거죠."

"물론 달라져야지요."

"그래 전 저놈이 하는 걸 그대로 두어두죠. 제깐엔 뭐 한다는 거죠. 저런 꼴이 되어 들어오는 걸 보면 이 늙은 가슴은 찢어질 듯하죠만."

명철 아버지는 잠깐 말을 끊었다가 다시 이었다.

"달리 살 수 있는 세상이 온다면 저놈을 위해 좋을 것이려니 하고 꾹 참죠. 나같이 살다 죽어서야 버러지나 다를 것 없지 않습니까, 선생님."

말없이 듣고만 있던 윤의 가슴은 써늘했다. 눈길을 둘 곳이 없어 한참 이리저리 고개를 돌리고 있던 윤은 누워 있는 소년의 머리맡 벽에 붙어 있는 퇴색한 두 장의 사진을 보고 흠칫 몸을 떨었다. 그러나 윤은 무심한 듯이 물어보았다.

"저 사진은 명철이가 오려 붙인 건가요?"

"아, 저 강태 선생과 이철 선생 사진 말씀입니까. 저것은 신문지에서 오려 붙인 거죠. 늘, 그 두 선생만을 높이 모신다고 야단입니다. 저 두 분 선생이 힘써서 좋은 세상이 오게 된다구요."

윤은 더 이상 버티고 앉아 있을 기력이 없었다. 명철 아버지에게 한번 명철이를 신문사로 놀러 보내라고 말하고 그 집을 나와 버렸다.

며칠이 지난 어느 날 오후 명철이 신문사로 윤을 찾아왔다. 붕대도 풀어지고 상처와 부증이 가신 명철의 얼굴은 단정했다. 재기어린 두 눈이 스스로 웃음을 담고 있었다. 윤은 명철을 데리고 밖으로 나왔다.

"점심 먹었어?"

"점심은 안 먹는 버릇이에요."

"그럴 수 있어? 내 한턱하지."

"그만두세요. 아저씨, 공연히 돈만 쓰시구."

윤은 명철을 끌고 어느 식당으로 들어갔다.

"무얼 먹겠어?"

"전 그저 밥이면 돼요."

"아니 뭐든지 맛있는 걸 먹어."

"너무 비싼 걸 먹으면 배탈이 나요."

"걱정 말어."

"전 밥이면 돼요."

윤은 백반을 둘 시켰다. 윤은 반 그릇이나 먹고 수저를 놓았는데 명철은 차근차근 말끔히 한 그릇을 비웠다.

"더 먹지."

"아아뇨, 잔뜩 먹었어요."

윤은 명철을 데리고 창경원으로 갔다. 창경원은 몹시 한산했다. 윤은 명철과 함께 이리저리 거닐면서 먼저 무슨 말부터 건넬까 망설이다가 입을 열었다.

"명철인 어떤 사람을 숭배하지?"

"외국 사람이요? 우리 조선 사람요?"

"어딧사람이건."

명철은 얼른 대답했다.

"외국 사람으론 링컨이죠."

"링컨?"

"네, 왜 오막살이에서 나가지고 대통령까지 됐잖아요."

"그렇지. 그럼 조선 사람으론 누구야?"

명철은 선뜻 대답했다.

"그건 강태 선생님과 이철 선생님이죠."

예상했던 대답이었으나 윤은 마음이 선뜩했다.

"링컨과 강태, 이철은 좀 이상한걸."

"왜요, 링컨은 불쌍한 흑인들을 위해 싸웠구, 강태 선생님이나 이철 선생님은 지금 어렵고 불쌍한 인민들을 위해 싸우고 있잖아요."

"글쎄, 링컨은 높은 인격을 가진 사람이었는데."

"강태 선생님이나 이철 선생님이 얼마나 훌륭하시다구요."

"어떻게 훌륭한데그래?"

"강태 선생님은요, 공장 애들 얘기가 옛날에 저희들처럼 기와 공장에서 일했다는 거예요."

"오, 그래서 그러나?"

"아뇨, 노동하신 것도 훌륭하시지만 선생님은 지금도 어떤 점심을 잡수시는지 아세요?"

"어떤 것을 먹는데?"

"선생님은 점심에 식빵 한 개와 냉수 한 그릇밖에 안 잡수셔요."

"그건 식성이 좋지 못하신 모양이군."

"그게 아니죠. 그건 노동자가 농민을 생각하고 그러시는 거죠. 선생님 말씀이, 우리 노동자나 농민은 끼니를 굶는데, 그것도 자기에게는 과하시다고 말씀하신대요. 선생님은 그 식빵을 책상 서랍에 넣고 때때로 생각나시면 뜯어 잡수시기에, 함께 일하는 선생님들이 몰래 책상 서랍에 식빵을 더 넣어두신다고 해요. 선생님을 그걸 모르고 다 잡수시기에 건강은 괜찮으시단 거예요. 어떠세요?"

"저녁에 집에 가 맛있는 걸 잔뜩 먹겠지."

"아저씨두, 그런 말씀하시면 안 돼요."

"근데 그건 강태 선생이 그러기 전에 옛날 노서아의 레닌이 그 랬어, 그 숭내를 내는군."

"네, 레닌요!"

"그런 일 가지고 놀래선 안 되지. 이철 선생은 어떻게 훌륭하신 가?"

"이철 선생은 너무 바쁘셔서, 댁에 들어가시는 일이 한 달에도 며칠 안 된다는 거죠."

"바뻐서? 집엘?"

다음 순간 윤은 턱을 젖히고 웃기 시작했다. 그의 뇌리를 재빠 르게 산장 호텔과 18호실과 윤임의 얼굴이 스쳐갔다.

"왜 그러세요?"

그래도 윤은 더 웃음을 이어가다가 한참 후에야 겨우 예사로와 질 수 있었다.

"왜 웃으셨어요?"

명철이 의아를 품은 얼굴로 물었다.

"아냐 그저 웃었지. 그런데 명철이."

"네."

"너 요전에 시위행렬에 참가했었지?"

"전 대열의 맨 선두에 섰었죠."

명철은 자랑스러운 얼굴을 했다.

"왜 참가했었니?"

"그것이 하나의 투쟁이거든요."

"무엇 때문에 투쟁을 해야 하나?"

"가난한 사람을 위해서요."

"가난한 사람들을 위해선 투쟁밖에 없나?"

"투쟁을 해서 이겨내야 잘살 수 있게 되죠."

"글쎄……."

"왜요? 아저씬 가난한 사람들이 잘살아야 한다고 생각지 않으세요?"

"물론 가난한 사람이 잘살게 돼야지."

"그럼 투쟁해야죠."

"그럼 우리 같이 생각해보자. 너는 그날 신발을 잃었지?"

"그만 넘어졌을 때 벗겨졌나 봐요."

"그러니 너는 그만큼 손해본 게 아니냐?"

"아니죠. 제 생각만을 하면 조그만 손해지만 인민 전체를 두고 생각하면 이로운 거죠."

명철의 대답은 단호했다.

"글쎄……."

"그건 분명한 이치죠. 그러니 얻어맞으면서라도 싸워야 하는 거죠."

"그럼 그때 강태 선생이나 이철 선생은 어째 안 싸우고 구경만 하다가 가버렸냐?"

"그건 아니죠. 그 선생님들은 몸을 조심해야죠. 나오신다 해도 말려야죠. 그런 선생님들이 다치시거나 하면 큰일이죠."

윤은 잠시 동안 대꾸를 못했다.

"명철이."

"네."

"나는 하루에도 몇 번 생각하구 또 생각해보지만 아무래도 싸우는 것은 옳지 않다고 생각해."

"그건 아저씨는 잘 지내고 계시니까 그러시죠."

"그건 아니다 명철이. 아저씨가 잘사는 탓은 아니야. 나는 농민의 아들이야. 아버지는 젊었을 때 남의 땅을 부치다가 오십이 넘어서야 겨우 조금 자작을 하게 된 농민이야. 나도 웃학교는 갔지만 돈이 안 드는 사범 학교를 나왔지. 난 될라면 이북서 얼마든지 공산당원이 될 수 있었어. 내 사범학교 친구 가운데는 된 친구가 많지. 그런데 난 꼭 비위에 어긋나는 싫은 게 있었어. 어떻든 못살은 것이 누구 때문이든 별로 자랑할 것이 없는데 그것을 자랑하고 나서는 것과 내가 잘살겠다고 들이덤비는 게 죽도록 싫었던 거야. 창피했던 거야. 그게 싫어서 나는 공산당원이 될 수가 없었지."

"잘살겠다는 게 왜 나쁜 일예요? 잘살면 학교도 갈 수 있고 배고프지도 않을 게 아니예요. 병나면 약도 사 쓸 수 있는 게 아녜요?"

"글쎄, 그건 그렇다. 네 말엔 잘못된 것이 없어. 그런데 아저씨는 사람이 산다는 것이 절대루 그것만은 아니라구 생각해."

"그럼 뭐예요?"

338

"글쎄, 짬만 있으면 늘 생각하지. 그런데 아저씬 머리가 나빠 그걸 느끼면서두 말을 할 수가 없구나."

"신문사에 계시는 아저씨가 왜 머리가 나빠요?"

"아니야. 나는 내가 몹시 가엾어질 때가 많아."

"왜, 아저씨가 가엾어요?"

윤은 이 소년과 더 이상 얘기를 할 수가 없었다. 자기에게는 그런 힘이 없다는 것을 깨달았다.

창경원을 나와 명철이를 전차에 태웠다. 떠나는 전차 창문으로 명철이는 한참 손을 내어 흔들고 있었다. 윤은 전차가 시야에서 사라진 뒤에도 한참동안 돌처럼 거기에 서 있었다.

9

집으로 돌아와 행아가 차려다 준 저녁을 먹고 난 윤은 궤짝을 들추다가 밑바닥에 깔아둔 권총을 보고 무심코 끄집어내어서 손에 들었다. 싸늘한 감촉이 손바닥에 느껴지는 순간 갑자기 윤은 마음에 살의를 느꼈다. 문득 이철이는 죽여 없애야 한다는 생각이 들었다. 소년의 머리에 거짓의 영상을 비쳐준 그 한 가지로도 그는 죽어 마땅하다고 생각했다.

윤은 한밤을 흥분에 떠서 엎치락뒤치락 잠을 이루지 못하고 뜬 눈으로 새웠다. 이튿날 아침 밥상을 치우며 행아에게 말했다.

"저 오늘 딴 데로 이사갈까 해요."

순간 행아는 크게 눈을 떴다. 밥상을 든 두 팔이 잔가락으로 떨렸다. 그것은 순간, 행아는 획 몸을 돌려 부엌으로 사라지더니 한참 후 다시 조용히 윤의 방으로 들어왔다.

윤이 있을 때 행아가 방 안에 들어선 것은 이것이 처음이라고 생각되었다. 그리고 마지막이 될 것을 생각하고 윤은 스스로 자기의 입가에 미소가 떠오르는 것을 느꼈다.

"갑자기 어디로 가시는지요?"

"가면 그만이겠지만 알리긴 하죠."

"뒤숭숭했던 집이니 있기가 언짢으셨겠어요."

"아니오."

윤은 저도 모르게 소리를 높였다.

"아니, 그런 때문은 아녜요."

하고, 윤은 말투를 가누었다.

"몇 시에 떠나시는지요?"

"신문사에 갔다 돌아와 오후 세 시쯤 떠나죠."

"그럼 그때까지 빨래를 대려두겠어요."

"진작 말씀드려야 할 걸 갑자기 툭 이렇게…… 안 됐다고는 생각해요."

행아는 한참 후 나직이 말했다.

"그렇지 않아도 단출한 식구에 집안이…… 쓸쓸해지겠어요."

"아버지나 어머님한테는 이따 인사드리고 가죠."

"무어 치울 것 있으면 치워둘까요?"

"아뇨. 뭐 치울 거나 있어야죠. 제가 이따 와서 하죠. 그냥 두세요."

행아는 무슨 말을 더 하려는 눈치를 보였다가 단념한 듯 그대로 방을 나가버렸다.

일찍 신문사로 나간 윤은 초조히 임기자 오기만을 기다렸다. 그가 나타나자 윤은 달래서 가까이 있는 과자점으로 갔다. 문득 순익이 일로 형운과 만났던 생각을 했다.

"저 김형, 좀 물어볼 말이 있는데요. 아직도 이철이와 윤임은 산장 호텔에서 밀회하고 있나요?"

"자넨 왜 그렇게 거기 흥미를 느끼나?"

"뭐든지 많이 알아야 할 게 아녜요?"

"모르겠어. 윤임이한테 흥미가 있나? 건 잘 안 될걸."

"아뇨, 그저 알아두자는 거죠."

"벌써부터 산장 호텔은 치웠어. 이리저리 옮기는 품이 소문을 꺼려 하는 모양이지 아마."

"요즘은 어디예요?"

"요즘은 아마 삼오 호텔일 거야. 이번엔 조심성있게 아주 본관과는 떨어진 별관 구석방이지."

"몇 호실인데요?"

"특호실인데 말야."

임기자는 자기 얘기에 스스로 흥미를 느껴가는 품이었다.

"편리하게두 본관 현관을 안 통하고도 들어갈 수 있는 방이지. 뒤에 관목으로 엮어 낮은 담이 있는데, 거기 조그만 싸리문이 있어. 그리로 들어가 바루 마주 보이는 문을 들어서면 침실로 미끄러져 들어가기 마련이지."

"연놈들 하는 짓이⋯⋯."

"왜 부러운가?"

"천만에요."

"천만에라니, 좀 부러운 게로군. 어디 자네 재간껏 해보게나."

"원 임형두."

"어려울 거야."

신문사를 필한 윤은 그길로 리어카꾼을 얻어가지고 집으로 갔다.

성호가 죽었을 때 넘어진 뒤부터 말을 못하고 있는 행아 아버지
는 윤에게 눈으로 섭섭한 뜻을 보냈다.

행아 어머니는 언제든지 방을 비워둘 테니 불편하면 아무 때고
돌아오라고 하며 리어카가 골목길을 벗어날 때까지 문밖에 나와
전송을 했다. 행아는 큰길까지 따라나왔다.

윤은 이렇게 떠나는 것이 실은 호의에서였다는 것을 언젠가는
행아는 알게 되리라고 생각했을 때 한결 마음이 가벼워지는 것을
느꼈다. 윤은 그길로 어떤 조그만 여관을 찾아 한 달 하숙을 정
했다.

이튿날 신문사가 퇴하자 이발소에 들어가 머리를 깎고 곧장 삼
오 호텔을 찾아들었다. 조용한 한 방을 청했다.

"지금 아래층 9호실이 비어 있습니다."

"여긴 별관 같은 게 있다면서?"

"거긴 며칠 전에 예약하시지 않으면 들기 힘드십니다."

"그럼 9호실도 좋소. 가보로구만."

안내된 방 9호실은 조용했다.

"여기선 색시 같은 것 불러올 수 있어?"

"그건 절대 안 됩니다."

"그건 절대 된다는 얘기로군."

"여긴 그런 데 아녜요."

"그런 데 아니면 여기는 신부나 중들이 드는 곳이냐?"

"그렇잖아요."

"그런데 며칠 전부터 예약하는 별관에 자러 오는 친구들이란 어떤 족속들야?"

"뭐 그런 사람 저런 사람 있죠."

"그런 친구들은 다 짝자꿍이하러 오지?"

"글쎄요, 그걸 제가 어떻게 압니까?"

"얘."

윤은 보이에게 팁을 주었다.

"아 이거……."

"받아둬. 얘 그런데, 그 별관이라는 거 한번 구경이나 하자."

"구경쯤이야 쉽죠."

보이는 곧 별관으로 안내했다. 본관 뒤에 새로 꾸며진 건물은 아담했다.

"듣기엔 여기 들어오는 문이 따로 있다면서?"

"뒤에 뜰이 있고 뜰에서 저편으로 나갈 수 있는 싸리문이 있죠."

"나갈 수 있으니까 물론 들어올 수도 있겠지."

"그야 그렇죠."

윤은 싸리문 밖으로 나가보았다. 본관 쪽에서 관목으로 엮어진 울타리를 끼고 도는 그리 넓지 않은 길이 나 있었다.

"흥, 돈 있는 사람은 뒤로 드나들기 마련이구나."

"앞으로도 뒤로도 다 드나들 수 있죠."

"그렇군. 애, 너 분주하면 가봐. 난 여기서 바람이나 좀 쐬고 들어가겠다."

보이가 떠난 후 윤은 정원을 거니는 체하고 싸리문을 몇 번 드나들어보고 관목의 울타리와 본관에서 돌아와서 이곳으로 꺾어지는 지점 같은 것을 자세히 재두었다.

며칠 간격을 두고 윤은 두 번을 더 삼오 호텔에 찾아가 뒤뜰을 거닐어보는 한편 보이에게 웬만한 팁을 주기를 잊지 않았다. 세 번째로 간 날 윤은 보이를 조용히 자기 방에 불러들였다.

"이 호텔 별관에 가끔 아주 예쁜 여자가 찾아온다지?"

"여자 손님 몇 분 되는데요."

"왜 키가 좀 큰 편인데 얼굴이 둥근 편이고 눈이 큰 여자 말야. 왜 머리를 뒤에다 이상하게 만들어 붙이고 있지. 좀 코끝이 오똑하구."

"아 아, 그 여자. 네, 있어요."

"내가 사실은 탐정인데 말야……."

"네에? 아저씨가 탐정이요?"

"그래, 너 소설 같은 데서 봤지?"

"네, 참 멋져요."

"딴 게 아닌데, 내 널 임시 조수로 쓸까 해."

"조수요, 탐정 조수요?"

보이는 눈에 놀란 빛이 어리었다.

"그래. 그 여자가 나타나는 대로 즉시 나한테 전화를 걸어주면
돼."

"뭐, 그거야 어렵잖죠."

"그리고 혼자 왔는지 둘이 같이 왔는지 그것만 알려주면 되는
거야."

"그러죠."

윤은 지폐를 꺼내 보이에게 한 줌 집어주었다.

"이건 팁이 아니라 조수 수당이야."

"이렇게 많이, 고마워요."

"전화번호는 여긴데, 맞은편 해방옥의 손님인 허란 사람을 불
러달라고 하면 돼."

보이가 나간 뒤 윤은 벌렁 침대에 드러누워 한참 천장을 바라보
고 있다가 큰 소리를 내어 웃어젖혔다. 웃음을 그친 윤은 혼잣말
로 중얼거렸다.

'흥, 이철이 녀석은 복이 있지. 이렇게 폼을 들이니 말야. 그런
데 어째 이러고 있는 내 정신이 좀 이상한 것도 같군.'

윤의 얼굴에 우울한 표정이 흘렀다.

그 이튿날부터 저녁만 되면 윤은 해방옥에 박혀 살았다. 어쩐지
하루하루의 생활에 무게가 들어가는 것이 이상했다.

두 주일 후 어느 비 내리는 날, 윤이 거나하게 취해 있는데 가게

에 전화가 걸려왔다는 연락이 왔다. 뛰듯이 달려가 받은 수화기로 윤임이 나타났다는 보이의 음성이 흘러나오자, 윤은 전신을 뒤트는 격정을 느끼고 전화를 끊기가 바쁘게 다시 해방옥으로 들어가 벌컥벌컥 술 반 되를 더 들이마시고 부리나케 여관에 들러서 궤 속 깊숙이 묻었던 권총을 들고 삼오 호텔로 갔다.

불러낸 보이로부터 아직 유임이 혼자인 것을 알자 윤은 호텔 뒤로 돌아서 미리 정해두었던 관목 울타리 한군데에 몸을 붙였다. 내리는 비가 윤의 뒷덜미로 흘러들어갔다. 윤은 으스스 몸을 떨고 옷깃을 세웠다. 차디찬 비가 홍건히 윤의 옷을 적셔갔으나 윤의 전신은 불처럼 달고 있었다.

윤은 내어들고 있는 권총에 빗방울이 떨어지고 있는 것을 보자 왼팔 옷소매로 그것을 가만히 훔쳐내고 주먹째로 호주머니에 찔렀다.

오랜 시간을 윤은 그렇게 꼼짝도 않고 서 있었다. 그러다 윤이 깜박 졸았다. 몸이 휘청 기울면서 번쩍 감겼던 눈을 떴다. 전신이 오싹했다.

그대로 서서 또 오랜 시간을 지내보냈을 때 이윽고 저편에서 저벅저벅 이리로 걸어오는 발걸음 소리와 우산을 두드리는 빗방울 소리가 들려왔다. 윤은 일순 숨을 죽였다. 얼른 권총을 꺼내 들었다.

먼빛에 다가오고 있는 사람의 모습이 나타났다. 권총을 그러쥔 손에 저절로 힘이 가면서 수하하려는 순간 윤은 흠칫 놀랐다. 우산을 쓰고 다가오고 있는 것은 한 사람이 아니라 두 사람이었다.

윤은 눈에다 전 신경을 모아 싸리문 위에 걸린 희미한 등불 밑에서 더 자세히 나타나는 사람을 쏘아보았다. 이철이와 한 우산을 쓰고 오는 사람은 강태가 아닌가. 윤은 한꺼번에 쏟아지는 수없는 생각의 갈피를 순간적으로 꽉 훑어내렸다.

다음 순간 윤은 소스라치듯 놀라며 들었던 권총의 총구를 밑으로 내렸다. 그때 강태와 이철은 쓱 싸리문 안으로 들어가버렸다. 윤은 한참동안을 그대로 관목의 울타리에 기대어 비를 맞으며 서 있었다.

"큰일 날 뻔했어."

윤은 어둠 속에서 혼자 중얼거렸다. 잠시 후 권총을 가슴 안 호주머니에 집어넣은 윤은 터벅터벅 걸어서 저편 어둠 속으로 걸어가버렸다.

이튿날 윤은 보따리를 꾸려가지고 다시 행아의 집으로 돌아갔다. 뛰어나오며 윤을 맞는 행아의 얼굴에는 환희의 빛이 떠 있었다.

다음날 아침 윤은 밥상을 날아온 행아의 얼굴에 엷은 화장의 흔적을 보고 놀랐다. 윤은 밥상을 치운 후 행아더러 방으로 들어오라고 일렀다. 그리고 그젯밤까지의 얘기를 들려주었다.

"그 소년이 머리에 떠오르는 순간 나는 하마터면 소리를 지를 뻔했죠."

"왜요?"

"이철이가 죽건 강태마저 죽건, 소년에겐 그들이 영원한 순교자가 된다는 걸 깨달았죠."

"그래서요?"

"그렇게 되면 거기 여러 가지 큰 뜻이 생기거든요. 강태와 이철은 순교자가 되는 뜻이 생기고, 나는 붉은 깃발을 쏘아서 날려버렸다는 뜻이 생기고 소년이나 공산당원에겐 순교자를 얻는 뜻이 생길 게 아녜요. 그 사람을 농락하는 우스운 뜻이 말이죠. 큰 웃음거리가 될 뻔했어요. 한몫 끼어들 뻔했죠."

"하여튼 큰일 날 뻔했어요."

"정말 큰일 날 뻔했죠. 어젯밤 저는 오랜만에 푹 잘 수 있었어요. 그렇다고 무엇이 하나라도 달라진 건 없어요. 그저 그 전의 나로 돌아간 거죠."

윤은 잠깐 얼굴에 괴로운 빛을 흘려보냈다.

"그러나 전 그런대로 좋아요."

윤은 궤짝 속에서 두툼한 원고지 뭉치를 꺼내놓았다.

"이거 제가 지금까지 애써 써온 논문이죠. 펴보세요."

행아는 몹시 귀한 것을 대하는 조심성으로 겉장을 젖혔다. 흰 종이 한 장을 더 젖혔다. 거기 나타난 또 한 장을 젖혔다. 또 한 장을 젖혔을 때 거기 단 한 줄의 글이 써 있었다.

'뒷간에 들었으면 똥이나 싸라.'

"어머나" 하고 행아는 낯을 붉히고 얼른 다음 장으로 넘겼다. 또 흰 종이가 나타났다. 윤이 말했다.

"이젠 아무것도 없어요."

"네?"

하고, 행아는 고개를 들었다. 윤은 하하하, 하고 웃었다.

"말이 그렇지 저 같은 게 무슨 논문을 쓰겠어요?"

윤의 얼굴에 자조의 빛이 흘렀다. 행아가 윤에게 말했다.

"저 두 가지만 물어도 좋아요?"

"뭔데요?"

"그 마포에 산다는 명철인가 하는 앤 어떻게 되겠죠?"

"글쎄 아직은 잘 생각이 안 가는군요."

"저어……."

하고, 행아는 잠깐 망설였다.

"저어, 남의 일같이 생각되지 않아서요. 아버지나 어머니께 얘기해서 집으로 데려올 수 있었으면 해서요."

"글쎄요, 그건 잘 생각해 하시죠."

"또 한 가지 있어요."

"말해보시죠."

"권총 어떡허셨어요?"

"어떡허다뇨?"

"버리세요."

윤은 얼른 대답을 못 했다.

"가지고 있으면 안 돼요."

"생각해보죠."

다음날 윤은 가슴 깊숙이 권총을 품고 집을 나섰다.

신문사를 퇴하는 길에 해방옥에 들렀다. 문득 형운의 생각이 나자 외로움 같은 것이 가슴에서 솟아올랐다. 호되게 거푸 죽죽 들이켠 술이 전신에 배어가면서 충족감이 느껴지기 시작했다. 무엇인지 모르는 그림자가 꽉 몸을 감싸는 느낌이었다. 어디다 권총을 버려야겠다고 생각했다. 또 무엇을 부수고 싶은 생각이나 죽이고 싶은 생각이라도 나면 귀찮기만 할 것 같았다.

윤은 그런 생각에 잠겨 있다가 문득 문 저편 벽에 드리워진 전지 한 장만한 광고 그림을 보았다.

"아저씨."

"왜 그러시오?"

"저런 거 뭐 걸었소? 어울리지가 않는데."

"왜요, 침침한 기분이 덜하지 않소?"

"원 아저씨두, 저거 언제부터 걸어둔 거요?"

"벌써 오래 됩니다."

"그래요? 왜 내가 아직 못 봤을까."

윤은 물끄러미 그 그림을 보고 있다가 문득 그 그림에 그려진 여자의 눈매와 입 언저리를 어디서 본 듯이 느꼈다.

저건 윤임이 같은데 하고 윤은 입 속으로 뇌었다. 윤의 뇌리는 산장 호텔 18호실 안에 원색 파자마를 걸치고 먼눈을 하고 서 있던 윤임의 모습을 스쳐보냈다.

그때 거기서 얻은 권총으로 이철이를 죽이려던 생각을 하니 우스운 생각이 들었다.

이철이를 죽이고 싶다고 생각한 건 윤임이 때문인지 몰라. 그날 밤 윤임이와 어거지로라도 갔어야 했을걸 하는 엉뚱한 생각이 떠올랐다. 그랬다면 공연히 핑계를 찾아 죽이려구 하지 않았을는지 몰랐다는 생각도 들었다. 푸른 대문 집 여자하고 잔 뒤로는 별로 양키들이 마음에 걸리지 않았다는 생각도 났다.

그거야, 그것 때문이야. 그것이 마음대로 안 되니까 공연히 쓸데없는 뜻을 찾고 지랄을 치는 거야 하고 혼자 중얼거렸다. 어느덧 술 석 되를 비웠다.

"허 선생, 전화요."

주점 아저씨가 윤보고 소리쳤다.

"전화? 무슨 전화요?"

"가게에 전화 걸려왔대요."

"이런."

윤은 그저 반사적으로 일어나 가게로 갔다.

"누구요? 아, 그래 이젠 괜찮아. 그동안 수고했어. 뭐 지금 혼자라구, 아냐 이전 일은 다 끝냈어. 좋아."

가게를 나선 윤은 언뜻 길가에 서버렸다. 후후후 하고 한번 웃음을 틀어냈다. 발길이 큰길로 갔다. 윤은 지나가는 자동차를 불러 탔다.

"어디 갈까요?"

"집으로 가."

"집요? 집이 어딘데요?"

"음, 삼오 호텔로 가."

윤은 삼오 호텔 앞에서 차를 내리자, 조금 비틀거리며 울타리 뒤로 돌았다.

윤은 관목을 끼고 돌다가 그 한가운데 찰싹 몸을 붙이고 한참 동안 가만히 서서 둘레의 동정을 살피고 언뜻 오른손으로 손권총을 만들어 누구를 겨누는 시늉을 하더니 손을 내렸다. 또 한참 그대로 서 있다가 아주 쉽게 싸리문을 밀고는 자기집 들어가듯 천연스러이 걸어서 곧장 건물 있는 데로 걸어들어 갔다.

유리창 달린 문을 열었다. 구두를 벗고 마루로 올라섰다. 희미한 불빛에 도어가 눈앞에 나타났다. 윤은 똑똑 도어를 두드렸다. 안은 잠잠했다. 또 한 번 노크를 했다.

"누구요?"

여인의 목소리가 들렸다.

"저요."

"저가 누구예요?"

여인의 목소리가 좀 짜증에 가까웠다. 윤은 휘어지는 몸을 도어에 기대었다. 잠시 후 안에서 전등 켜는 소리가 나고 잘잘 슬리퍼를 끄는 소리가 들리더니 도어가 확 안으로 열려졌다. 그 바람에 윤은 확 안으로 빨려 들어갔다.

"아!"

하고, 짧게 뽑아진 여인의 목소리에 윤은 언뜻 정신을 되살렸다. 침대에서 누가 벌떡 일어나 앉았다.

"이철이!"

윤은 크게 눈을 떴다. 이철이 손이 베개 밑을 더듬는 것이 보였다. 윤의 손이 날쌔게 웃옷 안 호주머니 속으로 미끄러 들어가더니 권총을 끄집어냈다.

탕탕탕탕…….

총성이 방 안에 울리며 이철이 침대 밑으로 굴러떨어졌다.

다음 순간 말끔히 취기를 거둔 윤은 눈부신 원색 파자마를 걸친

352

윤임이 자지러질 듯한 비명을 지르며 방 저편 구석으로 뒷걸음쳐
가는 것을 두 눈으로 똑똑히 보았다.

망향 望鄉

 내가 삼팔선을 넘어 월남한 것이 해방된 다음해 봄이니까 타향살이 어느새 십구 년에 접어든 셈이다.

 나는 요즘 자주 고향에 돌아간 꿈을— 아니 고향에 있는 꿈을 꾸는데 웬일인지 모르겠다. 갓 넘어오자 좌우 투쟁이 어수선한 상황 속에서 비틀거리다가 6·25를 만나 전열에 뛰어들어 정신없이 돌아가야 했고, 그 뒤는 줄곧 생활에 허덕이다 보니 그런 꿈조차 꿀 여유가 없었던가 본데 올봄에 자그마한 후생주택 하나를 마련할 수 있어 이제 가장 구실을 하게 된 까닭인지…….

 나는 삼사 년 전까지 돈이 생긴다 해도 내 집이란 것을 마련할 생각이 없었다. 고향을 떠나서부터는 어딜 가 살아도 생소한 남의 고장이라는 생각밖에는 들지 않은 데다가 언젠가는 돌아갈 텐데 집은 무슨 집이랴 싶었다. 그러던 것이 어쩌다 몫돈이 생기고 보니 길면 이 년, 짧게는 육 개월에 한 번쯤은 이사 다녀야 하는 전셋집 살림이 새삼스럽게 구차스레 여겨져서 교외도 교외, 고양군에 인접한 변두리에 납작한 후생주택 하나를 마련한 것이었다.

친구들은 이제야 사람이 되어가나 보다고 익살 섞은 말로 축하해주지만 아직까지 내 집이면서도 도무지 제 집같이 느껴지지 않고 언젠가 나는 내 고향에 두고 온 옛집으로 돌아가리라는 생각에는 조금도 변함이 없다.

대지 사십 평에 건평 십이 평인 손바닥만 한 집이 그토록 제 집으로 실감되지 않는 것은 역시 이북에 두고 온 고향집을 그리워하는 탓이라고 하겠는데 그렇게 제 집이라는 것이 생겨서 더 고향집 생각이 간절해진 까닭인지 요즘 자주 내 고향 옛집에 돌아가 있는 꿈을 꾼다.

그런데 나는 며칠 전, 그 아버지가 충북의 충주 가까운 곳에 내려가 살고 있는 친구 이장환을 만나 그 아버지가 두 달 전에 세상을 떠났다는 이야기를 듣고 새삼스럽게 두고 온 옛집을 생각했다.

새삼스러운 나의 향수는 가슴이 저리도록 간절한 것이었다. 아니 눈앞에 드리운 보이지 않는 장막 같은 것을 예리한 칼로 섬벅 끊어버리고 싶은데 그것이 꽉 나의 얼굴 앞에 드리워 있어서 숨조차 드내쉴 수 없을 정도로 안타까우면서 가슴이 답답하기만 한 그런 그리움이라고 할까.

어젯밤만 해도 자리에 누워 어둠 속에서 내 고향 옛집을 그리다가는 가슴을 조이는 갑갑증에 못 이겨 벌떡 일어나 전등을 켜고 한참동안이나 앉아 있어야 했다. 나는 그렇게 멀거니 앉아서 몇 번 크게 숨을 내어쉬고 막혔던 가슴을 튼 뒤 이장환의 부친이 그렇게 죽은 마음씨를 바로 나의 그것인 양 너무나 절실히 실감할 수 있었다. 나는 팔짱을 끼고 앉아서 작년 봄 이장환의 초대를 받고 이장환의 부친이 지은 집을 찾았던 때의 일을 뇌리에 되새겼던 것이다.

친구 이장환이 그 아버지가 영주(永住)를 결심하고 충주 가까운 시골에 지었다는 집으로 나더러 함께 내려가자고 달랜 데는 까닭이 있었다.

"아버지가 자네를 꼭 데려와야 한다는 거야."

"꼭이라니, 그건 왜?"

"자네가 이북에서 우리 집을 드나들던 때처럼 거기 새로 지은 집의 마당을 자네가 들어서는 것이라든가 이북의 그 집에서 그러했듯이 건넌방에서 한밤새 화투 등속을 치면서 노는 것을 보고 싶다는 거야."

"거 또 뭐지?"

"음, 아버지가 거기 집을 지으신 데는 남다른 까닭이 있었어." 하고 이장환은 그 부친이 거기 집을 짓고 내려가게 된 까닭을 들려주었다.

작년…… 그러니까 지금으로는 재작년 봄, 그의 부친은 까닭없이 한 달가량이나 지방을 두루 돌고 돌아오시더니 아담한 데가 있으니 거기 집을 한 채 지어야겠다고 말하더라는 것이었다.

해방 다음해 봄에 월남하자 시작한 서비스 공장이 순조롭게 커져서 이제는 명륜동에 천여 만 원짜리 집을 사서 살게 되었는데 갑자기 시골에 집은 무슨 집이냐 싶었지만 그 아버지는 꼭 거기

집을 짓고 거기 가 살아야겠다는 것이었다.

"거기 산형이나 들의 생김새가 이북 고향의 그것과 비슷해. 앞을 흐르는 개천이 없는 것이 옥의 티라면 티지만 해가 뜨는 동녘 산봉우리나 그것이 지는 서녘 산봉우리가 모두 닮았어. 뒷산에는 거무스레한 소나무가 무성하구 거기 군데군데 밤나무가 끼여 있는 것마저 비슷해."

이장환이,

"그러시면?"

하고 조심성 있게 묻자 아버지는,

"음, 거기 집 한 채를 지어볼련다."

그제야 이장환은 아버지가 그동안 얼굴이 까매지도록 시골을 돌아보고 오신 까닭을 헤아릴 수 있었다. 아버지는 늘 고향 생각을 하시고 거기 두고 온 집을 그리신 끝에 이제 그와 흡사한 지형을 찾아 그와 흡사한 모양의 집으로 지으실 생각이고나— 여겨졌다.

이장환으로서는 부질없는 일이라고 생각되었지만, 아버지의 성미를 아는 만큼 그것을 만류할 수는 없는 일이라고 체념할 수밖에 없었다.

이장환은 해방 후 고향을 뜨기 훨씬 전부터 백 년 가까이 사대를 살아왔다는 그 집의 너무 낡아 누추한 것이 싫어서 기회 있을 때마다 개축하기를 여러 번 아버지에게 제안했었다.

삼 년이 모자란 백 년이나 되는 그 ㄷ자 형의 기와집은 석가래도 썩고 기둥도 기울어서 바람만 불면 미식미식 주저앉을 듯싶은 소리를 내었다.

언젠가 이장환이 밤이면 밤마다 설치는 쥐가 역겨워 쥐틀을 놓으러 천장으로 올라가 보았더니 곰팡이 냄새가 쿡 코를 찌르는데 부걱부걱 발이 빠지도록 먼지가 앉아 있었고 조심스레 걸어가도 미식미식 소리를 내는 판자는 가끔 그의 체중에 못 이겨 버석버석 떨어져나가는 소리를 냈다. 모양 없이 기다랗기만 하고 덩그레 큰 부엌 밑바닥에는 검은 흙이 자[尺] 이상 굳게 깔려 있었는데 동리 사람들 가운데는 그것이 무슨 약에 쓰인다고 조금씩 얻어가는 일이 있었다.

아버지가 그것을 알면 복을 떠 간다고 질색할 것이 뻔한 까닭에 마을 사람들은 아버지가 어디 간 틈을 타서 도둑처럼 몰래 찾아와 어머니더러 말하고 조금씩 파 갖고 가는 것이 일쑤였다.

댓돌도 백 년래의 그대로여서 거무스레하게 변색해 있었고 군데군데 이끼가 끼여 있었는데 추녀에서 떨어지는 낙수가 오랜 세월을 삭여서 깊숙한 것은 거의 어른의 약손가락이 닿고도 남을 깊이의 구멍이 뚫려 있었다.

개방적인 시골이라 담은 없고 따라서 대문도 없었는데 바로 집 앞을 흐르는 내에는 언제나 송사리 떼가 노닐고 있었고 그보다 좀더 앞에 나 있는 넓은 늪에는 붕어니 메기 등속이 우굴대었다.

집 둘레는 풍수학의 좌청룡 우백호(左靑龍 右白虎)랄 수 있듯이 뒷산에서 뻗어내린 그렇게 높지 않은 능선이 멀찍이 감싸둘렀고 그것이 들로 빠져드는 한쪽에서도 다른 한쪽까지의 들을 마치 싸리담인 양 미루나무 숲이 가로지르고 있었다.

그 속에 담아진 논밭이 꼭 삼 정보— 웬만한 가족이면 능히 자급자족할 수 있는 낟알이 생산되었다.

해방 전 유명한 광산가가 그 집 자리를 탐내 사자고 나섰다가 이장환의 부친으로부터 봉변에 가까운 욕을 먹고 놀라 물러난 일이 있었다.

"대를 이어온 선영을 모시고 있는 땅을 사자니…… 이놈, 돈이면 그만인 줄 아느냐."

하고 호통하는 바람에 흥정에 나섰던 사람이 쥐구멍을 찾았다.

좌청룡으로 여겨지는 능선의 질펀한 언덕에 이장환네 할아버지로부터 거슬러 올라간 오 대의 선영이 자리하고 있었다.

이장환도 어렸을 적에는 미처 몰랐지만 철이 들면서 차차 자기 집 자리가 보통 명당이 아니라는 것을 깨닫게 되었다.

무엇보다 북녘이, 뒷산에서 감싸듯이 양쪽으로 흘러내린 능선으로 말미암아 가려진 탓으로 겨울의 웬만한 하늬바람도 분지처럼 파진 집 자리 위를 하늘 높이 스쳐갈 뿐이었고 봄이 돌아오면 남녘에서 불어오는 봄바람이 분지인 집터 안에서 머무는 듯이 느껴졌으니까.

그리고 향나무 밑에서 솟는 우물물은 겨울에 뜨스하고 여름에 차가왔다.

그러나 지은 지 백 년 가까운 집인지라 워낙 헐어서 마치 쇠잔한 노추(老醜)처럼 느껴졌다.

그래서 이장환이 부친에게 개축하자고 제언했던 것인데 부친은

"왜? 건너 마을 이 집사의 집 같은 양옥이 부러우냐?"

하더니,

"그거 유리창만 잔뜩 끼우고 어디 아늑한 맛이 있더냐?"

하고는,

"네가 정녕 이 집을 헐고 새 집을 지을 생각이 있다면 그건 내가 죽은 다음에 가서 맘대로 하려므나."

아버지의 마지막 그 한마디에는 다시는 내 앞에서 그런 말을 끄집어내지 말라는 언외의 꾸지람이 깃들어 있었다.

해방 이듬 이듬해 봄 그렇게 아껴온 집에서 축출되어 가재를 소달구지에 싣고 떠나던 날, 이장환의 아버지는 무엇 하나 거들지 않고 당신이 삼십여 년간이나 차지해온— 그 집에서 할아버지가 또 그 전에는 증조할아버지가 수십 년씩 차지해오다가 바로 거기서 운명하신 그 방에 앉아서 말없이 뻑뻑 담배만 빨다가 마지막 남은 짐꾸러미 하나를 짊어진 이장환이,

"아버지 이젠 떠나시지요?"

하고 말씀드리자,

"알았다."

하고 담뱃재로 재떨이를 때려 담뱃재를 털어낸 뒤 큰기침을 한번 키더니 천천히 일어서서 길다란 칡덩굴 지팡이를 집어들어 집 밖으로 나와 한참동안 우두커니 서서 집을 쳐다보고 있다가 한 바퀴 집 둘레를 돌아보고 나서

"이젠 됐다…… 가자."

하고 집 앞 개천의 징검다리를 건너 늪 앞에 이르러 또 한 번 걸음을 멈추어 한참동안 굽어본 뒤에는 다시는 뒤도 돌아보지 않고

훨훨 걸어서 숲을 빠져나갔다고 한다.

그로부터 십오 년 만에 이장환의 아버지는 고향의 옛집 자리와 비슷한 환경을 갖추었다고 여겨지는 충북의 시골에다 이북에 두고 온 옛집과 비슷한 디귿 자 집을 짓고 어려서부터 고향집을 드나든 아들 이장환의 죽마고우인 나더러 한번 내려와달라는 것이었다.

나에겐 그러한 분부를 마다할 까닭이 전혀 없었다. 나는 이장환을 따라 이튿날 조치원과 충주를 거쳐 이장환의 아버지가 지은 집을 찾아갔다.

버스에서 내려서 삼십 리가량은 걸어 들어가야 하는 곳이었는데 커다란 고개를 넷인가 넘어서자 이장환은,

"보고 놀라지 말게."

하고 나에게 일렀다.

"놀라다니, 왜?"

"글쎄 놀라지 말라니까."

이장환은 그저 그렇게 대꾸하기만 했다.

다시 조그마한 야트막한 고개 하나를 넘어서자 저 멀리 마주서는 높다란 산까지 트인 들을 건너보는 순간 나는 '하하하' 하고 마음속으로 수긍의 고개를 주억거리지 않을 수 없었다.

이장환의 이야기를 듣고부터 그러리라고 미리 마음먹었던 탓인지 옛날 이북의 이장환의 집을 찾아들어 갈 때면 눈앞에 전개되던 지형과 어딘지 모르게 흡사하다는 느낌이 들었다.

마주 보이는 높다란 산이며 거기서부터 양쪽으로 흘러내린 능

선이며 그 능선이 들로 빠져드는 지점과 지점을 가로막고 있는 숲이며가 하나하나 따져보면 같을 것이 없었지만 그것을 모두 합친 전체적인 인상이 퍽 낯익었다.

"흐흠, 처음 보는 느낌이 아닌걸."

"비슷해 보여?"

"흠, 헨둥해."

그렇게 나는 나도 모르게 고향 사투리로 대꾸했다.

헨둥하다는 말은 근사하다는 뜻의 평안도 사투리였으니까.

그런데 걸음을 재어 아카시아 숲을 지나 차차 다가들어 갈수록 웬일인지 이장환네가 이북에 두고 온 집터와 비슷하다고 느낀 전체적인 인상은 자꾸 흐릿해만 갔다.

그러나 저만치에 자리한 디귿자 집을 건너다보았을 때 나는

"아."

하고 짧게 목을 울리고 그 자리에 서버리고 말았다.

그것은 분명히 그 옛날 이북에서 자주 보아온 이장환의 집임에 틀림없었다.

집 모양이 같다는 것뿐만 아니라 지은 지 한 달이 넘지 않은 신축이면서 그것이 몹시도 낡아 보여 너절하게 느껴지는 것조차 비슷하지 않은가.

그리고 나는 알고 있었다. 디귿 자 집의 서쪽 한 끝에 달아 붙어 있는 시골식 뒷간의 짚으로 둘러싼 울타리 밑의 한 귀퉁이에 나 있을 개구녕을⋯⋯.

그것마저⋯⋯.

집으로 가까이 다가갈수록 나의 감회는 전신을 스치는 파상적인 소름으로 나타났다.

늪을 끼고 도는 좁다란 길이라든가, 개천에 놓인 나뭇조각을 새끼로 묶은 징검다리라든가, 그 조금 더 밑에 가서 웬만큼 물이 고인 웅덩이라든가, 아아, 그리고 기울어진 외양간의 기둥…….

그 속에는 송아지 한 마리가 고삐로 말뚝에 매어져 있었다.

마당에 들어서자 나는 한가운데 버티고 서서 둘레를 한번 휘둘러 보았다.

지붕을 얹은 기와는 새 기와가 아니었다. 어디서 구해 왔는지 추녀도 낡은 양철이었다.

벽이란 벽은 모두 흙으로 발라 있었고 집 한 모퉁이에 굵다랗게 올라간 굴뚝도 돌과 흙으로 빚어져 있는데 그 꼭대기는 무슨 상자를 올려놓은 양 나뭇조각으로 엮어져 있었다. 대청이란 것은 없고 댓돌 위 높다란 장소에 나무 평상이 놓여 있고 문이란 문에는 모두 우악스러운 쇠고리가 달려 있었다.

"어떤가?"

이장환이 나한테로 다가서며 나직한 목소리로 물었다.

"음."

하고 나는 잔뜩 고개를 젖혀 하늘을 우러러보고는,

"이렇게 마당에 들어서니까 정말 이북의 자네 집에 간 착각이 드는걸……."

"놀랐지?"

"음, 놀랐어."

"그런데……."

하고 이장환은 잠깐 입을 다물었다가,

"난 이상하게두 이북의 집하구 비슷하면 비슷할수록, 아니 비슷하게 본땄다고 보이면 보일수록 되려 생소한 느낌이 드니 웬일인지 모르겠어."

하고 곤혹에 찬 표정을 지어 보였다.

"비슷해 보일수록 생소하게 느껴진다……."

"음."

그때,

"이거 누구디? 농하 아니와?"

하는 귀익은 음성이 등 뒤에서 들렸다. 내가 획 그리로 몸을 돌리자 기와집과 외양간 사이에서 이장환의 아버지가 불쑥 마당으로 들어선다.

두툼한 무명옷 아래위에 대님을 매고 자색 조끼를 입고 있었다.

"아 아부님, 그동안 안녕하셨습니까?"

하고 내가 손을 모으며 머리를 굽히자 안면에 잔뜩 희색을 띤 이장환의 아버지는,

"잘 왔구만, 잘 왔어……."

하고 다가서더니 나의 오른 어깨 위에다 한 손을 얹고는 한참동안 물끄러미 나의 얼굴을 들여다보았다.

"임자두 이제 얼굴에 잔주름이 생기구?"

하더니,

"가만있어."

하고 나의 어깨에 놓았던 손을 펴서 밀어젖히듯이 내어 뻗으면서 마당을 가로질러 훌쩍 댓돌 위 평상에 올라가 앉더니,

"자, 장환이허구 둘이서 한번 다시 나갔다가 들어와봐 주게."

하고 일렀다.

나는 어리둥절했으나 이장환이 눈짓을 하기에 그를 따라 징검다리까지 되돌아갔다.

"아버진 자네허구 내가 옛날 이북에서처럼 나란히 서서 마당으로 들어서는 것을 보고 싶어하는 거야."

하고 조금 미안쩍은 표정을 지어 보였다.

"뭐 그야 어려울 것 없지."

그래서 그와 나는 다시 걸음을 옮겨 좁다란 길을 따라 나란히 마당 안으로 들어갔다.

그렇게 그와 내가 마당으로 들어서는 것을 평상에서 실눈으로 내려다보고 있던 이장환의 아버지는,

"좋아, 됐어."

하고 소리치다시피 하면서 고개를 아래위로 주억거려 보였다.

그렇게 내가 이장환이와 함께 마당 한가운데 가서 어쩔 줄을 모르고 서 있자 이장환의 아버지는 훌쩍 평상에서 마당으로 내려서더니 나더러,

"농하 어떤가, 고향 간 생각이 안 들어?"

하고 물었다.

"예."

하고 대꾸한 나는,

"정말…… 두고 온 댁과 어쩌면 이렇게도……."

하고 슬며시 이장환의 얼굴을 훔쳐보았다. 그의 얼굴에서 아까 엿보였던 곤혹의 빛은 사라져 있었으나 그래도 어딘지 그늘져 보였다.

그러나 그의 아버지는 그 주름진 얼굴에 하염없는 그리움의 빛을 띠우며,

"꼭 같이 만드느라구는 했는데 일하는 사람들이 전혀 본 일이 없으니 만큼 여간 애를 먹지 않았구만."

하고, 자족한 듯이 고개를 좌우로 돌려 한번 주욱 둘레를 훑어보는 것이었다.

그러더니,

"자, 시장할 텐데 이제 안으로 들어가 봄세."

하고는 따라오라는 손짓을 하면서 또 훌쩍 평상으로 올라섰다.

평상을 거쳐 안으로 들어선 나는 방 안에 깐 삿자리를 보고 또 한 번 놀랐다.

"이거 어서 구하셨습니까?"

오랜만에 삿자리를 본 나는 꿇어앉아 매끈하면서도 꺼칠꺼칠한 삿자리를 손으로 쓸어보았다.

"자 편안히 앉으라구."

하고 이장환의 아버지는 아랫목의 나무 재떨이에 기대놓았던 장죽을 끌어당겨 찬찬히 싸래기를 담아 물더니,

"구하는 데 좀 힘은 들었어."

하면서 한 손으로 소중한 듯이 조심성 있게 삿자리를 쓸고 나서,

"떠난 지 십오 년이나 지났디만 고향에 돌아간다는 건 이제 틀레버렸구, 더 기다레보재니 내 나이가 있어. 그렇다구 무슨 재간으로 거기 있는 산을 옮겨 올 수도 없는 노릇이구 해서 이렇게 지어본 거디. 꼭 같을 수야 없지만 제 고향 제 집을 찾아간 기분이 들어서 한결 마음이 좋구만."

하고 잠깐 뜸을 들이더니,

"그런데 사람이 욕심이란 게 한이 없어. 이만큼 흉내를 내보니까, 자질구레한 데 더 마음이 써져서 탈이야. 모난 댓돌 하나두…… 그놈이 거기 있었던 것 같아 거기 꽂아보면 어쩐지 또 거기가 아니었었던 것 같구…… 그래서 이리 꽂았다가 저리 꽂았다가 대여섯 번이나 이리 뒤지고 저리 뒤지다가 도루 처음에 꽂았던 자리에 집어넣은 일두 있었어……."

하고 감개어린 표정을 지어 보였다.

그날 저녁 나는 이장환과 겸상으로 그의 아버지와 한방에서 저녁을 먹었다.

밥 바리가 놋그릇인 것이 인상적이었는데 밑반찬 외의 별식은 되비지였다.

비지라면 이남에서는 두부를 앗은 뒤의 찌꺼기를 두고 말하지만 고향의 그것은 콩을 갈아 거기 돼지 뼈다귀와 살을 넣어 끓여 내는 것으로서 보통 '되비지'라고 일컫는 것이었다. 월남한 이북 사람들도 구미는 느끼면서 품이 들어서 그렇게 흔히 만들어 먹지 못하는 음식이다.

나는 그 되비지에서 만문해진 돼지 뼈다귀를 골라내어 빨면서 이장환의 아버지가 고향을 그리는 마음씨가 이만저만이 아닌 것을 깨달았다. 이장환의 아버지는 되비지에서조차 고향의 냄새를 맡으려는 것이 아닌가.

그것은 향수라는 표현 따위로는 어림도 없는 집념(執念)이라고 일컬어야 할 그렇게 세찬 그리움— 아니 살을 저미는 아픔을 자아내는 호곡이라고 할까.

그런데 나는 처음 이장환이 그러한 아버지를 못마땅하게 여기는 까닭이 모처럼 궤도에 올라선 사업에 어쩌면 응어리가 질까하는 데 있는 줄 생각했지만 그 뒤에 알고 보니 그의 걱정은 그런데 있지 않았다.

나는 그날 밤 이장환과 더불어 밤늦게까지 화투 놀이를 하다가 안방에서 이장환의 아버지가 코를 고는 소리를 듣자 석유 등불을 끄고 자리에 들었다.

그 석유등도 이장환네가 해방 전 고향의 그 옛집에서 쓰던 '방등'을 본따서 만든 것이었다.

이튿날 나는 이장환과 함께 서울로 올라왔던 것인데…… 그로부터 일 년쯤 지난 그곳의 집 앞에 판 늪에 빠져서 돌아가셨다는 부보를 들은 것이다.

이장환은 나와 만나 어느 어두컴컴한 목로집으로 찾아가 술을 나누면서 그 아버지가 그렇게 돌아가실 때까지에 있은 몇 가지 이야기를 들려주었다.

지난가을 이장환의 아버지는 그 생신날에 이제 몇 남지 않은 서울에 사는 옛 친구들을 그리로 불러 내려다가 잔치를 베풀었다고 한다.

거기서 영감님들은 술을 나누며 고향 이야기를 주고받다가는 서로 수심가를 밤늦게까지 한없이 부르더라는 것이다.

"그리고 서로 얼싸안고 웃다가는 울고 울다가 웃고 하는 품이 꼭 철들기 전의 어린애들 같아 보이더군. 나는 시중을 들면서 영감님들의 주고받는 얘기를 들었는데 그저 그렇고 그러한 씨없는 이야기들이야. 한 가지 느낄 수 있는 것은 그저 고향을 다시 못 볼 것이라는— 한이더군."

"한?"

"음, 서러운 한이지."

"한이라……."

"그리고 영감들은 거기서 이삼 일씩 묵고 나흘 뒤에야 모두 떠나버렸는데 그렇게 보내놓고 난 뒤의 아버지는 마치 얼빠진 사람 같아 보였어."

"그럴 법도 하지……."

"그것이 아버지로서는 친구들과 어울린 마지막 향연이었어, 그런데……."

이장환은 한 번 한숨을 내어쉬고 나서,

"그뒤부터는 짜증을 잘 내시구…… 그래서 따라 내려간 사촌 내외나 시중을 드는 사람들이 여간 신경을 쓰지 않으면 안 되었다는 거야. 심지어……."

언젠가는 아닌 밤중에 일어나 모두들 깨워놓더니, 어째서 이 집에는 쥐도 없느냐고 야단을 하는 바람에 모두 어리둥절할 수밖에 없었다고 한다.

"어떻게 되신 겁니까?"

하고 조심성 있게 묻자, 그제야 '아버지'는 마음을 가다듬는 품이더니,

"음, 누워 있는데 너무 조용해서…… 외양간의 송아지 고삐를 잡아맨 고토리가 달가락거리는 소리는 들리는데…… 문득 천장에서 쥐가 설레이지 않는다는 생각을 했지, 왜 쥐가 없을까, 쥐가……."

그래서 이튿날 사촌은 거기서 웬만큼 떨어진 마을로 가서 한 마리에 오십 원씩을 주고 산 쥐를 다섯 마리나 사다가 천장 위에 풀어놓아 주었다고 한다. 혹시 다른 데로 흩어질까 싶어 쌀 두 되와 보리 서 되를 여기저기 뿌려놓은 뒤에…….

그리고 오늘 밤인가 내일 밤인가 하고 기다렸지만 나흘이 지나도 '아버지'가 천장에서 쥐가 설레는 소리를 들은 기색은 보이지 않았다.

사촌이 공연스레 이백오십 원이나 들였다고 후회하게 된 닷새째 되는 날 초저녁, 뒷간에 갔다 돌아오는 마당에서 사촌은 비명에 가까운 '아버지'의 째진 목소리를 들었다.

무슨 일이 일어났는가 싶어 기겁을 하고 안방으로 뛰어든 사촌은 부엌으로 나 있는 장지문 틈에 바싹 머리를 갖다대고 있는 '아버지'를 보았다. 사촌이 황급히,

"무슨 일이십니까?"

하고 다가 묻자, '아버지'는 그리움에 가득 찬 실눈으로 사촌을

올려다보며 속삭이듯이,

"조용히."

한마디 타이르고는,

"여보게, 이리 와서 좀 들어보게."

하며 가까이 다가오라는 손짓을 했다.

무슨 영문인지 알 수 없으면서 사촌은 분부대로 다가가 주저앉으면서 장지문 틈에다 귀를 갖다대야 했다.

"어때, 쥐 소리가 들리지?"

"예?"

"가만히 들어보게…… 방금 쥐 우는 소리가 들렸어."

사촌은 '아버지'와 바싹 마주 앉아 똑바로 그 얼굴을 쳐다보기가 몹시 겸연쩍어서 눈을 깔았다.

잠시 후 견디기 어려운 정적을 깨뜨리고— 사촌에게는 그야말로 '깨뜨리고' 부엌의 어느 구석에서 쩍쩍 하고 두 번 쥐 우는 소리가 문틈으로 새어들어 왔다. 그러자 '아버지'는 두 눈에 회심의 빛을 띠며,

"어때? 들리지?"

"예, 두 번 울었어요."

사촌은 소학생처럼 그렇게 대꾸했다.

"아버지는 쥐 소리마저 그리웠던 모양이야. 그 쥐는 옛집에서 울던 쥐가 아닌데두 말일세."

이장환은 쓸쓸히 웃고 나서,

"석 달 전 거기서 증조할아버지의 제사를 지내게 돼서 가까운

친척들은 대개 내려갔는데 아버지는 이북에서두 이렇게들 모였었다고 하시면서 여간 기뻐하시질 않았어. 그리고 제사를 끝낸 뒤 음복을 하셨는데 아버지는 오랜만에 과음을 하셨던가 봐. 갑자기 술상을 물리시더니 통곡을 하시지 않겠나……. 모두 놀라서 왜 이러십니까고 물었지."

이장환은 잠깐 입을 다물었다가,

"아버지는 이북에 두고 온 누님을 생각하시고 우신 거야……. 우셔도 여보게…… 그저 우시는 게 아니라 가슴을 쥐어뜯으면서 우셨으니……."

"알 만하네."

"그 뒤부터…… 나는 이틀 후 서울에 올라와버렸는데…… 사촌 이야기를 들으면 무언가 혼잣말을 하시는 버릇이 생기셨다는 거야. 그런데 바싹 다가서서 귀를 기울여도 무슨 말씀을 하시는지 통 알아들을 수가 없었대……."

"전혀?"

"음, 가끔 칡덩굴 지팡이로 어딘가를 가리키시면서 '아니야, 이렇지가 않았어'라고 중얼거리시는 것만은 간신히 들을 수 있었다는 거야."

"흐음."

"돌아가시는 날 아침 갑자기 늪에서 고기를 잡으신다고 하시더라는 거야. 그래서 사촌이 읍으로 가서 낚시를 사 올까요, 하고 말씀드렸더니 그런 고기잡이가 아니구 하시면서…… 농하, 자네 왜, 우리들 어렸을 적에 한 일이 있잖아……. 거…… 저…… 석자 사방쯤 되는 모기장의 네 귀에 버드나무 가지 같은 것을 잡아 매서 그것을 한군데에서 엮어가지구 거기 장대를 꿰어서 말일세."

"음, 거기 호박꽃 같은 것도 늘이구."

"그렇지."

"그걸 깊숙이 늪 속에 드리우고 거기 된장 덩어리를 뿌리면 송사리나 붕어 새끼들이 모여들지. 그리고 한참 있다가 훌쩍 들어내면 그 모기장 속에 고기 새끼들이 오골오골……."

"바루 그거야, 아버지는 그 고기잡이를 하신 거야."

"그러시다가?"

"음, 사촌이 한나절이나 옆에 앉아서 거들었다는데 잠깐 자리를 떠서 집으로 들어갔다가 나왔더니 아버지는 상반신을 물속에 들이밀고 계시더래."

"넘어지셨나?"

"글쎄, 일으켰을 때는 이미 숨져 있더라는 거야."

"어떻게 그렇게 돌아가셨을까."

"정말 맥없이 돌아가셨어."

나는 술의 힘을 빌어,

"일부러 그렇게 물속에 머리를 넣으시고 돌아가신 건 아니시겠지."

하고 물었으나 이장환은,

"그러실 리는 없어. 아니 그러신 흔적이 전혀 없어……. 다만 내가 전보를 받고 뛰어내려 가서 아버지가 쓰시던 책상의 서랍을 정리하는데 남겨주신 글월을 발견했어."

"거기 뭐라구?"

"음, 당신이 묻힐 데를 일러주신 거야."

"어디라구?"

"음, 그 집 뒤에서 좌측으로 흘러내린 소위 좌청룡의 능선이 질펀히 언덕진 양지바른 곳인데, 이북의 선영과 비슷한 솔밭 사이야."

그리고 그는 아버지를 거기다 묻어드리고 올라왔다고 했다.

그 목로집에서 나와 그와 헤어진 뒤 나는 밤 늦게였으나 일부러 서대문까지 걸어서 거기서 거의 마지막 합승을 타고 집으로 돌아갔다. 왠지 혼자 걷고 싶었던 것이다.

그렇게 혼자 밤길을 걸으면서 나는 엉뚱한 생각을 했다.

이장환의 아버지는 늪가에 앉아 무엇인가를 본 것이 아닐까……. 눈앞의 논밭과 숲을 건너다보다가 고개를 좌우로 돌려 집과 집을 둘러싼 산을 휘 둘러보고 고개를 들어 하늘을 우러러보고 그리고 다시 고개를 거두어 늪을 들여다보고…….

거기…… 그 잔잔히 머문 거울 같은 물속에 비친 흰 구름과 푸른 하늘……, 그리고 거기 비친 자기의 얼굴을 본 것이 아닐까.

나는 알고 있다. 어렸을 적에 본 이장환의 할아버지의 얼굴을……. 그리고 이장환의 아버지가 나이를 잡수실수록 그 얼굴이 그 아버지인— 이장환의 할아버지의 얼굴을 닮아가고 있었다는 것을…….

그래서…….

테러리스트

* 『사상계』, 1956.

1 낭심 '양심'의 평안도 방언.

2 정티 '정치'의 평안도 방언.

3 전평 '조선 노동조합 전국평의회'의 약자로 해방 공간의 좌익계 노동 단체임.

4 MP 'Military Police'의 약자로 헌병을 가르킴.

5 가주뿌리 '거짓말'의 평안도 방언.

6 날파람 '열 쌘 기세'를 비유하여 이르는 말로 싸움을 하는 기세를 말함.

7 냅뜰성 기운차게 (남을) 앞질러 가는 성질.

8 데따우 '매우'의 평안도 방언.

9 히뭇이 흐뭇하게.

10 두리 '둥근'이라는 말로 여기서는 '빙글빙글 도는 형태'를 말함.

불꽃

* 『문학예술』, 1957.

1 에스 에스 에스 에르(CCCP) 'CCCP'를 러시아 알파벳식으로 읽은 것.

2 굴대 바퀴의 가운데 구멍에 끼우는 긴 쇠나 나무 혹은 '축'으로, 쌀을 될 때 쌀을 깎아내는 도구로 사용한다.

3 앞장감 '먼저 감'으로 '먼저 죽었음'을 뜻함.

4 야소교 '예수교'의 중국식 표기로 '기독교'를 말함.

5 얼려들다 '어울리게 되어지다'의 뜻.

6 이시카와 다쿠보쿠(石川啄木, 1886~1912) 일본 메이지 시대의 시인.

7 선무(宣撫) 국민이나 점령지 주민에게 정부 또는 본국의 시책을 이해시키어 민심을 안정시키는 일.

8 하가쿠레, 만뇨슈 일본의 문학 작품집의 이름.

9 두호하다 돌보아주거나 두둔하다.

10 스키야키 불고기 요리와 비슷한 일본식 요리.

11 외포(畏怖) 무서움.

12 방앗간 영 방앗간 이영.

13 때때 권총 'TT 권총'을 러시아식으로 읽은 것.

14 가풋하다 가뿐한 듯하다.

오리와 계급장

*『지성』, 1958.

1 리쿠궁 다이사(陸軍 大佐) 육군대좌를 일본식으로 읽은 것으로 우리나라의 영관급 중 최고인 대령급.

2 자키 자동차나 무거운 물건을 들어올릴 때 쓰는 공구의 일종.

3 무두 '모두'의 평안도 방언.

깃발 없는 기수

*『새벽』, 1959.

1 두억시니 (민간에서 이르는) 모질고 사나운 귀신의 하나.

2 마장 10리나 5리 미만의 거리를 이를 때 '리(里)' 대신 쓰는 말.

3 빈상 궁상맞고 초라한 인상.

4 다봐이 러시아어로 '우리'라는 뜻의 대명사.

5 무흠 흠이 없음.

6 껀인걸 '사건인걸'의 속어.

7 수란 달걀을 깨서 수란짜에 담아 끓는 물에 반숙한 것.

8 덴동 튀김을 얹은 덮밥.

9 지 아이(GI, Government Issue) 미국에서 특별한 일에 쓰려고 불러 모은 병사, 또는 일반적으로 병사를 속되게 이르는 말.

10 월여 '月餘'로 '한 달이 조금'의 뜻.

근대사의 역동성과 선우휘 소설

이익성

1

선우휘는 작가로서의 이력이 매우 흥미롭다. 교사, 군인, 그리고 기자라는 직업으로 한국 근현대사의 격동기를 헤쳐 나온 작가이다. 그는 일제 말기에 사범학교를 졸업하고 교사로 근무하다가 해방을 맞았고, 해방이 되어 남하한 후에는 교사를 거쳐 신문기자로 잠시 일하였으며, 이어 장교로 군에 들어가 6·25전쟁을 겪고, 늦은 나이에 작가 활동을 시작하였다. 또한 기자에서 출발하여 신문사 주필에 이르기도 하였다. 이러한 이력은 그가 굴곡 많은 한국 근현대사의 중심부에 있었음을 말해주고 있다. 즉 작가 선우휘는 식민지 시대와 해방 공간, 전쟁과 전후의 혼란, 그리고 산업화와 군부 독재의 시대를 산 것이다. 한순간도 평온하다고 할 만한 시기는 없었다. 선우휘의 소설은 이 격동의 시기에 교사로, 군인으로, 기자로 살았던 그의 삶과 밀접하게 관련되어 있다. 그리고 월남민으로서의 의식 역시 작품의 한 요소로 작용하고 있다.

이 글에서는 선우휘의 대표 작품인 「테러리스트」 「불꽃」 「거울」 「오리와 계급장」 「단독강화」 「깃발 없는 기수」 「망향」을 중심으로 그의 작품 세계를 탐색해보고자 한다. 그의 출세작인 「불꽃」이 발표되기 전 작품인 「테러리스트」에 대하여 먼저 살핀 다음 「불꽃」에 대하여 논의하기로 한다. 그리고 단편소설인 「거울」 「오리와 계급장」 「단독강화」 「망향」 등의 작품과 이어 「불꽃」의 연장선상에 놓인 중편 「깃발 없는 기수」에 대하여 논의하고자 한다. 이러한 구체적인 작품론에 앞서 먼저 작가의 생애에 대하여 간략하게 살펴보자.

2

선우휘는 1921년 평안북도 정주군 정주읍 서주동 35번지에서 아버지 선우억(鮮于億)의 3남4녀 중 장남으로 태어났다. 그의 집안은 농사를 생업으로 했던 것으로 알려져 있다. 그가 태어난 정주는 춘원을 비롯하여 시인 김억, 김소월, 백석 등 다수의 문인들을 다수 배출한 곳으로, 선우휘 역시 자기가 태어난 고향에 대한 자부심이 깊었던 것으로 알려져 있다. 특히 춘원에 대한 관심은 각별하였다.

선우휘는 1936년 정주고등보통학교를 졸업하고, 같은 해 4월에 경성사범학교 연습과에 입학하였으며, 1943년 3월에 경성사범학교 연습과를 졸업하고 같은 해 4월에 경성사범학교 본과에 입학하여 6개월에 걸쳐 본과 교육을 받고 9월 28일에 졸업하였다. 졸업하고 이어 고향인 정주의 소학교로 발령을 받아 2년여에 걸쳐 교사 생활을 한다. 그는 이곳에서 해방을 맞이하게 되었고, 해방 직후 정주의 본가에 기거하면서 해방 이후 북한에서 진행된 소련군의 진주와 사회주의 정권 수립에 대한 회의와 인간적 고민을 겪다가 1946년 2월에 월남하였다. 그러나 남한에 오면 무엇인가 다른 삶이 있을 것이라는 막연한 기대와는 달리 남한 역시 대단히 혼란스런 상황이었다. 그는 한 달 가까이 방황하다 조선일보사에 기자로 입사한다. 그러나 바로 신문기자 생활을 접고 선우휘는 경성사범의 동기인 조병화의 주선으로 잠시 인천 중학교에서 교사 생활을 한다.

교사 생활도 잠깐 선우휘는 군대에 입대하기로 결심한다. 1949년 1개월의 훈련 끝에 육군 소위로 임관한다. 임관하고 한 달 후에 중위로 진급하고 10개월 뒤에는 대위로 진급하여 국방신문을 제작했으나, 예산 관계로 해산되고 대신 장병 교양용 주보를 편집하는 일을 맡았다. 곧이어 터진 6·25전쟁에서 선우휘는 전단 작성의 임무를 맡게 되지만, 특수유격대에 자원하여 참전한다. 선우휘는 전쟁의 혼란 중에 고속 승진을 하게 되고 휴전이 이루어진 1953년 말 중령에 오르고, 전쟁 후에는 정훈 업무에 복귀하여 군대 생활을 하였다. 1955년 임시 대령으로 승진하면서 선우휘는 군인으로서의 생활을 마감해야겠다는 생각을 한다.

군인 생활을 정리할 마음을 먹은 그는 1955년 처녀작 「귀신」을 발표하고, 이어 단편 「ONE WAY」와 「테러리스트」를 발표한다. 자신의 대표작인 「불꽃」을 발표한 후 선우휘는 작가로의 전업을 생각한다. 이 작품으로 그는 『문학예술』의 신인상에 당선되었고, 이어 제2회 동인문학상을 수상하게 되었는데, 아마도 이러한 수상의 배경은 당대 전후 문단의 '관념적이고 병적인 태도'에 반기를 들었기 때문일 것이다.

선우휘의 초기 소설은 행동지상주의적 색채를 띠고 있으며, 특히 1950년대에 발표된 작품 대부분은 직·간접으로 자신의 군대 생활과 한국전쟁에의 참전과 관련된 내용을 주요 테마로 삼고 있다. 그리고 이들 작품들은 당시 전쟁이 가져다준 여러 가지 역사적이고 사회적인 상황과 정치적 현실의 모순성을 보여주고 있다. 전역한 1957년 전후의 시기에 단편소설을 많이 발표했다는 사실은 군인으로서의 체험이 선우휘에게 있어서 얼마나 중요한 의미를 가지는가를 대변하는 것이다.

1957년 10월 선우휘는 8년 6개월의 군 생활을 정리하고 서울신문사 논설위원으로 언론인 생활을 다시 시작하였으며, 1959년 한국일보사 논설위원을 거쳐 1961년 조선일보사에 들어간다. 논설위원, 편집국장을 거쳐 주필, 논설고문 등으로 조선일보사의 요직을 두루 거쳤고, 이러한 과정에서 선우휘의 보수적인 변모를 촉발한 사건이 벌어진다. 1964년 조선일보 재직 시절에 정치부 리영희 기자와 함께 일주일간 구속되는 사건이 일어난 것이다.

이 사건은 조선일보에 실린 리영희 기자의 기사 「한국 문제에 대한 일부 유엔 회원국의 움직임에 관해 해외 공관으로부터 보고 내용」 때문에 일어났다. 이 기사와 관련하여 편집국장인 선우휘와 리영희 기자가 검찰에 구속되었고, 선우휘는 당국의 조사를 받은 후, 조선일보 편집국장을 그만두고 일본으로 떠나게 된다. 이 사건을 계기로 선우휘는 등단부터 그때까지의 작품 경향으로서 특징지을 수 있는 행동문학에 대한 회의와 갈등을 일으키게 되어 작품 경향이 변모하기에 이른다. 1966년 4월부터 1년간에 걸친 외유는 외견상으로는 해외에 나가 잠시 쉬고 오는 것이었지만, 사실상으로는 당국의 주목을 피하기 위한 도피였다.

일본에서의 외유 중 월남 전선에 1개월간 종군 기자로 파견되어 전투 상황을 직접 취재한 「맹호 6호 작전 종군기」를 신문에 연재하면서, 선우휘는 박정희 군사 정권에 전면적인 투항을 하게 된다. 그 계기는 월남전 종군의 경험을 바탕으로 한 「물결은 메콩 강까지」를 중앙일보에 연재한 것이다. 월남전 종군 기자로 다시 언론 생활을 시작한 선우휘는 자연스럽게 다시 언론계로 돌아온다. 그리고 1972년 조선일보 주필이 되면서 오피니언 리더로서의 역할을 담당하였다. 선우휘는 박정희 사후부터 제5공화국 전두환의 집권 초기인 1980년대까지 계속해서 써오던 사설과 '선우휘 칼럼'을 지속적으로 집필하였다. 그의 칼럼은 당시 독자들에게 상당한 논쟁거리를 제공하기도 하였다. 그리고 1986년 2월에 정년 퇴임하면서 사실상 언론계를 떠나게 되었다. 그리고 200자 원고지 6천 장 분량의 장편소설 『노다지』를 정리하여 전집 발간을 준

비한다. 그러나 그는 그해(1986년) 여름에 불귀의 객이 되고 말
았다.

3

작가에게 있어 체험은 작품 활동의 근원이다. 특히 선우휘는 한
국 근현대사라는 격동기를 치열하게 살면서 작품 활동을 한 특이
한 이력의 소유자이다. 앞에서 살펴본 바와 같이 선우휘는 사범
학교를 졸업하고 교사를 거쳐 신문기자에서 신문사 고위 간부로
의 전신, 그리고 초급 장교를 거쳐 고급 장교를 역임하였다. 그리
고 그의 삶에는 북에 고향을 두고 온 월남민이라는 이력과 더불
어 한국 근현대사의 굴곡이 그대로 녹아 있다.

선우휘 소설의 대부분의 작중인물들은 작가의 개인적인 체험과
관련된 인물로 설정되어 있다. 주인공이나 주요 등장인물들은 신
문기자이거나 군인 혹은 사범계 출신의 선생이다. 선우휘 소설에
는 작가의 자전적인 요소가 많이 발견되며 이것이 그의 소설을
이해하는 데 중요한 역할을 하고 있다는 여러 논자들의 논의들은
이러한 의미에서 이해될 수 있을 것이다(김윤식, 「선우휘 문학의
세 의미층」의 논의와 조남현, 「선우휘 소설에의 한 통로」의 논의가
대표적이라고 할 수 있다). 그리고 선우휘 작품에 녹아 있는 현실
은 일제 말기와 해방 공간 혹은 미군정기의 남한과 소련 지배하의
북한의 혼란상, 그리고 한국전쟁과 휴전 이후의 격변기에 집중되

어 있다. 특히 격변기 남한의 현실이 폭력의 광기와 그것에 대응하는 인간의 모습을 통해 형상화되어 있다.

「불꽃」에서 주인공 고현과 연호의 총격 장면을 비롯하여 「깃발 없는 기수」에서 공산주의자 이철에 대한 테러 장면은 폭력의 광기가 극에 달하고 있는 모습을 묘사하고 있다. 그런데 여기서 중요한 것은 폭력적 인간의 모습을 확인하는 과정에서 작중화자가 긍정적 가능성으로서 휴머니즘을 드러내 보이고 있다는 것이다. 또한 한 가지 특이한 사항은 초기 단편소설에는 자전적 요소가 부분적으로만 나타나고 있다는 것이다(여기서 선우휘의 초기 소설은 첫 창작집 『불꽃』이 간행된 시기를 포함하여 1960년대 중반까지의 작품을 말한다. 보다 구체적으로는 1964년까지의 작품을 초기 소설로 정의하였다). 가령 「불꽃」에서 주인공 고현은 동굴에서의 회상 장면을 통해 고현 자신의 행적이 부분적(교사로서 활동하는 부분)으로만 드러나기 때문인지 모르지만, 이러한 특징을 전체적으로 드러내 보이고 있지 않다. 그리고 1958년까지의 소설 중에서 「화재(火災)」와 「오리와 계급장」에서만 자전적 요소가 보일 뿐 다른 소설 작품에서는 거의 드러나지 않는다. 이에 비해 「깃발 없는 기수」를 비롯한 이후의 중편 혹은 장편들에서는 위에서 지적한 전기적 특징이 많이 나타나고 있다. 그리고 선우휘의 초기 소설에서 우리가 주목하는 것은 작가 선우휘가 자신의 분신으로 세계를 관찰하고 서술하는 화자로서의 주인공에 집중하고 있다는 것이다. 즉 선우휘의 초기 소설에 등장하는 화자는 대부분 방관자로서의 교사이거나 기자 혹은 장교들이다. 이들 작중화자는 모두 행동제일주의자를 관찰하는데, 이들 행동제일주의자는 일정한 이념이나 감정의 소유자로 나타난다. 특히 공산주의에 대한 태도는 지극히 냉소적인 반응을 보이고 있다.

선우휘 초기 작품의 주인공들은 작가 자신의 분신이기도 하지만, 다른 한편으로는 한국 근현대사 격변기의 영향을 받은 존재이기도 하다. 이러한 인물들이 등장하게 된 배경으로 우선, 약소민족이 지녔던 끈질긴 저항력과 온갖 형태의 억압을 승리로 승화시키는 지혜와 용기를 내재한 고집스런 남성상을 포함한 전통적인 유교적 휴머니즘을 들 수 있다. 「불꽃」의 주인공 고현의 할아버지를 비롯해서 「싸릿골의 신화」의 강노인과 「한국인」에 등장하는 훈련병의 할아버지와 같은 노인은 각기 소설의 상황은 다르지만 모두 유교적 가치관에 입각하여 창조된 인물형이다. 이 노인들은 전통적인 인도주의 사상이 가장 고귀한 가치관으로 작용하여 그것을 위해서는 어떤 이념이나 확신도 무가치하다고 믿는다. 그래서 심지어는 「불꽃」에서 고현의 할아버지는 독립운동까지도 쓸모없는 일이라고 할 만큼 동양적인 평화로운 삶과 후손의 안녕에 힘쓰고 있다. 이런 맹목적인 유교적 인도주의는 「싸릿골의 신화」에서 강노인이 국군과 마을 사람들을 보호하도록 만들고 있고, 「한국인」에서는 갓 입대한 훈련병을 찾아와 그에게 며느리와의 합방을 요구하는 배경으로 작용하고 있다. 이런 유교적 인도주의 사상에 입각한 고집스러운 남성상은 유머 감각과 여유를 통해 선우휘 소설의 한 매력으로 표출되고 있다.

선우휘의 처녀작은 「귀신」으로 알려져 있다. 그리고 이어서 단편 「ONE WAY」와 「테러리스트」를 발표한다. 처녀작으로 알려진 「귀신」은 사실 「성(聲)」이라는 제목으로 『신세계』에 발표한 것이다. 이 작품은 「ONE WAY」와 더불어 습작 성격을 지닌다. 「귀신」은 귀신의 독백을 통해서 무구하고 순박한 인간이 정치적 횡포 앞에서 고뇌를 짊어지게 되는 부당함을 좌시할 수 없다는 분노와 안타까움을 토로하고 있으며, 「ONE WAY」는 특수부대를 지휘했던 군인 '허명'이 휴전과 함께 긴장이 풀리자 안일한 일상을 영위하다가, 북쪽의 공작원으로 갔던 옛부하의 출현으로 평범한 생활의 일상에서 다시 긴박한 본래의 의무와 책임으로 돌아가는 모습을 나타낸 작품이다. 이들 작품을 쓰면서도 선우휘는 직업작가로의 전업을 생각하지는 않았고, 다만 사범학교 시절부터 관심을 가진 문학 활동의 연장선상으로 생각하고 있었다. 전시 종군 작가들의 작품을 보면서 그들 작품에 대한 불만 역시 작가로의 투신을 생각하게 된 원인이다.

선우휘의 초기 대표작인 「불꽃」을 완성시키는 것이 바로 위에서 논의한 습작과 직접적으로 관련이 있다. 즉 「불꽃」의 주인공 현의 행동 의지 속에는 「ONE WAY」의 의무와 책임을 찾아 긴장 속으로 뛰어드는 행동과 「성(聲)」 속에 내포된 거대한 부조리 앞에 약자가 희생되는 것을 결코 좌시할 수 없다는 생각이 자리 잡고 있다. 그런데 이 소설에서 문제되는 것은 단편에 담아내기 어려운 삼대의 기록을 액자소설이라는 소설 양식 속에서 고현의 할아버지와 아버지, 그리고 고현 자신을 통해 그려내고 있다는 점이다. 「불꽃」을 비롯해서 선우휘의 소설들은 망설이다가 결정적인 상황 때 뛰어들어 행동하는 모습을 보인다. 가령 「불꽃」에서 할아버지와 고현의 삶의 현실에 대해 외면하고 도피하다가 결국은 현실에 맞닥뜨려 저항하여 동굴에서 총격전을 벌인다든지, 「보복」에서 맹이 인민군에 대한 적개심을 버리게 되며, 「도전」에서 주인공이 관상쟁이 머리를 내려 갈긴다든지, 「깃발 없는 기수」에서 허윤이 이철에게 고민 끝에 총을 쏘는 행동이 그 대표적인 경우이다. 「불꽃」에서의 행동은 「도전」에서도 동일하게 묘사되었다. 이 두 작품에서 선우휘는 절박한 상황에서 양심적인 인간, 행동하는 인간으로 성숙하기에 이른다. 삶의 부조리 속에서 그것을 외면하지 않고 그 속에 자신의 삶을 던져 스스로 참다운 인간의 가치를 추구하려는 경향을 보이는 작품으로는 「깃발 없는 기수」와 「추억의 피날레」와 같은 중편을 꼽을 수 있다.

「깃발 없는 기수」는 해방 후 정치적 혼란 속에서 벌어지는 치열한 이데올로기 갈등이 가져온 잔혹하고 비인간적인 테러리즘을 고발하고 있다. 해방 직후 남한의 실정과 급박한 상황 속에서 신문기자인 윤은 이데올로기 대립이라는 현실 앞에서 어떠한 깃발에도 속할 수 없는 인물이다. 그럼에도 불구하고 작품의 제목에서 보이는 바와 같이 윤이라는 주인공은 깃발을 들고 있는데, 이 깃발은 이념적 깃발이 아니고 인간의 존엄성을 유린하고 희생시키는 부당한 폭력에 대한 항거이자 인간성 옹호의 깃발이다. 이 작품의 주인공은 고향과 가족을 버리고 월남한 인물로 설정되어 있다. 월남 후 윤은 소설 속에서 신문기자로 근무하고 있는데, 이 것은 선우휘가 해방 직후 월남하여 신문기자 생활을 했던 현실적 체험과도 직접적으로 연관된다. 「깃발 없는 기수」는 작가 선우휘에게 있어서 해방 직후의 체험이 중요하게 작용하고 있음을 드러내 보여주고 있다.

나는 평온한 현실과 무위(無爲)에 가까운 선량한 서민성을 사랑하지만 그것을 소설의 주제로 하여 형상화할 흥미는 없다. 그들의 생활을 조용히 들여다보고 인간 심리의 기미를 섬세하게 다룰 능력이 나에게 부족한 것은 사실이지만 어딘지 그것은 평범한 가족 사진을 찍는 것 같아 몹시 무미 건조한 것으로 느껴진다.

그것은 액운이나 불행 같은 것을 그리는 데 있어서도 매한가지다. 데데하고 무능한 탓으로 액운을 당하고 앉은 채 뭉개는 인간의 경우란 연민보다도 노여움이 앞선다. 그러한 성질의 불행을 그려서 인간의 운을 말할 생각도 없다.

현실을 남의 것이 아니라, 어디까지나 자기의 절실한 문제로 보고 힘을 다하여 부딪쳐가는 성실성과 정열에 나의 관심은 간다. 그것은 성실하면 할수록 고뇌와 낙망과 좌절이 더하기 마련이다. 정열이 넘치는 곳, 때로는 어찌할 수 없는 운명의 벽에 부딪쳐 부서지기도 한다. 그러나 거기에는 엄숙한 인간의 논리와 미가 있다.

나는 여기서 8·15 해방 뒤의 혼돈 곳에 내던져진 한 젊은이를 그려보았다.

그는 벅찬 현실 상황 속에 비틀거린다. 때로는 웃고 때로는 울고 노하고 또 울부짖는다. 굶주린 짐승같이 어둠 속을 헤맨다. 사랑과 미움이 교차하는 한가운데 서서 몸부림친다.

그러나 그는 끝내 물러나지는 않는다.

물론 나는 그의 삶을 전적으로 긍정할 수는 없다. 그러나 알몸을 던져 그 무엇을 찾아 방황한 그의 혼에 대해 일국(一掬)의 눈물을 금치 못한다.

그에게는 깃발이 없었다. 그러나 값싸게 높이 내어 흔들어진 어떠한 깃발보다도 그에게는 보다 훌륭한 보이지 않는 깃발이 있었던 것이 아닌가—. 그렇게 나는 지금 생각해본다.

위의 인용은 작가가 작품을 시작하기 앞서 작품의 의미를 설명한 부분이다. 이 인용 부분은 한국전쟁 이후 폐허 위의 현실과 직면하고 있는 작가 자신이 이념적 대립이 극을 이루고 있던 해방 직후의 현실에 정면으로 부딪치는 가운데 치열하게 행동하며 처절하게 고민하는 인간 군상을 그리고자 했음을 말하고 있다. 즉 작가는 개인과 집단의 갈등, 혼돈의 사회 상황과 부조리한 현실에서 비롯된 개인의 실존적 고뇌를 해방 직후 남한의 현실 속에서 담아내고자 했다.

그러면 해방 직후의 혼란상이란 과연 무엇인가. 그것은 이 작품의 작중 인물 형운의 말대로 해방이 너무 빨리 왔거나 너무 늦게 온 까닭에 생긴 것이다. 일본으로부터의 해방은 아무런 준비 없이 찾아옴에 따라 한반도를 두 동강으로 만들어놓았다. 우선 일본의 패망으로 한국 사회는 힘의 진공 상태에 놓이게 됐고, 38도선을 중심으로 국토가 둘로 나누어졌다. 그리고 미군정의 통치에 놓인 남한의 경우 일제의 행정력을 바탕으로 한 그들의 통치에 따라 수많은 민족 반역자, 그리고 무수한 변절자 등 식민지 잔재를 정리하지 못했다. 거기다가 좌우의 대립은 남한을 극도의 혼란 상태로 내몰고 있었다. 그 속에서 개인들은 이념의 깃발을 들고 나서고, 깃발을 들지 못한 사람들은 다른 사람들의 깃발에 의지할 수밖에 없었다. 이러한 상황은 주인공 윤의 학교 동창들 사이에서도 일어난다. 그들은 서로 좌익과 우익으로 분열되어 테러리스트들이 된다. 여기에서는 인간적인 우정이나 신의도 존재하지 못하고, 인간성 부재의 비정한 사회가 되어버린 것이다. 좌익 쪽에 깊숙이 관여하고 있는 순익이 테러를 당하고 나서 주인공 윤을 오해하는 부분이나, 주인공 허윤의 하숙집 주인인 성호 아버지와 어린 학생인 성호에게 벌어지는 일련의 사건들에서 이것을 짐작할 수 있다.

특히 「깃발 없는 기수」에서 드러나는 특징은 작가의 좌익에 대한 거부감이다. 이는 허윤의 하숙집 일가에 대한 묘사에서 가장 잘 드러난다. 사회주의 운동 조직에 가담하기를 강요하는 아버지와 비행사가 되려는 꿈을 갖고 있으나 소심하여 아버지의 강요에 대항하지 못하는 성호, 아버지를 만류하고 성호를 도와주려는 행아로 구성되어 있는 하숙집 일가의 갈등은 좌익의 부도덕성을 보여주고 있다. 아버지 때문에 좌익에 가담한 성호는 당 간부의 부도덕한 지시를 받게 된다. 그 부도덕한 지시란 당원들의 투쟁 의욕이 떨어져서 자극을 주기 위해 같은 세포원이면서 친구인 희재를 배반자로 몰아서 테러하라는 것이다. 그러나 성호는 비인간적 폭력을 거부하고 인간성을 옹호하려다 죽음을 맞게 된다. 이러한 성호의 죽음은 공산당을 동경하던 아버지의 패배를 뜻하며 동시에 작가가 바라보는 좌익의 위선과 야만성을 폭로하는 것이다.

이러한 좌익에 대한 거부감은 명철이란 어린아이에 대한 묘사와 이철의 애인 윤임의 경우에서도 나타난다. 즉 데모 군중에 짓밟혀 만신창이가 되면서도 붉은 깃발을 꼭 쥐고 좌익의 배후 조정자 이철, 강태 등을 선생님으로 부르며 자기들을 구해줄 위대한 영웅으로 추앙하고 있는 것이 이철과 윤임과의 부정한 정사 관계와 비교되어 서술되고 있다. 이를 통해 작가는 소위 좌익 지도자들의 허위와 위선을 적나라하게 폭로하고 있다. 이러한 좌익 지도자 이철에 대한 묘사는 억압받고 굶주리는 노동자들의 어버이로 군림하며 노동자와 생사를 같이한다고 밥 대신 빵을 뜯어 먹으며, 정보 입수를 위해 미군 정보 관리인 퍼킨스와 동거시킨 애인과 기회 있을 때마다 정욕을 불태우고 있는 것으로 서술하는 장면에서 절정을 이룬다. 즉 노예처럼 명령을 수행하는 윤임은 이철로 대표되는 좌익 지도자들의 희생물인 것이다. 이 점에서 성호, 명철은 동궤(同軌)에 있으며, 좌익 모임에 가입했다가 빠져나왔지만 끈질긴 추적의 압박감에 못 이겨 동반 자살하는 형운과 여인 역시 같은 처지의 인간 군상이다. 이들을 통해 작가는 좌익 공산당의 비리와 모순을 폭로, 비판함으로써 이데올로기 대립 속에서 희생되는 인간성을 묘사하고 좌익에 대한 거부감을 드러내고 있는 것이다. 이러한 거부감은 성호의 누나가 굳이 성호를 좌익 단체 민애청의 일원으로 만들려는 아버지에 대항하는 모습, 즉 심정적 이데올로기의 환상이 얼마나 허망한 것인가를 통해 드러내고 있다. 그러나 이 소설에 드러난 사실은 이데올로기에 대한 맹신이 해방 직후 한국에 얼마나 광범위하게 퍼져 있었는가에 대한 과거의 기록과 직접 결부되어 있다.

이러한 사실을 비교적 정확하게 인식하고 있는 형운은 매몰된 인간성을 되찾으려고 하지만 결국 죽음에서 탈출구를 찾는 소극적인 자세를 취한다. 하지만 주인공 윤은 관망하는 태도를 버리고 어둠을 뚫고 나아가고자 행동한다. 선우휘는 이러한 행동인을 묘사하고 있는데, 우익의 성격을 띠고 있다. 여기서 우익의 성격이란 좌익의 도식적 이론과 이 이론 뒤에 숨어 있는 허위의 삶을 투철히 인식하고 있는 행동적 지식인의 그것이다. 그리고 이러한 우익적 테러는 주인공 윤이 이철에게 행하는 반동적 테러라고 할 수 있다. 즉 윤이 이철을 살해한 것은 사회주의의 비인간적인 행위에 대한 저항이며 그 허구성에 대한 폭로이다. 왜냐하면 이철이라는 인물이 비인간적인 사회주의에 예속된 악인의 전형성을 확보하고 있기 때문이다. 철저하고 경직된 반공 이데올로기에 의한 행동성이라는 약점을 가지고 있지만 「깃발 없는 기수」에는 휴머니즘이 인간성을 위협하는 것에 대한 저항의 정신임을 알 수 있다.

선우휘 소설에서 드러나는 중요한 특징 중 하나는 여성적 성격을 도외시하고 의지적인 남성이 강하게 드러나고 있다는 점이다. 즉 그의 소설에는 고집과 개성이 강한 남성을 통해 가정적이고 소시민적인 영역을 벗어나 사회와 역사에 참여적이고 실천적인 남성의 모습을 제시하고 있다. 그리고 이러한 남성상이 테러와 연관된다는 것이다. 특히 「테러리스트」「오리와 계급장」「한평생」「노다지」 등의 작품을 통해 일관되게 테러에 대해 다루고 있다. 위의 작품에는 테러를 향하는 인물에 대한 작가의 긍정적 시선이 강하게 드러난다. 춘봉이란 인물에 대한 평가는 "눈부신"이라든지 "훌륭히," 그리고 "자유분방"이라는 구절에서와 같이 긍정적이다. 어쩌면 외경의 대상으로까지 되어 있다. 그런데 이런 테러리스트는 해방 직후 우익청년단체에 속한 행동대원으로 선우휘 자신이 절실하게 경험한 불행한 시대의 분열된 삶을 직접적으로 표현하기 가장 좋은 대상이었다.

선우휘 소설은 비극적인 역사 앞에서 현실을 수용해가는 인물들의 의식과 행동을 통해 연민과 측은함을 기조로 한 인간 신뢰와 인간성 회복에의 모색을 통한 휴머니즘적 시각이 일관된 경향이라고 할 수 있다. 이러한 경향은 지금까지 논의한 소설과 달리 역사적 흐름 속에서 자신에게 닥쳐오는 상황을 역사적이며 사회적인 시각에서 폭넓게 바라보지 못하고 오직 자신의 경험에 의해 특정 인물에 있다고 생각하는 데서 시작하고 있다. 이런 소설에서는 개인적인 차원에서 특정 인물에 대해 용서와 화해를 모색한다. 가령 「똥개」라든가 「거울」, 그리고 「보복」 같은 작품이 대표적이다.

이 중에서 「거울」은 주인공 이발사의 독백만으로 이루어지고 있다. 일제시대, 열아홉 살의 주인공이 이발소에서 조수 노릇을 하고 있을 때 허름한 차림의 한 젊은이의 머리를 깎아준 적이 있는데, 그날 경찰서에 끌려가 그 젊은이가 어디로 갔는지에 대해 취조를 받고 고문을 당한다. 사흘 뒤 풀려나긴 했지만 고문에 상한 팔이 굳어져서 왼쪽 팔굽이 잘 돌지 않는 불구가 되고 만다. 그로부터 20년이 흐른 어느 날 자신을 불구로 만든 그 형사가 이발소를 찾아온다. 자신을 불구로 만든 전직 형사를 죽이고 싶도록 미워했지만 여러 갈래의 주름에 그만 마음이 기운다. 그러나 자신의 왼쪽 팔을 생각하면 다시 자신에게 안심하고 얼굴을 맡긴 형사를 죽이고 싶어진다. 이런 이발사의 갈등 속에서 갑자기 나타난 형사의 일곱 살 난 아들을 보고 결정적으로 이발사는 그를 용서하게 된다. 전직 형사는 이 아이가 둘째이지만 첫째가 이번 전쟁에 죽었기 때문에 첫째나 마찬가지라고 하면서 자기가 받아야 할 벌을 아들놈이 받았다고 뉘우친다. 이처럼 이발사는 일제에 대한 보다 높은 차원의 분노가 아니라 자기 팔을 불구로 만든 조선인 형사를 죽이고 싶도록 미워한다. 그리고 결국에는 그의 아들과 반성의 말 때문에 인간적으로 그를 용서한다.

이 작품에서 또 하나 주목해야 할 것은 작가가 죄의 대물림이라는 샤머니즘적 사고를 상기시키고 있다는 것이다. 죄는 어떤 형태로든지 벌을 받게 마련이라는 경계의 의미인 '죄의 대물림'이라는 생각은 아들의 전사를 자기가 저지른 죄에 대한 업보라고 믿는 전직 조선인 형사의 고백에서 드러나고 있다.

이데올로기의 대립 속에 희생되는 피해자와 그 피해자를 통해서 나타난 이념의 문제가 과연 인간적인 차원에서 해소될 수 있는 문제인가를 보여주려고 했던 작품으로는 「단독강화」「테러리스트」「오리와 계급장」「승패」 등을 들 수 있다. 「단독강화」에는 적과 적 사이에 증오가 개입하지 않고 같은 인간으로서의 운명의 연대성 내지는 화해가 작용한다. 이 작품의 주인공은 전쟁의 반인간성과 전쟁의 딜레마를 고발하는 윤리성의 측면에서 묘사되고, 이데올로기와 전쟁의 비인간적 모순을 고발하면서 결국에는 선한 인간의 본성과 그런 인간의 상호관계의 회복에 있음을 보여주고 있다. 그리고 이 작품에서 주목되는 것은 일관되게 대화로 서술되면서 이야기가 진행되고 있어 인물의 행동과 의식에 객관적인 묘사가 유지되고 있다는 것이다. 특히 눈 덮인 설경으로 시작하는 첫 장면은 소설 전체의 의미를 생각하게 해준다.

눈은 저녁녘이 되어서야 멎었다.
산과 골짜구니에는 반길이나 눈이 깔리고 소나무와 떡갈나무는 가지와 잎새에 눈을 그득이 얹고 힘에 겨운 듯 서 있었다. 간밤의 포격으로 무너지고 패인 산허리나 골짜구니의 상처도 온통 흰눈에 덮여버리고 말았다.

위의 설경은 인간들이 악착을 떨며 지상의 경계를 위해 밀고 밀리는 치열한 전투를 수행하고 있지만 눈이라는 자연 현상은 일순간에 그 경계를 지워버리고 한빛이 되어버렸음을 묘사한다. 인간들이 낸 상처도 온통 덮어버리고 말 정도로 자연은 위대하다는 사실을 흰 눈을 통해 상징적으로 웅변하고 있다. 그리고 장이라는 인민군 병사와 양이라는 국군 병사는 처음에 적이라는 것을 모르고 잘 지내다가 적이라는 사실을 알고 나서 서로 냉담하게 대한다. 이는 동족이 겪어야만 하는 분단의 비극이 얼마나 큰가를 보여준다. 그렇지만 인민군 병사에게 알약을 입에 넣어줌으로써 화합의 계기가 마련된다. 민족적 화합에 대한 가능성은 인민군 병사 장의 "전쟁을 일으킨 놈들을 정말 죽이고 싶다"라는 중얼거림으로 전쟁의 폭력성을 거부하는 장면에서 나타나고 있다. 여기서 민족의 동질성과 이념의 문제를 언급하고 있다. 이러한 둘의 화해는 중공군의 등장과 함께 위기에 봉착한다. 여기서 북한의 인민군이나 남한의 국군이 아니라 중공군의 등장은 작가의 의도를 엿볼 수 있다.

작가 의도는 남북의 대립이 궁극적으로 외세에 의해 이루어졌음을 암시하며 같은 민족이 대립보다 협력해야 한다는 사실을 부각하려는 것이다. 그리고 인민군 병사 장과 국군 병사 양이 중공군을 맞아 함께 싸우는 장면을 통해 작가의 메시지를 여실히 보여주고 있다. 작가 스스로 자신의 대표작으로 「단독강화」을 내세우기도 했는데, 이는 작가의 의도와 관련하여 설명될 수 있다. 즉 이 작품에 어느 작품보다 더 강렬하게 민족 화합의 의식과 정념을 깔고 썼고, 동시에 작가의 신념을 강하게 밝히고 있다고 믿었기 때문이다.

「테러리스트」는 월남한 극우 테러리스트들이 겪는 정신적 방황을 다룬 작품이다. 북한의 평북을 고향으로 공산당 본부를 습격한 다음 월남한 성기 형님을 비롯한 길주, 학구, 그리고 걸이라는 인물들이 종전 후 시대 상황이 변하면서 갈등하게 된다는 것이 이 작품의 주요 내용이다. 작중 인물인 걸은 자신의 아버지를 죽인 공산당을 용서할 수 없다는 마음에서 성기 형님의 지시에 따라 주먹만 내두른다. 빨갱이는 처단해야 한다는 믿음을 가지고 이승만을 돕는다는 애국심으로, 폭력에 대한 한치의 회오나 반성의 태도 없이 오로지 부수고 때리는 일에 앞장을 선다. 그러나 세상이 달라져, 그들이 공격하던 대상이 없어짐에 따라 세력을 잃고 평범한 생활인으로 돌아가야만 하는 상황이 되어버린 것이다. 결국 이 작품은 부조리한 사회 상황과 대결하는 인간적인 용기에 대해 말하고 있다. 선우휘는 이 작품을 발표했던 1950년대 중반의 혼란한 정치 상황 속에서 폭력과 관련된 정치적 테러의 문제를 다루면서, 인물들을 따뜻한 시선으로 감싸고 있기 때문에 테러리스트들이 분노와 혐오를 일으키기보다는 우리의 이웃이 되어 연민과 측은한 감정을 유발하게 만들고 있다.

「오리와 계급장」은 생활 수단을 상징하는 오리와 권력의 상징인 계급장을 대비시켜 전후 사회에 두드러지게 나타난 생존과 연계된 위세와 모순을 심리적인 수법으로 조명한 작품이다.

시골에 묻혀 농사를 짓는 김선생의 제자요 춘봉의 후배인 성대령이 그들을 방문하면서 소설이 시작된다. 이 방문은 열 평 미만의 땅을 빌리는 데 성대령의 힘이 필요해서 이루어진 것이다. 그런데 이 작품의 주요 인물의 면면이 주목을 끈다. 한 사람은 과거 우익 테러리스트로 이름을 날리다가 지금은 억척스럽게 살아가는 범속한 사람이고, 다른 한 사람은 서술자인 같은 고향의 예비역 육군 대령이고, 나머지 한 사람은 과거 좌익 운동에 가담했다가 이젠 조용히 물러앉아 평범한 소시민으로 살아가는 사람이다. 언뜻 보면 서로 어울리기 힘든 사람들이 어울려서 살아가는 것이다. 셋이 술자리를 이어가다가 자리가 무르익자 노래를 부르기 시작한다. 노래를 못하는 성대령은 무슨 노래를 부를까 걱정하면서 동시에 춘봉이 공산당을 쳐부수자는 내용의 서북청년회의 노래를 부르지 않을까 걱정하지만 뜻밖에 「푸른 하늘 은하수」를 부른다. 이 부분에서 세심한 배려로 상처받은 과거를 잊고 어느새 하나가 되어 아리랑을 합창하고 민족 고유의 정서를 회복함으로써 하나가 됨을 그려내고 있는 것이다. 결국 이 작품에서는 격동적 역사에의 참여도, 행동의 열기도 거세된 채 오직 생계 유지를 위해 오리를 키워야만 하는 빈한한 삶의 모습이 보여진다. 전쟁의 비극과 세태의 변천을 날카롭게 압축해 보여주고 있는 것이다.

선우휘는 1960년대 중반 이후 고향에 대한 집착과 회고적인 서술 태도를 견지한 작품을 지속적으로 발표하였다. 이러한 유형의 소설은 실향민인 작가 자신의 자서전적 회고담의 형식의 소설이라고 할 수 있을 것이다. 이를 가르켜 이산문학의 범주에 넣을 수 있다면 이러한 작품은 월남민의 생활 감정과 그 감정에 자신의 체험을 밀착시켜 현실을 실감나게 묘사하여 문학적 성공을 이루어냈다고 할 수 있다(염무웅, 「선우휘론」). 이러한 경향의 작품으로 「도박」 「아아, 내 고장」 「망향」 「선영」 「서러움」 그리고 「진혼」을 꼽을 수 있다. 「망향」은 북한을 고향으로 두고 월남한 실향민의 우수와 고뇌를 담담하게 그리고 있다. 이 작품은 고향집을 그리는 서술자 '나'의 심정을 토로하는 것으로 시작한다. 이런 심정은 타향에서 작은 후생주택을 마련하면서부터 그리고 이장환의 부친이 지은 'ㄷ'자 집을 다녀온 후부터 절실해진다. 즉 이 작품에 나오는 이장환의 부친은 충주 근처에 고향의 집과 유사한 집을 재현해놓고 그곳에서 고향에서의 생활을 영위하려는 집념을 보이는 인물이다. 서술자인 '나' 역시 실향민이기 때문에 그 심정을 이해하면서도 주인공의 집념에 가까운 향수병을 대하며 전율에 가까운 감정을 느낀다. 이러한 감정은 그에게 백 년 가까이 4대를 살아온 터전을 저버려야 한다는 죄책감이 원인이다. "내 집이면서도 도무지 제집같이 느껴지지 않"는다는 관찰자 '나'의 진술은 이장환 부친의 귀향의 심정을 대변하며 혈통의 계보를 확보하려는 집념을 드러낸다. 이 진술은 또한 남한에 영주하는 결심을 망설이는 원인이며 나아가서는 고향에 가지 못하는 현실에 대한 안타까움을 나타난다. 이장환 부친의 갈등은 분단의 고착화와 고향 회복 사이에서 유발된다. 이 갈등의 타개책으로 이장환 부친은 고향과 동일한 조건을 지닌 새로운 공간을 창조하기로 결심하고 이를 실행한다. 이 작품에서 고향을 떠나 38선을 넘어 월남한 '나'와 북한의 고향집에서 축출되어 남하한 이장환의 아버지는 한 번 넘어온 장벽을 되넘을 수 없는 자신들의 처지에 안타까워하고 답답해한다. 이장환 부친의 실향 의식은 다분히 광적인 데가 있다. 결국 이 작품에서 작가는 이장환 아버지의 실향 의식을 자신의 실향 의식에 투사하고 있는 것이다.

4

지금까지 우리는 선우휘의 소설을 근대사의 역동성을 보여주는 것으로 논의하였다. 그런데 선우휘의 작품 중에서 대표작으로 꼽히는 「불꽃」과 「깃발 없는 기수」 「싸릿골의 신화」와 같은 소설은 장편소설의 구조를 가지고 있는데, 차라리 중편소설이라고 보는 것이 타당할 것이다. 이것은 선우휘 소설의 문학사적 의미를 규정하는 것으로 생각된다. 즉 전후의 단편소설들에서 1960년 최인훈의 장편소설인 『광장』으로 이어주는 중편소설로서 「불꽃」의 의미가 규정되는 것이다. 식민지와 해방, 그리고 한국전쟁으로 이어지는 근현대사의 역동성을 고스란히 담고 있는 장편소설적 구조가 전쟁 상황이라는 단편소설적 구조 속에 녹아 들어가 중편소설적 구조를 완성한 작품이 「불꽃」이라고 할 수 있다. 그리고 이러한 중편소설의 특징이 「깃발 없는 기수」와 「싸릿골의 신화」와 같은 작품에 해방 공간이라는 시간적 공간 속에서, 그리고 한국전쟁이라는 전쟁 상황에서 잘 드러나고 있는 것이다.

선우휘의 작가로서의 재능을 보여주는 단편으로는 「테러리스트」 「거울」 「오리와 계급장」 「단독강화」 「망향」을 꼽을 수 있다. 폭력 상황에 대한 점검으로서 「테러리스트」 「거울」 「단독강화」를 들 수 있고, 작가의 중요한 특징 중 하나인 월남민으로서의 회고적 경향이 잘 드러난 작품으로는 「오리와 계급장」 「망향」을 들 수 있다.

▌작가 연보

1921년(1세) 1월 30일(음력 1월 3일) 평안북도 정주군 정주읍 남산
동에서 부친 선우억의 장남으로 태어남.

1936년(16세) 3월 정주고등보통학교 졸업. 4월 경성사범학교 연습과에
입학.

1943년(23세) 9월 경성사범학교 본과 졸업. 10월 정주 朝日학교 훈
도로 부임함.

1946년(26세) 2월 월남하여 3월 조선일보 문예부 기자로 입사, 사회
부 기자 근무.

1948년(28세) 4월 인천중학교 교사로 부임.

1949년(29세) 4월 육군 소위로 임관, 6월에 중위로 승진함.

1950년(30세) 4월 대위로 승진하여 한국전쟁에 참전.

1953년(33세) 11월 중령으로 승진.

1955년(35세) 임시대령으로 승진하고, 단편소설 「귀신」을 『신세계』에

발표하며 등단함.

1956년(36세) 단편 「ONE WAY」「테러리스트」를 발표함.

1957년(37세) 단편 「불꽃」을 『문학예술』 신인작품에 응모하여 당선되고, 단편 「똥개」를 『사상계』에, 「거울」을 『문학예술』에 발표함. 「불꽃」으로 제2회 동인문학상 수상함. 육군본부 정훈감실 정훈 차감을 역임하는 등 9년간의 현역 생활을 마치고 대령으로 10월에 예편함.

1958년(38세) 단편 「화재」「보복」「체스터피일드」「승패」「견제」「오리와 계급장」「소나기」를 발표함. 한국일보사 논설위원으로 입사함. 한국단편문학전집(백수사) 5권에 「불꽃」 수록.

1959년(39세) 단편 「흰 백합」「도전」「단독강화」「메리크리스마스」「형제」와 중편 「깃발 없는 기수」를 발표함. 2월에 단편집 『불꽃』을 을유문화사에서 간행.

1960년(40세) 단편 「한국인」「대열」「꼬부랑할머니」「산다는 것」과 장편 「아아, 山河여」를 한국일보에 연재함.

1961년(41세) 단편 「유서」, 중편 「추적의 피날레」를 발표. 조선일보사 논설위원으로 재입사함.

1962년(42세) 단편 「도박」, 중편 「싸릿골의 신화」, 장편 「언젠가 그 날」을 조선일보에 연재함.

1963년(43세) 단편 「반역」「세월」「언제 어디선가」, 장편 「성채(城砦)」를 『사상계』에 연재. 12월 31일 조선일보 편집국장으로 취임함.

1964년(44세) 단편 「열세 살 소년」「아버지」「우스운 사람들의 우스운

이야기」, 중편 「아아, 내 고장」을 『신사조』에 발표. 장편 「여인 가도」를 대한일보에 연재. 언론윤리위원회법을 둘러싼 언론파동 때 현직 편집국장으로는 최초로 구속됨.

1965년(45세) 단편 「그의 동기」「점배기 여인」「마덕창 대인」「기통담(奇痛譚)」「언제까지나」「좌절의 복사」「십자가 없는 골고다」「망향」 발표. 장편 「사라기(沙羅記))」를 서울신문에 연재함. 1월 21일 다시 조선일보사 논설위원으로 취임함. 한국단편문학선집(정음사) 9권에 단편 「반역」이 실림.

1966년(46세) 단편 「띄울 길 없는 편지」「호접몽」을 발표함. 장편 「사도행전」을 『사상계』에, 「물결은 메콩강까지」를 중앙일보에 연재. 일본 동경대 대학원에서 1년간 신문학 연구. 4월 현대한국문학전집 12권 『선우휘편』을 신구문화사에서 발간.

1967년(47세) 단편 「荒野의 소역에서」 발표.

1968년(48세) 조선일보사 편집국장에 재취임.

1969년(49세) 단편 「상원사」「오욕과 영광」「총과 호미」를 발표. 8월 한국단편문학대계 (삼성출판사) 10권에 「불꽃」 등 3편 수록.

1970년(50세) 미 국무성 초청으로 미국 문화계 시찰. 11월 한국대표문학전집(삼중당) 11권에 「추적의 피날레」 등 4편 수록.

1971년(51세) 단편 「묵시」「선영」「포엠 마담」 발표. 12월 조선일보 주필이 됨. 국제신문인협회(IPI) 회원이 됨. 인도네시아 정부 초청으로 총선거 시찰.

1972년(52세) 1월 선우휘 창작집 『망향』(일지사) 간행.

1974년(54세) 해외 취재차 3개월간 세계 일주 여행. 9월 신한국문학전집(어문각) 24권에 「단독강화」 등 11편 수록.

1976년(56세) 중편 「외면」과 단편 「서러움」 「늙은 한국인」 「하얀 옷의 만세」 등 발표.

1977년(57세) 중편 「쓸쓸한 사람」 발표. 12월 선우휘 소설집 『쓸쓸한 사람』(한진출판사)을 발간.

1978년(58세) 중편 「희극배우」, 단편 「우리말」 「나도밤나무」 「에반킴」 발표. 5월 아시아신문재단으로부터 제2회 고재욱언론상을 수상함. 11월 한국현대문학전집(삼성출판사) 26권에 「묵시」 등 3편 수록.

1979년(59세) 세계문학 100선(경미문화사)에 「테러리스트」 수록. 장편 「노다지」를 『주간조선』에 연재.

1980년(60세) 4월 한국단편문학전집(진문출판사) 6권에 「희망」 등 2편 수록. 8월 한국문학전집(삼성당) 26권에 「외면」 등 4권 수록.

1981년(61세) 6월 현대한국문학전집(금성출판사) 21권에 「선영」 등 3편 수록.

1982년(62세) 중편 「진혼」 발표.

1983년(63세) 단편 「안경 낀 여자」 「1950년의 고뿔감기」 「이름 모를 꽃」, 중편 「한평생」 발표. 대한민국예술원 회원으로 피선.

1984년(64세) 단편 「목숨」 「빛 한줄기」 「오막살이 집 한 채」 「거스름돈」 「승리」 「불량노인」 「올림픽」 등 발표.

1985년(65세) 1월 한국현대문학전집(삼성출판사) 14권에 「추적의 피날레」 수록.

1986년(66세) 2월 조선일보에서 정년 퇴임.

1986년(66세) 6월 KBS 6·25 특집 「살아 있는 전장」 녹화 촬영을 위해 왜관에서 낙동강까지의 전적지 취재 후 11일 부산시 동구 초량동 세호장 호텔에 투숙. 12일 뇌일혈로 별세함. 부인 이휘원 여사, 장남 정과 3녀를 남기고 충남 천안 공원 묘지에 영면. 9월 장편 『노다지』와 칼럼집 『한국인의 진실』이 동서문화사에서 간행됨.

작품 목록

1. 수록 작품집

작품명	발표지	발표 연월일
한국단편문학전집 5	백수사	1958
단편집 『불꽃』	을유문화사	1959
『반역(叛逆)』	정음사	1965
현대한국문학전집 12	신구문화사	1966
별빛은 산하(山河)에 가득히 ─ 강재구 소령의 짧은 생애	흑조사	1966
신문학 60년대표작전집	정음사	1968
한국단편문학대계 10	삼성출판사	1969
한국전쟁문학전집 IV	휘문출판사	1969
한국대표문학전집 11	삼중당	1970
창작집 『망향』	일지사	1972
싸릿골의 신화	삼성출판사	1972
신한국문학전집 24	어문각	1974
소설집 『쓸쓸한 사람』	한진출판사	1977
한국현대문학전집 26	삼성출판사	1978

작품명	발표지	발표 연월일
세계문학100선 4, 한국단편소설	경미문화사	1979
한국단편문학전집 6	진문출판사	1980
한국문학전집 26	삼성당	1980
현대한국단편문학전집 21	금성출판사	1981
한국현대문학전집 14	삼성출판사	1985
정통한국문학대계 8	어문각	1986
한국문학대표작선 5 『쓸쓸한 사람』	문학사상사	1986
우리시대의 한국문학	계몽사	1986
노다지(전 4권)	동서문화사	1986
아버지의 눈물―선우휘 칼럼	동서문화사	1986
한국현대대표소설선 7-9	창작과비평사	1996
불꽃	민음사	1996
아들이여 아비의 슬픔을 아는가―선우휘 에세이	오늘	1997

2. 작품 목록

작품명	발표지	발표 연월일
귀신(단편)	신세계	1955
ONE WAY(단편)	신태양	1956
테러리스트(단편)	사상계	1956
불꽃(중편)	문학예술	1957
똥개(단편)	사상계	1957
거울(단편)	문학예술	1957
화재(火災)(단편)	사상계	1958
승패(勝敗)(단편)	신태양	1958
보복(報復)(단편)	사상계	1958
체스터피일드(단편)	사상계	1958
견제(牽制)(단편)	지성	1958

작품명	발표지	발표 연월일
오리와 계급장(단편)	지성	1958
소나기(단편)	서울신문	1958
흰 백합(百合)(단편)	사상계	1959
도전(挑戰)(단편)	사상계	1959
단독강화(單獨講和)(단편)	신태양	1959
형제(兄弟)(단편)	신태양	1959
메리크리스마스(단편)	신태양	1959
깃발 없는 기수(旗手)(중편)	새벽	1959
한국인(韓國人)(단편)	현대문학	1960
대열(隊列)(단편)	중앙문학	1960
꼬부랑할머니(단편)	신지성	1960
산다는 것(단편)	여원	1960
아아. 산하(山河)여(장편)	한국일보	1960. 6. 1~61. 5. 4
유서(遺書)(단편)	사상계	1961
추적(追跡)의 피날레(중편)	신세계	1961
도박(賭博)(단편)	사상계	1962
싸릿골의 신화(神話)(중편)	신세계	1962
언젠가 그날(장편)	조선일보	1962. 12. 12~63. 11. 6
반역(叛逆)(단편)	사상계	1963
세월(歲月)(단편)	여원	1963
언제 어디선가(단편)	신사조	1963
성채(城砦)(장편)	사상계	1963. 3~9.(미완)
열세 살 소년(少年)(단편)	세대	1964
아버지(단편)	문학춘추	1964
우스운 사람들의 우스운 이야기(단편)	신동아	1964
아아, 내 고장(중편)	신사조	1964
여인가도(女人街道)(장편)	대한일보	1964
그의 동기(動機)(단편)	문학춘추	1965
점배기 여인(단편)	문학춘추	1965
마덕창 대인(馬德昌 大人)(단편)	현대문학	1965

작품명	발표지	발표 연월일
언제까지나 (단편)	문학춘추	1965
좌절(挫折)의 복사(複寫)(단편)	세대	1965
십자가(十字架) 없는 골고다(단편)	신동아	1965
망향(望鄕)(단편)	사상계	1965
기통담(奇痛譚)(단편)	현대문학	1965
사라기(紗羅記)(장편)	한국일보	1965. 4. 18~11. 30
사도행전(使道行傳)(장편)	신동아	1966
물결은 메콩강까지(장편)	중앙일보	1966. 6. 9~67. 2. 28
띄울 길 없는 편지(단편)	주간한국	1966
호접몽(胡蝶夢)(단편)	한국문학	1966
황야(荒野)의 소역(小驛)에서(단편)	신동아	1967
상원사(단편)	월간중앙	1969
오욕(汚辱)과 영광(榮光)(단편)	아세아	1969
총(銃)과 호미(단편)	창작집 『望鄕』에 수록	1969
포엠 마담(단편)	신동아	1971
묵시(默示)(단편)	현대문학	1971
선영(先塋)(단편)	월간문학	1971
하얀 옷의 만세(萬歲)(단편)	소설집『쓸쓸한 사람』에 수록	1976
늙은 한국인(단편)	소설집『쓸쓸한 사람』에 수록	1976
외면(外面)(중편)	문학사상	1976
서러움(단편)	문학사상	1977
쓸쓸한 사람(중편)	문예중앙	1977
희극배우(喜劇俳優)(중편)	한국문학	1978
나도밤나무(중편)	문학사상	1978
우리말(단편)	현대문학	1978
에반킴(단편)	문학사상	1978
노다지(장편)	주간조선	1979. 2. 18~1981. 8. 29
진혼(鎭魂)(중편)	문예중앙	1982

작품명	발표지	발표 연월일
이름 모를 꽃(단편)	소설문학	1983
안경 낀 여자(女子)(단편)	소설문학	1983
1950년의 고뿔감기(단편)	문학사상	1983
한平生(중편)	한국문학	1983
목숨(단편)	월간조선	1984
빛 한줄기(단편)	월간조선	1984
오막살이 십 한 채(난편)	월간조신	1984
거스름돈(단편)	월간조선	1984
승리(勝利)(단편)	월간조선	1984
불량노인(不良老人)(단편)	월간조선	1984
올림픽(단편)	월간조선	1984

▌참고 문헌

강근주, 「좌우익 논쟁에서 박정희 신드롬까지」, 『뉴스메이커』, 2001. 3.

강희숙, 「1950년대 행동적 휴머니즘 소설 연구」, 인하대 대학원 석사
　　　논문, 1998.

고　은, 『1950년대』, 청하, 1989.

고현목, 「1950년대 한국 행동주의 소설 연구」, 대구대 교육대학원
　　　석사 논문, 2003.

권정화, 「선우휘 소설의 인물 연구」, 연세대 교육대학원 석사 논문,
　　　1990.

김병권, 「동서양의 전쟁 문학, 무엇을 제시하고 있나―선우휘, 「불
　　　꽃」편, 『국방저널』(281), 1997. 5.

김상태, 「인간주의의 우화―선우휘 저 「단독강화」」, 『문학사상』,
　　　1985. 6.

김선학, 「경험의 소설적 발언」, 『선우휘문학선집 3』, 조선일보사,

1987

김성기, 「세대간의 갈등과 그 귀결 양상에 대한 소설사적 검토」, 『개
　　　신어문』(10), 1994. 7.

김양수, 「한국소설의 문제작 13—선우휘의 「불꽃」—행동의지의 상
　　　황문학」, 『광장』, 1984. 1.

김양수, 「선우휘론」, 『한국문학전집 19』, 동서문화사, 1987.

김영수, 「붉은 악마의 선행 판타지—선우휘, 안수길, 서정주론」, 『시
　　　문학』, 2003. 4.

김영애, 「선우휘 소설 연구」, 고려대 대학원 석사 논문, 2003.

김영화, 「1950년대 후반기의 문학」, 『제주대 논문집』, 1992. 12.

김우종, 「동인상 수상 작품론」, 『사상계』, 1960. 2.

김우종, 「분단현실이 한국문학에 미친 영향」, 『덕성여대 논문집』,
　　　1986. 8.

김윤식, 「선우휘 문학의 세 의미층」, 『선우휘문학선집 5』, 조선일보
　　　사, 1987

김윤식, 「소설 형식으로서의 학병—선우휘의 「불꽃」」, 『한국문학』,
　　　2003. 9.

김종욱, 「선우휘 초기 소설에 대한 일고찰」, 『관악어문』, 1995. 12.

김진기, 「동시적 소재의 무시간성과 삶의 모티브 연구—50년대 선우
　　　휘 문학 연구」, 『건국어문』, 1997. 9

김진기, 『선우휘—개인주의와 휴머니즘』, 보고사, 1999.

김진기, 『한국 근현대 소설 연구』, 박이정, 1999.

김춘기, 「1950년대 소설 연구」, 영남대 대학원 석사 논문, 1995.

김치수, 「지식인의 고뇌, 지식인의 행동」, 『선우휘문학선집 2』, 조선
　　　　일보사, 1987.

김태순, 「선우휘 초기 소설 연구」, 건국대 대학원 석사 논문, 1988.

나종입, 『선우휘 소설의 인물 연구』, 1995.

노승권, 「선우휘 단편소설 연구」, 단국대 교육대학원 석사 논문, 1992.

문혜경, 「선우휘 소설 연구」, 가톨릭대 대학원 석사논문, 1997.

민현기, 「선우휘론―행동과 침묵의 시대적 의미―새로 쓰는 작가 작
　　　　품론」, 『문학사상』, 1989. 10

민현기, 「행동과 침묵의 시대적 의미」, 『한국현대작가연구』, 문학사상
　　　　사, 1991.

박동규, 『전후 한국소설의 연구』, 서울대 출판부, 1996.

박태순, 「젊은이는 무엇인가―선우휘의 「현실과 지성인」에 대한 반
　　　　론」, 『아세아』, 1969. 3.

배경열, 「선우휘 문학 연구」, 서울대 대학원 박사 논문, 2001.

배경열, 「선우휘 소설 연구」, 서울대 대학원 석사 논문, 1992.

배경열, 「선우휘 소설에 나타난 "앙가쥬망"의 비교문학적 연구」, 『비
　　　　교문학』, 1999. 12.

배경열, 「작중 인물의 '행동 성향' 고찰―「불꽃」과 「쓸쓸한 사람」을
　　　　중심으로」, 『문학과 의식』, 1995. 8.

배경열, 「행동적 휴머니즘―선우휘론」, 『현대문학이론』, 2001. 6.

변화영, 「「불꽃」의 서사학적 재조명」, 『현대문학이론연구』, 2002. 6.

서동수, 「한국 전후 소설에 나타난 이데올로기 연구」, 건국대 대학원
　　　　석사 논문, 1998.

선우휘,「다른 직업을 가진 가져본 신문기자」,『주간 조선』, 1985. 10

선우휘,「文學隨感」,『신문예』, 1959. 9.

선우휘,「백낙청, 작가와 비평가의 대결—문학의 현실 참고를 중심으로 대담」,『사상계』, 1968. 2.

선우휘,「북한의 아동문학의 실상」,『자유공론』, 1981. 10.

선우휘,「역사로서의 4·19」,『신동아』, 1965. 4.

선우휘,「용초도에서 쓴「귀환」—나의 처녀작을 말한다」,『세대』, 1964. 2.

선우휘,「정훈장교시절에서「불꽃」을 쓰기까지」,『문학사상』, 1984. 4.

신경득,『한국전후소설연구』, 일지사, 1983.

심순옥,「선우휘 작품 연구」, 숙명여대 대학원 석사 논문, 1990.

안상학,「선우휘 초기 소설에 나타난 작가 의식 연구」, 목원대 대학원 석사 논문, 1997.

염무웅,「선우휘론」,『창작과비평』, 1967. 12.

원형갑,「지식인과 마조히즘—선우휘 씨의「현실과 지성인」을 읽고」,『아세아』, 1969. 4.

유기룡,「불꽃의 동굴 모티프」,『문학과비평』, 1987. 9.

유종호,「선우휘의 소설세계」,『한국문학전집 25』, 삼성당, 1994.

윤성범,「기독교의 정의 관념—나의「함석헌론」에 대한 선우휘 씨의 질의에 답함」,『세대』, 1963.

이경자,「선우휘 연구」, 숙명여대 대학원 석사 논문, 1988.

이광훈,「선우휘론」,『문학춘추』, 1965. 2.

이국환,「선우휘「불꽃」연구」,『국어국문학』, 1999. 12.

이기윤, 「1950년대 한국소설의 전쟁 체험 연구」, 인하대 박사 논문, 1989.

이대환, 「선우휘 소설 연구—전쟁소설을 중심으로」, 대구대 대학원 석사 논문, 2000.

이동하, 『한국 문학 속의 도시와 이데올로기』, 태학사, 1999.

이동하, 「한국 비평계의 참여 논쟁에 관한 연구」, 『전농어문연구』, 1999. 2.

이상원, 「1950년대 한국 전후소설 연구」, 부산대 대학원 박사 논문, 1993.

이어령, 「1957년의 작가들」, 『사상계』, 1958. 1

이영숙, 「선우휘 소설 연구」, 연세대 대학원 석사 논문, 1994.

이익성, 『한국현대소설비평론』, 태학사, 2002.

이익성, 『선우휘—근대사의 역동성과 문학적 변용』, 건국대 출판부, 2004.

이익성, 「선우휘의 「깃발 없는 기수」와 해방 공간의 소설화의 의미」, 『충북대 인문학지』(30), 2005. 6.

이익성, 「「싸릿골의 신화」와 신화화된 전쟁 상황」, 『개신어문』(23), 2005. 9.

이인복, 『작가의 이상과 현실』, 태학사, 1999.

이인섭, 「언어심리와 문체 4—선우휘의 망향을 중심으로」, 『한국어학』, 1998. 6.

이재선, 「인간주의의 불꽃」, 『선우휘문학선집 4』, 조선일보사, 1987.

이점갑, 「선우휘 소설 연구」, 성균관대 대학원 석사 논문, 1988.

이정분, 「선우휘 소설에 나타난 인물형 연구」, 경북대 대학원 석사 논문, 1991.

이철범, 「조직 속에 갇힌 인간들―선우휘의 「추적의 휘날레」에 대하여」, 『신세계』, 1963.

이춘희, 「전후소설의 새 양상」, 『어문논문집』, 중앙대 국어국문학회, 1996.

이태동, 「선우휘의 「불꽃」」, 『문학사상』, 1984. 4.

이태동, 「이데올로기적 판단의 모순과 휴머니즘의 가치」, 『우리 시대의 한국문학 7』, 계몽사, 1986.

이태동, 「이데올로기와 휴머니즘」, 『선우휘문학선집 1』, 조선일보사, 1987.

이희정, 「선우휘 소설 담론의 이데올로기 대응 양상 연구」, 경북대 대학원 석사 논문, 2001.

임헌영, 「40대의 근황―선우휘 선생 귀하」, 『월간문학』, 1971. 8.

장기영, 「선우휘 소설 연구」, 전남대 대학원 석사 논문, 2000.

장수익, 「월남민 의식과 페이소스의 문학」, 『한국문학대계』, 동아출판사, 1995.

전희진, 「선우휘 소설 연구」, 경희대 대학원 석사 논문, 1999.

정문권, 「인간애의 회복을 위한 행동의 미학―선우휘 「불꽃」 「깃발 없는 기수」를 중심으로」, 『인문논집』, 1995. 12.

정문권, 「한국전쟁소설의 휴머니즘 연구」, 한남대 대학원 석사 논문, 1995.

조경안, 「선우휘 소설의 이데올로기 연구―「테러리스트」와 「불꽃」을

중심으로」,『성심어문논집』, 1997. 1

조남현,「선우휘 소설에의 한 통로」,『문학정신』, 1990. 2.

조남현,「선우휘의 소설 세계」,『한국 현대소설의 해부』, 문예출판사, 1993.

조병도,「전후 소설「불꽃」연구」,『한국어문학』, 2000. 12.

조태수,「선우휘 소설 연구」, 한양대 교육 대학원 석사 논문, 1991.

채윤호,「선우휘 소설 연구」,『초등국어연구』, 1993. 12.

천미수,「선우휘 소설 연구—분단과 실향민 의식을 중심으로」,『호서어문연구』, 1997. 12.

최강민,「한국 전후소설의 폭력성 연구」,『한국문학 평론』, 2001. 5

최예열,「선우휘 소설에 나타난 현실 인식」,『대전대 대학원 논문집』, 2000. 2

최예열,「한국전후 소설에 나타난 현실 인식 연구」, 대전대 대학원 석사 논문, 2000.

최현희,「선우휘 초기 단편의 역사 의식과 그 한계」, 부산대 대학원 석사 논문, 1993.

한수영,「선우휘 연구 2—반공이데올로기의 사상과 문학」,『역사비평』, 2002. 9.

한수영,「선우휘」,『역사비평』, 2001. 12.

한승옥,「한국 전후소설의 현실 극복 의지」,『숭실어문』, 숭실대, 1986.

현길언,「관념적 인식과 체험적 현실」,『동서문학』, 2002. 9.

현길언,「한국 현대소설의 모티브 연구」,『한국학논집』, 1997. 10

홍사중,「선우휘론―현역 작가 연구」,『사상계』, 1966. 5.

황헌식,「선우휘론」,『현대문학』, 1974. 7.

한국문학전집을 펴내며

오늘의 한국 문학은 다양한 경험과 자산에서 비롯된 것이지만, 그중에서도 우리 앞선 세대의 문학 작품에서 가장 큰 유산을 물려받고 있다. 그럼에도 우리는 가끔 우리의 문학 유산을 잊거나 도외시한다. 마치 그것 없이는 살아갈 수 없는 소중한 물을 쉽게 잊고 사는 것처럼 그동안 우리는 우리가 이루어놓은 자산들을 너무 쉽게 잊어버리고 있었는지도 모르겠다. 인기 있는 외국 작품들이 거의 동시에 번역 출판되고, 새로운 기획과 번역으로 전 세계의 문학 작품들이 짜임새 있게 출판되고 있는 요즈음, 정작 한국 문학 작품들을 체계적으로 정리하지 못하고 있었다는 점을 최근에 우리는 깊이 반성하게 되었다. 그리고 이러한 때늦은 반성을 곧바로 '한국문학전집'을 기획하는 힘으로 전환하였다.

오늘의 시점에서 '한국문학전집'을 기획한다는 것은, 우선 그동안 양적으로나 질적으로 괄목할 만한 수준에 이른 한국 문학 연구 수준을 반영하는 새로운 시각이 전제되어야 할 것이다. 그리고 '우리 것을 지키자'는 순진한 의도에서가 아니라, 한국 문학이 바로 세계 문학이 되는 질적 확장을 위해, 세계 문학 속에서의 한국 문학의 정체성을 찾는 일을 간과해서는 안 될 것이다.

이번 기획에서 우리가 가장 크게 신경 썼던 점은 크게 두 가지이다. 하나는, 그동안 거의 관습적으로 굳어져왔던 작품에 대한 천편일률적인 평가를 피하고 그동안의 평가에 대한 비판적 평가와 더불어 새로운 평가로 인한 숨은 작품의 발굴이었다. 그리하여 한국 문학사를 시기별로 구분하여 축적된 연구 성과들 위에서 나름대로 중요한 작품들을 선별하는 목록 작업에 가장 큰 공을 들였다. 나머지 하나는, 그동안 여러 상이한 판본의 난립으로 인해 원전 텍스트가 침해되고 있는 심각한 상황을 고려하여 각각의 작가에게 가장 뛰어난 연구자들을 초빙하여 혼신을 다해 원전 텍스트를 확정하였다는 점이다.

장구한 우리 문학사의 주옥같은 작품들을 한자리에 모아, 세대를 넘고 시대를 넘어 그 이름과 위상에 값할 수 있는 대표적인 한국문학전집을 내놓는다. 이번에 출간되는 한국문학전집은 변화된 상황과 가치를 반영하는 내실 있고 권위를 갖춘 내용으로 꾸며질 것이며, 우리 문학의 정본 전집으로서 자리매김해 한국 문학의 전통을 계승하고 발전시키는 데 기여하고자 한다. 이 기획이 한국 문학의 자산들을 온전하게 되살려, 끊임없이 현재성을 가지는 살아 있는 작품들로, 항상 독자들의 옆에 있게 되기를 기대한다.

(주)문학과지성사

01 감자 김동인 단편선

최시한(숙명여대) 책임 편집 | 값 9,000원

수록 작품 약한 자의 슬픔 / 배따라기 / 태형 / 눈을 겨우 뜰 때 / 감자 / 광염 소나타 / 배회 / 발가락이 닮았다 / 붉은 산 / 광화사 / 김연실전 / 곰네

극단적인 상황과 비극적 운명에 빠진 인물 군상들을 냉정하게 서술해낸 한국 근대 단편 문학의 선구자 김동인의 대표 단편 12편 수록. 인간과 환경에 대한 근대적 인식을 빼어난 문체와 서술로 형상화한 김동인의 주옥같은 작품들을 만날 수 있다.

02 탈출기 최서해 단편선

곽근(동국대) 책임 편집 | 값 9,000원

수록 작품 고국 / 탈출기 / 박돌의 죽음 / 기아와 살육 / 큰물 진 뒤 / 백금 / 해돋이 / 그믐밤 / 전아사 / 홍염 / 갈등 / 먼동이 틀 때 / 무명초

식민 치하 빈궁 문학을 대표하는 최서해의 단편 13편 수록. 식민 치하의 참담한 사회적 현실을 사실적으로 전해주는 작품들. 우리 민족의 궁핍한 현실과 그에 맞선 인물들의 저항 정신과 민족 감정의 감동과 울림을 전한다.

03 삼대 염상섭 장편소설

정호웅(홍익대) 책임 편집 | 값 10,000원

우리 소설 가운데 서울말을 가장 풍부하게 살려 쓴 작품이자, 복합성·중추성의 세계를 구축하여 한국 근대 장편소설의 대표작으로 꼽히는 염상섭의 『삼대』. 1930년대 서울의 중산층 가족사를 통해 들여다본 우리 근대의 자화상이다.

04 레디메이드 인생 채만식 단편선

한형구(서울시립대) 책임 편집 | 값 8,500원

수록 작품 논 이야기 / 레디메이드 인생 / 미스터 방 / 민족의 죄인 / 치숙 / 낙조 / 쑥국새 / 당랑의 전설

역설과 반어의 작가 채만식의 대표 단편 8편 수록. 1920~30년대의 자본주의적 현실 원리와 민중의 삶을 풍자적으로 포착하는 데 탁월했던 채만식. 사실주의와 풍자의 절묘한 조합으로 완성한 단편 문학의 묘미를 즐길 수 있다.

05 비 오는 길 최명익 단편선

신형기(연세대) 책임 편집 | 값 8,500원

수록 작품 폐어인 / 비 오는 길 / 무성격자 / 역설 / 봄과 신작로 / 심문 / 장삼이사 / 맥령

시대를 앞섰던 모더니스트 최명익의 대표 단편 8편 수록. 병과 죽음으로 고통받는 인물 군상들을 통해 자신이 예감한 황폐한 현대의 징후를 소설화한 작가 최명익. 너무나 현대적이어서, 당시에는 제대로 평가받을 수 없었던 탁월한 단편소설들을 만난다.

06 사하촌 김정한 단편선

강진호(성신여대) 책임 편집 | 값 9,500원

수록 작품 그물 / 사하촌 / 항진기 / 추산당과 곁사람들 / 모래톱 이야기 / 제3병동 / 수라도 / 인 간단지 / 위치 / 오끼나와에서 온 편지 / 슬픈 해후

리얼리즘 문학과 민족 문학을 대표하는 김정한의 대표 단편 11편 수록. 민중들의 삶 을 통해 누구보다 먼저 '근대화의 문제'를 문학적으로 제기하고 예리하게 포착한 작 가 김정한의 진면목을 본다.

07 무녀도 김동리 단편선

이동하(서울시립대) 책임 편집 | 값 8,000원

수록 작품 화랑의 후예 / 산화 / 바위 / 무녀도 / 황토기 / 찔레꽃 / 동구 앞길 / 혼구 / 혈거부족 / 달 / 역마 / 광풍 속에서

한국적이고 토착적인 전통 세계의 소설화에 앞장선 김동리의 초기 대표 단편 12편 수록. 민중의 삶 속에 뿌리 내린 토착적 전통의 세계를 정확한 묘사와 풍부한 서정으 로 형상화했던 김동리 문학 세계를 엿본다.

08 독 짓는 늙은이 황순원 단편선

박혜경(인하대) 책임 편집 | 값 9,000원

수록 작품 소나기 / 별 / 겨울 개나리 / 산골 아이 / 목넘이마을의 개 / 황소들 / 집 / 사마귀 / 소리 / 닭제 / 학 / 필묵장수 / 뿌리 / 내 고향 사람들 / 원색오뚝이 / 곡예사 / 독 짓는 늙은이 / 황노인 / 늪 / 허수아비

한국 산문 문체의 모범으로 평가되는 황순원의 대표 단편 20편 수록. 엄격한 지적 절 제와 미학적 균형으로 함축적인 소설 미학을 완성시킨 작가 황순원. 극적인 사건 전 개 대신 정적이고 서정적인 울림의 미학으로 깊은 감동을 전한다.

09 만세전 염상섭 중편선

김경수(서강대) 책임 편집 | 값 9,500원

수록 작품 만세전 / 해바라기 / 미해결 / 두 출발

한국 근대 소설의 기념비적 작품인 「만세전」, 조선 최초의 여류화가인 나혜석의 삶을 소설화한 「해바라기」, 그리고 식민지 조선의 현실을 담아내고 나름의 저항의식을 형 상화하기 위한 소설적 수련의 과정을 단적으로 보여주는 「미해결」과 「두 출발」. 장편 소설의 작가로만 알려진 염상섭의 독특한 소설 미학의 세계를 감상한다.

10 천변풍경 박태원 장편소설

장수익(한남대) 책임 편집 | 값 9,500원

모더니스트 박태원이 펼쳐 보이는 1930년대 서울의 파노라믹 풍경화. 근대 자본주 의 사회의 이데올로기와 일상성에 대한 비판에 몰두하던 박태원 초기 작품의 모더니 즘 경향과, 리얼리즘 미학의 경계를 넘나드는 역작. 식민지라는 파행적 상황에서 기 형적으로 실현되던 근대화의 양상을 기층 민중의 생활에 초점을 맞춰 본격화한 작품 이다.

¹¹ 태평천하 채만식 장편소설

이주형(경북대) 책임 편집 | 값 8,000원

부정적인 상황들이 난무하는 시대 현실을 독자적인 문학적 기법과 비판의식으로 그려냄으로써 '문학적 미'를 추구했던 채만식의 대표 장편. 판소리 사설의 반어, 자기 폭로, 비유, 과장, 희화화 등의 표현법에 사투리까지 섞은 요설로, 창을 듣는 듯한 느낌과 재미를 선사하는 작품. 세태풍자소설의 장을 열었던 채만식이 쓴 가족사소설의 전형에 해당한다.

¹² 비 오는 날 손창섭 단편선

조현일(홍익대) 책임 편집 | 값 9,500원

수록 작품 공휴일 / 사연기 / 비 오는 날 / 생활적 / 혈서 / 피해자 / 미해결의 장 / 인간동물원초 / 유실몽 / 설중행 / 광야 / 희생 / 잉여인간 / 신의 희작

가장 문제적인 전후 소설가 손창섭의 대표 단편 14작품 수록. 병적이고 불구적인 인간 군상들을 통해 전후 사회 현실에서의 '절망'의 표현에 주력했던 손창섭. 전쟁 그리고 전쟁 이후의 비일상적 사태를 가장 근원적인 차원에서 표현한 빼어난 작품들을 수록했다.

¹³ 등신불 김동리 단편선

이동하(서울시립대) 책임 편집 | 값 8,000원

수록 작품 인간동의 / 홍남철수 / 밀다원시대 / 용 / 목공 요셉 / 등신불 / 송추에서 / 까치 소리 / 저승새

「무녀도」의 작가 김동리가 1950년대 이후에 내놓은 9편의 단편 수록. 전기 작품에 이어서 탁월한 문체의 매력, 빈틈없는 구성의 묘미, 인상적인 인물상의 창조, 인간에 대한 깊이 있는 통찰이라는 김동리 단편의 미학을 다시 한 번 경험할 수 있는 기회이다.

¹⁴ 동백꽃 김유정 단편선

유인순(강원대) 책임 편집 | 값 9,500원

수록 작품 심청 / 산골 나그네 / 총각과 맹꽁이 / 소낙비 / 솥 / 만무방 / 노다지 / 금 / 금 따는 콩밭 / 떡 / 산골 / 봄·봄 / 안해 / 봄과 따라지 / 따라지 / 가을 / 두꺼비 / 동백꽃 / 야앵 / 옥토끼 / 정조 / 땡볕 / 형

고단한 삶을 살아가는 순박한 촌부에서 사기꾼에 이르기까지 다양한 삶의 모습을 문학 속에 그대로 재현한 김유정의 주옥같은 단편 23편 수록. 인물의 토속성과 해학성, 생생한 삶의 언어와 우리 소리, 그 속에 충만한 생명감을 불어넣은 김유정 문학의 정수를 맛본다.

¹⁵ 소설가 구보씨의 일일 박태원 단편선

천정환(성균관대) 책임 편집 | 값 9,500원

수록 작품 수염 / 낙조 / 소설가 구보씨의 일일 / 애욕 / 길은 어둡고 / 거리 / 방란장 주인 / 비량 / 진통 / 성탄제 / 골목 안 / 음우 / 재운

한국 소설사상 가장 두드러진 모더니즘 작품으로 인정받는 「소설가 구보씨의 일일」을 비롯한 박태원의 대표 단편 13편 수록. 한글로 씌어진 가장 파격적이고 실험적인 작품을 쓴 작가로 평가받는 박태원. 서울 주변부 중산층의 삶이라는 자기만의 튼실한 현실 공간을 구축하여 새로운 소설 기법과 예술가소설로서의 보편성을 획득한 그의 작품들을 감상한다.

16 날개 이상 단편선

김주현(경북대) 책임 편집 | 값 9,000원

수록 작품 12월 12일/지도의 암실/지팡이 역사/황소와 도깨비/공포의 기록/지주회시/동해/날개/봉별기/실화/종생기

근대와 맞닥뜨린 식민지 조선 당대의 기념비요 자화상 역할을 하는 이상의 대표 단편 11편 수록. '천재'와 '광인'이라는 꼬리표와 함께 전위적이고 해체적인 글쓰기로 한국의 모더니즘 문학사를 개척한 작가 이상. 자유연상, 내적 독백 등의 실험적 구성과 문체로 식민지 근대와 그것에 촉발된 당대인의 내면을 예리하게 포착해낸 이상의 문제작들을 한데 모았다.

17 흙 이광수 장편소설

이경훈(연세대) 책임 편집 | 값 12,000원

한국 최초의 근대 장편소설 『무정』을 발표하면서 한국 소설 문학의 역사를 새롭게 쓴 이광수. 『흙』은 이광수의 계몽 사상이 가장 짙게 깔린 작품으로 심훈의 『상록수』와 함께 한국 농촌계몽소설의 전위에 속한다. 한국 근대 문학사상 가장 많이 연구되고 있는 작가의 대표작답게 『흙』은 민족주의, 계몽주의, 농민문학, 친일문학, 등장인물론, 작가론, 문학사 등의 학문적·비평적 논의의 중심에 있는 작품이다.

18 상록수 심훈 장편소설

박헌호(성균관대) 책임 편집 | 값 9,500원

이광수의 장편 『흙』과 더불어 한국 농촌계몽소설의 쌍벽을 이루는 『상록수』. 심훈의 문명(文名)을 크게 떨치게 한 대표작이다. 1930년대 당시 지식인의 관념적 농촌 운동과 일제의 경제 침탈사를 고발·비판함으로써, 문학이 취할 수 있는 현실 정세에 대한 직접적인 대응 그리고 극복의 상상력이란 두 가지 요소를 나름의 한계 속에서 실천해냈고, 대중적으로도 큰 호응을 불러일으킨 작품이다.

19 무정 이광수 장편소설

김철(연세대) 책임 편집 | 값 9,000원

20세기 이래 한국인이 가장 많이 읽고 가장 자주 출간돼온 책 그리고 근현대 문학 가운데 가장 많이 연구의 대상이 된 작가 이광수의 대표작 『무정』. 씌어진 지 한 세기가 가깝도록 여전히 읽히고 있고 또 학문적 논쟁의 중심에 서 있는 『무정』을 작가의 의도와 편집자의 교정을 충실하게 반영한 최고의 선본(善本)으로 만난다.

20 고향 이기영 장편소설

이상경(KAIST) 책임 편집 | 값 11,000원

'프로문학의 정점'이자 우리 근대 문학사에 리얼리즘의 확립을 결정적으로 보여주는 이기영의 『고향』. 이기영은 1920년대 중반 원터라는 충청도의 한 농촌 마을을 배경으로 봉건 사회의 잔재를 지닌 채 식민지 자본주의화가 진행되어가는 우리 근대 초기를 뛰어난 관찰로 묘파한다. 일제 식민 치하 근대화에 대한 문학적·비판적 성찰과 지식인의 고뇌를 반영한 수작이다.

21 까마귀 이태준 단편선

김윤식(명지대) 책임 편집 | 값 8,000원

수록 작품 불우 선생 / 달밤 / 까마귀 / 장마 / 복덕방 / 패강랭 / 농군 / 밤길 / 토끼 이야기 / 해방 전후

'한국 근대소설의 완성자' '단편문학'의 명수. 이태준은 우리 근대 문학의 전개과정에서 결코 간과할 수 없는 역할을 담당했던 작가 가운데 한 사람. 문학의 자율성과 예술성을 상실하지 않으면서도 현실 문제에 각별한 관심을 보여주었던 그의 단편은 한국소설사에서 1930년대를 대표하는 것으로 인정받고 있다.

22 두 파산 염상섭 단편선

김경수(서강대) 책임 편집 | 값 9,500원

수록 작품 표본실의 청개구리 / 암야 / 제야 / E선생 / 윤전기 / 숙박기 / 해방의 아들 / 양과자갑 / 두 파산 / 절곡 / 얼룩진 시대 풍경

한국 근대사를 증언하고 있는 횡보의 단편소설 11편 수록. 지식인 망국민으로서의 허무적인 자기 진단, 구체적인 사회 인식, 해방 후와 전후 시기에 대한 사실적 증언과 문제 제기를 포함한 대표작들을 통해 횡보의 단편 미학을 맛본다.

23 카인의 후예 황순원 소설선

김종회(경희대) 책임 편집 | 값 10,000원

수록 작품 카인의 후예 / 너와 나만의 시간 / 나무들 비탈에 서다

인간의 정신적 순수성과 고귀한 존엄성을 문학의 제일 원칙으로 삼았던 작가 황순원. 그의 대표작 가운데 독자들의 가장 많은 사랑을 받은 장편소설들을 모았다. 한국전쟁을 온몸으로 체득하면서 특유의 절제되고 간결한 문장으로 예술적 서사성을 완성한 황순원은 단편에서와 마찬가지로 변함없는 감동의 세계를 열어놓는다.

24 소년의 비애 이광수 단편선

김영민(연세대) 책임 편집 | 값 9,000원

수록 작품 무정 / 소년의 비애 / 어린 벗에게 / 방황 / 가실 / 거룩한 죽음 / 무명 / 꿈

한국 근대소설사와 이광수 개인의 문학 세계에서 중요한 의미를 갖는 단편 8편 수록. 이광수가 우리말로 쓴 최초의 창작 단편 「무정」, 당시 사회의 인습과 제도를 비판한 「소년의 비애」, 우리나라 최초의 서간문 형태 소설인 「어린 벗에게」, 지식인의 내면적 갈등과 자아 탐구의 과정을 담은 「방황」, 춘원의 옥중 체험을 바탕으로 씌어진 「무명」 등 한국 근대문학의 장르와 소재, 주제 탐구 면에서 꼼꼼히 고찰해야 할 작품들이다.

25 불꽃 선우휘 단편선

이익성(충북대) 책임 편집 | 값 9,000원

수록 작품 테러리스트 / 불꽃 / 거울 / 오리와 계급장 / 단독강화 / 깃발 없는 기수 / 망향

8·15 해방과 분단, 6·25전쟁으로 이어지는 한국 근현대사의 열병을 깊이 있게 고찰한 선우휘의 단편 7편 수록. 대표작 「불꽃」과 「깃발 없는 기수」를 비롯해 한국 근현대사의 역동성과 이를 바라보는 냉철한 작가의식이 빚어낸 수작들을 한데 모았다.

26 맥 김남천 단편선

채호석(한국외대) 책임 편집 | 값 9,000원

수록 작품 공장 신문 / 공우회 / 남편 그의 동지 / 물 / 남매 / 소년행 / 처를 때리고 / 무자리 / 녹성당 / 길 위에서 / 경영 / 맥 / 등불 / 꿀

카프와 명맥을 같이하며 창작과 비평에서 두드러진 족적을 남긴 작가 김남천. 1930년 대 초, 예술운동의 볼세비키화론 주장과 궤를 같이하는 「공장 신문」 「공우회」, 카프 해산 직후 그의 고발문학론을 담은 「처를 때리고」 「소년행」 「남매」, 전향문학의 백미로 꼽히는 「경영」 「맥」 등 그의 치열했던 문학 세계를 시기별로 조명할 수 있는 대표작 14편 수록했다.

27 인간 문제 강경애 장편소설

최원식(인하대) 책임 편집 | 값 9,000원

한국 근대 여성문학의 제일선에 위치하는 강경애의 대표작. 일제 치하의 1930년대 조선, 자본가와 농민·노동자의 대립 구조 속에서 농민과 도시노동자가 현실의 문제를 해결하고자 하는 주체로 성장하는 과정과 그들의 조직적 투쟁을 현실성 있게 그려낸 작품으로, 우리 근대 소설사에서 리얼리즘 소설의 수작으로 꼽힌다.

28 민촌 이기영 단편선

조남현(서울대) 책임 편집 | 값 9,500원

수록 작품 농부 정도룡 / 민촌 / 아사 / 호외 / 해후 / 종이 뜨는 사람들 / 부역 / 김군과 나와 그의 아내 / 변절자의 아내 / 서화 / 맥추 / 수석 / 봉황산

카프와 프로문학의 대표 작가 이기영. 그가 발표한 수십 편의 단편소설들 가운데 사회사나 사상운동사로서의 자료적 가치가 높으면서 또 소설 양식으로서의 구조미를 제대로 보여주는 14편을 선별했다.

29 혈의 누 이인직 소설선

권영민(서울대) 책임 편집 | 값 9,500원

수록 작품 혈의 누 / 귀의 성 / 은세계

급진적이고 충동적인 한국 근대의 풍경 속에 신소설이라는 새로운 서사 양식을 창조해낸 이인직. 책임 편집자의 꼼꼼한 텍스트 확정과 자세한 비평적 해설을 통해, 신소설의 서사 구조와 그 담론적 특성을 밝히고 당시 개화·계몽 시대를 대표하는 이 서사 양식에 내재화된 일본적 식민주의 담론을 꼬집는다.

30 추월색 이해조 안국선 최찬식 소설선

권영민(서울대) 책임 편집 | 값 8,500원

수록 작품 금수회의록 / 자유종 / 구마검 / 추월색

개화·계몽시대 대표적인 신소설 작가 3인의 대표작. 여성과 신교육으로 집약되는 토론의 모습을 서사 방식으로 활용한 「자유종」, 구시대적 인습을 신랄하게 비판한 「구마검」, 가장 대중적인 신소설 가운데 하나로 꼽히는 「추월색」, 그리고 '꿈'이라는 우화적 공간을 설정하여 현실 비판의 풍자적 색채가 강한 「금수회의록」까지 당대의 사회적 풍속과 세태의 변화를 민감하게 반영한 작품들을 가려 수록했다.

31 젊은 느티나무 강신재 소설선

김미현(이화여대) 책임 편집 | 값 9,500원

수록 작품 안개 / 해방촌 가는 길 / 절벽 / 젊은 느티나무 / 양관 / 황량한 날의 동화 / 파도 / 이브 변신 / 강물이 있는 풍경 / 점액질

1950, 60년대를 대표하는 여성작가 강신재의 중단편 10편 엄선. 특유의 서정적인 문체와 관조적 시선, 지적인 분석력으로 '비누 냄새' 나는 풋풋한 사랑 이야기에서 끈끈한 '점액질'의 어두운 욕망에 이르기까지 운명의 폭력성과 존재론적 한계를 줄기차게 탐문한 강신재 소설의 여정을 한눈에 볼 수 있는 기회가 될 것이다.

32 오발탄 이범선 단편선

김외곤(서원대) 책임 편집 | 값 8,500원

수록 작품 일요일 / 학마을 사람들 / 사망 보류 / 몸 전체로 / 갈매기 / 오발탄 / 자살당한 개 / 살모사 / 천당 간 사나이 / 청대문집 개 / 표구된 휴지 / 고장난 문 / 두메의 어벙이 / 미친 녀석

손창섭·장용학 등과 함께 대표적인 전후 작가로 꼽히는 이범선의 대표작 14편 수록. 한국 현대사의 비극에 대한 묘사를 바탕으로 하면서도 잃어버린 고향, 동양적 이상향에 대한 동경을 담았던 초기작들과 전후의 물질적 궁핍상을 전통적 사실주의에 기초해 그리면서 현실 비판적 성격을 강하게 드러낸 문제작들을 고루 선별했다.

33 메밀꽃 필 무렵 이효석 단편선

서준섭(강원대) 책임 편집 | 값 10,000원

수록 작품 도시와 유령 / 깨뜨려지는 홍등 / 마작철학 / 프레류드 / 돈 / 계절 / 산 / 들 / 석류 / 메밀꽃 필 무렵 / 삽화 / 개살구 / 장미 병들다 / 공상구락부 / 해바라기 / 여수 / 하얼빈산협 / 풀잎 / 낙엽을 태우면서

근대 작가의 문화적 정체성이 끊임없이 흔들렸던 식민지 시대, 그 문화적 혼란 자체를 소설 언어를 통해 구성하면서 지속적으로 모색했던 작가 이효석의 대표작 20편을 수록했다.

34 운수 좋은 날 현진건 중단편선

김동식(인하대) 책임 편집 | 값 9,000원

수록 작품 희생화 / 빈처 / 술 권하는 사회 / 유린 / 피아노 / 할머니의 죽음 / 우편국에서 / 까막잡기 / 그리운 흘긴 눈 / 운수 좋은 날 / 발 / 불 / B사감과 러브 레터 / 사립정신병원장 / 고향 / 동정 / 정조와 약가 / 신문지와 철창 / 서투른 도적 / 연애의 청산 / 타락자

한국 근대 단편소설의 형식적 미학을 구축하고 근대적 사실주의 문학의 머릿돌을 놓은 작가 현진건의 면모를 잘 보여주는 대표작 21편 수록. 서구 중심의 근대성과 조선 사회의 식민성 사이에서 방황하는 지식인의 내면 풍경을 그려내었을 뿐만 아니라, 식민지 조선의 일상을 예리하게 관찰함으로써 '조선의 얼굴'을 담아낸 작가 현진건의 면모를 두루 살폈다.

35 사랑 이광수 장편소설

한승옥(숭실대) 책임 편집 | 값 12,000원

춘원 이광수의 첫 전작 장편소설. 신문 연재물의 제약에서 벗어나 좀더 자유롭고 솔직하게 춘원 자신의 인생관을 담은 작품으로 평가받는다. 이른바 그의 어떤 장편소설보다도 나아간 자유 연애, 사랑에 관한 작가의 생각을 엿볼 수 있는 작품. 한편 춘원의 나이 지천명에 이르러 불교와 『주역』 등 동양고전에 심취하여 우주의 철리와 종교적 깨달음에 가닿은 시점에서 집필된, 춘원의 모든 것이 집약된 작품이란 문학적 의의를 띠고 있다.

36 화수분 전영택 중단편선

김만수(인하대) 책임 편집

수록 작품 천치? 천재?/운명/생명의 봄/독약을 마시는 여인/화수분/후회/여자도 사람인가/하늘을 바라보는 여인/소/김탄실과 그 아들/금붕어/차돌멩이/크리스마스 전야의 풍경/말 없는 사람

1920년대 초반 자연주의, 사실주의적 색채가 강한 작품 세계로 주목받았던 작가 전영택의 대표작선. 이들 작품에서 작가는, 일제 초기의 만세운동, 일제 강점기하의 극심한 궁핍, 해방 직후의 사회적 혼돈, 산업화 초창기의 사회적 퇴폐상에 대한 자신의 경험을 소박한 형식 속에 담고 있다.

37 유예 오상원 중단편선

한수영(동아대) 책임 편집

수록 작품 황선지대/유예/균열/죽어살이/모반/부동기/보수/현실/훈장/실기

한국 전후 세대 문학의 대표 작가 오상원의 주요작 10편을 묶었다. '실존'과 '행동'에 초점을 맞춘 그의 작품은, 한결같이 극한 상황에 처한 인간 존재의 의미를 묻는 데 천착하면서 효과적인 주제 전달을 위해 낯설고 다양한 소설적 실험을 보여준다.

38 제1과 제1장 이무영 단편선

전영태(중앙대) 책임 편집

수록 작품 제1과 제1장/흙의 노예/문 서방/농부전 초/청개구리/모우지도/유모/용자소전/이단자/B녀의 소묘/O형의 인간/들메/며느리

한국 농민문학의 선구자로 평가받는 이무영의 주요 단편 13편 수록. 이들 작품에서 작가는, 농민을 계몽의 대상이 아닌, 흙을 일구는 그들의 삶을 통해서 진실한 깨달음을 얻는 자족적 대상으로 바라본다. 이무영의 농민소설은 인간을 향한 긍정적 시선과 삶의 부조리한 면을 파헤치는 지식인의 냉엄한 비판 의식이 공존하고 있다.

39 꺼삐딴 리 전광용 단편선

김종욱(세종대) 책임 편집

수록 작품 흑산도/진개권/지층/해도초/GMC/사수/크라운장/충매화/초혼곡/면허장/꺼삐딴 리/곽 서방/남궁 박사/죽음의 자세/세끼미

1950년대 전후 사회와 60년대의 척박한 삶의 리얼리티를 '구도의 치밀성'과 '묘사의 정확성'을 통해 형상화한 작가 전광용의 대표 단편 15편 모음집. 휴머니즘적 주제 의식, 전통적인 서사 형식, 객관적이고 냉철한 묘사 태도, 짧고 건조한 문체 등으로 집약되는 전광용의 작품 세계를 한눈에 살필 수 있는 계기.

40 과도기 한설야 단편선

서경석(한양대) 책임 편집

수록 작품 동경/그릇된 동경/합숙소의 밤/과도기/씨름/사방공사/교차선/추수 후/태양/임금/딸/철로 교차점/부역/신흥/이녕/모자/혈로

식민지 시대 신경향파·카프 계열 작가로서 사회주의 리얼리즘 문학을 추구한 작가 한설야의 문학적 특징을 잘 드러내는 단편 17편을 수록했다. 시대적 대세에 편승하며 작품의 경향을 바꾸었던 다른 카프 작가들과는 달리 한설야는, 주체적인 노동자로서의 삶을 택한 「과도기」의 '창선'이 그러하듯, 이 주제를 자신의 평생 과제로 삼아 창작에 몰두했다.

41 사랑손님과 어머니 주요섭 중단편선

장영우(동국대) 책임 편집

수록 작품 추운 밤/인력거꾼/살인/첫사랑 값/개밥/사랑손님과 어머니/아네모네의 마담/북소리 두둥둥/봉천역 식당/낙랑고분의 비밀

주요섭이 남녀 간의 애정 문제를 주로 다룬 통속 작가로 인식되어온 것은 교정되어야 마땅하다. 그는 빈민 계층의 고단하고 무망(無望)한 삶을 사실적으로 재현하는 데 탁월한 기량을 보였으며, 날카로운 현실인식과 객관적 묘사의 한 전범을 보여주었고 환상성을 수용함으로써 보다 탄력적인 소설미학을 실험하기도 하였다.

42 탁류 채만식 장편소설

우찬제(서강대) 책임 편집

채만식은 시대의 어둠을 문학의 빛으로 밝히며 일제 강점기와 해방기의 우리 소설 사를 빛낸 작가다. 그는 작품활동 전반에 걸쳐 열정적인 창작열과 리얼리즘 정신으로 당대의 현실상을 매우 예리하게 형상화했다. 특히 『탁류』는 여주인공 봉의 기구한 운명의 족적을 금강 물이 점점 탁해지는 현상에 비유하면서 타락한 당대의 세계상을 여실하게 드러내주고 있다.

43 벙어리 삼룡이 나도향 중단편선

우찬제(서강대) 책임 편집

수록 작품 젊은이의 시절/별/별을 안거든 우지나 말걸/옛날 꿈은 창백하더이다/여이발사/행랑 자식/벙어리 삼룡이/물레방아/꿈/뽕/지형근/청춘

위험한 시대에 매우 불안하게 살았던 작가. 그러나 나도향은 불안에 강박되기보다 불안한 자유의 상태를 즐기는 방식으로 소설을 택한 작가였다. 낭만적 환멸의 풍경이나 낭만적 동경의 형식 등은 불안에 대한 나도향 식 문학적 향유의 풍경으로 다가온다.

44 잔등 허준 중단편선

권성우(숙명여대) 책임 편집

수록 작품 탁류/습작실에서/잔등/속습작실에서/평대저울

한국 근대소설사에서 허준만큼 진보적 지식인의 진지한 자기 성찰을 깊이 형상화한 작가는 없었다. 혁명의 연성을 기꺼이 인정하면서도 혁명과 해방으로 인해 궁지와 비참에 몰린 사람들에 대해 깊은 연민과 따뜻한 공감의 눈길을 던진 그의 대표작 다섯 편을 한데 모았다.

45 한국 현대희곡선

김우진 김명순 유치진 함세덕 오영진 차범석 최인훈 이현화 이강백

이상우(고려대) 책임 편집

수록 작품 산돼지/두 애인/토막/산허구리/살아 있는 이중생 각하/불모지/옛날 옛적에 훠어이 훠이/카덴자/봄날

한국 현대희곡 100년사를 대표하는 작품 아홉 편. 1920년대부터 1980년대까지 각 시기의 시대 정신과 연극 경향을 대표할 만한 희곡들을 골고루 선별하였고, 사실주의 희곡과 비사실주의희곡의 균형을 맞추어 안배하였다.

46 혼명에서 백신애 중단편선

서영인 책임 편집

수록 작품 나의 어머니/꺼래이/복선이/채색교/적빈/낙오/악부자/정현수/학사/호도/어느 전원의 풍경—일명·법률/광인수기/소독부/일여인/혼명에서/아름다운 노을

일제강점기 한국문학을 대표하는 여성 작가이자 사회운동가인 백신애의 주요 작품 16편을 묶었다. 극심한 가난과 봉건적 인습의 굴레에 갇힌 여성들의 비극, 또는 그로부터 벗어나고자 하는 의지를 섬세한 필치와 치열한 문제의식으로 그려냈다. 그의 소설을 통해 '봉건적 가족제도와 여성의 욕망'이라는 해묵은 주제가 오늘날에도 여전히 풀리지 않는 과제로 존재하고 있음을 알게 된다.

47 근대여성작가선

김명순 나혜석 김일엽 이선희 임순득

이상경(KAIST) 책임 편집

수록 작품 의심의 소녀/선례/돌아다볼 때/탄실이와 주영이/경희/현숙/어머니와 딸/청상의 생활—희생된 일생/자각/계산서/매소부/탕자/일요일/이름 짓기/딸과 어머니와

일제강점기 한국문학을 대표하는 여성 작가들의 주요 작품 15편을 한 권에 묶었다. 근대 여성의 목소리로서 여성문학은 봉건적 가부장제에서 벗어나고자 개인으로서 여성의 자유로운 선택을 가로막는 온갖 질곡에 저항해왔다. 여성이 봉건적 공동체를 벗어나 개성을 찾아 나서는 길은 많은 경우 가출, 자살, 일탈 등으로 귀결되었지만, 그럼에도 여성 자신의 힘을 믿으면서 공동체의 인습에 저항하고 새로운 공동체를 지향하는 노력이 있었다. 여기에 식민지라는 조건 속에서 민족의 해방은 더 큰 과제이기도 했다. 이 책에 실린 여성 작가의 작품들은 신여성의 이러한 꿈과 현실, 한계를 여실히 드러내 보여준다.

48 불신시대 박경리 중단편선

강지희(한신대) 책임 편집

수록 작품 계산/흑흑백백/암흑시대/불신시대/벽지/환상의 시기/약으로도 못 고치는 병

여성의 전쟁 수난사를 가장 탁월하게 그려낸 작가 박경리의 대표 중단편 7편 수록. 고독과 절망의 시대를 살아내면서도 현실과 타협하지 못하는 결벽성으로 인간의 존엄을 고민했던 작가의 흔적이 역력한 수작들이 담겼다.